Marion Zimmer Bradley

DIE FRAUEN VON ISIS

Marion Zimmer Bradley

Die Frauen von Isis

Roman

Gustav Lübbe Verlag

Originalverlag: The Donning Company/Publishers, Norfolk, Virginia

Titel der Originalausgabe: The Ruins of Isis
Deutsch von Annette von Charpentier
Redaktion: Dr. Brunhilde Janßen
Titelillustration: Albert Belasco durch
Kunstverlag Reich's British Art, Baden-Baden
Foto der zweiten Schutzumschlagklappe:
© 1982 by Modern Art Studio, Oukland, CA
Satz: ICS Communikations-Service GmbH, Bergisch Gladbach
Druck und Einband: Clausen & Bosse, Leck
Printed in West Germany
ISBN: 3-7857-0474-7
Dieses Buch ist 1986 unter dem Titel
»Die Matriarchen von Isis«
als Bastei-Lübbe-Taschenbuch erschienen.

Ich bin nur ein Mann,
Ich habe keinen Platz im Paradies.
Zweimal verspürte ich Glück,
und zweimal verjagte man mich.
Einmal, als ich den Schoß meiner Mutter verließ.
Und wieder, als man mich
aus dem Haus der Mutter trieb.
Wenn ich mein Leben gelebt habe,
wird mich die Göttin dann – vielleicht –
an ihre liebevolle Brust ziehen?

Lied
des Hauses der Männer
in Ariadne

I

Pilot des Transitraumschiffes war eine Frau. Cendri war darauf vorbereitet gewesen, aber die Realität war dennoch ein Schock. Die Pilotin war eine kleine knabenhafte Frau mit kurzgeschnittenem Haar, einem Metallstreifen um die Brust und einem breiteren um die Hüften, flachen magnetischen Schuhen und einem kleinen roten Abzeichen an einem Schulterband. Der Anthropologe in Cendri fragte automatisch: *Uniform? Rangabzeichen? Ich wußte nicht, daß sie einen regelmäßigen Raumdienst unterhalten. Sie haben nur wenig Kontakt mit dem Bund.*

Sie wollte nach Dals Hand greifen, wußte aber, daß dies das einzige war, was sie beim Eintritt in das Matriarchat von Isis/Cinderella nicht tun durfte.

Die Pilotin wartete mit hochgezogenen Brauen.

»Gelehrte Dame Malocq?«

Cendri nahm sich zusammen. Glücklicherweise hielt die Pilotin ihre Verunsicherung für die Folge der kurzen Erschütterung der Transitröhre beim Ablösen vom Mutterschiff. Cendri wußte, daß nun der Augenblick der Wahrheit gekommen war. Der *Wahrheit?* Der Moment, in dem die Verstellung beginnen würde. Sie straffte sich für diese Lüge und sagte:

»Ich bin die Gelehrte Dame Malocq.«

Die Pilotin sah sie ernst an und vollzog die formelle Geste: Sie verschränkte die Hände vor dem Gesicht, was auf dem Planeten des Bundes die universelle Begrüßungsform und Respektbezeigung war. Cendri fragte sich, wer ihr dies beigebracht hatte.

»Willkommen im Matriarchat von Isis, Gelehrte Dame.« Wieder registrierte sie automatisch: *Sie benutzen nicht die Bezeichnung Cinderella.* Sie hatte nicht wirklich damit gerechnet, obwohl der Name in den Akten des Bundes und auf Universitas immer noch doppelt als Isis/Cinderella geführt wurde.

»Und hier . . .«, die Pilotin warf einen kalten und unpersönlichen Blick auf Dal, als sei er irgendein Gepäckstück, »haben wir die Begleitung der Gelehrten Dame?«

Cendri nickte. Dal und sie hatten darüber Witze gemacht. Es hatte nur wie ein kleiner Schwindel geklungen, eine Formalität, eine technische Kleinigkeit. Sie hatten miteinander über die strengen Gesetze des Matriarchats Isis/Cinderella gelacht. Aber vor den ernsten, uninteressierten Augen der jungen Pilotin war es plötzlich nicht mehr komisch. Dal stand hinter ihr, so daß sie sich nicht verständigen konnten. Sie sagte: »Ja. Er heißt . . .«

Doch die Pilotin hörte nicht hin. »Die Gelehrte Dame ist sich der Tatsache bewußt, daß die Einfuhr außerweltlicher Männchen rein technisch gesehen eine Verletzung der Gesetze des Matriarchats bedeutet. Man hat, wie die Gelehrte Dame weiß, wegen der angesehenen Position der Gelehrten Dame auf Universitas eine Ausnahme gemacht; auf bestimmte Formalitäten können wir jedoch nicht verzichten. Ich bin verpflichtet, im Namen der Gelehrten Dame eine Erklärung auszufüllen.« Sie wedelte mit einem Formular und zog einen Stift hervor. »Hat es ein Brandzeichen?«

»Hat es . . . *was?«*

Mit gut beherrschter Ungeduld wiederholte die Pilotin: »Ein Brandzeichen oder eine Tätowierung oder ein anderes, unveränderliches Kennzeichen, das auf den Besitzer und dessen Verantwortlichkeit hinweist. Sind vielleicht meine Sprachkenntnisse ungenügend? Wünscht die Gelehrte Dame, daß ich einen offiziellen Dolmetscher hinzuziehe?«

»Nein, danke«, sagte Cendri kläglich. »Mir war . . . der Begriff nur nicht so vertraut, das ist alles. Nein, Dal ist nicht markiert oder tätowiert. Es ist . . . bei uns nicht Brauch, Männer zu kennzeichnen.«

Die junge Pilotin deutete ein Schulterzucken an, blieb jedoch uninteressiert. »Wie ich der Gelehrten Dame gesagt habe, hat man wegen ihres Status eine Ausnahme gemacht. Diese Ausnahme geschieht auf Anweisung der Promatriarchin als ein Zeichen diplomatischer Höflichkeit.« Ohne im geringsten von ihrem ausdruckslosen, höflichen Tonfall abzuweichen, gelang es ihr dennoch zu übermitteln, daß sie mit dieser Ausnahmeregelung nicht einverstanden war. Cendri fragte sich, ob sie wohl übersensibel reagierte. Förmlich verschränkte sie die Hände vor dem Gesicht und murmelte ihren Dank gegenüber der Höflichkeit der Promatriarchin, wobei sie überlegte, was eine Promatriarchin überhaupt sei.

»Dennoch können wir, was die Gelehrte Dame sicherlich verstehen wird, auf die formelle Erklärung der Verantwortlichkeit und eine Form permanenter Identifikation nicht verzichten, selbst nicht aus diplomatischen Gründen«, fuhr die Pilotin fort. »Wenn Sie es wünschen, können wir direkt nach der Landung einen Männerarzt hinzuziehen, der es tätowiert oder markiert. Das Verfahren ist schnell und außerordentlich human. Man kann die Markierung entweder unauffällig oder als Verzierung anbringen, wie die Gelehrte Dame es wünscht.«

Cendri blinzelte und blickte hilflos zu Dal hinüber; der jedoch – wie man ihm vorsichtshalber eingeschärft hatte – sah starr geradeaus und tat, als höre er nichts. Um Rat fragen konnte sie ihn nicht. Man hatte sie hierauf nicht vorbereitet. Sie schluckte und sagte mit einer Festigkeit, die sie bei weitem nicht verspürte: »Man hat uns nicht darauf hingewiesen, und wir können uns damit nicht einverstanden erklären. Da wir nicht vorhaben, einen ständigen Wohnsitz auf Isis/Cinderella zu nehmen, ist es wohl nicht nötig, ihn zu markieren oder zu tätowieren.«

Was, wenn sie darauf bestehen? Pokern? Sagen, daß wir auf der Stelle nach Universitas zurückkehren?

Wieder hob die Pilotin die Augenbrauen, und Cendri merkte, daß sie zwei Fehler in einem Satz gemacht hatte. Sie hatte den Namen benutzt, unter dem der Planet immer noch in den Akten von Universitas registriert war, nämlich Cinderella. Ernster war jedoch der Sprechfehler, vor dem man sie wiederholt und eindringlich gewarnt hatte: Sie hatte sich auf Dal als auf »ihn« bezogen, anstatt das neutrale Pronomen zu benutzen, mit dem man Männer bezeichnete, außer im Zusammenhang mit eindeutig sexuellen Dingen. Die Pilotin wurde tatsächlich rot. Sich jetzt zu entschuldigen, hätte die Sache nur verschlimmert. Besser, die Pilotin hielt Cendri für unwissend als für vulgär.

Die junge Pilotin kämpfte mit einem nervösen Kichern, als sie sagte: »In diesem Fall muß die Wissenschaftlerin für eine vorübergehende Markierung Sorge tragen. Man kann es . . .«, das ›es‹ betonte sie ein wenig, ». . . mit einer Klammer im Ohr oder einem Halsband kennzeichnen. Die effektivste Methode ist jedoch eine Elektrode, die man subkutan an einem Hoden befestigt. Dies ist ein exzellentes Training und Disziplinierungsmittel für Männer, die nicht an die Beschränkungen der Zivilisation gewöhnt sind, denn man kann sie jederzeit lokalisieren und überwachen.«

Der Gedanke daran erfüllte Cendri mit Entsetzen, aber irgendwie gelang es ihr, Miene und Stimme ruhig zu halten.

»Nein, ich glaube, das ist nicht nötig. Es wäre ziemlich aufwendig.«

»Ich gratuliere der Gelehrten Dame zu ihrem Vertrauen«, sagte die Pilotin gleichgültig. »Wenn sie sich mit einer Ohrspange oder einem Halsband zufriedengibt . . .«

»Ein Halsband, denke ich, wird ausreichen«, sagte Cendri und wagte nicht, Dal anzusehen. Nicht zum erstenmal mußte sie den Mut und die wissenschaftliche Neugier ihres Mannes bewundern, die ihn dazu bewogen hatte, diese untergeordnete Position zu akzeptieren.

». . . in welchem Fall wir auf die Hilfe des Männerarztes verzichten können«, sagte die Pilotin. »Ich bin befugt, Ohrklammern anzubringen und habe es schon viele Male gemacht. Ich kann Ihnen versichern, daß es dem Männchen nicht viel ausmacht, wenn die Gelehrte Dame zusätzliche Sicherheit wünscht.« Cendri schüttelte den Kopf. Die Pilotin nickte zustimmend, obwohl ihre Miene Zweifel verriet, und sagte: »Ich habe auch Diplomatenhalsbänder dabei«, zog eines aus einer Art Werkzeugtasche am Gürtel, befestigte es mit einer dünnen Metallkette um Dals Hals und notierte mit einem Karbidstift eine Nummer darauf. Sie sagte: »Die Gelehrte Dame ist selbstverständlich für jeden Schaden, den ihr Eigentum verursacht, rechtlich voll haftbar. Ist sich die Gelehrte Dame der Tatsache voll bewußt, daß es nach den Gesetzen der Vernichtung zugeführt wird, sollte es einen Bewohner des Matriarchats angreifen?«

Cendri dachte abwesend: *Wie sind wir bloß hierhergelangt?* Aber jetzt war es zu spät, umzukehren. Die Idee war lächerlich – in Dal ein gefährliches Tier zu sehen, das jemanden angreifen könnte und dafür getötet würde! Die Stimme der Pilotin klang angenehm neutral, doch für Cendri enthielt sie eine bedrohlichen Unterton. »Würde die Gelehrte Dame bitte diese Erklärung unterzeichnen, daß sie voll verantwortlich ist?«

»Sicher«, sagte Cendri, versuchte, ihre Stimme fest klingen zu lassen, und kritzelte ihren Namen unter das Formular. Nebenbei registrierte sie, daß sich hier ein alter Brauch erhalten hatte. Auf Universitas hätte sie einfach ihre Identitätsnummer angegeben. Aber sie war Lichtjahre von Universitas und eine gehörige Strecke selbst noch vom Bund entfernt.

Nachdem die Formalitäten abgewickelt waren, beehrte die Pilotin sie schließlich doch noch mit einem Lächeln. »Wir können jetzt hinunter, Gelehrte Dame. Ich werde dem Bundesschiff signalisieren, daß wir in wenigen Minuten die Umlaufbahn verlassen werden.« Schnell und sicher verstaute sie Cendris Gepäck in speziellen Fächern und zeigte ihr ausführlich den gepolsterten Sitz mit den Haltegurten. Cendri zögerte, bevor sie hineinstieg, und sah ängstlich zu Dal hinüber, worauf die Pilotin mit den Achseln zuckte. »Falls sich die Gelehrte Dame um ihre Begleitung Sorgen macht . . . Sie können es auf den Sitz dort drüben legen und mit Decken feststopfen. Aber ich würde mir keine Gedanken machen. Ein paar Stöße und Püffe können sie vertragen, wissen Sie. Sie empfinden das nicht so wie wir. Das ist wissenschaftlich erwiesen, Gelehrte Dame, und wir haben recht bemerkenswerte humane Bestimmungen, um zu vermeiden, daß man Männchen Schaden zufügt.«

Cendri schluckte und setzte Dal sorgfältig in den angewiesenen Sitz. Leise sagte sie: »Ich fürchte, es wird eine holprige Fahrt.« Diese Art von Transitschiffen war auch mit den normalen Anschnallsitzen nicht besonders sanft. Sie wollte gar nicht daran denken, daß man sich, ohne festgeschnallt zu sein, vom Mutterschiff abkoppeln und auf den langen Abstieg nach Isis/Cinderella begeben würde.

Dal lächelte, und dieses Lächeln richtete Cendri wieder auf. Er sagte so leise, daß es die Pilotin, die sich gerade auf ihre Beschleunigungsliege begab, nicht hören konnte:

»Keine Sorge, Liebes, wir wußten das doch alles vorher. Bis jetzt werde ich gut damit fertig. Die Transits auf Pionier waren auch nicht besonders sanft. Erinnere dich, erst als die Frauen in den Raum flogen, machten wir uns über die Liegen in den Raumschiffen Gedanken.« Leise kicherte er, und die Pilotin blickte ihn über die nackte Schulter hinweg erstaunt an.

Genau so, dachte Cendri, als hätte sie das Bellen eines Hundes gestört.

Jawohl, genau so . . .

Cendri legte sich auf die Liege und schloß sorgfältig die Haltegurte und -kissen. Sicher, es stimmte, was Dal sagte. Er war auf Pionier aufgewachsen, und unter den Männern von Pionier betrachtete man Härten wie diese hier als Tests für Mut und Männlichkeit. Er war an solche Dinge gewöhnt gewesen.

Aber er ist es jetzt nicht mehr . . .

Sie ermahnte sich, sich zusammenzunehmen. Dal hatte ihr versichert, daß er keine Probleme habe. Die Pilotin drehte sich kurz um, überprüfte ihren Passagier und sprach dann in ein Interkom, um die Starterlaubnis vom Bundesschiff und dem Landeplatz von Isis zu erhalten. Dann sagte sie: »Halten Sie sich fest, Gelehrte Dame. Die erste Treibstufe ist sehr stark. Danach werden für drei Minuten die Bremsraketen gezündet.

Anschließend werden wir ungefähr vier Minuten im freien Raum schweben, bevor wir zur Landung absinken. In etwas weniger als vierzehn Minuten werden wir in Ariadne landen.«

Wie angekündigt, war die Beschleunigung sehr stark. Cendri, die aus Angst um Dal auf seiner halterungslosen Liege sehr angespannt war, fühlte heftige Übelkeit. Die starke Schwerkraft machte sie benommen. Dann wurde ihr durch das schwerelose Gefühl im freien Raum übel. Die Pilotin schien nichts zu bemerken, pfiff eine komische kleine Melodie und konzentrierte sich auf ihre Arbeit.

Cendri biß die Zähne zusammen und dachte nicht zum erstenmal: *Das hier schaffe ich nie. Nicht einmal mit Dals Hilfe. Nie!*

Vielleicht hat der Bund recht, daß man solche Aufgaben nicht Frauen überträgt. Ich weiß, daß ich das hier nicht schaffe.

Für Dal wird es schwierig, wenn ich versage – vielleicht noch schlimmer, wenn ich Erfolg habe. Die Frauen auf Pionier sind keine Wissenschaftlerinnen; in der Geschichte von Universitas hat es noch nie eine Gelehrte Dame von Pionier gegeben!

Cendri und Dal hatten sich auf Universitas kennengelernt, der Welt der Gelehrten, wo sämtliches Wissen aller bekannten Planeten an einem einzigen Ort konzentriert war. Cendri war bereits eine Gelehrte gewesen, als Dal noch studierte. Zuerst – das wußte sie genau – hatte diese Distanz zwischen ihnen den jungen Mann von Pionier gereizt. In Cendris Welt galten weibliche Wissenschaftler als nichts Besonderes, und es gab ein paar, wenn auch nicht allzu viele Gelehrte Damen von ihrem Heimatplaneten Beta Capella, die meisten in der Erziehungswissenschaft und der Linguistik. Es war aber auch nicht ungewöhnlich für eine Frau, sich in den Sozialwissenschaften auszuzeichnen.

Cendri hatte es sehr reizvoll gefunden, als Dal ihr den Hof machte. Sie wußte, daß sie die erste Frau für ihn war, die ihm intellektuell gleichkam. Sie war geschmeichelt gewesen, daß er sie und nicht irgendeinen Mann um Hilfe gebeten hatte, um sich in der erstaunlichen neuen Welt von Universitas zurechtzufinden. Ebenso hatte es ihr anfangs geschmeichelt, daß er sie auf der intellektuellen Ebene, als Wissenschaftlerin, ansprach, und nicht, wie ein Mann einer Frau gegenübertritt. Später empfand sie das als Zurücksetzung. Als er ernsthaft begann, sie zu umwerben, war sie erleichtert, als ob er damit ihre Weiblichkeit bestätigt hätte. Bald war Sexualität zu ihren gemeinsamen Interessen getreten. Wenig später verbrachten sie so viel Zeit miteinander, daß es nur logisch erschien, zu heiraten, statt getrennte Wohnungen beizuhalten.

Sie waren jetzt etwas länger als ein Jahr verheiratet. Dal hatte angefangen, sich auf sein Examen als Meistergelehrter vorzubereiten, und Cendri wußte, daß man ihn im Institut für Fremde Archäologie und Artefakte als den vielversprechendsten jungen Gelehrten ansah. Er hatte sich entschieden, seine weitere Forschungsarbeit den wenigen noch vorhandenen Ruinen der mysteriösen und immer noch unbewiesenen Rasse der Gründer zu widmen. Dal hatte sich als Forschungsassistent bei der Gelehrten Dame Lurianna di Velo beworben und war angenommen worden.

Die Gelehrte Dame di Velo war eine Frau im fortgeschrittenen Alter, mächtig und einflußreich. Sie hatte mehrere kontroverse, aber wissenschaftlich unanfechtbare Werke über Archäologie verfaßt. Sie war *die* herausragende Autorität, was fremde Artefakte anging, aber sie war auch umstritten, weil sie öffentlich die strittige Theorie vertrat, daß die gesamte Galaxis einst von einer einzigen Rasse, die man die Gründer nannte, bevölkert und kolonisiert worden war. Meistergelehrte und Gelehrte Damen überall in der Galaxis attackierten ihre These, aber sie konnten ihre Wissenschaftlichkeit und Arbeitsmethode nicht angreifen. Die Theorie hatte sich nicht zuletzt deshalb weit verbreitet, weil Dame di Velo sich dafür eingesetzt hatte. Vorher hatte sie als fragwürdig, wenn nicht als völliger Unsinn gegolten.

Cendri hätte sich vor zwei Semestern um ein Stipendium für das Aufbaustudium bewerben sollen, hatte aber bei ihrer Heirat ein Freisemester beantragt und bewilligt bekommen. Danach hatte sie gezögert. Cendris Fakultät, die Abteilung für Xenoanthropologie und Vergleichende Kulturwissenschaft bestand darauf, daß jegliche Forschung als Feldstudie betrieben wurde, und Cendri wollte sich nicht so schnell wieder von Dal trennen. Sie hoffte, daß Dals erstes Projekt bei der Gelehrten Dame, bei dem er sich selbst die Sporen eines Meistergelehrten zu verdienen hoffte, sie zusammen auf einen Planeten führen würde, wo auch Cendri ihre Forschungsarbeit betreiben konnte.

Und dann hatte sie gezweifelt und sich gefragt, ob sie überhaupt weitermachen sollte. Schließlich war Dal von Pionier. Er hatte es in einer Generation weit gebracht, doch kulturell bedingte Einstellungen ließen sich nicht über Nacht ändern. Unter diesem Gesichtspunkt war vielleicht *eine* wissenschaftliche Qualifikation in der Familie genug. Es gab immer genügend interessante Arbeit für eine Gelehrte, und sie hatte nun keinen besonderen Ehrgeiz mehr, Gelehrte Dame zu werden. Außerdem war sie sich nicht sicher, ob es Dal gefiel, wenn sie das schaffte.

Dal mochte die Gelehrte Dame di Velo und respektierte ihre Arbeit. Aber man merkte, daß er Schwierigkeiten damit hatte, daß eine Frau ihm an Position und Status überlegen war. Cendri wußte, daß es an ihm nagen würde, bis seine Qualifikation als Meistergelehrter ihn der Gelehrte Dame gleichstellen würde. Er sagte oft im Scherz – doch für einen Scherz ein bißchen zu oft – : *Was würden sie auf Pionier von mir denken, daß ich von einer Wissenschaftlerin Befehle annehme?*

Dann war alles sehr schnell gegangen. Das Matriarchat von Isis/Cinderella hatte die Gelehrte Dame di Velo gebeten, die alten Ruinen ihrer Welt zu erforschen, die möglicherweise von den Gründern stammten. Dame di Velo hatte dies als Erfolg einer langen Kampagne gewertet. Dal war wesentlich weniger begeistert gewesen.

»Das Matriarchat auf Cinderella?« hatte er halb verzweifelt, halb verächtlich gesagt. Cendri erinnerte sich an den mißbilligenden Ton, als das Transitschiff unter Schlingern und Schleudern in die Atmosphäre abstieg.

»Eine Gesellschaft, die von Frauen beherrscht wird? *Sharrioz!«* hatte er gewütet und stundenlang über diesen Auftrag getobt. »Es wird für mich überhaupt keine Chance geben, unabhängige Forschungsarbeit zu betreiben, nicht in einem Matriarchat! Ich werde nur für die di Velo den Laufburschen spielen dürfen!« wütete er. »Und ich habe gedacht, ich könnte die Meisterprüfung machen, bevor ich . . .«

So wütend Dal auch war, Cendri sah darin eine Chance.

»Das Matriarchat! O Dal, wenn wir doch zusammen hingehen könnten! Wenn ich doch ein Stipendium bekäme, um *meine* Arbeit dort zu machen! Es gibt so gut wie keine Forschungsarbeiten *innerhalb* des Matriarchats!«

»Weil es in der zivilisierten Welt keine Matriarchate gibt«, hatte Dal gebrummt, »außerdem habe ich die Gelehrte Dame schon danach gefragt.« Sein Ton besagte deutlich: *Siehst du, immer denke ich an dich!* Und Cendri schämte sich und war ihm sehr dankbar . . . »Das Matriarchat lehnt jegliche anthropologische Arbeit auf Cinderella ab, weil sie eine arbeitende Gesellschaft seien, kein Wunderkind, das man untersucht – also kann man nicht offen als Anthropologe dorthin gehen. Die Gelehrte Dame meint aber, du könntest mitkommen. Sie würde irgendeinen Job für dich erfinden, und vielleicht kannst du genügend Fakten für eine kleinere Forschungsarbeit sammeln. Es gibt so wenig Informationen über funktionierende Matriarchate, daß die kleinsten Dinge wichtig sein können!« Und Cendri war ihm für diese Herablassung dankbar gewesen, bis er düster hinzugefügt hatte: »Wenn ich überhaupt gehe. Ich sollte diesen Job hinwerfen und eine Forschungsassistentenstelle bei irgendeinem qualifizierten Mann suchen.«

Aber er hatte keine andere Möglichkeit gehabt. Die Gelehrte Dame di Velo war die einzige Wissenschaftlerin von

Rang, die überhaupt über die Gründer gearbeitet hatte, und nur ihr Ruf hatte die Forschung über die Gründer erst mehr oder weniger akzeptabel gemacht. Dal mußte bei der Gelehrten Dame bleiben oder die Arbeit der letzten beiden Semester in den Wind schreiben – ganz zu schweigen davon, daß er nie wieder eine vernünftige Assistentenstelle bekäme, wenn er die di Velo aus derart albernen Gründen verließ.

Die Pilotin blickte über die nackte Schulter zu Cendri und sagte: »Wir steigen jetzt in die Atmosphäre hinab, Gelehrte Dame. In ein paar Minuten werden Sie die Silhouette von Ariadne sehen.« Cendri kämpfte gegen die zunehmende Schwerkraft an, an die sie nach der langen Reise durch den Raum nicht mehr gewöhnt war. Bei der ungewohnten Anrede zuckte sie zusammen. Bedrückt kehrte sie zu ihren Erinnerungen zurück, als müsse sie alles vor der Landung für sich selber noch einmal klarstellen.

Alle Vorbereitungen für die Abreise nach Cinderella, das die Matriarchen in Isis umbenannt hatten, waren getroffen. Tonbandlektionen in Isis-Sprache, über alles, was von der alten Kultur übriggeblieben war. Cendri erinnerte sich daran, doch deutlicher standen ihr Dals zunehmende Verärgerung und Unruhe über diesen Auftrag vor Augen, so daß sie sich wegen ihrer wachsenden Neugier schuldig fühlte. Wie konnte sie nur so glücklich sein, wenn es Dal so elend ging?

Sie hatte das Projekt mit ihrem Studienberater diskutiert, und er war einverstanden, es vorläufig als Feldstudium anzuerkennen – abhängig von einer Prüfung nach ihrer Rückkehr und dem Umfang der Forschungsarbeiten, die sie tatsächlich auf Isis/Cinderella vollenden konnte.

Und dann kam der Unfall, der all ihre Pläne vollständig umwarf. Die Gelehrte Dame di Velo befand sich zur Zeit in einem amniotischen Gehäuse im Medizinischen Zentrum von Universitas, ließ sich eine neue Hand und ein neues Auge wachsen und mehrere innere Organe regenerieren. In ihrem Alter bedeutete das eine komplizierte und langwierige Angelegenheit. Es hatte so ausgesehen, als müsse man das Isis/

Cinderella-Projekt sterben lassen. Cendri hatte nicht gewußt, ob sie nun glücklich oder traurig sein sollte. Man hatte das Matriarchat korrekterweise über den Unfall informiert und nach einiger Zeit eine Antwort erhalten. Sie besagte, daß das Matriarchat an Stelle der Gelehrten Dame di Velo freundlicherweise deren Assistentin, die Gelehrte Dame Malocq akzeptieren würde.

Cendri war wie die meisten Gelehrten eine recht gute Linguistin, doch ihre Ausbildung in Semantik war nur lückenhaft. Daher hatte sie zunächst die Bedeutung dieser Antwort nicht begriffen. In Cendris Welt nahm eine verheiratete Frau nie den Namen ihres Mannes an, und Cendri betrachtete sich selbst immer noch als Cendri Owain, Gelehrte Owain. Doch auf Pionier gab es diesen Brauch, und da es Dal sehr wichtig zu sein schien, hatte sie sich um Ausweispapiere unter seinem Namen beworben: Cendri Malocq.

»Verstehst du nicht?« fragte Dal. »Es gibt in ihrer Sprache keinen Unterschied zwischen Meistergelehrten und Gelehrter Dame. Die Bezeichnung für einen höheren akademischen Grad würde übersetzt etwa Extra-Gelehrter bedeuten, doch man hat Gelehrte Dame daraus gemacht, weil auf Isis/Cinderella alle Honoratioren weiblich sind. Sie können sich nicht vorstellen, daß eine berühmte Wissenschaftlerin keine Assistentin hat. Daß di Velo eine Frau ist, wußten sie; dessen hatten sie sich vergewissert. Als sie schrieben, daß sie auch di Velos Assistenten akzeptieren würden, haben sie natürlich die weibliche Bezeichnung gewählt.«

»Aber wie konnten sie annehmen . . .?«

»Ich dachte, *du* hättest über das Matriarchat gearbeitet? Eine ihrer Grundannahmen lautet, daß alle Welten des Bundes absolut von Männern dominiert sind, und daß jede Frau, die intelligent genug ist, Wissenschaftlerin zu sein, diese Dominanz in Frage stellen würde. Also glaubten sie, daß di Velos Assistent Malocq natürlich eine Frau ist.«

»Aber das bist du doch nicht . . .«, hatte sie gesagt, wußte nicht, worauf das hinauslief, und er hatte geantwortet: »Du aber. Verstehst du das nicht? Es gibt eine Gelehrte Malocq, die akzeptiert würde. Ist es nicht ein Glück, daß du meinen Namen angenommen hast? Jetzt kannst du anstelle der di Velo gehen . . .«

»Dal, das kann ich nicht«, hatte sie protestiert. »Ich habe keine Ahnung von Archäologie!«

»Ich aber«, hatte er aufgeregt erwidert. »Ich kann dir Tonbänder geben, Blitzkurse für Erzieher, Hypno-Lerneinheiten – genug, um dir das Grundgerüst zu vermitteln, genug, um durchzukommen! Und ich bin die ganze Zeit über als *dein* Forschungsassistent zur Hand, verstehst du? Ich mache die Arbeit und bekomme meine Qualifikation, und du ebnest mir den Weg! Und du kannst deine eigenen Forschungen verfolgen. Du kannst alles besichtigen, weil sie dich als Ehrengast überall herumführen werden. Siehst du nicht, Cendri, was für eine wundervolle Chance das für uns beide ist?«

Sie hatte immer noch protestiert. Es war unehrlich. Nicht fair dem Matriarchat gegenüber. Aber ihre Proteste waren nur halbherzig. Es war *die* Chance, das Matriarchat aus erster Hand zu studieren, ein Auftrag, bei dem sie ihre Qualifikation als Gelehrte Dame erlangen konnte, ohne von Dal getrennt zu werden! Die Behörden von Universitas waren nur zu gern bereit, dieser Täuschung zuzustimmen. Es war schließlich das erste Mal, daß jemandem mit anthropologischer Ausbildung der Zugang zum Matriarchat erlaubt wurde. Es wäre auch nicht einfach gewesen, für jemanden wie di Velo schnell Ersatz zu bekommen – sie war die einzige Gelehrte von Rang, die ernsthaft die Möglichkeit von Gründer-Ruinen auf Isis überprüfen konnte.

Und so erteilte man Cendri rasch eine Einstufung als kommissarische Gelehrte Dame für das Trimester ihres Aufenthaltes auf Isis/Cinderella, und da war sie nun.

Die junge Pilotin sprach unverständliche technische Ausdrücke in ihr Interkom und sagte dann: »Wir fliegen nun in einer Höhe von sechstausend Universalmetern über die Küstenlinie von Ariadne. Gelehrte Dame, wenn Sie bitte einen Blick aus der Vogelperspektive auf die Häfen und die Küsten werfen wollen? Neben Ihrer Liege befindet sich ein Sichtgerät. Der Verschluß geht nach oben auf.«

Cendri klappte den Verschluß hoch, und sofort füllte sich die Kabine mit Sonnenlicht. Sie kniff die Augen zusammen und blickte auf das Meer hinab, das aus dieser Entfernung grün wirkte. Kleine Inseln sahen wie versprengte grüne Fleckchen oder dunkle Felsbuckel aus. Dann konnte sie die Küstenlinie mit bräunlichem Saum ausmachen sowie dunkle Flecken irgendeiner Vegetation. Sie konnte Schiffe sehen, die aus dieser Entfernung winzig wie Spielzeug wirkten. Weiter im Landesinneren lagen sanfte Hügel und schwarz-lila Streifen, die möglicherweise kultiviertes Land waren.

Während sie die Küste entlangflogen, bemerkte Cendri schwarze Umrisse von geometrischen, scharfkantigen Gebilden, die sich in einer merkwürdigen Anordnung emporreckten. Diese schien geometrischen Gesetzen zu unterliegen.

Sie fragte: »Diese Türme – ist das die Stadt Ariadne?«

Die Pilotin machte eine ablehnende Geste. »Aber nein!« sagte sie. »Könnten intelligente Frauen in solchen Höhen leben? Was würde wohl passieren, wenn die Erde bebt? Unter uns liegt das Gebiet Wir-Wurden-Geleitet. Zu Zeiten meiner Großmutter wurde das Schiff, das unsere Urmütter nach Isis brachte, zu diesen alten Ruinen geführt.«

Dal setzte sich auf und reckte den Kopf zum Sichtgerät hinüber. Cendri begriff, was er fühlte. Sie, Cendri, konnte die geheimnisvollen Ruinen sehen, die Dal hergeführt hatten, und er, Dal, den man wie ein Gepäckstück in Decken gestopft und auf einen Notsitz geklemmt hatte, sah nichts! Das Herz tat ihr weh, aber sie mußte ihr Rolle spielen. Die Pilotin blickte bereits stirnrunzelnd über die Schulter.

»Sagen Sie ihm, es soll sich hinlegen und still sein, oder es wird sich weh tun«, sagte sie, aber es klang nicht so, als würde ihr das etwas ausmachen, und Cendri, die an diesen Worten zu ersticken vermeinte, sagte: »Leg dich hin, Dal. Es dauert nicht mehr lange.«

Als spräche sie zu einem unruhigen Hund. Genau so. Dabei war Dal der Gelehrte, nach dem die Matriarchen geschickt hatten! Cendri hatte sich noch niemals so sehr als Schwindler gefühlt, wie in diesem Augenblick. Sie versuchte, Dals Blick zu erhaschen, aber er sah sie nicht an.

Auf Universitas hatte alles wie ein Scherz geklungen. Jetzt aber erschien es überhaupt nicht mehr komisch.

II

Cendri hatte innerhalb des Bundes viele Raumhäfen gesehen; sie waren alle sehr ähnlich: verwirrend, chaotisch, mit eiligen Passagiergruppen, uniformiertem Personal und allen Arten von Angeboten und Dienstleistungen. Im Gegensatz dazu erschien dies hier überhaupt kein Raumhafen zu sein. Eine niedrige Betonmauer umgab ein großes, mit dichter Vegetation überzogenes Gelände, auf dem es sich weich und elastisch ging. Hier und dort verliefen Sandwege. Eine größere Fläche war unbewachsen, nur ein schwärzlicher Fleck. Dort war das Transitschiff gelandet. Auf der einen Seite der Einfriedung befanden sich noch mehrere kleinere Raumschiffe innerhalb eines langen, niedrigen, überdachten Gebäudes, das an einer Seite offen war. Hinter der Einfriedung erblickte man Berge, die aus dieser Entfernung grau wirkten.

Innerhalb der Mauer gab es nur zwei Gebäude. Eines sah aus wie ein riesiges Lagerhaus aus vorgefertigten Plastikteilen, das andere war ein wohlproportionierter Bau mit einer großen Anzahl verschiedener Antennen, Wetterfahnen und Meßinstrumenten, die auf einer Art Kuppel auf dem Dach angebracht waren.

Cendri und Dal waren weit und breit die einzigen Passagiere. Es gab keine Rutschbahnen; die Pilotin half Cendri die Stufen des Transitschiffes hinab (Dal ließ man, so gut er konnte, hinabkrabbeln) und wandte sich dann an einen großen, dünnen Mann in einem lose fallenden weißen Pyjama-Anzug und einem roten Schultergehänge. Er fuhr einen kleinen motorisierten Pritschenwagen.

Die Pilotin sagte: »Das persönliche Eigentum der Gelehrten Dame von Universitas soll zum Haus der Promatriarchin Vaniya geschickt werden. Würdest du bitte dafür sorgen, sobald ein Transportmittel dafür zur Verfügung steht?«

Er verbeugte sich ohne ein Wort. Cendri starrte auf das rote Schultergehänge. Ihr fiel nicht eine einzige Welt ein, in der sich Männer derart zu schmücken pflegten. Zufällig sah sie, wie der Mann – wohl ein Gepäckträger – und Dal einen Blick austauschten. Der Mann starrte, bis er Dals Blick auffing. Dann machte er mit der Hand eine merkwürdige Geste, die er ängstlich vor der Pilotin verbarg. Er hielt die vier Finger der rechten Hand so zusammen, daß sie den Daumen berührten. Dann zog er den Daumen langsam weg und murmelte etwas, was Cendri nicht verstehen konnte.

Die Pilotin wartete. Cendri zuckte zusammen und eilte hinter ihr her. Die Anthropologin in ihr registrierte alles. Natürlich – in einer von Frauen dominierten Gesellschaft würde es mit Sicherheit viele Arten von Männerbünden, geheimen Gesellschaften und Erkennungszeichen unter Männern geben. Die Verbrüderung von Männern in Gruppen schien universell zu sein – doch Cendri war zu sehr Wissenschaftlerin, um zu behaupten, daß in einer galaktischen Gesellschaft etwas *wirklich* universell sein konnte – aber Männerbünde waren schon ein weitverbreitetes Phänomen. Cendri hatte auch gelernt, daß dies gewissermaßen eine höhere Form des Zusammenlebens sei. Das war ein Grund, warum Planeten wie Isis/Cinderella, auf denen Frauen herrschten, so ungeheuer selten waren. Sie kannte nur zwei: diese Welt, auf der sie nun stand, und deren Mutterkolonie Persephone. Außer an das gescheiterte Labrys-Experiment konnte sie sich an keine weitere erinnern.

Dal würde ihr schon helfen, Männergruppen zu untersuchen. Wenn sie für ihn archäologische Arbeit machte, mußte er wohl oder übel auch etwas von ihrer Arbeit übernehmen. Sie folgte der Pilotin über den Weg und hob vorsichtig ihre dünn beschuhten Füße. Cendri hatte keine so primitive Welt erwartet und zumindest mit Rollbändern gerechnet.

Warum hatte der Mann mit dem roten Schultergehänge Dal begrüßt? War es einfach eine allgemeine Grußform der Männer gewesen?

Das Gebäude mit der Instrumentenkuppel war innen durch niedrige, bewegliche Wandschirme in verschiedene Bereiche aufgeteilt. Sie waren aus durchscheinendem Papier oder Kunststoff und mit Landschaften oder Blumen in leuchtenden Farben bemalt. Hinter einer solchen Wand sah Cendri ein Büro mit Instrumententafeln und Fernsehmonitoren. Es herrschte ein leises Summen von Menschen, Maschinen und gedämpfter Unterhaltung. In einer größeren Abteilung war ein ständiges Kommen und Gehen, und hier fiel Cendri ein, was sie als so andersartig empfand.

Es lag nicht daran, daß es keine riesigen Gebäude, keine Wolkenkratzer und Betonmassen gab. Cendri war in anderen Welten gewesen, wo wenig gereist wurde und keine Mittel für die teuren Installationen zur Verfügung standen. Es war auch nicht das Fehlen von Passagierverkehr. Es gab viele Gesellschaften, wo man damit zufrieden war, daheim zu bleiben, entweder aus kulturellen oder psychologischen Gründen. Nein, es war etwas anderes, was diese Welt so grundsätzlich anders erscheinen ließ: Es war das Fehlen von *Uniformen!*

Zwei oder drei Leute waren wie die Transitschiffpilotin gekleidet, mit knappen Metallbändern um Brust und Hüften; aber eine von ihnen war hinter einem Schalter beschäftigt, wo es um eine Dienstleistung ging, die Cendri, die der geschriebenen Sprache noch nicht ganz mächtig war, nicht klar war, und die andere leerte Müllcontainer, so daß diese Bekleidung nicht »Transitschiffpilot« oder »Raumhafenoffizier« signalisieren konnte.

Viele Leute kamen und gingen, aber bisher hatten sie derart unterschiedliche Kleidungsstücke getragen, daß ihr schwindlig wurde. Viele trugen eine Art losen Pyjama-Anzug aus Hemd und Hose, was es auf den ersten Blick nicht ganz leicht machte, den Träger als Mann oder Frau zu identifizieren. Neben diesen Pyjama-Anzügen gab es die knappen Brust- und Hüftbänder (sie sah sogar einen Mann damit), es gab lose flatternde Kleider mit und ohne Kapuze, einige trugen knielange Kilts bei nacktem Oberkörper (kein sexuelles Tabu – sowohl Männer als auch Frauen gingen in dieser Kleidung). Sie bemerkte ein paar Männer mit aufwendig gelocktem und frisiertem Haar, aber auch Frauen trugen die Haare so. Es schien keinen besonderen Unterschied zwischen Männer- und Frauenkleidung zu geben. Cendri war verwirrt. Wie konnte man Funktion und Status von Menschen erkennen, wenn sie keine Uniform trugen? Auf dem Bundesschiff, das sie hergebracht hatte, konnte man auf den ersten Blick Offiziere und andere Funktionsträger vom Steward bis zum Piloten erkennen. Hier aber schien sich jedermann willkürlich zu kleiden, ohne Zeichen für Funktionen oder gar Geschlecht. Cendri war dies von Universitas her gewöhnt, wo sich die meisten Leute außer bei offiziellen Anlässen im Stil ihrer Heimatplaneten kleideten, ebenso von Raumhäfen, wo sich Männer und Frauen der verschiedenen Kulturen trafen. Aber eine solche Unterschiedlichkeit innerhalb derselben kulturellen Gruppe war ungewöhnlich. Cendri hatte auf den verschiedensten Planeten Feldstudien betrieben, und sie konnte nicht einen nennen, auf der man nicht Männer und Frauen unmittelbar durch eine bestimmte Kleidung, Haarstil oder Verhalten auseinanderhalten konnte.

Wie können sie Männer von Frauen unterscheiden? fragte sie sich. *Es muß einfach etwas geben.* Sie hatte diese Gesellschaft noch nicht genügend kennengelernt, um auch nur raten zu können, was es war.

Hunderte von Fragen lagen ihr auf der Zunge. Sie wünschte sich, daß ein normaler Forschungsauftrag in interkultureller Anthropologie sie hergeführt hätte. Aber sie erinnerte sich, daß das Matriarchat schon vor längerer Zeit bei einer der wenigen Kommunikationsakte mit dem Bund erklärt hatte:

»Das Matriarchat von Isis ist keine experimentelle Gesellschaft, und wir gestatten auch nicht, daß wir von Wissenschaftlern untersucht werden, wie diese Insektenkolonien mit einer Glasscheibe auf einer Seite, mit denen unsere Töchter spielen.«

Sie eilten durch die Korridore auf der anderen Seite des Gebäudes, und Cendri bemerkte, daß auch diese nur unvollständig durch die mobilen, durchscheinenden Wandschirme von den Büros und Warteräumen abgetrennt waren. Sie dachte über die Aussage der Matriarchen nach.

Cendris Mentor, Dr. Lakshman, hatte häufig darüber gewitzelt. Eine höchst unwissenschaftliche Haltung hatte er es genannt, unwürdig einer jeden Gesellschaft, undankbar, unsozial. Cendri hatte dagegen protestiert – sie war damals nur eine Studentin gewesen. Es sei schließlich deren eigene Gesellschaft, hatte sie gesagt, und die Matriarchen hätten das Recht, die Leute fernzuhalten, die sie nicht wollten. Lakshman konnte das nicht überzeugen. Paranoid hatte er das Matriarchat genannt. Aber eine Gesellschaft, die davon überzeugt war, daß Frauen überall dort schlecht behandelt würden, wo es so aufgeklärt zuging wie innerhalb des Bundes, mußte wohl paranoid sein. Cendri hatte nachgegeben. Schließlich waren nach dem Gesetz Frauen und Männer gleichgestellt, zumindest auf Universitas, das der offiziellen Politik nach zu urteilen wohl den besten Teil des Bundes präsentierte. Wenn es weniger Gelehrte Damen als Meistergelehrte und Gelehrte Doktoren gab, dann lag das sicher daran, daß wenige Frauen gewillt waren, sich um höhere akademische Weihen zu bemühen. Psychologisch gesehen, so hatte Cendri gelernt, waren Frauen weniger wettbewerbsorientiert. Sie hatte das bei sich selbst nach der Heirat mit Dal festgestellt. Cendri hatte keine Schwierigkeiten gehabt, den Gelehrtenrang zu erwerben. Auch Männer erkannten an, daß sie den meisten männlichen Kollegen dieses Ranges überlegen war. Viele Frauen, die Gelehrte oder Gelehrte Dame wurden, waren qualifizierter. Mittelmäßigkeit gab es nicht. Die nur durchschnittlichen Studentinnen brachen das Studium ab. Bewies das nicht, daß man Frauen innerhalb des Bundes in Wirklichkeit sogar als überlegen betrachtete? Cendri wußte, daß sie die Qualifikationen für einen höheren akademischen Titel erlangt hätte, wenn sie nicht das getan hätte, wozu Frauen häufig geneigt sind, nämlich nach der Heirat aufzuhören.

Offenbar war also die Haltung des Matriarchats wirklich eine Paranoia . . .

Sie waren am Ende des Flures angelangt. Die Pilotin wies Cendri in einen kleinen Raum innerhalb der durchsichtigen, halbhohen Trennwände und vollzog wiederum die Begrüßungsgeste des Bundes, mit vor dem Gesicht verschränkten Händen. Dann sagte sie mit einem Lächeln, das sie zum erstenmal wie das junge Mädchen aussehen ließ, das sie in Wirklichkeit war: »Es war mir eine Ehre und ein Vergnügen, Gelehrte Dame, daß ich Sie in den Empfangsraum für besondere Gäste begleiten durfte. Ich hoffe aufrichtig, daß ich Sie während der Zeit, in der Sie Isis mit Ihrem Besuch beehren, wiedersehen werde. Man hat die Promatriarchin Vaniya von Ihrer Ankunft benachrichtigt. Wenn Sie sich bitte hier ausruhen wollen, Gelehrte Dame? Die Promatriarchin wird so bald als möglich jemanden zu Ihrem Empfang schicken. Wenn Sie eine Erfrischung wünschen . . .«, sie wies auf eine Tafel an der Wand, ». . . der obere Hebel wird Ihnen eine heiße Flüssigkeit, der untere eine kalte spenden. Leider muß ich jetzt zu meiner Arbeit zurückkehren. Würde mich die Gelehrte Dame bitte entschuldigen?«

Cendri sagte: »Selbstverständlich. Und vielen Dank.« Und die Pilotin verschwand.

Es gab keine Möbel in der Empfangshalle für wichtige Gäste, nur ein paar Kissen lagen auf dem Boden, der mit einem weichen Teppich in gedämpften Farben bedeckt war. Cendri sah sich die Wandschirme genauer an. Sie hatte gedacht, die Landschaften seien aufgedruckt, sie waren aber gemalt, und das nicht sonderlich gut. Hinter ihr sagte Dal: »Nun, wie fühlt man sich als VIP?«

Sogleich war sie zerknirscht und schuldbewußt. Sie hatte Dal fast vergessen! Schnell sagte sie: »Oh, Liebling, es tut mir so leid. Es hätte dein Empfang sein sollen – es ist schrecklich, nicht wahr? Sie war entsetzlich gemein – hat dich wie einen Hund behandelt!«

Dal lachte, und Cendri fühlte sich unendlich erleichtert. Wenn Dal die Sache weiterhin wie einen Scherz ansah, konnten sie es hier ertragen.

»Ich habe den Eindruck, Männer werden hier ungefähr wie Hunde behandelt. Selbst vor fünfhundert Jahren auf Pionier haben wir niemals unsere Frauen gebrandmarkt oder sie gezwungen, Halsbänder zu tragen!« Er kicherte und befühlte das numerierte Band um seinen Hals. »Aber ich denke, eine Welt der Frauen mußte zu diesem Extrem kommen.«

»Es ist sicher extrem«, stimmte Cendri mißmutig zu. »Ich glaube nicht, daß ich mich hier wohlfühlen werde, Dal.«

»Na, das ist gut! Ich mußte mir eine ganze Menge Späße im Gelehrtenzimmer der Archäologischen Abteilung anhören, nämlich, daß es dir hier gefallen würde, daß ich wahnsinnig wäre, meine Frau hier loszulassen, damit sie sähe, wie es ist, wenn die Frauen regieren . . . so in dieser Art. Ich habe ihnen gesagt, daß ich dir vertraue und daß du ein vernünftiges Mädchen bist, aber trotzdem – jeder dieser Typen fand es *komisch!*« Bekümmert schüttelte er den Kopf. »In den Wochen vor unserer Abreise war ich der Narr der ganzen Abteilung.«

»Oh, Dal, das tut mir leid – du hättest es mir sagen sollen!«

»Du hättest nichts tun können, Liebes. Jedenfalls habe ich ihnen erzählt, ich würde mich mit Plastikbusen als Frau verkleiden, wenn ich nur die Gelegenheit bekäme, zu den Gründer-Ruinen zu gelangen, und manchmal habe ich sogar daran geglaubt«, sagte er lachend.

Plötzlich fiel es ihr wieder ein. »Dal – der Gepäckträger, der Mann mit dem roten Schulterband, der, der unser Gepäck nahm! Er hat dir ein Zeichen gegeben. Es sah aus wie eine Losung . . .?«

»Oh, das«, sagte Dal. »Ja, ich habe es bemerkt.«

»Was hat er gesagt? Ich konnte es nicht verstehen.«

»Er sagte: *›Wir sind nicht in Ketten geboren‹*«, meinte Dal. »Muß irgendeine Art religiöser Gesellschaft sein. Wie die Khoristen auf Beteigeuze Neun, die jeden mit *›Unendlichkeit ist Frieden‹* begrüßen. Erinnerst du dich? Klar, das gehört eher in deine Abteilung. Ich weiß nicht viel über Subkulturen oder ähnliches.« Er lächelte. »Oder vielmehr, es interessiert mich nicht.«

»Ich hatte gedacht«, grübelte sie, »es sei eine Art Männerbund. Aber es hört sich fast . . . nach einer Widerstandsgruppe gegen die Regierung oder so an . . .«

Dal blickte unbehaglich drein. Aber er sagte: »Nein, Cendri, so etwas wäre viel geheimer. Sie würden nicht zu einem vollständig Fremden gehen und ihm revolutionäre Sprüche erzählen.«

Cendri runzelte die Brauen. Revolutionäre Sprüche? Nun, *»Wir sind nicht in Ketten geboren«* konnte man als einen revolutionären Spruch betrachten, in einer Welt, in der Männer tatsächlich Zeichen oder Brandmale trugen, die sie als rechtliches Eigentum der Frauen auswiesen. Sie hatte es nicht unter diesem Aspekt gesehen. Aber Dal hatte sicher recht. Wenn es revolutionär wäre, hätte man wohl kaum einen völlig Fremden, noch dazu von einem anderen Planeten, so begrüßt.

»Irgendwie muß ich herausbekommen, wie Männer in dieser Gesellschaft leben . . .«, begann sie, fühlte sich jedoch plötzlich müde und erschöpft. Dies war nicht der Zeitpunkt für eine ausführliche Erörterung. Sie ging zum Schaltpult und fragte: »Laß uns etwas trinken. Heiß oder kalt, Dal?«

»Kalt«, sagte er. »Aber du siehst aus, als könntest du etwas Heißes gebrauchen. Laß mich nur machen.« Er führte sie zu einem der Kissen und ging zum Schaltpult hinüber.

Der obere Hebel entließ eine heiße Flüssigkeit in einen vorgeformten Faserbecher, die Cendri an eine heiße Fruchtsuppe erinnerte. Es schmeckte angenehm, und nach einigen Schlucken fühlte sie sich wieder genügend gestärkt, um Dals kaltes Getränk zu untersuchen. Es war dunkelbraun und schmeckte wie gekühlter Kakao, doch nach einem kleinen

Schluck fühlte sie sich so angeregt, daß sie noch etwas anderes darin vermutete. Koffein? Ein amphetaminähnliches Alkaloid? Drogen waren von Welt zu Welt sehr unterschiedlich.

Dal setzte sich neben sie und betrachtete die bemalten Wandschirme. Sie sah kleine eckige Buchstaben in einer Ecke und sagte: »Du verstehst ihre Sprache besser. Was heißt das?«

Dal kniff die Augen zusammen. »Der Name des Künstlers, glaube ich. Ja: *Gemalt von den – . . . Schülerinnen . . . der Schule von Töchtern der Fischerfrauen.* Kein besonders gutes Bild, doch für Schulmädchen geht es wohl.« Unruhig rutschte er hin und her. »Ich frage mich, wie lange sie uns hier warten lassen. Scheint mir keine angemessene Behandlung für eine VIP zu sein.«

Sie zuckte die Achseln. »Kommt darauf an, welche kulturelle Haltung sie gegenüber Zeit und Pünktlichkeit einnehmen. In manchen Gesellschaften hätte man uns schon eine unentschuldbar lange Zeit warten lassen, und je nach unserem Status als VIP und dem Status unseres offiziellen Begrüßers müßte sich dieser in den Staub werfen oder aus Kummer Selbstmord begehen. Beim anderen Extrem, in einer Gesellschaft mit einer eher lockeren Haltung gegenüber Zeit und Pünktlichkeit, wird sich vielleicht in den nächsten Tagen niemand an uns erinnern. Ich schlage vor, wir machen es uns bequem, weil wir uns entspannen und *ihre* Haltung akzeptieren sollten, wie immer sie auch sein mag. Das ist die erste Regel bei Feldstudien in der Anthropologie: Finde die Tabus der Gesellschaft und ihre Haltung gegenüber der Zeit heraus und akzeptiere sie.«

Dal zog wütend die Brauen zusammen. »Verdammt, Cendri, ich habe eine Bemerkung gemacht und nicht um einen anthropologischen Vortrag gebeten!«

»Es war kein Vortrag . . .«, begann Cendri und seufzte dann. »Tut mir leid, Liebling. Macht der Gewohnheit.«

»Ist schon gut«, sagte er großzügig, »denk nur daran, daß du hier nicht als Anthropologin gilst. Außerdem glaube ich nicht, daß die Dame di Velo wüßte, was ein Tabu ist, selbst wenn es auf sie zukommt und sie anspuckt.«

Cendri blickte ihn erstaunt an. »Gibt man euch in eurer Abteilung keine Verhaltensregeln? Wie kann man sich denn in einer Welt zurechtfinden, wenn man nicht zunächst einmal ihre Tabus kennenlernt und ihre kulturellen Grundvoraussetzungen begreift?«

»Wir kommen schon so klar«, sagte er mit zusammengepreßten Lippen, und sie seufzte: »Laß uns nicht streiten. Bitte.«

»Mir scheint, als suchtest du Streit«, sagte er, und Cendri biß sich auf die Lippen. Es hatte keinen Sinn, ihn wütend zu machen. Diese Reise würde seine Selbstbeherrschung bis zum äußersten auf die Probe stellen. Es war demütigend genug für ihn, nach außen hin die untergeordnete Rolle zu spielen, und dann trug er auch noch das Halsband, das ihn auf diesem Planeten als ihr offizielles Eigentum auswies. Sie mußte zurückstecken, um diese Demütigung nicht noch zu verstärken. Cendri stand auf, um die Wandschirme zu betrachten und sich auch die Zeichnungen auf den anderen anzusehen.

Plötzlich schwankte ein Wandschirm und fiel um. Überrascht und aus dem Gleichgewicht gebracht, klammerte sie sich an Dal, und sie fielen zusammen auf den Boden. Der Wandschirm zerbrach über ihnen. Man hörte ein Grollen wie von fernem Donner und von überall her Schreie, das Geräusch zusammenstürzender Wandschirme und Innenwände. An Dal geklammert, dachte sie entsetzt: *Es muß ein Erdbeben sein!* Der Trinkautomat wankte vor und zurück, fiel aber nicht um. Er schien auf Rollen zu stehen.

Noch einige Sekunden lang setzte sich das Zittern fort. Von den Steinwänden des Gebäudes rieselte ein wenig grauer Staub, doch die Außenwände hatte dem seismischen Schock widerstanden. Jetzt verstand Cendri auch den Sinn dieser Wandschirme. Starre Innenwände würden zusammenfallen und müßten mühsam wiederaufgebaut werden. Dal schob den über ihnen zusammengebrochenen mit einer Hand beiseite.

Eine junge Frau mit einem roten Schultergehänge erschien

in dem Spalt, den der umgestürzte Wandschirm hinterlassen hatte. Schnell und ohne zu grüßen sagte sie: »Kommen Sie sofort mit. Es kann Nachbeben geben, und wir müssen das Gebäude räumen.«

Dal half Cendri auf die Füße. Cendri begegnete dem erstaunten Blick der Frau mit dem Schulterband und zuckte zusammen. Schnell folgten sie ihr durch einen Flur, der voller umgestürzter, zerbrochener oder zerissener Wandschirme war, hinaus auf eine ausgedehnte, bewachsene Fläche. Die Frau sagte: »Sie sind die Gelehrte Dame von Universitas?« Auf Cendris Nicken hin sagte sie: »Verzeihen Sie bitte meine Unkenntnis diplomatischer Höflichkeiten, aber Sie müssen hier bleiben. Ich muß zurück, um sicherzustellen, daß alle Schwangeren und Besucher das Gebäude verlassen haben. Wenn Sie bitte hier warten wollen. Ich werde Ihnen so bald wie möglich jemanden schicken.« Sie eilte zurück und warf noch einen verdutzten Blick über die Schulter.

Dal schüttelte erstaunt den Kopf. »Das ist eine Begrüßung in dieser Welt! Glaubst du, daß das hier oft passiert? Hast du gemerkt, daß schwere Gegenstände auf Rollen stehen?«

»Habe ich«, sagte Cendri. »Sie scheinen jederzeit auf Erdbeben vorbereitet zu sein! Ich glaube, ich kann mich erinnern . . .«, sie runzelte die Stirn. Bevor sie herkam, hatte sie innerhalb kurzer Zeit, immer auf der Suche nach dem Wichtigsten, alles Erreichbare über die Siedlung auf Isis/Cinderella gelesen. Der Planet, der seinerzeit unter dem Namen Cinderella bekannt war, war früher aus irgendwelchen Gründen für die Kolonialisierung und Besiedlung als ungeeignet eingestuft worden. Wenn er außergewöhnlich seismisch war, war das völlig verständlich. Dennoch war er für das Matriarchat der einzige Planet gewesen, der zur Verfügung stand. Sie schienen ausgeklügelte Methoden erfunden zu haben, um mit dem Erdbeben fertig zu werden – leichte Innenbauweise, schwere Geräte auf Rollen, und sie war sicher, daß es auch Tabus über unbewachte Feuer gab. Gerade konnte sie an einer Ecke des Gebäudes Flammen hochzüngeln sehen. Leute schrien und rannten, zogen Schläuche und stiegen auf kleine motorisierte Plattformen. Die Feuerbekämpfungsmaßnahmen sahen schnell und effizient aus.

Dal pfiff überrascht. »Cendri – es sind Frauen, die das Feuer bekämpfen!«

»Nun, Dal, es ist ein Matriarchat.«

»Sicher, aber schwere, körperliche Arbeit, gefährliche Arbeit . . .«, protestierte er. »Männer sind doch einfach stärker. Sollten sie nicht natürlicherweise solche Arbeit erledigen?«

»Habe ich auch gedacht«, sagte sie, »aber wir wissen es nicht. Ich an deiner Stelle würde mich nicht dazu äußern.«

Er sagte knapp: »Mir würde sowieso kaum jemand zuhören.«

Die Frauen in dicken, enganliegenden Schutzanzügen aus einem Fasermaterial schnitten die zerbrochenen Wandschirme auseinander, zogen sie weg und ließen sie ausbrennen. Der Rauch war schwarz, als sei eine der elektrischen Leitungen angeschmort worden. Doch bald war alles vorbei. Die Frauen mit rauchgeschwärzten Gesichtern rollten die Schläuche auf und schoben die Plattformen weg. Die Leute begannen, wieder in das Gebäude zurückzukehren. Einige Frauen überwachten noch den offenen Hangar, um zu verhindern, daß die Transitschiffe durch Funkenflug beschädigt wurden.

Cendri fragte sich, ob ihr Gepäck sicher war. Sie hatten eine ganze Menge an Materialien, Büchern, Tonbändern und Aufzeichnungsgeräten mitgebracht. Sollte sie hingehen und nachsehen? Aber als Dal seine Meinung darüber äußerte, zögerte sie.

»Sie haben gesagt, wir sollen hier warten. Sie werden uns jemanden schicken. Sieh mal, da kommt jemand. Die Frau dort zeigt auf uns, siehst du?«

Die Frau stand neben einer anderen in einem hellblauen, lose geschnittenen Pyjama-Anzug, mit einem breitrandigen Sonnenhut und dunklem Haar, das auf dem Rücken zu einem

Zopf geflochten war. Sie eilte auf Cendri und Dal zu. Als sie näher kam, sah Cendri, daß sie jung war – jünger als sie selbst – und hochschwanger.

Sie hielt in einigem Abstand vor Cendri an, wartete und sagte dann zögernd: »Gelehrte Dame Malocq?«

Cendri stellte sich knapp vor. Sie wußte, daß, bevor sie mehr über die hiesigen Gebräuche erfahren hatte, ungefähr alles, was sie tat, einen Bruch der Etikette bedeuten konnte. Es könnte auch eine Verletzung der Sitten sein, etwas nicht zu tun, aber Unterlassungen waren in den meisten Kulturen gewöhnlich weniger problematisch als Übertretungen. Sie beobachtete, daß Dal, der nicht die umfassende Ausbildung in interkulturellem Protokoll genossen hatte, sich bereits verbeugt hatte. Die Augen der Frau ruhten jedoch nicht einmal eine Sekunde lang auf ihm.

Sie sagte: »Ich bin Miranda, die dritte Tocher der Promatriarchin Vaniya. Meine verehrte Mutter hat mich gebeten, Sie abzuholen und in unser Landhaus zu geleiten. Wie Sie sehen können« – sie wies mit einer nervösen Geste auf die Leute, die aufgeregt um das Gebäude herumliefen, aus dem immer noch vereinzelt Rauchfahnen quollen – »hatten wir einige Schwierigkeiten. Da man das Beben auch in der Stadt verspürt hat, konnte meine Mutter nicht selber kommen und Sie begrüßen. Sie hat mich hergeschickt, Sie willkommen zu heißen und läßt Sie bitten, diese Unhöflichkeit zu vergeben.«

Cendri verbeugte sich formell und schlug die Hände vor dem Gesicht zusammen, wie im Gebiet des Bundes. »Die Promatriarchin erweist mir eine zu große Ehre, Lady Miranda.«

»Es sind wohl eher Sie, die *uns* eine Ehre erweisen, Gelehrte Dame«, sagte Miranda. »Am Ausgang warten ein Gefährt und ein Fahrer auf uns; wenn der ehrenwerte Gast mir bitte folgen will.«

Cendri folgte ihr. Ihre Brauen waren leicht zusammengezogen. Etwas begann, sie zu verwirren.

Sie benimmt sich zu formal. Es paßt nicht zu allem anderen, was ich hier sehe, keine Uniformen und das planlose Durcheinander. Und dennoch hat sie mich begrüßt, als sei sie mit den Gebräuchen des Bundes vertraut.

Sie wünschte sich, sie könnte das mit Dal diskutieren, aber die Art und Weise, in der die Transitschiffpilotin und diese Lady Miranda seine Existenz ignoriert hatten, warnte sie. Wenn sie Dal in der Öffentlichkeit zuviel Aufmerksamkeit zuteil werden ließ, könnte das auch ihren eigenen Status gefährden. Sie beschwichtigte ihre Schuldgefühle und sagte sich, daß sie lange und ausführlich mit Dal reden würde, sobald sie allein waren.

Ob es ihn überhaupt interessiert? Er ist Archäologe, eigentlich könnte er sich kaum weniger für ihre Sozialstruktur und Gebräuche interessieren . . . Sie dachte plötzlich, daß es gut sei, daß sie anstelle von Dame di Velo hierhergeschickt worden war, die vielleicht nicht gewußt hätte, was sie mit einer so ungewöhnlichen und ausgeklügelten Gesellschaftsstruktur hätte anfangen sollen. Und wenn nicht purer Zufall im Spiel gewesen wäre, hätte man ihr niemals den Zutritt gestattet. Sie sagte sich, daß sie Dal für die Idee, sie hierherzubringen, dankbar sein müsse, doch sie fühlte statt dessen eine so intensive Abneigung, daß es sie bis ins Mark erschütterte.

». . . ehrenwerte Gelehrte Dame?«

»Es tut mir leid«, sagte Cendri und riß sich zusammen. »Ich war mit meinen Gedanken woanders. Wie war noch Ihre Frage, Lady Miranda?«

»Ihre Begleitung . . .«, sie blickte Dal dabei nicht an, »kann beim Fahrer sitzen, wenn es das wünscht. Ich hoffe, es ist zuverlässig und gehorsam?«

»Sehr«, sagte Cendri und wagte nicht, Dal anzusehen.

»Sagen Sie ihm bitte, es soll nach vorn zum Gepäck gehen.« Erstaunt sah sie, wie Dal hineinkletterte, ohne daß es ihm jemand befohlen hatte. »Versteht es wirklich unsere Sprache?«

Cendri sagte trocken: »Meine Begleitung, Lady, ist ein Gelehrter von Universitas.«

Miranda hob überrascht die Augenbrauen, gab aber keine Antwort.

Der Fahrer war eine grauhaarige, untersetzte Frau. Sie trug grobe dunkle Kleidung. Mit einer herablassenden Geste bedeutete sie Dal, daß er sich auf dem freien Raum neben dem Schaltknüppel, wo das Gepäck abgestellt worden war, zusammenrollen möge. Cendri selbst wurde mit aller Zeremonie in das kastenartige Innere, das reich mit Teppichen ausgeschlagen und mit Kissen ausgestattet war, hineinkomplimentiert. Es schien Cendri, daß Dals Anwesenheit den Raum kaum überfüllt hätte, aber sie wußte nicht, welche Tabus sie damit verletzt hätte. In ihr stieg eine ungeheure Neugier auf, und sie konnte sich kaum zurückhalten, unzählige Fragen zu stellen, die nichts mit ihrer vorgeblichen Mission zu tun hatten.

Als Miranda sich unbeholfen – sie war wirklich *hoch*schwanger – in den Kissen niedergelassen hatte, sagte Cendri: »Ich hoffe, das Erdbeben hat nicht allzu großen Schaden verursacht?«

»Nur sehr wenig«, antwortete Miranda. »Eine Frau, die die Malabteilung leitet, wurde verletzt, als ein Fahrzeug gegen einen Felsen fuhr, aber sie sorgte dafür, daß keiner ihrer Schützlinge zu Schaden kam. Eine Frau im Kommunikationsraum blieb ein wenig zu lange auf ihrem Posten, funkte Warnungen für die Küstenregion hinaus und atmete Rauch von den elektrischen Leitungen ein – aber sie wird sich erholen. Eine andere Frau wurde verletzt, als ein Müllcontainer auf sie herabfiel – ich glaube, sie brach sich den Knöchel. Natürlich müssen Dutzende von Wandschirmen erneuert und bemalt werden, aber das ist die Arbeit der Kinder der Stadt. Es macht ihnen Spaß, neue Wandschirme für öffentliche Gebäude herzurichten, so daß sie sich freuen werden.«

»Gibt es hier viele Erdbeben?«

»Unglücklicherweise ja, sehr viele.« Schnell fügte sie beruhigend hinzu: »Sie brauchen keine Angst zu haben, Gelehrte Dame, Sie werden im Haus der Promatriarchin untergebracht, in der Nähe der Ruinen Wir-Wurden-Geleitet, und dort bebt die Erde niemals, denn diejenigen, die sie gebaut haben, halten ihre schützende Hand über diesen Boden.«

Interessant, wenn die Gesellschaft, die diese Ruinen erbaut hatte, ob es nun die hypothetischen Gründer waren oder nicht, das technologische Wissen besessen hatte, ihre Ansiedlung außerhalb der tektonischen Krisenlinien zu errichten! Es war allerdings unwahrscheinlich, daß es sich dann um die Gründer gehandelt hatte. Diese Stadt war viel, viel älter als die Isis/Cinderella-Kolonie, die hier erst seit siebzig Standardjahren existierte. Doch sicher nicht so alt, um von den mysteriösen Gründern zu stammen, die die Galaxis Jahrtausende vor irgendeiner bekannten Rasse befruchtet haben sollten. Keine der überlebenden Technologien hätte einer Gesellschaft ermöglichen können, tektonisch unsichere Gebiete aufzuspüren und seismische Spannungen zu registrieren – oder das Gegenteil – und mehr als ein paar Jahrtausende vorherzusagen.

Und was Miranda über die Erbauer dieser Ruinen gesagt hatte, daß sie den Boden vor Beben beschützten, ließ darauf schließen, daß sie diese Stelle offensichtlich religiös verehrten. Sie wollte mehr darüber erfahren. Sie wollte *alles* über diese Kultur erfahren!

Gründer-Ruinen! Gründer! Wie konnte man sich nur um eine prähistorische Rasse kümmern, die vielleicht nicht einmal menschlich war, wenn die gesamte Galaxis, die ganze Einheit und was darüber hinausging, aus faszinierenden Kulturen bestand, die noch lebten, funktionierten, und die man erforschen konnte! Wieder verspürte sie ein Gefühl der Enttäuschung. Wollten diese Frauen des Matriarchats jeden von ihrer Kultur fernhalten, bis sie abgestorben war und dann wie diejenige der Gründer erforscht werden mußte? Aus vielleicht unverständlichen Hinweisen, die ihre wenigen dauerhaften Schöpfungen hinterließen?

Nicht, daß das Matriarchat viele unvergängliche Schöpfungen hinterlassen würde, die man Millionen von Jahre später würde erforschen können, dachte sie, als sie durch das

Wagenfenster aus Kunststoff nach draußen blickte. Ihren ersten Eindruck von der Stadt bildeten niedrige, regelmäßige Gebäude, die aus sonnengetrockneten Ziegeln hergestellt und mit leuchtenden Bildern geschmückt worden waren, die sich in Qualität und Vielfalt derart voneinander unterschieden, daß Cendri vermutete, die einzelnen Häuser seien nicht von professionellen Künstlern und Malern, sondern von den Einwohnern selber verziert worden.

Die Häuser lagen in unregelmäßigen Gruppen über parkähnliches Gebiet verstreut. Der Wagen bewegte sich langsam durch schmale Straßen, die mit Frauen, Männern und Kindern bevölkert waren. Es herrschte die gleiche verwirrende Vielfalt in der Kleidung, die Cendri bereits auf dem Raumhafen beobachtet hatte. Es gab keinerlei Uniformität, obwohl diejenigen, die arbeiteten – ein Mann hängte Bündel leuchtendbunt eingefärbter Textilien auf einen hölzernen Rahmen, eine Frau schob eine Karre, auf der ein Berg hellgrüner Kugeln, die sowohl Gemüse als auch Spielzeug sein konnten, aufgestapelt waren – allgemein weniger trugen, als diejenigen, die nichts taten.

Das Erdbeben hatte keine Panik in der Stadt verursacht. Wahrscheinlich lag das an der besonderen Konstruktion der Häuser, doch wurden überall Müll und Schutt fortgeräumt, und die Leute schleppten zerbrochene, zerissene oder rauchgeschwärzte Wandschirme zur Reparatur. Eine Gruppe von Männern arbeitete an einer Grube, die eingestürzt war.

Überall waren Kinder zu sehen; im vorpubertären Alter liefen sie nackt herum, nur mit Sonnenhüten und Sandalen bekleidet, und sahen braungebrannt und gesund aus. Die älteren arbeiteten zusammen mit den Erwachsenen beim Aufräumen der Erdbebenschäden. Die jüngeren spielten Spiele, die einem unerfahrenen Beobachter wie zielloses Durcheinanderlaufen erschienen wären, obwohl eine Gruppe kleiner Mädchen in einem Sandhaufen kauerte und irgend etwas mit flachen Steinen spielte, während eine gemischte Gruppe Halbwüchsiger ein Seil drehte und in abgezirkelten Schritten darübersprang.

Es war spät am Nachmittag, und die Sonne hing tief über dem Dach eines niedrigen weißen Gebäudes, das von einem Park umgeben war. »Sie sind leider zu einer etwas unglücklichen Zeit angekommen, Gelehrte Dame«, sagte Lady Miranda. »Dies hier ist die Residenz der Hohen Matriarchin von Isis und zugleich der Tempel der Göttin. Die Hohe Matriarchin war es, die Sie – oder vielmehr die Gelehrte Dame di Velo – eingeladen hat, doch zur Zeit liegt unsere geliebte Mutter im Koma an der Schwelle des Todes.«

Cendri wußte nicht, was man in einem solchen Fall sagen sollte. Es hing von der Einstellung einer Gesellschaft gegenüber dem Tod ab, ob nun Beileidsbekundungen angebracht waren – oder Glückwünsche! Unverbindlich murmelte sie: »Es tut mir leid, daß ich zu ungelegener Zeit komme.«

»Ich nehme an, die Ungelegenheiten werden ganz auf Ihrer Seite sein, Gelehrte Dame«, sagte Lady Miranda und spielte mit dem Ende ihres langen Zopfes. »Ich fürchte, daß unsere Mutter und Priesterin sterben wird, ohne eine Nachfolgerin benannt zu haben; es wird lange dauern, bis wir wissen, welche der beiden Promatriarchinnen ihren Rang, Ring und Robe erben wird. Deshalb wird hier alles zum Stillstand kommen, bis wir die Berater konsultiert haben. Und ich fürchte, daß auch Ihre Arbeit unterbrochen wird, bis wir die Schwierigkeiten zwischen den beiden Promatriarchen – meine Mutter, Vaniya, und ihre Rivalin und Kollegin Mahala – beseitigt haben. Diese Schwierigkeiten, so sagte meine Mutter, sind mannigfaltig und reichen zurück bis in die Zeit, als sie beide noch in ihrer Mutterwelt Persephone als kleine Mädchen über Spiele gestritten haben.«

Cendri war besorgt. Man hatte sie ausführlich auf den Leitsatz hingewiesen, der einem Studenten der Soziologie oder der Anthropologie verbat, auf irgendeiner Welt bei rivalisierenden Fraktionen für eine Seite einzutreten; war es daher korrekt, daß sie bei einer der Rivalinnen einquartiert wurde?

Nun, sie vermutete, daß alles, lange bevor sie hier ankam, geregelt worden war, und Mirandas nächste Worte bestätigten dies: »Ich selbst kenne mich weder in der Politik aus«, sagte sie, »noch darin, was die Rivalität und die Unterschiede zwischen den beiden angeht. Aber ich bin die loyale Tochter meiner Mutter, ganz gleich, wie richtig oder falsch diese Sache anderen erscheinen mag. Und meine Mutter hat mir gesagt, daß die Hohe Matriarchin am letzten Tag, an dem sie zusammenhängend reden konnte, davon gesprochen hat, daß sie hierhergebracht und in unserem Haus einquartiert werden sollten, weil es so nahe bei den Wir-Wurden-Geleitet-Ruinen liegt, daß man sie vom oberen Stockwerk aus deutlich sehen kann. Vom Tor aus ist es nur ein kurzer Weg am Strand entlang. Es schien der Hohen Matriarchin, daß Ihre Arbeit am besten von hier aus getan werden könnte. Natürlich war die Promatriarchin Mahala darüber sehr wütend, teils, weil sie meine Mutter haßt, wie ich schon gesagt habe, und teils, so glaube ich, weil Mutter Rezali den ehrenwerten Gast nicht *ihrer* Obhut anvertraut hat. Aber während all ihrer Jahre auf Isis hat die Promatriarchin Mahala immer behauptet, daß sie nicht an die Gründer glaubt.«

»*Sie* glauben aber an sie?« fragte Cendri.

»Oh, ja«, sagte Miranda. »Ich habe oft mit ihnen kommuniziert. Aber Mahala, verstehen Sie, ist eine derjenigen Frauen, die an nichts glauben, außer es paßt in ein bestimmtes Regelsystem, das sie für sich selbst erfunden haben. Daher sagt sie, daß unser Kontakt mit den Gründern Aberglaube und Unsinn sei. Sie ist, glaube ich, eine sehr dumme Person.«

Cendri brauchte eine Minute, um diese unglaubliche Bemerkung zu verdauen. *Kommunikation? Mit den Gründern?* Sie rief sich ins Gedächtnis, daß die Gründer – falls sie überhaupt jemals existiert hatten, was ernsthafte Wissenschaftler bezweifelten – ihre Ruinen vor nicht weniger als zwei Millionen Jahren verlassen haben sollten! Sicherlich war die Bemerkung von Lady Miranda von symbolischer oder religiöser Bedeutung! Und sie konnte noch nicht einmal danach fragen, weil sie nicht wußte, welchen Stellenwert religiöse Dinge in dieser Gesellschaft hatten!

Cendri fühlte sich unendlich enttäuscht, gab ihrer Stimme aber einen unverbindlichen Klang. »Es wird in der Tat unserer Arbeit höchst zuträglich sein, daß wir so nahe bei den Ruinen wohnen. Das war sehr aufmerksam von der Hohen Matriarchin.«

»Es war eine Entscheidung, die Mut verlangte«, sagte Miranda, »und jetzt ist vielleicht alles umsonst – natürlich hängt es davon ab, wer zur Hohen Matriarchin ernannt wird. Ihr Tod zu dieser Zeit kann all die Arbeit der letzten Jahre fruchtlos machen. Sie hatte geglaubt, daß wir hier auf Isis mehr Kontakt mit dem Bund haben sollten, doch es hat lange gedauert, bis die Zeit reif war für diese einleitende Geste: die Gelehrte Dame di Velo hierher einzuladen, um die Ruinen zu untersuchen. Es gibt immer noch Leute, die Angst vor Kontakten mit den Welten haben, die von Männern dominiert sind; sie denken, es könnte unsere Gesellschaft nur vergiften . . .« Sie brach ab und sagte ängstlich, wobei ihre Finger nervös mit dem Zopfende spielten. »Bitte – meine Mutter sagte, daß ich Sie nicht beleidigen soll, da Sie aus einer von Männern dominierten Welt kommen – und es gibt hier Leute, die fürchten, Sie bringen uns nichts als Versuchung –, ich sage das wohl ganz falsch«, sagte sie mit einem unsicheren Lächeln.

Cendri antwortete neutral – das einzige, was sie hier nicht durfte, war die Grundlage dieser Gesellschaft in Frage zu stellen –: »Die Welten des Bundes sind nicht von Männern dominiert. Oh, vielleicht gab es auf Welten wie Pionier und Apollo vor ein paar hundert Jahren gewisse – Ungerechtigkeiten. Aber auf meinem Heimatstern waren sie niemals erheblich, und auf Universitas sind Männer und Frauen völlig gleichberechtigt.«

Miranda hob ihre feinen Augenbrauen mit offensichtlicher Skepsis. Sie sagte: »Ich bin sicherlich nicht genügend informiert oder intelligent genug, um hierzu etwas zu bemerken,

Gelehrte Dame. Aber es widerspricht allem, was ich jemals gehört habe.«

Cendri lächelte. »Natürlich werde ich Sie niemals überzeugen können, Lady Miranda. Das einfachste wäre für Ihre Welt, jemanden . . .«, sie zögerte und suchte nach einem präzisen Ausdruck, »einige Ihrer besten Studenten dorthin zu entsenden, so daß jede Frau erkennen kann, daß sie dort genauso willkommen ist wie ein Mann und nur auf Grund ihrer persönlichen Begabung und wissenschaftlichen Fähigkeit akzeptiert wird.«

Lady Miranda lachte. Sie sagte: »Allein die Tatsche, daß Männer als Gelehrte akzeptiert werden, zeugt von Vorurteilen und Ungerechtigkeit. Es ist eine seit langem durch unabhängige Wissenschaftler bewiesene biologische Tatsache, daß das durchschnittliche Hirn eines Mannes kleiner ist als das der Frau, daß weibliche Kinder bei Eintritt der Pubertät größer und schwerer sind, und natürlich auch danach; Männchen sind so von ihren zwanghaften Sexualtrieben abhängig, daß es unmöglich ist, sie zu erziehen. Männliche *Kinder* kann man natürlich erziehen, wenn man sich sehr viel Mühe gibt. Aber nur in einer von Männern beherrschten Gesellschaft kann sich die Idee durchsetzen, daß ein erwachsener, funktionierender Mann zu einem richtigen Gelehrten werden kann.«

Cendri mußte sich energisch vor Augen führen, daß sie nicht gekommen war, um zu streiten oder den Bund oder die Welt Universitas zu verteidigen. Diplomatisch gab sie zurück: »Ich bin sicher, daß Sie das bei Ihren Experimenten so herausgefunden haben, Lady, aber ich versichere Ihnen, daß wir auf Universitas eine große Anzahl männlicher Gelehrter haben.«

Miranda nickte, und nach einem Augenblick merkte Cendri, daß sie sie zu besänftigen suchte, daß Miranda diplomatisch und höflich war. »Natürlich hat man Ihnen beigebracht, so zu denken, Gelehrte Dame, und Sie haben niemals, ich bin sicher, eine Chance gehabt, Forschung ohne kulturelle Befangenheit zu betreiben.«

Da dies exakt das gleiche war, was Cendri zu Miranda

sagen wollte, war sie versucht, zu lachen. »Lassen Sie uns daher hoffen, Lady, daß der Tag kommen möge, an dem die Studenten von Isis dies selbst beurteilen können.«

Mit spontaner Freundlichkeit erwiderte Miranda ihr Lächeln. »Ich wollte, es wäre so! Wissen Sie, man hat davon beim Rat der Hohen Matriarchin geredet – daß wir Gelehrte auf Universitas senden, mehr Handel mit dem Bund treiben und an den Problemen anderer Welten teilnehmen; wir müssen mehr über Grundwassertechnologie, Berechnungen über Reserven und die Kultivierung trockenen Bodens sowie über Ökologie wissen. Die Hohe Matriarchin glaubte auch, daß wir den Frauen der Einheit gegenüber verantwortlich sind, ihnen das Beispiel einer funktionierenden, vernünftigen Gesellschaft vorführen zu müssen, weil sie ihm andernfalls niemals folgen. Doch viele Frauen reagieren verrückt bei diesem Thema. Sie glauben immer noch – oder tun zumindest so, wie manche Politikerinnen –, daß die Welten des Bundes nur auf der Lauer liegen, um uns zu erobern und wieder unter männliche Herrschaft zu bringen, wie sie es mit unserer erste Kolonie auf Labrys gemacht haben . . .« Sie hielt inne, sah Cendri an und fragte: »Sie kennen die Geschichte?«

»Ich weiß nur, daß die Kolonie auf Labrys zerstört wurde«, sagte Cendri. »Die offizielle Geschichte lautet, daß eine überängstliche Verwaltung die Geschwindigkeit, mit der ihre Sonne auf Nova zuraste, falsch berechnet und die Leute auf einer Welt mit instabilem Schwerkraftfeld neu angesiedelt hatte. Es gibt kaum Aufzeichnungen; aus den meisten erhaltenen geht hervor, daß es ein enormer bürokratischer Schwindel war, für den der Bund eine hohe Entschädigung zahlen mußte. Aber mit Entschädigungen kann man natürlich kein Menschenleben ersetzen, und es wäre ganz und gar nicht überraschend, wenn einige Leute dies als einen Streich gegen das Matriarchat bezeichnen würden.«

»Man nennt es so«, sagte Miranda nüchtern, »und es gibt auch manche, die mich als eine Verräterin bezeichnen, weil ich gesagt habe, daß ich selbst fern auf Universitas studieren würde.«

»Ich hoffe, daß es eines Tages möglich sein wird«, sagte Cendri, und Miranda lächelte höflich und gab zurück: »Ich würde gern andere Welten sehen. Ich habe keine Angst vor männlich-dominierten Welten! Ich . . .«, wieder lachte sie, fröhlich, herausfordernd, »ich *widerstehe* jedem Mann, der mich beherrschen möchte!«

Sie klang absolut selbstbewußt, und Cendri dachte, wie unpassend es sei, daß diese junge Frau, zart, hübsch und schwanger, einen solchen Trotz an den Tag legte. Wäre sie auf ihrer eigenen Welt gewesen, hätte sie gesagt: *Es gibt eine ganze Menge Männer, meine Liebe, die es gern versuchen würden, und dir würde es vielleicht sogar Spaß machen, wenn du ihnen nur eine faire Chance einräumst. In mancher Hinsicht ist es gar nicht so schlecht, dominiert zu werden.* Miranda war schwanger. *Das* hatte sie also sicher schon herausgefunden! Doch natürlich konnte sie so etwas hier nicht sagen; also genoß sie es einfach, daß Lady Miranda zum Klatschen aufgelegt war. Wohl typisch für eine Frauengesellschaft, dachte sie und ermutigte sie:

»Sie selbst würden gern auf Universitas studieren? Gibt es viele Frauen, die so denken?«

»Ich bin sicher«, sagte Miranda. »Es gibt eine Menge Frauen vom College von Ariadne, die sich gemeldet haben, der Gelehrten Dame bei ihrer Forschungsarbeit zu assistieren, wenn sie damit einverstanden ist. Doch es gibt auch einige, die dies für ein Sakrileg halten, weil uns Ihre Arbeit die Liebe und Zuneigung der Gründer kosten wird . . .«

»Die . . .« Cendri schluckte, ». . . die Liebe und Zuneigung der – Gründer?« Einen Moment lang war sie sicher, daß sie Miranda falsch verstanden hatte. Mirandas Augen leuchteten.

»Oh, ja. Sie werden das auch fühlen. Sie sind eine Frau!«

Cendri traute ihren Ohren nicht. Wie, um Himmels willen, konnte sie objektiv bei den Ruinen arbeiten, wenn diese Gegenstand religiöser Verehrung waren, einer Verehrung, die, nach Mirandas Gesichtsausdruck zu urteilen, an Götzendienst grenzte?

Ganz ehrlich gesagt, kümmerte es sie recht wenig, ob die Ruinen der Gründer jemals erforscht wurden oder nicht. Das nämlich war Dals vornehmliche Aufgabe. Für Cendri galt, daß, je länger die Untersuchungen der Ruinen durch die Krankheit der Hohen Matriarchin verzögert wurden, ihr desto mehr Zeit zur Verfügung stand, diese faszinierende und vielleicht unmögliche Gesellschaft zu erforschen und zu beschreiben.

Der Wagen hielt vor einem Gebäude an, das um einiges größer war als diejenigen innerhalb der Stadtmauern. Lady Miranda sagte: »Hier ist die Residenz meiner Mutter, der Promatriarchin Vaniya. Willkommen, Gelehrte Dame. Sie müssen keine Angst haben«, fügte sie ernsthaft hinzu, »daß es ein oberes Stockwerk hat. Wir sind hier so dicht bei Wir-Wurden-Geleitet, daß die Erde hier niemals bebt, und Sie sind im zweiten Stock so sicher wie in den Armen der Göttin.«

Ich frage mich, dachte Cendri, *ob es sich nun um ein seismisches Phänomen handelt, oder ist diese Liebe und Zuneigung der hypothetischen Gründer eine Glaubensfrage?* Sie konnte nicht fragen. Sie mußte es einfach herausfinden. Erdbeben konnten schließlich überall passieren, auf fast jeder Welt, und sie hatte niemals Angst gehabt, in einem oberen Stockwerk zu wohnen. Ihr kleines Appartement auf Universitas war auf der 18. Etage eines riesigen Wohnkomplexes, und sie hatte bis heute nicht den leisesten Gedanken an ein mögliches Erdbeben verschwendet. Ernsthaft versicherte sie Miranda, daß sie keine Angst habe, und Miranda lächelte.

»Und ich habe keine Angst vor all den angedrohten Gefahren des Bundes, Gelehrte Dame.«

Cendri wollte gerade aussteigen. Sie hielt, die Hand auf der Türklinke, inne. Mit großem Erstaunen fragte sie: »Die Gefahren des Bundes? Was, bitte, könnte Ihnen denn möglicherweise gefährlich werden?«

»Krieg!« sagte Miranda, und ihr Gesicht sah plötzlich sehr

ernst aus. »Das ist eine historische Tatsache, Gelehrte Dame, daß jede Gesellschaft, in denen man Männern gestattete, zu herrschen, von innen her durch Krieg zerstört wurde, weil Männer von Natur aus zerstörerisch und aggressiv sind. Ich glaube, das ist es, was sie fürchten.«

Cendri blinzelte Miranda an und sagte: »Unsere Gesellschaft aber, der Bund, blüht seit mehr als fünfhundert Jahren des Friedens, Lady Miranda. Ich kann Ihre Gedanken überhaupt nicht verstehen.«

Lady Miranda sah verwirrt aus.

»Ich sagte, daß ich von Politik keine Ahnung habe. Sie müssen mit meiner Mutter darüber reden. Kommen Sie«, sagte sie, lehnte sich zu Cendri hinüber und öffnete die Tür. »Ich möchte Sie in unserem Heim begrüßen, Gelehrte Dame.«

Cendri bewegte vorsichtig ihre steifen Knie und stieg aus dem Auto. Sie sah, wie auch Dal steif und verkrampft aufstand. Er runzelte die Stirn, als hätte er eine unangenehme Fahrt gehabt, und stieg vorn, wo auch das Gepäck ausgeladen wurde, aus.

Ich muß ihm eine Menge erzählen. Wie lange wird es noch dauern, bis ich mit ihm allein sein kann? Ich traue mich nicht, ihn hier in aller Öffentlichkeit anzureden! Sie lächelte Dal zu und versuchte, ihn zu ermutigen, aber er mied ihren Blick, und Cendris Herz sank tiefer.

Das war der Anfang des schwierigsten und kompliziertesten Auftrags, den sie jemals gehabt hatte. Und sie konnte sich nicht einmal voll darauf konzentrieren, denn ihre gesamte Energie wurde durch die Sorge um Dals Gefühle aufgezehrt! Es war gerechtfertigt; sie konnte Dal vollkommen verstehen, aber sie konnte auch nicht umhin, es zu bedauern.

Ein paar Stufen, die ersten, die sie auf Isis zu Gesicht bekam, außer bei der repräsentativen Residenz und dem Tempel der Hohen Matriarchin, führten zur Eingangstür. Miranda geleitete sie in einen großen Raum, dessen Wände mit Gobelins behangen und der durch wandschirmartige, helle Trennwände unterteilt war. Der Boden war sauber mit Schilf- oder Tatmimatten ausgelegt. Überall in dem Raum lagen Gegenstände, die auf spielende Kinder hinwiesen: Spielzeug, Puppenkleider, ein Kinderschuh – doch die Kleinen selber hatte man eilig fortgebracht. Cendri glaubte fast, sie könne noch die kleinen Stimmen der Kinder hören, die überrascht protestierten, weil sie beim Spielen unterbrochen wurden.

Was bedeutet wohl ein Botschafter einer anderen Welt für sie? Ein Gelehrter des Bundes und sein Auftrag ist weniger als ein Nichts. Wann werde ich diese Leute sehen, wie sie wirklich sind, und nicht, wie sie sich mir gegenüber verhalten? Werde ich überhaupt dazu die Möglichkeit haben? Ein Soziologe kann sich in den Hintergrund zurückziehen, hat die Chance zur Beobachtung. Aber ich bin hier, um komplizierten politischen Zielen zu dienen – Zielen des Bundes. Zielen des Matriarchats – und die Erforschung der Ruinen ist lediglich ein Vorwand. Ich bin der lebendige Beweis, daß der Bund ihre Art zu leben nicht angreift. Das ist mein wahrer Auftrag, obwohl ihn mir niemand erteilt hat. Ich frage mich, ob Dal auch schon dahintergekommen ist?

Lady Miranda sah sich bestürzt in dem unordentlichen, spielzeugübersäten Raum um. »Stimmt es, daß in der Welt der Gelehrten Dame bestimmte Räume nur für offizielle Treffen und Politik reserviert sind?«

Sie schien so bestürzt zu sein, daß Cendri einen Moment lang schwieg, um eine wohlüberlegte Antwort zu formulieren, die sie beruhigen würde. Schließlich sagte sie: »Jede Welt hat ihre eigenen Gebräuche, Lady Miranda, und es gibt nicht irgendwo im Jenseits eine Autorität, die in ausgewogenen Worten bestimmt, welche Gebräuche am besten den menschlichen Geist repräsentieren.« Es klang fast wie ein Zitat, als sie dieses banale Klischee von sich gab – es war ein Motto über einem Anfängertext in vergleichender Anthropologie gewesen –, aber es vertrieb den sorgenvollen Ausdruck aus Lady Mirandas Gesicht. Sie sagte: »Entschuldigen Sie mich für einen Moment. Ich muß nachsehen, ob meine Mutter Sie empfangen kann . . .«, eilte hinter die Wandschirme und ließ sie allein. Cendri blickte schnell hinüber zu Dal, aber er hob nur unverbindlich die Brauen und sagte nichts. In einiger Entfernung – Privatleben mußte in dieser Art Häusern schwierig, wenn nicht gar unmöglich sein – hörte sie leise Stimmen, dann kam Miranda eilig zurück.

»Würde die Gelehrte Dame meiner Mutter verzeihen? Das Erdbeben hat im Dorf der Fischerfrauen an der Küste größeren Schaden angerichtet, und man hat dringend nach der Promatriarchin gerufen, damit sie sieht, wie groß die Schäden sind, und was getan werden muß, um den armen Frauen zu helfen. Viele Boote wurden im Hafen zerschmettert. Sie hat eine Nachricht hinterlassen, daß sie bei Sonnenuntergang zurück sein wird; es sei denn, sie würde aus dringenden Gründen aufgehalten. Sie würde Sie dann gerne willkommen heißen und mit Ihnen speisen. Erlauben Sie mir in der Zwischenzeit, Sie zu den Räumen zu geleiten, die wir für Sie vorbereitet haben? Und wenn ich Ihnen in irgendeiner anderen Weise behilflich sein kann, bitte sagen Sie es mir.«

Cendri antwortete höflich, daß es ihr nichts ausmache, zu warten, bis die Promatriarchin Zeit habe. Sie war die formellen Reden allmählich leid, die sich von Mirandas Lippen quälten. Sie fügte hinzu, daß es sehr angenehm sei, nach dieser Reise etwas ruhen zu können.

»Wenn die Gelehrte Dame mir bitte folgen würde . . .«

Die Räume lagen im zweiten Stock. Die zwei Treppen hinauf zierte ein reich und sorgfältig gearbeitetes Geländer. Eine Treppe war mit einer Art Gitter versperrt, das wohl kleine Kinder am Herunterfallen hindern sollte. Auf den oberen Fluren sah sie die ersten massiven Wände auf Isis/Cinderella, doch auch diese Wände waren teilweise durch die leichten, beweglichen Wandschirme verkleidet, die in dieser Welt wohl zum normalen Raumschmuck gehörten. Wände und Paravents waren mit Gemälden verziert, die wie von Kinderhand gefertigt aussahen. Obwohl sie sehr müde war, registrierte Cendri ihre Umwelt immer noch wie eine routinierte Anthropologin. Kinder traten überall in Erscheinung und waren nicht in einen abgetrennten Teil des Haushaltes oder der Gemeinschaft abgedrängt. Miranda öffnete eine vergoldete Tür und sagte: »Man hat diese Räume hier für die Gelehrte Dame und – ihre Begleitung vorgesehen.« Zum ersten Mal streifte sie Dal mit einem kurzen, scheuen Blick, und Cendri hatte den merkwürdigen Eindruck, daß sie ihre Höflichkeit auch ihm gegenüber bezeigen wollte, aber nicht wußte, wie sie es anstellen sollte.

Sie fragte sich verwundert, ob diese Frauen nie zuvor einen Mann gesehen hatten! Sie benehmen sich wirklich, als hätten sie niemals zuvor einen zu Gesicht bekommen, und das ist lächerlich – überall laufen Männer herum!

Ich kann nicht erwarten, daß ich nach zwei Stunden schon alles verstehe . . .

Der Raum war auf allen Seiten mit Vorhängen umgeben. Miranda zeigte Cendri, wie man sie zurückzog – »So daß Sie Dunkelheit und Intimität oder Licht haben können, ganz wie Sie wünschen«, sagte sie und stellte sie mit einer automatischen Bewegung auf indirektes Licht ein, was die Sonnenstrahlung abschirmte. Hinter einem anderen Vorhang zeigte sie ihnen eine Tür und sagte: »Sie können sich hier erfrischen, wenn Sie es wünschen. Die Gelehrte Dame hat nichts dagegen, das Badezimmer mit Ihrer Begleitung zu teilen? Wenn das nicht zutrifft, soll ich Ihnen sagen, daß sich am Fuß der Treppe die Einrichtungen für Männer befinden . . .«

»Ich habe nichts dagegen«, sagte Cendri schnell.

In der Mitte des Zimmers befand sich ein Bett, das schmalste und höchste, das Cendri jemals gesehen hatte. Sie fragte sich, wie sie es wohl fertigbringen würde, dort zu schlafen, ohne herauszufallen. Miranda zeigte ihnen Kleiderhaken, Regale – Cendri bemerkte, daß sie sorgfältig an Haken befestigt waren, und daß man die Bücher mit beweglichen Halterungen in den Regalen befestigen konnte; eine vernünftige Vorsichtsmaßnahme für eine Welt, die ständig von Erdbeben bedroht ist – ein spiegelverkleidetes Kabinett mit einem gepolsterten Sitz und in einer Ecke des Zimmers einen Alkoven, der weich gepolstert und mit einer Unzahl feinster Kissen angefüllt war, als sei die ganze Nische ein einziges luxuriöses Bett. Lady Miranda sagte mit einem schnellen Seitenblick auf den Alkoven: »Als meine Mutter mich informierte, daß die Gelehrte Dame mit Begleitung kommt, haben wir ihr diesen Raum reserviert, einen Raum mit einer Vergnügungsecke.« Schnell und verstohlen blickte sie zu Dal, und Cendri sah auf die weichen Kissenhaufen und verstand plötzlich. Fast hätte sie gekichert oder wäre vor Verlegenheit errötet.

Diese Trennung – dieses hohe, schmale Ding, offensichtlich ein Bett, und die üppige »Vergnügungsecke« – sagt mir mehr darüber, wie diese Gesellschaft Sexualität einordnet, als eine ganze Reihe erotischer Filme oder ein paar Vorlesungen über sexuelle Bräuche! Sie sah, daß auch Dal verstanden hatte, denn seine Mundwinkel zuckten, und Cendri hatte plötzlich Angst, er könnte laut auflachen, während Miranda noch im Zimmer war. Hastig sagte sie: »Sie sind zu freundlich, Lady; alles ist sehr bequem.«

Nach ein paar weiteren höflichen Phrasen und der Versicherung, daß ihr Gepäck bald gebracht werden würde, wandte sich Lady Miranda zum Gehen, mit der letzten Bitte, daß, sollte irgend etwas nicht nach dem Geschmack der Gelehrten Dame sein, sie nur ihre Hilfe anzufordern brauche.

»Wir sind sehr geehrt und zufrieden«, sagte Cendri. Es war ein Risiko, Dal in die Antwort mit einzuschließen, aber mit der »Vergnügungsecke« in ihrem Zimmer – wieder stieg ein Lachen in ihr hoch – hatten sie zumindest schweigend Notiz von seiner Existenz genommen! Mit einer formellen Geste sagte sie: »Wir bitten lediglich um eines: Wenn wir Ihre Gebräuche in irgendeiner Form verletzen, so bitten wir Sie, zu akzeptieren, daß es in Unwissenheit geschah und daß wir Sie nicht beleidigen wollten.«

Es war das erste Mal, daß sie Gelegenheit hatte, diese kleine, auswendig gelernte Rede anzuwenden, die für den Kontakt mit einer fremden Gesellschaft gedacht war. Während ihrer Ausbildung hatte sie sie allmählich für ein Klischee gehalten, so banal und stereotyp, daß es eigentlich ohne Bedeutung war. Es überraschte sie, als diese Worte Lady Miranda das erste echte Lächeln entlockten.

»Sie sind sehr freundlich, Gelehrte Dame. Ich hoffe, daß Sie hier glücklich sein werden!« Wieder ein schneller, verlegener Blick auf Dal, sie fügte flüsternd, als sei es sehr gewagt, hinzu: »Für Sie beide!« und zog sich errötend zurück.

Als sich die Tür geschlossen hatte, zog Dal peifend den Atem ein. Er ließ sich in die »Vergnügungsecke« fallen und platzte heraus: »Wie findest *du* das denn alles? *Sharrioz!* Was für eine Welt!« Er kicherte. »Wenn sie Mitglied des Bundes werden wollen, so müssen sie sich ganz schön ändern!«

Cendri wollte widersprechen – nichts sprach dafür, daß Isis Mitglied werden wollte –, hielt aber Frieden. Dal mußte jetzt einfach den Zorn darüber abbauen, wie ein Nichts behandelt zu werden, als Teil von Cendris Gepäck, ein nützliches Utensil für ihr Vergnügen und ihre Lust. *Armer Dal,* dachte sie und wollte ihm einen Gefallen tun, wußte aber nicht genau, wie.

»Laß uns mal sehen, was für ein Badezimmer sie uns gegeben haben. Einige Forscher beurteilen Kulturen nach dem Zustand ihrer sanitären Einrichtungen, weißt du.«

»Ich weiß«, sagte Dal, wieder besser gelaunt. »Ich habe dir das erzählt, erinnere dich. Die Ruinen von Serpens Delta Vier hatten acht verschiedene Klassen von Latrinen und Badeeinrichtungen, jede für eine andere Kaste dieser Gesellschaft, und nach den rituellen Objekten, die wir gefunden haben, zu urteilen, gab es starre Tabus für die eine Kaste, die Badeeinrichtungen der anderen zu betreten! Also laß uns diese hier anschauen, bevor sie zum archäologischen Untersuchungsgegenstand wird!«

»Irgendwie haben wir doch die gleiche Art von Arbeit, stimmt's, Dal?« sagte sie und äußerte einen Gedanken, der ihr schon früher einmal gekommen war. »Ich studiere Kulturen, die es noch gibt, und du studierst sie, wenn sie aufgehört haben zu existieren, aber es ist die gleiche Arbeit, nicht wahr, Liebling?«

»Ja, das stimmt«, antwortete Dal freundlich, aber ohne Überzeugung. »Obwohl es natürlich keinen Maßstab gibt, eine Gesellschaft objektiv zu erfassen, und die Wissenschaftler müssen subjektive Kategorien anlegen, entweder ihre eigenen oder die der jeweiligen Gesellschaft. Man kann keine Gesellschaft beurteilen, außer aus der historischen Perspektive«, fügte er hinzu, und Cendri, die das alles bereits einmal gehört hatte, ohne ihm zuzustimmen, ließ es kommentarlos im Raum stehen. Zusammen gingen sie das luxuriöse Bad erkunden, das ihnen die Promatriarchin angewiesen hatte.

»Wenn man eine Kultur nach ihrem Leitungssystem und ihren Installationen beurteilte, käme diese hier gut weg, nicht wahr?« sagte Cendri schließlich. Es war unglaublich aufwendig, enthielt nicht allein umfangreiche Bade- und Toiletteneinrichtungen, sondern auch Duschen in verschiedenen Größen und Höhen und einige Einrichtungen, über deren Bedeutung sie sich nicht im klaren war. Sie vermutete, daß ein flaches, hüfthohes Becken mit Gitter und Kopfstütze sowie Wasserhähne, die nur handwarmes Wasser abgaben, für das Baden sehr kleiner Kinder eingerichtet war, die so nicht Gefahr liefen, entweder fallengelassen, verbrüht oder mit kaltem Wasser erschreckt zu werden, über andere konnte sie nicht einmal kluge Vermutungen anstellen; Einrichtungen für die Körperpflege konnte man nur bei tatsächlichem Gebrauch beurteilen.

Dal sah sie zweifelnd an. Er sagte: »Ich bin nicht sicher, Gesellschaften, die zuviel Wert auf Körperpflege gelegt haben, waren in der Regel im Niedergehen begriffen, historisch gesehen. Zähe und kräftige Gesellschaften neigen dazu, spartanischer zu sein, doch die Überbetonung der körperlichen Bequemlichkeit ist exakt das, was ich von einer Gesellschaft erwartet habe, wo Frauen die Zielrichtung bestimmen.«

Cendri runzelte die Stirn und war sich nicht sicher, ob sie ihn verstand. »Alle Gesellschaften arbeiten für körperliche Bequemlichkeit, Dal, so wie sie sie definieren, oder?«

»Du weißt das besser«, wich Dal aus. »Nach Luxus strebt eine Gesellschaft aber nur, nachdem sie ihre ersten Energien verausgabt hat. Frauen gehören meist nicht zum Hauptstrom einer Kultur, weil die richtige Arbeit in einer Gesellschaft von Männern gemacht wird. Erst wenn die wichtigen Ziele einer Gesellschaft erreicht sind, haben die Männer mehr Zeit, um ihre Frauen anzuregen, die weniger wichtigen Dinge, wie körperliche Bequemlichkeit, anzugehen. Historisch gesehen heißt das, daß die Männer nichts anderes mehr zu tun haben, als die Ziele und Wünsche zu verfolgen, die Frauen gesetzt haben . . .«

Cendri erwiderte: »Aber in einer Kultur, die *primär* von Frauen organisiert wurde, wurden vielleicht die Prioritäten anders gesetzt?«

»Das ist genau, was ich sage«, sagte Dal geduldig. »Eine Kultur, in der diese Prioritäten gesetzt sind, erreicht das Stadium der Dekadenz zu einem sehr frühen Zeitpunkt. Diese Gesellschaft ist noch jung, doch ich kann bereits erste Anzeichen von Dekadenz feststellen; ein sehr niedriger Organisationsgrad und eine unstrukturierte Hierarchie, ohne sichtbaren anreizenden Status, was sehr gut zu den anderen Anzeichen für Dekadenz paßt: übertriebene Betonung körperlicher Bequemlichkeit, Mangel an Zeitgefühl, oder die Idee, daß du es dir bequem machst, während du wartest, und als Spezialistin nicht gegen diese Zeitverschwendung protestierst. Das bedeutet auch eine Mißachtung der Zeitvorstellung des Bundes.«

Sie wurden durch zwei Personen unterbrochen, die ihr Gepäck brachten, einen Mann und eine Frau. Als sie wieder verschwunden waren, hatte Cendri sämtliche Lust an ihrer Unterhaltung verloren – sie hatte all das bei ihrem Studium über Kulturelle Institutionen gehört –, aber Dal fuhr fort:

»Es gibt bestimmte Prioritäten, die bei einer so jungen Gesellschaft wie dieser hier Vorrang haben *müssen* vor so überflüssigen Dingen wie körperlicher Bequemlichkeit. Zuerst kommt die Eroberung – wenn es keine richtigen Feinde gibt, die in einem Krieg besiegt werden müssen, dann sind es das Gebiet und das Klima, die unterworfen werden müssen –, dann Expansion, Entwicklung einer Hierarchie und von Direktiven, wie die sozialen Ziele zu erlangen seien. Eine Gesellschaft, die dem Priorität gibt, was nur für Frauen wichtig ist, wird niemals das eine oder andere dieser Stadien in ausgeprägter, kraftvoller Form erreichen.« Er lächelte. »Und eine solche Gesellschaft ist nie von Dauer! Also studiere sie, solange es geht, Cendri. Unter diesen Vorzeichen ist es unwahrscheinlich, daß sie irgend etwas erreicht, was auch nur geringe historische Bedeutung oder Perspektiven hat.« Nachsichtig fügte er hinzu: »Natürlich bist du an der historischen Perspektive nicht interessiert, oder? Frauen sind das nie – man muß das entschuldigen. Vielleicht ist es aus biologischen Gründen notwendig, aber Frauen neigen immer dazu, immer in der Gegenwart zu leben und die historischen Perspektiven den Männern zu überlassen. Und Frauen scheinen das auch niemals als Fehler zu erkennen!«

Cendri fragte sich, ob er die Gelehrte Dame di Velo hier mit einbezog, die eine der bemerkenswertesten Archäologinnen des Bundes war, und ob er sie auch zu den Frauen zählte, die unfähig waren, etwas in historischer Perspektive zu sehen, aber sie war klug genug, dies nicht zu sagen.

»Hast du etwas von dem gehört, was mir Lady Miranda über die Bedingungen hier erzählt hat?«

Wie sie befürchtet hatte, rief diese Frage Dals Bekümmernis zurück.

»Wie sollte ich, wenn ich neben einer alten Vogelscheuche im Gepäckabteil herumkollerte?«

»Ich bin sicher, daß du mehr von der Stadt gesehen hast als ich«, sagte sie, aber er ließ sich nicht besänftigen. »Ich bin nicht hergekommen, um mir die Landschaft anzusehen«, brummte er, »aber ganz und gar nicht!«

»Das habe ich mir gedacht, andernfalls hättest du dich nicht darüber beklagt, daß sie uns warten ließen«, sagte sie. Sie erklärte ihm knapp, was ihr Lady Miranda über das

Sterbebett der Hohen Matriarchin erzählt hatte, und daß eine mögliche Nachfolgerin gegenüber dem Bund vielleicht eine völlig andere Haltung einnehmen würde.

Dal fragte scharf mit leicht gerunzelter Stirn: »Welche Haltung vertritt die Promatriarchin – *diese* hier? Welche Haltung nimmt *sie* gegenüber dem Bund ein?«

»Ich weiß es nicht, Dal. Es war noch nicht der richtige Zeitpunkt, zu fragen. Ich kann mir aus dem, was Lady Miranda sagte, vorstellen – sie selbst würde gern auf Universitas studieren –, daß sie keine größeren Vorurteile gegenüber dem Bund hat, aber genau weiß ich es nicht.«

»Ich hätte gedacht, daß dies das erste sein würde, was du in Erfahrung bringst«, sagte Dal stirnrunzelnd. »Werden Frauen denn nie einen Sinn für das Wichtigste entwickeln?«

Jetzt fühlte sie sich herausgefordert. »Ich weiß nicht, was Frauen tun, Dal; ich weiß nur, daß ich *meiner* Urteilskraft vertraut habe, was ich fragen kann und was nicht. Wir sind hier schließlich in einer fremden Gesellschaft und müssen erst einmal etwas über ihre Art der Höflichkeit und gesellschaftlichen Restriktionen herausfinden. Ich habe getan, was ich konnte!«

»Da bin ich sicher«, murmelte Dal, doch es war klar, daß er anders dachte. Sie versuchte, ihn zu besänftigen. »Ich kenne Vaniyas politische Einstellung nicht, aber sie war damit einverstanden, daß wir ihr Haus als Ausgangspunkt für die Erforschung der Ruinen der Gründer benützen, weil es so günstig gelegen ist. Lady Miranda sagte, daß man sie von den oberen Etagen sogar sehen könne.«

Cendri ging zum Fenster und zog den Vorhang beiseite. Sie befanden sich hoch über einem eingefriedeten Garten, der mit grünlich-grauen Sträuchern bepflanzt war, die leuchtende Blüten trugen. Weiter entfernt lag der Strand mit Sandbuchten und langer, rollender Dünung. Unter einem Felsen lag ein kleines Fischerdorf. Es sah alt und wettergebeutelt aus, mit einem einzigen hohen Gebäude, das wohl ein Leuchtturm oder eine Aussichtsplattform war.

Noch weiter entfernt, den Strand entlang, erhoben sich niedrige Hügel, und auf dem am nächsten liegenden sah man eine Gruppe mächtiger hochragender Formen, eckig, geschwärzt und höher als die Häuser in Ariadne, auch regelmäßiger. Aus dieser Entfernung wirkten sie fensterlos, kahl, unstrukturiert und in ihrer einfachen Geometrie befremdend. Sie waren anders als alles, was Cendri bisher gesehen hatte.

»Dal«, sagte sie, »komm her und sieh dir das an. Sind das die Ruinen, die die Gelehrte Dame di Velo die Ruinen der Gründer nennt?«

Dal kam zum Fenster. Seine muskulöse Hand hielt die Falten des Vorhangs zurück. Er war still und starrte hinaus, und Cendri sah ihn an und merkte, wie sich sein Gesicht straffte und er die Augen zusammenkniff.

Schließlich sagte er mit gedämpfter Stimme: »Es sind . . . Ruinen. Mehr als das kann ich unmöglich sagen. Die Dame di Velo hatte nur das gesehen, was sie als Beweise dafür betrachtete, daß die Galaxis wirklich durch diese Leute bevölkert wurde. Es wäre nicht . . . wissenschaftlich exakt, auch nur eine Vermutung darüber anzustellen. Aber doch, ja, das sind die Ruinen von Isis – die Ruinen, derentwegen wir hergekommen sind.«

Abrupt wandte er sich vom Fenster ab und ließ den Vorhang herabfallen. Mit schweren Schritten ging er zur »Vergnügungsecke«, stolperte dabei über einen der leichten Wandschirme und stellte ihn achtlos wieder gerade. Warum sind hier, fragte sich Cendri, überhaupt Wandschirme, wenn es doch feste Wände und Vorhänge gibt? Oder dachten die Frauen von Isis, daß ein Zimmer ohne sie nicht wie ein Zimmer aussähe? Sie wußte, daß sie sich auf diese alberne Frage konzentrierte, um ihren Kummer über Dals Schmerz zu überdecken.

Er preßte das Gesicht in die Kissen und sagte: »Und wenn ich mir vorstelle, daß ich nicht hinausgehen kann! Nichts dort tun darf, nicht einmal hinausgehen und sie *ansehen* darf – ohne *dich,* Cendri, und dir ist das alles völlig egal, oder? Ich wollte, ich wäre nie hierhergekommen . . . niemals . . .!«

Sie wollte weinen und widersprechen: *Es ist mir nicht egal, Dal!* Doch sie wußte, daß diese Worte aus ihrem Mund hohl klingen würden. Ruhig wandte sie sich von ihm ab. Sie wußte, daß er niemals verzeihen würde, daß sie ihn so hatte zusammenbrechen sehen. Seine Arbeit bedeutete ihm so viel mehr als alles andere auf der Welt. Angesichts seiner Verzweiflung erschien ihr die eigene Arbeit plötzlich trivial und bedeutungslos. Das einzige, was sie Dal jetzt geben konnte, war das Gefühl von Alleinsein. Sehr leise ging sie auf die andere Seite des Raumes – nun froh, daß die Wandschirme ihn in mehrere Bereiche abteilten – und begann, ihre Sachen auszupacken und einzuräumen.

III

Stunden später, als das Licht draußen dämmrig wurde, hörte Cendri unten im Haus eine Vielfalt von Geräuschen – Schritte, Stimmen und Bewegungen – und wußte, daß die Promatriarchin Vaniya zurückgekommen war.

Sie wußte, daß man sie bald offiziell zum Dinner bitten würde, also erfrischte sie sich in dem luxuriösen Badezimmer, steckte ihr langes blondes Haar zu einer komplizierten Frisur auf und zog ein Kleid an, das für ein formelles Abendessen auf Universitas passend gewesen wäre. Sie würde schon noch herausfinden, was man hier bei solchen Gelegenheiten für passend erachtete. Es war jedoch nach allem, was sie bisher gesehen hatte, keine Gesellschaft, in der viele winzige Unterschiede in der Kleidung aussagekräftig für Statusunterschiede gewesen wären. Als sie über die schmalen Falten des eleganten, enganliegenden Kleides strich, wunderte sie sich darüber. Sie hätte es normal gefunden, daß eine von Frauen organisierte Gesellschaft der Kleidung enorme Aufmerksamkeit geschenkt hätte. War das nicht überall sonst ihr Hauptanliegen?

Dal hatte seine gute Laune wiedergefunden, ordnete ihre Nachschlagewerke ein und prüfte, ob ihre Kameras und Aufzeichnungsgeräte beim Transport keinen Schaden erlitten hatten. Er schien intensiv beschäftigt zu sein, und sie wollte ihn nicht stören, doch schließlich bemerkte sie: »Dal, solltest du dich nicht fertigmachen?«

Er zog die Schultern hoch. »Wie kommst du darauf, daß sie mich eingeladen haben? Oder hast du vergessen, daß ich nur der Hund bin?«

Sie konnte ihm das nicht einmal übelnehmen: »Ich habe so eine Ahnung, Dal. Schließlich sind sie auch von ihren Regeln abgewichen, als die dich in der Form akzeptiert haben, daß sie mir ein Zimmer mit . . .«, sie zögerte und lachte dann, ein gezwungenes Lachen, aber sie wußte, daß sie jetzt einen Scherz machen *mußte,* andernfalls würde es unerträglich, ». . . einer Vergnügungsecke gegeben haben.«

Er lachte ebenfalls, so wie sie gehofft hatte, kam herüber und küßte sie auf den Nacken. »Es ist schon ein bißchen feiner als ein Hundebett. Wenn du brav bist, lasse ich dich auch dort schlafen!« Seine Hände streichelten sie, und Cendri verspürte eine unendliche Erleichterung und Entspannung. Immerhin gab er ihr nicht die Schuld.

»Ich werde versuchen, ihnen klarzumachen, daß du selbst Gelehrter bist, Dal.«

Sein Lächeln wirkte ein wenig bitter. »Gib dir keine Mühe. Genieß es doch! Frauen sagen doch immer, daß sie nicht genügend anerkannt werden – es gibt viel weniger Gelehrte Damen als Meistergelehrte –, vielleicht ist das deine einzige Chance, einen Gelehrtenrang einzunehmen.«

Ärger stieg in ihr auf. Sie *wäre* jetzt Gelehrte Dame, wenn sie sich nicht nach der Heirat freigenommen hätte! Doch dann dachte sie beschämt: Genau das meint er, ein Mann, ein ernsthafter Gelehrter, hätte das nicht getan! Frauen sind eben nicht so ernsthaft, wenn es um die Wissenschaft geht! »Also, Dal, wir müssen es ihnen einfach beweisen!«

Er lachte und strich ihr über den Kopf. »Wir können nicht

die Grundlagen ihrer Gesellschaft erschüttern, Liebling. Glaubst du, daß ich auch nur ein Wasserstoffatom darum gebe, zu wissen, wie sie meine wissenschaftlichen Fähigkeiten beurteilen?«

Es war so gut, daß er wieder mit ihr lachte! Und natürlich hatte er recht: Es gab keine Möglichkeit und auch keine Notwendigkeit, die Grundordnung des Matriarchats herauszufordern, aber sie glaubte, daß jeder junge Anthropologe in einer so irrationalen Gesellschaft das gleiche fühlen würde! *Der Traum, daß sie ihnen mit Leichtigkeit zeigen konnte, wie falsch sie lebten; erweise dich als wichtiger Einflußfaktor, indem du sie auf eine Linie mit der Einheit bringst . . .* Sie lachte über sich selbst und drehte sich so, daß Dal die Bänder ihrer Schärpe binden konnte.

Befriedigt blickte sie in den Spiegel. Keine Frau des Matriarchats hätte sagen können, daß sie sich keine Mühe gegeben hätte, ihren Gastgebern die gebührende Ehre zu erweisen. *Gastgeberinnen,* korrigierte sie sich. Auch Dal sah hervorragend aus, mit den Dekorationen von Universitas, die ihn als Gelehrten und Meister auswiesen, und den Insignien seiner Heimatwelt Pionier. Er hatte sich schließlich für ein Bankett der Gelehrten gekleidet, und sie war stolz auf ihn.

Lady Miranda erschien. Nachdem sie sich vor Cendri verbeugt hatte, wandte sie sich zu Dal und sagte mit einer scheuen Geste: »Die Gelehrte Dame *und* ihre Begleitung werden gebeten, heute abend mit der Promatriarchin zu Abend zu speisen, und man hat mich gebeten, zu sagen, daß der Begleiter meiner Mutter, mit Namen Rhu, sich freuen würde, den Begleiter der Gelehrten Dame kennenzulernen und ihm Gesellschaft zu leisten.«

Gott sei Dank, dachte Cendri, wenigstens hat jemand von Dal Notiz genommen, und immerhin können Männer zusammen mit Frauen essen! Eine Zeitlang hatte sie sich gefragt, ob diese Gesellschaft alte Speisetabus wieder aufgenommen hatte. In einigen Kulturen aßen Männer und Frauen nicht miteinander, doch der Grund war im allgemeinen, daß Frauen als unrein galten. Sie hatte befürchtet, daß diese Gesellschaft einfach alle Tabus umgekehrt hätte.

Lady Miranda hatten ihren Zopf aufgelöst, und das lange Haar fiel ihr den Rücken hinab. Sie trug ein loses, hellblaues, fast durchsichtiges Gewand, das ihre Schwangerschaft *sehr* deutlich hervortreten ließ. *Sie muß bald soweit sein,* dachte Cendri, denn sie sah massig aus. Für ein paar Sekunden ruhten Mirandas Augen auf Dal. Scheu betrachtete sie seine Ehrenzeichen, und Cendri war beunruhigt. Hält man die Männer hier so sehr im Hintergrund, daß ich mir darüber Sorgen machen muß, wenn die Frauen Dal bewundern? Trotz der Schwangerschaft ist Miranda hübsch genug, daß ich mir ernsthaft Gedanken machen muß, wenn sie versucht, Dals Aufmerksamkeit auf sich zu ziehen!

Unten hielten sich in einem großen Raum viele Frauen und einige Kinder an niedrigen Tischen oder auf Kissen ruhend auf. Zwei oder drei männliche Jugendliche waren ebenfalls anwesend, aber sie sah zunächst keinen erwachsenen Mann. Miranda geleitete sie zwischen den besetzten Tischen hindurch. Köpfe wandten sich ihnen zu. Sie führte sie zu einem kleinen Alkoven an der anderen Seite des Raumes, in dem ein Mann und eine Frau saßen.

Cendris erster Gedanke – *dies ist eine polygame Gesellschaft. Ist das der Mann aller Frauen und Vater aller Kinder hier?* – wurde schnell verdrängt. Der Mann war jung, wesentlich jünger als Dal. Doch es war die Frau neben ihm, die sich jetzt erhob, auf die Cendris' Aufmerksamkeit gelenkt wurde.

Vaniya, die Promatriarchin von Isis/Cinderella, war eine Frau mittleren Alters. Ihr Gesicht zeigte Falten und sah ernst aus. Ihr Kopf war der einer würdigen Löwin, von schweren Locken dichten, krausen bernsteinfarbenen Haares umrahmt. Sie war groß und kräftig. Ihre Stirn war hoch, die Nase lang und gebogen, die Augen tiefliegend und von strahlendem Blau. Der massige Körper war in violette Seide gehüllt, die in reichen Falten an ihr herabhing. Es stand ihr nicht, sah aber eindrucksvoll aus. Sie erhob die Hände und verschränkte sie zum Gruß des Bundes vor dem Gesicht.

Ihre Stimme war ein heller Sopran, der jedoch kräftig genug war, um überall im Raum vernommen zu werden: die Stimme einer ausgebildeten Sängerin oder Rednerin.

»Es ist mir ein Vergnügen, die Gelehrte Dame Malocq von Universitas begrüßen zu dürfen. Im Namen der Hohen Matriarchin Rezali heiße ich Sie und die Gelehrten, die Sie repräsentieren, willkommen.«

Cendri sagte, wobei ihr klar war, daß nach der klangvollen Stimme Vaniyas ihre eigene wie die eines Kindes klingen mußte: »Es ist mir ein Vergnügen und eine Ehre, Lady.«

Das Gesicht der Promatriarchin, das bis jetzt ernst und unverbindlich gewirkt hatte, entspannte sich nun zu einem Lächeln. Ihr Gesicht war unsymmetrisch, und wenn sie lächelte, sah es leicht verzerrt, aber freundlich aus. »Und jetzt, meine liebe Gelehrte Dame, bin ich sicher, daß Sie genug der Formalitäten genossen haben. Bitte setzen Sie sich hierher.« Sie deutete auf ein großes, weiches blaues Kissen. Unbeholfen ließ sich Cendri darauf nieder. Es gab Gesellschaften mit Stühlen und Gesellschaften ohne Stühle, und sie war für ihre jungen, sportlichen Knie dankbar. Die Promatriarchin richtete ihre bohrenden blauen Augen auf Dal, der seine Hände zum Gruß der Einheit erhob. Nach einem Augenblick wiederholte die Promatriarchin diese Geste, und Cendri entspannte sich.

»Darf ich bitte den Namen Ihres Begleiters erfahren, Gelehrte Dame?«

Cendri sagte mit fester Stimme: »Es ist der Meistergelehrte Dallard Malocq.«

Vaniya zog die spärlichen Brauen hoch. Ihre Haut war bräunlich und durch das Alter grobporig geworden.

»So lang, meine Liebe? Wie nennen Sie es denn?«

Cendri verfärbte sich vor Wut und Mißbilligung. »Dallard oder Dal.«

»Dal.« Ihr Lächeln war charmant und freundlich. »Rhu, du mußt dich ein bißchen um Dal kümmern, während ich mich mit der Gelehrten Dame über ernste Dinge unterhalte«, sagte sie zu dem jungen Mann neben ihr auf dem Kissen.

Frauen gingen in dem Raum hin und her, setzten Schalen mit Früchten und Tabletts mit undefinierbaren Dingen auf die Tische und nahmen dann wieder ihre Plätze ein. Diener schien es keine zu geben; falls doch, dann saßen sie zusammen mit ihren Herrschaften an den Tischen und unterschieden sich nicht durch Kleidung oder Benehmen. Lady Miranda setzte sich neben Cendri und sagte höflich: »Erlauben Sie mir, Sie zu bedienen, Gelehrte Dame«, und begann, Essen auf einen Teller zu häufen.

»Ich hoffe, Ihnen gefallen die Räume, die wir für Sie vorbereitet hatten«, sagte Vaniya.

»Sehr gut, wirklich. Sehr luxuriös!«

»Ich hoffte, daß Sie sie so beurteilen würden», sagte Vaniya. »Es sind die Zimmer, die ich mit meinem Begleiter bewohnt habe, als ich noch jünger war, doch solcher Komfort paßt besser zu jüngeren Frauen, und ich dachte, daß es richtig sei, sie dem verehrten Gast des Matriarchats zu überlassen. Und Ihrer Begleitung. Ihr Begleiter ist charmant und attraktiv«, fügte sie noch hinzu, »doch es überrascht mich, daß Sie keinen Assistenten für Ihre Arbeit mitgebracht haben, Gelehrte Dame.«

Cendri spürte Dals Blick und sagte fest: »Ich dachte, ich hätte klargemacht, daß meine Begleitung . . .«, sie zögerte bei der Lüge, ». . . mein Assistent ist und daß ich seiner Gegenwart und Hilfe während der ganzen Zeit in den Ruinen bedarf.«

»Ein Mann als Assistent? Wie komisch!«

»Dal ist ebenfalls Gelehrter«, sagte Cendri.

Vaniya lächtelte ein wenig unsicher. »Man versteht natürlich, daß es männliche Studenten auf Universitas gibt, deshalb haben wir die Gelehrte Dame di Velo eingeladen. Aber wir haben nicht damit gerechnet, daß eine weibliche Gelehrte einen männlichen Assistenten haben könnte.«

Jetzt verstand Cendri ihren Gesichtsausdruck. Vaniya war

schockiert. »Finden Sie es nicht«, fragte sie errötend, etwas *irritierend?«*

Hilflos dachte Cendri: *Gott, das ist einfach lächerlich!* Nur nicht erröten! Andernfalls gab sie ihre Verletzlichkeit bei diesem idiotischen kulturellen und sexuellen Tabu zu. Sie biß sich kräftig auf die Lippen, und der Schmerz verdrängte die Röte, die sie schon in die Wangen steigen fühlte. Ihre Stimme klang ruhig. »Überhaupt nicht, Mylady. Bei uns sind Arbeit und . . .«, einen Moment lang zögerte sie. Die Sprache von Isis hatte kein Wort für Ehe – ». . . Beziehungen voneinander getrennt.«

Miranda senkte die Augen. Vaniya runzelte leicht die Stirn. »Ich bin nicht engstirnig, hoffe ich. Ich gehöre auch nicht zu denen, die meinen, daß Lernen einen Mann irgendwie unmännlich macht. Über manche Themen kann ich mich auch mit Rhu unterhalten«, liebevoll ruhten ihre Augen auf ihm, »fast wie mit einer intelligenten Frau. Aber das habe ich nicht gemeint, überhaupt nicht. Sie kommen aus einer von Männern beherrschten Gesellschaft, Gelehrte Dame – zumindest aus einer, in der die meisten akademischen Grade den Männern reserviert sind.

Also habe ich gedacht, daß Sie auch eine Frau auf den wichtigen Posten einer Assistentenstelle bei Ihnen berufen, eher als einen Mann, der sich selbst seine akademischen Weihen erarbeiten kann. Ich sehe ein, wie unhöflich ich bin, wenn ich Ihre Wahl kritisiere, und ich kann gut verstehen, daß eine junge Frau es gern hat, wenn Ihre Begleitung in dem gleichen Gebiet ausgebildet ist wie sie selbst, so daß er sie bei ihren Aufträgen in ferne Welten begleiten kann. Aber Sie hätten auch eine fähige weibliche Assistentin mitbringen können, meine Liebe, gern hätten wir unsere Gastfreundschaft auch auf Ihre Begleitung ausgedehnt, allein wegen der Annehmlichkeiten und . . .«, sie lächelte großzügig, »wegen des Vergnügens in Ihrer Freizeit.«

Miranda errötete; mit leiser Stimme sagte sie etwas Vorwurfsvolles zu ihrer Mutter. Cendri überlegte sich ein halbes

Dutzend Antworten und merkte – und diese Erinnerung blieb haften! –, daß die Gelehrte Dame di Velo *sich* einen männlichen Assistenten genommen hatte, und daß sie, Cendri, ursprünglich vorgehabt hatte, Dal in der gleichen Funktion zu begleiten, die man jetzt ihrer »Begleitung« zuschrieb.

Doch jede Antwort würde lediglich den selbstsüchtigen Wunsch befriedigen, ihre eigenen Gebräuche gegenüber denen Vaniyas zu verteidigen – für eine Anthropologin ein unwürdiger Wunsch!

Schließlich sagte sie: »Innerhalb der Einheit konkurrieren Männer und Frauen nicht um ehrenvolle Posten. Wir versuchen, der Person Arbeit zu geben, die am besten dafür qualifiziert zu sein scheint, gleichgültig ob Mann oder Frau, und mir käme es nie in den Sinn, eine Frau als Assistentin zu nehmen, genausowenig, wie ein Mann einen Mann wählen würde, nur weil . . .«, sie unterbrach sich, weil ihr einfiel, daß man das männliche Pronomen außer in sexuellem Zusammenhang nicht benützte, ». . . der Mann ein *Mann* ist.«

Vaniya sagte nachdenklich: »Und doch gibt es den bewiesenen biologischen Unterschied, der Männer für bestimmte Sachen einfach unfähig macht. Es scheint mir fairer, Männer nicht zum Wettbewerb in Gebieten zu zwingen, für die sie keine Qualifikation besitzen.« Sie blickte zu Rhu und Dal hinüber und sagte:

»Oh, ihr beide müßt das nicht persönlich nehmen, aber, Gelehrte Dame, finden Sie es nicht für einen Mann in seiner richtigen Funktion unpassend, wenn sein Geist zu weit entwickelt ist?«

Cendri bemerkte den bewußten Gebrauch von *er* und *ihm*. »Männer sind so phantastische körperliche Wesen, und viele Frauen denken, daß, wenn man den Männern erlaubt, weibliche Talente zu pflegen, wie Kunst und Musik, sie dann schwach und sogar impotent werden. Natürlich gibt es Ausnahmen . . .«, sie blickte bewundernd zu Rhu hinüber. »Aber die Männer – gefallen sie den Frauen noch?«

Cendri sah, daß Dal kurz vor der Explosion stand; warnend blickte sie zu ihm hinüber, doch er lächelte nur. »Lady Vaniya«, sagte er, »vor fünfhundert Jahren teilte man auf meinem Heimatplaneten Pionier zumindest eine Ihrer Ansichten, nämlich daß die Kultivierung von Kunst, Musik und Wissen die Männer schwach und weiblich mache. Erst seit hundert Jahren erlaubt man den Männern auf Pionier, ernsthaft die Wissenschaften zu betreiben, und noch mein eigener Großvater betrachtete die Idee mit Zorn, daß ein richtiger Mann Gelehrter sein könne, geschweige denn Künstler oder Musiker.«

»Dann enthält Ihre Welt – Pionier – einige Grundregeln matriarchalischer Kultur, Dal?« fragte Vaniya ernsthaft, und Cendri hatte Mühe, ernst zu bleiben. Dal sah Cendri nicht an und seine Stimme klang nüchtern. »Ich bin nicht gelehrt genug, um solche Tendenzen ausmachen zu können, Lady.«

Oh, verdammt, Dal, dachte Cendri und erstickte fast an ihrem unterdrückten Lachen. Kein Lebender könnte wohl gelehrt genug sein, um Spuren matriarchalischer Regeln auf Pionier zu entdecken, denn es gab keine. Wenn eine Gesellschaft jemals patriarchalisch war und Frauen unterdrückt hatte, dann war es diese. Es war gemein von Dal, sich hier vor ihren Augen über die Promatriarchin lustig zu machen.

Es war nicht die simple Umkehrung einer Kultur, die Frauen unterdrückte, es war eine Übertreibung der Trends, die es auch schon in der Einheit gab, auf Welten wie Pionier, die zu Extremen neigten. Wenn alle weicheren intellektuellen Qualitäten als unmännlich galten und der Bereich der Männer auf Krieg und Wettbewerb beschränkt wurde, konnte auch dies die Ausgewogenheit der Stereotype von Sex-Rollen stören . . .

Wieder wurde sie sich wütend der Tatsache bewußt, daß sie so viele Fragen nicht stellen durfte. Es schien ein enttäuschender Aufenthalt zu werden! Sie wandte sich dem Essen auf ihrem Teller zu. Es war gut, aber eigenartig. In jedem Fall war Cendri darauf vorbereitet, wirklich alles Eßbare ohne Ekel oder Abneigung zu schlucken. Unter den Menschen gab es eine derart große Bandbreite dessen, was man als eßbar bezeichnete, daß jeder Interkultur-Student in der Lage war, an jeder Art von Essen mit scheinbarer, wenn auch nicht echter Begeisterung teilzunehmen. Sie bemerkte, daß das Essen hier zu einem Großteil aus Körnern bestand und mit Früchten und Gemüsen angereichert war, und sie fragte sich, ob es ein Tabu gab, welches das Fleischessen verbot.

»Gelehrte Dame . . .?«

»Mylady . . .?«

»Verzeihen Sie, diese Formalitäten scheinen mir unnatürlich«, sagte Vaniya. »Wir gebrauchen sie in unserer Gesellschaft nicht. Meine Tochter . . .«, sie blickte nachsichtig zu Miranda, ». . . hat Ihre Höflichkeitsbezeigungen studiert und mich überzeugt, daß ich sie benützen muß, um Sie willkommen zu heißen. Es ist zu verstehen, daß auf einer Welt wie Universitas, wo sich viele Kulturen untereinander vermischen, eine bestimmte Art von Höflichkeit die Kommunikation erleichtert. Ich hoffe jedoch, daß Sie hier Freunde finden werden, ebenso wie eine interessante Arbeit. Haben Sie einen persönlichen Namen, Gelehrte Dame, und würden Sie es als Beleidigung empfinden, wenn wir ihn benützten?«

»Ich heiße Cendri«, sagte sie. »Und ich hätte überhaupt nichts dagegen . . .« Sie fühlte eine Welle der Freude, die aber nichts mit der eigentlichen Frage zu tun hatte. *Ich hatte recht! Ich habe gewußt, daß dieses formale Benehmen nicht hierher paßt, nach allem, was ich gesehen habe – die Kleidung ohne soziale Unterschiede, der ungeordnete Aufbau der Stadt!* Sie war so aufgeregt wie damals, als sie zum erstenmal die auswendig gelernten Lehrbuchklischees für die Strukturierung der sozialen Beziehungen benutzt hatte und merkte, daß sie keine leblosen Phrasen waren, sondern funktionierten. Ihre Arbeit erschien ihr wieder als real – richtige, lebensnahe Arbeit, keine leblosen Gründer-Ruinen!

»Cendri – das hört sich hübsch an«, sagte Vaniya. »Hat es in ihrer Sprache eine Bedeutung?«

»Es bedeutet – ein Funke, ein Blitz, eine glühende Kohle«, sagte Cendri und suchte nach passenden Ausdrücken in Vaniyas Sprache.

Vaniya berührte leicht ihre Hand. »So, wie Sie in Wirklichkeit sind, was ich durch die Formalitäten, die Ihre Welt Ihnen übergestülpt hat, sehen kann. Ich war sicher, daß Sie eine Frau sind wie wir, obwohl meine Töchter meinten, daß Sie, wenn Sie aus dem Bund stammen, entweder schwach, untergeordnet und durch Männer beherrscht, oder barsch, durchsetzungsbereit und durch den täglichen Kampf gegen sie korrumpiert sind.«

Cendri wußte, daß Vaniya ihr ein Kompliment machen wollte, doch es hörte sich für sie nicht so an. Sie fühlte sich so leistungsorientiert wie jeder Mann und genauso qualifiziert. Doch sie akzeptierte diese Worte wegen des wohlmeinenden Tons, in dem sie gesprochen wurden. »Mylady ist sehr freundlich.«

»Aber wenn ich Sie Cendri nenne, müssen Sie mich Vaniya nennen. Wenn Sie wollen, können Sie mich Mutter nennen, wie alle Frauen in meinem Haushalt, auch wenn sie nicht meine richtigen Töchter sind.«

Das war ein Stichwort für Cendri, und sie nahm es dankbar auf. »Dann sind nicht alle Frauen hier Ihre Töchter, Vaniya?«

»Töchter meines Haushaltes, keine leiblichen Kinder«, sagte Vaniya und schien gern bei diesem Thema zu verweilen. »Sie haben Miranda kennengelernt, meine jüngste Tochter, die meine Erbin trägt«, sagte sie. »Ich habe noch drei weitere Töchter, doch eine ist ausgezogen, um zusammen mit ihren Kindern im Haushalt ihrer Lebenspartnerin zu wohnen, und eine ist heute abend in der Stadt. Und hier . . .«, sie deutete auf eine der Frauen bei ihnen am Tisch, ». . . ist meine älteste Tochter Lialla mit ihrer Lebenspartnerin Zamila.«

Die beiden Frauen, auf die sie deutete, lächelten Cendri scheu zu. Cendri bemerkte, daß sie sehr dicht beieinander saßen und sich dabei abwechselten, ein sehr kleines Kind mit dem Löffel zu füttern. *Lebenspartner. So tun sie sich also doch zu*

Paaren zusammen. Woher haben sie all diese Kinder? Künstliche Befruchtung? Wo in dieser Welt sind die Männer?

Wenn man die Männer so sorgfältig vor den Frauen verbirgt, ist es kein Wunder, daß man sie dann eher wie wilde Tiere behandelt . . . Doch dieser Gedanke war ihr peinlich, und sie konzentrierte sich darauf, all die Namen, die man ihr genannt hatte, zu analysieren. Die meisten waren dreisilbig und wohlklingend.

»In meinem Haus leben außerdem noch zwei Pflegetöchter mit ihren erwachsenen Kindern und Lebenspartnern . . .« Sie nannte Cendri die Namen, doch Cendri hatte den Faden verloren und Schwierigkeiten, so viele Namen und Verwandtschaftsbeziehungen im richtigen Kontext zu behalten. ». . . und meine Pflegeschwestern, und die erwachsenen Töchter der Lebenspartnerin meiner Mutter und drei oder vier nahe Verwandte, die bei uns leben, so daß wir Feldarbeit und den Haushalt teilen und zusammen das Meer besuchen können. Mein jüngstes männliches Kind, Lar, ging vor nunmehr fünfzehn Sonnenwenden ins Männerhaus, so daß jetzt keine Männer mehr unter diesem Dach leben, außer meinem lieben Begleiter . . .«, wieder ein zärtliches Lächeln zu Rhu, ». . . und drei Enkeln, die alle noch keine zehn Jahre alt sind. Ich muß auch noch unseren Haushaltsberater vorstellen, Maret . . .« Sie deutete auf eine enorm fette blonde Person, die ein kleines schläfriges Kind auf dem großen, weiträumigen Schoß wiegte. »Maret ist eine Genehmigte Frau. Geboren wurde es als Mar, das älteste männliche Kind meiner Pflegeschwester, doch man hat ihm vor vielen Jahren das Privileg verliehen, Frauenkleider zu tragen . . .« (Cendri wunderte sich, wie überhaupt jemand Männer- von Frauenkleidern unterscheiden konnte, doch vielleicht waren die Unterschiede für einen Außenstehenden schwer zu erkennen.) ». . . und an den Schreinen der Göttin zu opfern, Maret genannt zu werden und hier wie eine Schwester zu leben.«

Jetzt, als Cendri genauer hinsah, entdeckte sie, daß die fette Person keinen Busen hatte und daß sich über die fleischigen Wangen der Schatten eines Bartes zog. Ein weibischer Mann? Ein Eunuch? War die Umwandlung vom Mann zur Genehmigten Frau chirurgischer Art oder lediglich psychologisch? Und was für eine Funktion hatte ein Haushaltsberater? Sie verdrängte den Anflug von Ekel in ihr, der sich unwillkürlich beim Anblick dieses massiven, häßlichen Mannes regte, der sein Geschlecht verleugnet hatte, um unter Frauen zu leben. Offensichtlich belohnte diese Gesellschaft weibisches Verhalten sogar bei Männern, und damit hätte sie rechnen müssen.

Was ist mit mir los? Ich bin Anthropologin. Ich darf nicht solche Urteile fällen! Ich muß erschöpft sein. Sie hörte, wie Vaniya sagte: »Doch genug von uns und unseresgleichen; Sie werden mehr kennenlernen, wenn Sie unter uns leben.«

Cendri suchte nach einem unverfänglichen Thema. »Miranda hat mir erzählt, daß die Hohe Matriarchin sehr krank zu Bett liegt. Darf sich ein Fremder nach ihrem Zustand erkundigen?«

Vaniya seufzte. »Unsere geliebte Mutter und Priesterin ist in ein Koma gefallen. Weder hat sie sich erholt, noch geht es ihr schlechter; es sieht so aus, als würde sie noch eimmal das Bewußtsein wiedererlangen, um zu bestimmen, ob ich selbst oder meine Kollegin, die Promatriarchin Mahala, ihren Ring und ihre Robe übernehmen werde. Dies ist ein schmerzhafter Zustand für jemanden, der der Göttin länger als achtzig Jahre gedient hat; und dennoch kann ich es nicht bedauern, Cendri, denn es verschafft uns die eine Sache, die wir brauchen: Zeit.«

»Ich verstehe nicht.«

»Die letzten bewußten Worte unserer geliebten Mutter waren, daß ich Sie willkommen heißen möge bei den Ruinen Wir-Wurden-Geleitet und Sie bei mir unterbringen solle«, sagte Vaniya, »und selbst Mahala wagt es nicht, sich dem zu widersetzen, während unsere Mutter und Priesterin noch atmet. Dch sobald sie ihren letzten Atemzug getan haben wird, dann – dann wissen wir nicht, wer ihren Ring bekommt, und wenn es Mahala ist – denken wir lieber nicht daran, wie ihre Pläne für Wir-Wurden-Geleitet aussehen.« Vaniya runzelte die Stirn, lächelte dann Cendri angestrengt an und sagte: »Also beeilen Sie sich, meine Liebe, erforschen Sie die Ruinen und beweisen Sie, daß sie wirklich von den Gründern stammen – *wir* wissen das, doch dann wäre es durch unabhängige Forschungen von außen bewiesen.«

Cendri fragte, wobei sie versuchte, ihre Stimme ruhig und höflich klingen zu lassen: »Hat die Promatriarchin Mahala etwas dagegen, daß die Ruinen untersucht werden?«

»Am besten, Sie kümmern sich nicht um unsere Politik«, sagte Vaniya, und obwohl sie lächelte, enthielten ihre Worte eine Warnung: *ein Signal, sich herauszuhalten,* dachte Cendri, trotz der Herzlichkeit.

Sie sagte: »Sicherlich verstehen Sie, Vaniya, daß eine solche archäologische Arbeit eine längere Angelegenheit ist. Es gibt keine Möglichkeit, dies in ein paar Tagen oder ein paar Monaten abzuschließen!« – Dal hatte von Jahren gesprochen. »Archäologie ist die langwierigste aller Wissenschaften; Ruinen, die seit Millionen von Jahren existieren, kann man nicht in kurzer Zeit erforschen! Und wenn Ihre Hohe Matriarchin jederzeit sterben kann – wie lange könnte sie denn noch am Leben bleiben?«

»Unsere Ärzte wagen nicht einmal, sich darüber zu äußern, doch Lohara sagt, sie könnte noch eine Jahreszeit oder länger überstehen; natürlich ist es auch möglich, daß sie das Bewußtsein wiedererlangt und mich zu ihrer Nachfolgerin bestimmt; für diesen Fall . . .«, sie lächelte recht grimmig, »sitzt jemand aus meinem Haushalt an ihrem Bett, so daß Mahala es nicht verschweigen kann.«

Rhu sagte: »Ohne Zweifel hat Lady Mahala ebenfalls einen ihrer Berater zu einem ähnlichen Zweck dort postiert?«

»Kein Zweifel«, sagte Vaniya und fügte dann hinzu: »Aber du brauchst dir nicht über Politik den Kopf zu zerbrechen, Rhu, das ist für unseren ehrenwerten Gast kein rechter Empfang. Miranda, mein Kind, willst du nicht etwas für uns singen?«

Gehorsam holte Miranda ein kleines Saiteninstrument aus einem Schrank am Fenster, nahm es auf den Schoß und begann zu singen. Ihre Stimme war sehr rein und klar, offensichtlich ausgebildet, doch im Grunde nicht für öffentliche Auftritte ausreichend. Sie sang mehrere Lieder, alle kurz, traurig, in eigenartiger, melancholischer Tonlage. Auf Cendris Fragen hin erklärte sie mit leiser, schüchterner Stimme, daß es meist rhythmische Lieder der Arbeitsfrauen seien, Lieder von den Webstühlen der Herdenfrauen, Lieder vom Meer und von den Netzen, Lieder vom Tuchweben und Spinnen. Zu Vaniya gewandt fragte sie: »Möchtest du nicht, daß Rhu für unsere Gäste singt?«

Rhu protestierte leise, doch Vaniya sagte lebhaft: »Sei nicht so schüchtern!«

»Ich würde lieber dem Gesang der Lady zuhören«, sagte Rhu und sah Miranda dabei nicht an.

»Miranda soll sich jetzt nicht so anstrengen.«

»Meine *Lyric* ist in meinem Zimmer . . .«

»Nimm meine«, sagte Miranda furchtsam; Rhu bat Vaniya mit einem Blick um Erlaubnis, nahm sie dann und protestierte schwach: »Wenn ich die Saiten nun auf meine Stimmlage stimme, hat die Lady nachher die Mühe, sie wieder für sich zu stimmen . . .«

»Das macht mir nichts aus«, sagte Miranda, wobei sie ihn nicht anblickte. »Bitte, Rhu, sing.«

»Wenn es die Dame und die ehrenwerten Gäste wünschen.« Höflich resignierend begann Rhu, das Instrument zu stimmen, das er *Lyric* genannt hatte, und beugte sich tief über die Saiten. Cendri betrachtete ihn unter gesenkten Augenlidern, denn sie glaubte, daß es zumindest ein soziales Fehlverhalten, wenn nicht Schlimmeres war, wenn sie ihn direkt ansah. Rhu war, so schätzte sie, vier oder fünf Jahre jünger als sie und Dal, schlank und dunkel. Sein Haar war sorgfältig zu Locken und Wellen gelegt. Er trug eine Tunika aus einer metallisch-blauen Faser, die eine seiner gebräunten Schultern freiließ. Seine schmalen Hüften umspannte ein enger Gürtel aus silbernen Plättchen, und die langen, schlanken Beine waren nackt bis auf die silbernen, mit Perlen verzierten Sandalen. Er trug einen kurzen, lockigen Bart, und sein schmales Gesicht wirkte traurig. Er fragte Vaniya: »Was soll ich singen?«

»Was immer du möchtest«, sagte sie großzügig. »Ein Jagdlied vielleicht. Männer mögen das.«

Er nickte und begann eine lange Ballade, die, soweit Cendri das verstehen konnte, die Freuden der Jagd pries und beschrieb, wie man die erlegten Bestien im Triumph nach Hause schleppt. Cendri interessierte sich nicht für dieses Thema und beschäftigte sich mit dem Gedanken, daß diese Frauen zwar in Städten lebten, ihr Leben aber zum größten Teil noch von den agrarischen Zyklen des Jahres abhing.

Trotz des langweiligen Vortrags über die Freuden der Jagd war sie entzückt über Rhus Stimme, einem perfekt ausgebildeten Bariton, der ihm nach Cendris Meinung wohl auf jeder zivilisierten Welt großen Ruhm als Konzertsänger eingebracht hätte. Reich, voll und warm erfüllte sie den Raum, ohne laut zu sein, oder wurde zum Flüstern und war dennoch in der entferntesten Ecke des Zimmers vernehmbar. Die Frauen hörten auf zu reden und lauschten, und als eines der Kinder zu plappern begann, brachte es seine Mutter schnell zum Schweigen.

So eine Stimme auf Isis versteckt?

Als er geendet hatte, machte sie Rhu ein paar Komplimente. Er lächelte schüchtern. »Die Gelehrte Dame ist sehr freundlich, doch ich wünschte, sie hätte meine Stimme hören können, bevor sie verdarb; als Kind hatte ich wirklich einen guten Sopran.«

Vaniya sagte bedauernd: »Ja, Rhu hat eine großartige Technik, doch das ist natürlich bei der rauhen Stimme eines Mannes verschwendet.«

Dal sagte direkt zu dem Begleiter: »Wenn Sie es jemals leid sind, hier zu leben, mit einer solchen Stimme könnten Sie überall innerhalb des Bundes ein Vermögen verdienen, glauben Sie mir!«

Rhu errötete wie ein Mädchen. »Der ehrenwerte Gast ist zu freundlich. Wie kann ich ihm danken?«

»Singen Sie doch bitte noch etwas«, sagte Dal, und Rhu blickte Vaniya um Erlaubnis an. Dann nahm er die Harfe wieder zur Hand, beugte den Kopf tief über das Instrument und sang mit leiser Stimme:

»Ich bin nur ein Mann,
ich habe keinen Platz im Paradies.
Zweimal verspürte ich Glück,
und zweimal verjagte man mich.
Einmal, als ich den Schoß meiner Mutter verließ.
Und wieder, als man mich
aus dem Haus der Mutter trieb.«

Der warme Bariton senkte sich zu einem trauernden Schluchzen, und seine Hände fuhren in einer leidvollen Kadenz über die Saiten:

»Wenn ich mein Leben gelebt habe,
wird mich die Göttin dann – vielleicht –
an ihre liebevolle Brust ziehen?«

Cendri merkte, daß ihr Tränen in den Augen standen. Nicht nur die schöne Stimme, sondern auch die Traurigkeit des Liedes rührten sie. Auch Dal sah sichtbar erschüttert aus.

»Männerlieder sind so sentimental«, sagte Vaniya leichthin, »aber dieses hier bringt mich fast zum Weinen. Männer lieben es, sich selbst zu bemitleiden, nicht wahr?« Während Rhu die Harfe in das Futteral steckte und Miranda zurückgab, füllte sie einen Becher mit Wein und hielt ihn liebevoll an Rhus Lippen. »Hier, mein Lieber. Rhu hat uns sehr viel Freude bereitet. Ich glaube, er hat eine Belohnung verdient.«

Plötzlich verspürte Cendri ein überwältigendes Gefühl der Empörung. Trotz Vaniyas Freundlichkeit, trotz der angenehmen Atmosphäre und des ausgezeichneten Essens wurde es ihr schwer, diese Empörung zu verbergen. Sie hatte über dieses Phänomen, eine Art Kulturschock, gelesen, und schob es auf ihre Erschöpfung.

Vaniya sah sie aufmerksam an.

»Sie sind müde, Cendri. Die Reise muß lang und anstrengend gewesen sein.«

»Ja«, gab Cendri zu.

»Dann müssen Sie gehen und sich ausruhen.«

»Doch bevor wir uns zurückziehen, Vaniya, dürfen wir fragen, wann wir mit unseren Arbeiten bei den Ruinen beginnen dürfen . . .?«

Vaniya seufzte bedauernd und sagte: »Ach, ich habe noch viel mit dem Elend zu tun, das durch das Erdbeben verursacht wurde. In der nächsten Zeit werde ich kaum Muße finden, Sie dorthin zu bringen. Vielleicht kann ich es in ein paar Tagen ermöglichen, und wenn Sie dort offiziell vorgestellt worden sind, können Sie arbeiten, wann und wie Sie wollen.«

Cendri hörte den Worten der Promatriarchin aufmerksam zu und merkte, daß man sie gerade, trotz der besorgten Höflichkeit, davor gewarnt hatte, allein dorthin zu gehen. Warum wohl? Sie sagte sich selbst, daß dies nur natürlich sei, denn die Ruinen Wir-Wurden-Geleitet waren eine ihrer wichtigsten religiösen Stätten. Doch der Gedanke überzeugte sie nicht ganz.

Vielleicht ist es gar nicht die Promatriarchin Mahala, die dagegen ist, daß die Ruinen erforscht werden. Vielleicht ist es Vaniya selber! Zweimal ist sie jetzt einer direkten Antwort aus dem Weg gegangen!

Resigniert antwortete sie das einzig mögliche: daß sie warten würde, bis es der Promatriarchin genehm sei.

Als sie in ihr Zimmer gingen, rechnete sie schon ohne Begeisterung mit Dals Kommentaren hierzu und über die Gesellschaft, die sie heute abend kennengelernt hatten, doch Dal war still und gedankenverloren. Schließlich, als sie sicher in ihrem Raum waren, sagte er: »Hast du schon einmal eine solche Stimme wie die von Rhu gehört?«

»Nicht, seit die Orpheus-Musiker auf Universitas ein Gastspiel gaben. Ihr Bariton war fast genauso gut.«

»Und Vaniya hält ihn wie ein Haustier und behandelt ihn von oben herab – so ein Talent! Ich würde ihn gerne entführen und auf Universitas schmuggeln! Könnte eine diplomatische Krise verursachen. Es gibt bestimmt eine Strafe dafür, wenn man sich um den Begleiter der Promatriarchin kümmert. Und da wir gerade von Begleitern sprechen . . .« Er legte den Arm um ihre Hüfte. »Wenn du sehr nett bist, lasse ich dich vielleicht in meiner Vergnügungsecke schlafen.«

Cendri lachte und schlang die Arme um seinen Hals. »Mein Lieber, sei nicht überheblich! In dieser Welt hätte ich dich heute abend wie ein Schoßhündchen ausführen können!« Doch sie ließ sich von ihm auf die Arme nehmen und zu dem gepolsterten Alkoven hinübertragen. Er war bei weitem bequemer als das hohe, schmale Bett!

»Dies scheint die einzig wahre Funktion für mich zu sein«, murmelte Dal gegen ihre Lippen. »Ich sollte das ausnützen!«

»Sei nicht albern, Liebling«, flüsterte sie und zog ihn an sich. »Wir nennen es unsere zweiten Flitterwochen.«

Dal hatte einen Scherz gemacht. Und doch lag eine Spur Bitterkeit in seinen Worten, die Cendri verriet, daß es in Dals Herzen keineswegs lustig aussah.

Später in der Nacht erhob sich Cendri und ging zum Fenster. Sie blickte hinab auf die Ruinen an dieser alten Stätte, die die Promatriarchin Wir-Wurden-Geleitet genannt hatte. Dal schlief befriedigt, und sie hoffte, auch getröstet. Wie konnte sie ihn hier davor bewahren, vor Enttäuschung verrückt zu werden? Wenn sie seine eigentliche Arbeit tat und er als ihr Assistent und Untergebener posieren mußte – sie war dumm gewesen, diesen Tausch jemals zu akzeptieren!

Dal hatte darauf bestanden. Er hatte gesagt, daß es für einen jeden Wissenschaftler schon ein Privileg sei, überhaupt bei den Ruinen arbeiten zu können, und auf jeden Fall würde *er* die Anerkennung dafür erhalten, wenn sie zurück auf Universitas wären. Und doch quälte sie sich bei dem Gedanken, daß sein Stolz in einer Gesellschaft wie dieser ständig verletzt würde. Er sank auf den Status eines Haustieres wie Rhu, ein Junge, der von der Frau zum Vergnügen gehalten wird! Sie wunderte sich über Vaniya – sie war vielfache Großmutter, und ihr Begleiter war so jung, daß er ihr Enkel hätte sein können!

Zwar war es auch innerhalb des Bundes nicht selten, daß reiche Frauen sich einen hübschen, talentierten Jungen hielten und als eine Art Haustier betrachteten, doch hatten sie dort ein wenig mehr Respekt gegenüber dem Stolz des jungen Mannes. Normalerweise schämte sich die Frau sogar dafür. Cendri sagte sich, daß ihre Empörung lediglich ein kulturelles Vorurteil sei.

Sie blickte über die mondüberflutete Ebene, die die sanften Hügel hinter der Stadt in solcher Klarheit erstehen ließ, daß Formen und Umrisse deutlich wahrnehmbar waren. Inmitten der Ruinen Wir-Wurden-Geleitet – wie ein Augapfel dachte sie –, befand sich ein vertrauter Gegenstand: ein altes Modell eines Sternenschiffs!

War es dasselbe Schiff, in dem die Frauen von Isis/Cinderella hierhergekommen waren?

Das ursprüngliche Matriarchat – Cendri erinnerte sich – wurde vor ein paar hundert Jahren durch eine Gruppe Historiker gegründet, die die verrückte Theorie vertraten, die ursprüngliche menschliche Rasse stamme aus einer Welt mit primitiver matriarchalischer Kultur, und der Verfall der menschlichen Zivilisation habe eingesetzt, als die Verehrung einer planetarischen Erdmutter abgeschafft wurde, weil klimatische Veränderungen die primitive Gesellschaft davon überzeugten, daß die Verehrung von Sonne und Regen, die das Wetter regulierten, wichtiger sei.

Also ist das Matriarchat durch religiösen Fanatismus entstanden, und man wird es nur verstehen, wenn man seine religiösen Anfänge begreift.

Das Matriarchat hatte Frauen aus dem Gebiet des Bundes angeworben und sich auf einem Planeten, den sie in Persephone umbenannten, niedergelassen. Ein paar Generationen blieben sie Mitglied des Bundes. Cendri hatte von Wissenschaftlern gehört, die man dorthin eingeladen hatte und deren Arbeit großzügig entlohnt wurde. Damals war Persephone ein reicher Planet gewesen. Sie sollten wiederentdekken, was die Matriarchen glaubten oder vorgaben zu glauben, nämlich, daß die ursprüngliche Form der Menschheit weiblich sei und kein männliches Y-Chromosom besaß.

Man hatte einige interessante Forschungsergebnisse erzielt, doch die parthenogenetischen Frauen, die man künstlich entstehen ließ, erwiesen sich nach der zweiten Generation als unfruchtbar. Deshalb hatten die Matriarchen resigniert und einige Männer zu Zuchtzwecken in ihre Gesellschaft aufgenommen.

Ungefähr zu dieser Zeit hatten sie die Tochterkolonie auf Labrys gegründet. Nach dem Fehler der Verwaltung, der fast achtzig Prozent der Bevölkerung von Labrys ausradierte, wurden sie paranoid und zogen sich aus dem Bund zurück – das war die eine Version. Die andere war, daß der Bund sie ausgestoßen habe, weil sie gegen das erste Prinzip verstoßen hätten, das allen Bewohnern Gleichheit garantierte. Persephone hatte auf ihrem Recht bestanden, selber zu bestimmen, wer Bürgerrecht bekäme und wer nicht. Und danach hatte man kaum noch etwas von ihnen gehört. Die Überlebenden der Labrys-Kolonie kehrten verbittert ins Mutterland zurück. Dann, vor nicht mehr als fünfzig Jahren, hatte Persephone, auf der sich klimatische Veränderungen abspielten, unter Beachtung der normalen Siedlungsgesetze des Bundes einen unbewohnten, wasserhaltigen Planeten, der unter dem Namen Cinderella bekannt war, besetzt, auf dem sich aber kaum bebaubares Land befand. Als Nichtmitglieder des Bundes mußten sie eine enorme Gebühr für dieses Privileg bezahlen. Sogleich hatten sie ihn in Isis umbenannt und den Kontakt abgebrochen.

Im ersten Stadium der Verhandlungen über die Gründer-Ruinen hatte nach Cendris Informationen die Dame di Velo über die Besiedlung gewütet. Damals – Dame di Velo war eine junge Frau gewesen, als Cinderella zu Isis wurde – hatte sie schon von den alten Ruinen auf Cinderella gehört und war davon überzeugt, daß sie von den Gründern stammten. Die Dame selbst hatte versucht, die Mittel zusammenzubekommen, um Cinderella für Archäologen zu erwerben, um Informationen über die vermeintlichen Gründer zu sichern. Doch Persephone hatte sie überboten.

»Eine Tragödie«, hatte die Dame di Velo es genannt. »Die größte Tragödie meiner beruflichen Laufbahn, daß die Welt, die eine Fundgrube, eine wirkliche Fundgrube von archäologischem Material war, in eine verrückte Kultur umgewandelt wird, wo sie spinnen und weben und fischen und das berühmteste Bauwerk in der Galaxis ignorieren!«

Doch traditionellerweise war es für wissenschaftliche Institute schwierig, Geld zusammenzubringen, und die Grundregeln des Bundes besagten, daß man keiner lebensfähigen Kolonie verweigern dürfe, auf einem bebaubaren Planeten zu siedeln. Also ließ sich das Matriarchat auf Isis/Cinderella nieder und schloß sich gegenüber dem Bund ab. Cendri hatte gelesen, daß sie mit Perlen und Perlmutt aus ihren Meeren handelten, mit Magnesium, Arsen, Selenium und Gold. Ihre Juwelen waren überall berühmt. Sie importierten Platin und Titanium und bestimmte flüssige Zusammensetzungen – Cendri wußte nicht genau, ob für ihre Plastikindustrie oder für ihre Zähne – und ein paar organische Chemikalien. Doch bis zu den Verhandlungen, die in der Einladung der Gelehrten Dame di Velo gipfelten, hatte kein Bürger des Bundes einen Fuß auf Isis gesetzt.

Cendri war kalt geworden, während sie am Fenster stand, und sie wollte sich gerade wieder in das gemütliche Kissennest begeben, wo Dal zusammengerollt lag, als sie unten ein Licht bemerkte.

Die Stadt Ariadne war bei Nacht dunkel. Cendri hatte damit gerechnet. Was man normalerweise als »Nachtleben« bezeichnete, war auf einsame Männer aus dem Gebiet der

Raumhäfen ausgerichtet und bestand lediglich darin, ihnen Sex und Unterhaltung zu verkaufen. Sie fragte sich, was einsame Männer auf dieser Welt zu ihrer Unterhaltung taten. Es schien nichts Entsprechendes zu geben, was der Ehe auf Cendris und Dals Welt gleichgekommen wäre. Cendri hatte sich an die großen Unterschiede in sexuellen Gebräuchen von Welt zu Welt gewöhnt. Zum Beispiel kam ihre beste Freundin auf Universitas aus einer Welt, in der Gruppenehe die Norm war. Die schlimmste vorstellbare Perversion war dort, sich in Gruppen zu lieben, die aus weniger als vier Personen bestanden. Wenn man jedoch an die Menge Kinder dachte, die heute abend im Speiseraum gewesen waren, mußte es hier Möglichkeiten für sexuelle Kontakte geben.

Doch was immer man auch in der Nacht auf Isis tat, man tat es still und im Dunkeln. Sie hatte schwachen Lichtschein in den oberen Stockwerken gesehen, doch sonst war alles dunkel; daher fiel ihr die Lichterkette ins Auge, die sich mit stetiger Geschwindigkeit langsam und flackernd dahinschlängelte. Sie hatte gedacht, es sei die Fackel irgendeines Nachtwächters – wenn Nachtwächter hier Männer waren –, denn konnte irgendeine Welt, selbst ein Matriarchat, frei von Verbrechern sein? Aber dafür waren es zu viele kleine Lichter. Sie schob den Vorhang ein wenig zur Seite und lehnte sich aus dem Fenster. Es war ein Fackelzug, der sich langsam durch den Garten hinter dem Haus der Promatriarchin hinunter zum Strand schlängelte.

Sie hatte sich gefragt, was man in Ariadne nachts tat, um sich zu amüsieren. Nun hatte sie etwas gesehen, obwohl sie keine Ahnung hatte, was es bedeuten konnte. Ein Picknick im Mondschein? Es gab zwei Monde, die groß und schön am Himmel standen. Eine Strandparty? Ein religiöses Fest? Es konnte sein, daß sie jagten, fischten, schwammen, aßen, kopulierten oder Pilze pflückten, die nur bei Mondschein sprossen, wie sie es auf Cendris Heimatplaneten während einer bestimmten Jahreszeit taten. An der Spitze der Prozession konnte Cendri eine große, breitschultrige Gestalt ausmachen, die sehr gut die Promatriarchin selbst sein konnte.

Sie beobachtete, wie sich die Lichter am Strand entlangzogen, wo sich die Wellen brachen und leise mit weißen Schaumkronen an den Strand rauschten. Sie bewegten sich weiter und wurden zu kleinen, flackernden Glühwürmchen in der Ferne. Dann sah man sie wieder, jetzt nur noch winzige Lichtflecken, die sich auf den Mittelpunkt der Ruinen zubewegten, die Miranda Wir-Wurden-Geleitet genannt hatte.

Und dort lag ihr Raumschiff. Cendri dachte an Mirandas hingerissenen Gesichtsausdruck, als sie über den Kontakt mit den Gründern sprach. War dieses hier vielleicht die Prozession irgendeines religiösen Kultes, der aus den Ruinen entstanden war? Fand er statt – Cendri schauderte –, um zu versuchen, die vermeintlichen Geister der Gründer wegen des bevorstehenden Besuchs von Ausweltlern, die ihre Geheimnisse erforschen wollten, gnädig zu stimmen? Vielleicht auch, um ihren vermeintlichen Zorn zu besänftigen? Wieder zitterte sie – Ahnenverehrung war meist blutrünstig! Opferten sie beim Schein der Gründer? Und *was* opferten sie? Sie erschienen wie eine friedliche, aufgeklärte Kultur mit entwickelter Technologie, doch religiöse Kulte waren grundsätzlich außerhalb der rationalen Struktur einer Gesellschaft.

Wieder suchte sie die fernen, flackernden Lichter, die die Ruinen und das Raumschiff wie eine Girlande schmückten. Sie hatten einen Kreis gebildet. Eine Lichtergirlande, dachte Cendri schläfrig. Sie gähnte, müde, und durchgefroren – Kultur auf Isis schloß keineswegs das Vorhandensein einer Zentralheizung ein, und im Hinblick auf die Hitze am Tage und das allgemein subtropische Klima war das kein Wunder; jetzt war es jedoch empfindlich kühl. Sie sehnte sich nach den warmen Kissen und Dals warmem Körper, der auch im Schlaf wunderbar tröstend und beruhigend wirkte.

Doch sie stand wie angewurzelt und beobachtete die fernen Fackeln, die die Ruine umkränzten wie die Festlichter am Heiligen Baum der Vhanni auf Rigel Vier – das Licht an den Ruinen hatte zu glühen begonnen, wie ein Abglanz der bleichen Monde. Plötzlich spürte sie die Kälte nicht mehr.

Erstaunt und fasziniert stand sie da und beobachtete das Licht, diesen weichen, überflutenden, beruhigenden Schimmer. Es war wie eine Stimme in ihrem Herzen, die sie mit Freundlichkeit, Liebe, Wärme erfüllte . . . ihr Herz strömte hinaus zu dem Licht, und einen Moment lang fühlte sie sich wie ein Kind, das rennt, um den Kopf in den Schoß der Ammen zu legen . . . eine Zeile aus Rhus Lied kam ihr flüchtig in den Sinn: *Wenn ich mein Leben gelebt habe, wird mich die Göttin dann – vielleicht – an ihre liebevolle Brust ziehen?*

Cendri zuckte zusammen und schüttelte sich. Hatte sie geschlafen? Die Monde waren untergegangen, doch das Licht blieb, ein schwacher Glanz um die Ruinen, das Echo der Stimme in ihrem Kopf – war es wirklich gewesen, oder hatte sie geträumt? Die Vernunft sagte: Du hast geträumt; doch von der Wärme war soviel zurückgeblieben, daß sie zögerte, es als einen Traum abzutun. Als Wissenschaftlerin mißtraute sie ihrer eigenen Wahrnehmung, wenn sie sich mit der Vernunft nicht zu vertragen schien.

Sie drehte sich um und rief leise: »Dal!«

Langsam wurde er wach. »Cendri? Wo bist du?« Sie sah, wie er mit der Hand neben sich fühlte. Hatte sie geschlafen? War ein bizarrer Traum Grund genug, ihn zu stören? Aber sie sagte leise: »Ich bin hier am Fenster, Dal. Komm her. Ich will dir etwas zeigen.«

»*Sharrioz!* Jetzt?« Er setzte sich erstaunt auf und tapste dann barfuß und nackt durch den Raum zu ihr. »Liebling, ist irgend etwas?«

»Dal, sieh mal – bei den Ruinen . . .«

Er zwinkerte und preßte sein Gesicht gegen die Scheibe. »Lichter – unten bei den Ruinen . . .«

»Ich habe gesehen, wie sie das Haus verlassen haben – vor Stunden, glaube ich. Ich habe keine Ahnung, wie spät es war. Doch die Monde waren noch am Himmel. Sie gingen zu den Ruinen . . .«

»Ja«, unterbrach er. »Warum auch nicht? Vaniya sagte beim Abendessen, daß sie ein religiöses Heiligtum seien.

Vielleicht gehen sie bei Mondlicht dorthin, um zu beten. Das ist *dein* Job – diese Kultur zu studieren!«

Cendri sagte sich, daß dieser grobe Tonfall nicht beleidigend gemeint war; sie hatte Dal nur aus tiefstem Schlaf wegen etwas geweckt, dessen sie sich überhaupt nicht sicher war.

»Das ist nicht alles«, sagte sie. »Ich habe ein Licht in den Ruinen gesehen – nahe bei der Spitze des Gebäudes, die aussieht wie ein abgebrochenes Horn . . .« Für Cendri war das Licht immer noch schwach zu erkennen, und dieser Anblick erweckte erneut in ihr die Erinnerung an das kurze, ekstatische Glühen.

Aber sie war sich nicht sicher, jetzt nicht mehr. Wenn sie phantasiert hatte, oder wenn es eine Spiegelung gewesen war, ein Schimmer reflektierten Mondscheines auf einer unbekannten, glänzenden Oberfläche . . . hätte sie es nicht erwähnt. Nur wenn er es unabhängig von ihr sah, wenn er fühlte, was sie sogar jetzt noch schwach fühlte, würde sich ihre Wahrnehmung bestätigen.

»Da ist ein Licht . . . nein, kein Licht, eine Art Schim mer. Bist du sicher, daß es nicht der Mondschein war, Cendri? Oder vielleicht eine Art luminiszierendes Material – wir haben ja keine Ahnung, welche Materialien die alten Gründer verwendet haben.«

Er brach ab und gähnte lautlos. »Bist du sicher, daß du es nicht geträumt hast?«

Cendri merkte, daß sie *nicht* sicher war. Einen Moment lang war sie überwältigt gewesen von dem flutenden Licht, der Wärme, der sich ausbreitenden Freude, die sie nicht identifizieren konnte vor grundlosem Glück; und im nächsten Augenblick war sie verkrampft und kalt. Der Mond war untergegangen.

»Ich *habe* einen Schimmer gesehen«, beharrte sie unsicher.

»Okay.« Dal gähnte wieder. »Vielleicht reflektiert dieser erhöhte Platz die aufgehende Sonne draußen im Meer. Es kann nicht mehr lange sein bis zur Dämmerung.« Mit plötzlicher Besorgnis fühlte er ihre kalten Hände und bückte sich, um ihre kalten Füße anzufassen.

»Liebling, du bist ganz durchgefroren! Hast du überhaupt geschlafen, oder hast du die ganze Nacht hier gestanden und dir Fackelzüge und ähnliches angesehen? Komm, ich wärme dich auf.«

Sie schlang die Arme um seinen Nacken; sanft, wie er es in ihrer ersten Zeit getan hatte, nahm er sie hoch und trug sie in die Kissenecke, deckte sie zu, hüllte sie mit seiner ganzen Wärme ein und nahm ihre kalten Füße in seine Körperbeuge, um sie zu wärmen. Eng zusammengerollt sagte sie hartnäckig: »Dal – als du auf die Lichter gesehen hast . . . hast du irgend etwas *gefühlt?*«

Es war dunkel, doch Cendri spürte, wie er sie erstaunt anblickte. »Etwas *gefühlt?* Cendri, du bist noch im Schlaf«, sagte er sanft. »Gefühlt habe ich nur, daß ich es kaum erwarten kann, dorthinzukommen. Danke übrigens, daß du dem alten Mädchen klargemacht hast, daß ich Wissenschaftler bin und daß du mich brauchen wirst; ich hatte schon Angst, man ließe mich überhaupt nicht dorthin.«

»Oh, Dal, wie konntest du daran zweifeln?«

»Ich war mir nicht sicher. Ich meine, du bist auch eine . . . eine Frau. Sie respektieren dich – ich dachte, du würdest die Chance nutzen, zu beweisen, was du allein kannst . . .«

Bestürzt dachte sie: *Traut er mir denn immer noch nicht?* Und dann verwirrt: *Traut ein Mann überhaupt jemals einer Frau? Ist das der Grund, warum die Männer auf manchen Welten so sehr versuchen, die Frauen zu beherrschen . . . keine Arroganz, sondern Angst?*

»Dal, Dal – ich könnte ohne dich nichts tun . . .«

»Ich war mir nicht sicher«, sagte er; zitternd hielt er sie fest – diesmal nicht, das spürte sie, um sie zu wärmen, sondern um sich zu beruhigen. Cendris Sicherheit war erschüttert. Sie hatte Dal im Gegensatz zu ihrer eigenen Schwäche für so stark gehalten, für fähig, und sich selbst für kraftlos. Aber jetzt?

»Cendri, glaub' nicht, daß ich nicht weiß, wie es dich

geärgert hat, nicht auch Gelehrte Dame zu werden, als ich Meistergelehrter wurde. Ich nähme dir das nicht übel . . . wenn du das ausnutzt . . .«, murmelte er, und sie umschlang ihn wortlos, verstört und schockiert über ihre eigenen Gedanken. Beeinflußte sie dieser Ort? Vermittelten ihr die Frauen Illusionen und Verblendungen über ihre Macht? Plötzlich wünschte sie sich, daß sie niemals hergekommen wären.

»Oh, Dal, halt mich fest«, bat sie. »Halt mich fest, laß mich nicht los! Ich habe Angst! Oh, Dal, halt mich!«

IV

Vaniyas Pflichten hielten sie die nächsten zehn Tage lang davon ab, sich ihren fremden Gästen zu widmen. Cendri war damit nicht unzufrieden; sie begrüßte die Gelegenheit, diese fremde Gesellschaft, zu der man ihr den Zugang erlaubt hatte, studieren zu können. Stolz sah sie schon den Bericht mit ihrem Namen vor Augen, der über diese Frauen, die ohne Männer lebten, Auskunft gab, ein Bericht, der sicherlich ihren nur geborgten Status einer Gelehrten Dame festigen würde.

Sie machte sich reichlich Notizen, die sie in der alten Schrift ihrer Kindheit kritzelte. Sie tat dies aus Geheimhaltungsgründen, denn sie erinnerte sich an die einzige überlieferte Stellungnahme des Matriarchats: *Wir wollen nicht von euren Wissenschaftlern wie eine dieser Insektenkolonien mit einer Glasscheibe auf einer Seite untersucht werden, mit denen unsere Töchter spielen.* Einen Stimmenaufzeichner könnte man finden und vielleicht aus Versehen anstellen. Doch niemand auf diesem Planeten, nicht einmal Dal, konnte die Sprache von Cendris Heimatplaneten lesen.

Miranda war weiterhin sehr freundlich und lud Cendri bei mehreren Gelegenheiten ein, am Leben der Frauen im Haushalt teilzunehmen, bat sie in die Nähstube, die Webräume, Gärten und Kinderstuben. Und doch wußte Cendri, daß ihr das wirkliche Leben des Matriarchats entging. Sie konnten doch nicht völlig ohne Männer leben – wenn man an die vielen kleinen Kinder in Vaniyas Haushalt dachte! Außerdem schätzte sie diese Gesellschaft als zu einfach ein, um künstliche Befruchtung zu praktizieren. Eine beträchtliche Anzahl der Frauen mußte recht aktive Beziehungen zu Männern unterhalten. Doch sie fragte sich, wie dies geschah, denn sie sah niemals einen Mann in diesem Haushalt, außer bei gelegentlicher niedriger Arbeit.

Doch Mirandas zunehmende Freundlichkeit ließ sie zu Recht glauben, daß man ihr früher oder später erlauben würde, hinter die Oberfläche der Gesellschaft der Matriarchen zu blicken. Und Miranda schien unerschöpflich neugierig auf den Bund zu sein – fast genauso neugierig, dachte Cendri, wie sie selbst auf das Matriarchat.

Eines Tages gingen sie im Garten der Residenz zwischen Blumen und Kräutern umher, und Miranda fragte plötzlich: »Wie lange sind Sie mit Ihrem Begleiter schon zusammen?«

Cendri rechnete unwillkürlich von den Einheiten von Universitas um und sagte: »Ungefähr ein Drittel eures langen Jahres.«

»Haben Sie ihn nur für Ihren – Aufenthalt hier als Begleiter genommen?«

Cendri lächelte sanft und sagte: »Nein, nein, wir wollen so lange zusammenbleiben, wie wir beide es wünschen. Es ist nicht üblich, daß eine Ehe ein ganzes Leben dauert . . .« Es gab, ihres Wissens, kein entsprechendes Wort für Ehe auf Isis, so sagte sie wörtlich *Lebenspartnerschaft,* ». . . doch es kommt vor, und im Moment denken wir nicht daran, uns zu trennen, auch nicht in absehbarer Zeit.«

»Dann ist Ihr Begleiter auch Ihr – Lebenspartner?« sagte Miranda erstaunt. »Wie komisch mir das vorkäme – jedem hier –, einen Mann als Lebenspartner zu nehmen! Komisch und viel zu . . . zu«, sie hielt inne und suchte nach Worten und sagte schließlich steif, indem sie Cendris Blick vermied: ». . . sexuell verpflichtend, ja anstrengend!«

Cendri fragte sich, wie Mirandas Vorstellungen von den sexuellen Bedürfnissen der Männer und ihre eigenen Wünsche auf diesem Gebiet wohl aussahen. Sie wußte, daß sexuelle Bedürfnisse lediglich psychologisch und größtenteils durch die Gesellschaft bedingt waren, aber glaubte Miranda wirklich, Männer seien sexuell unersättlich? Sie erinnerte sich, daß die Transitschiffpilotin – oder war es Miranda selber gewesen an ihrem ersten Tag hier? – von der Unmöglichkeit gesprochen hatte, Männer zu erziehen, da sie so sehr unter dem Druck ihrer sexuellen Bedürfnisse stünden. Wie konnte eine Frau Männer realistisch einschätzen, wenn sie keinen einzigen näher kannte? Sie sagte: »Nein, ich finde das nicht, Miranda.« Doch es war ihr peinlich.

Miranda entgegnete: »Aber sind Sie nicht einsam ohne andere Frauen in Ihrem Haushalt? Mir kommt das unnatürlich vor und merkwürdig.«

Cendri war diese Frage nicht neu. Auf Universitas war eine der normalen Konstellationen die Gruppenehe, und sie war an die Mischung aus Mitleid und Neugier im Verhalten der Frauen in solchen Beziehungen gewöhnt, die meinten, Cendri müsse einsam sein ohne andere Frauen und gelangweilt mit nur einem Mann. Ruhig sagte sie: »Ich habe viele Freundinnen, Miranda, doch unsere Lebensart, Dals und meine, hat ihre Basis in dem Gedanken, daß ein Mann und eine Frau und ihre Kinder die Grundeinheit der Gesellschaft bilden und daß Mann und Frau sich am nächsten sind, gute Freunde und miteinander am intimsten sind. Alle anderen bleiben außerhalb dieser Gesellschaft.«

»Aber wie können Sie wirklich Freundinnen haben, wenn Sie nicht die wichtigsten Dinge des Lebens mit ihnen teilen?« fragte Miranda. »Kann ein Mann wirklich . . . wirklich einer Frau so nahe sein?«

Cendri lächelte über die junge Frau. Sie waren gleichaltrig, und Miranda war, nach den Normen ihrer Welt, sehr gut erzogen, doch hatte sie noch niemals ihren Heimatplaneten verlassen, und dies allein ließ sie in Cendris Augen provinziell und unreif erscheinen. Sie sagte: »Wir kennen viele Lebensmuster auf Universitas; bei meinem nimmt man an, daß ein Mann einer Frau ein näherer Freund sein kann als eine Frau.«

»Aber Frauen sind sich so ähnlich; sie könnten sich untereinander so gut verstehen«, sagte Miranda, und es klang ein wenig sehnsüchtig. »Ich bin allein – man hat mir in der Schule eine Verbindung verschafft, doch ich war zu jung, glaube ich, um klug auszuwählen. Wir haben uns gestritten und in der letzten Saison getrennt; jetzt bekomme ich alleine das Kind. Meine Mutter und meine Schwestern sind sehr lieb zu mir, aber das ist nicht das gleiche.« Sie zögerte und schien noch mehr sagen zu wollen, seufzte dann aber und fragte: »Sie haben noch keine Kinder?«

Cendri verneinte – sie und Dal hatten sich darauf geeinigt, mit den Kindern noch zu warten, bis sie beide die Stellungen erreicht hatten, die sie anstrebten, und sie entschieden hätten, auf welcher Welt sie leben wollten oder ob sie auf Universitas blieben.

»Ich fände es komisch, einen Mann bei einer solchen Entscheidung fragen zu müssen, ob es ihm paßt«, sagte Miranda, und Cendri lachte und sagte: »Dal ist für mich nicht ›ein Mann‹, sondern mein Lebenspartner, wie Sie sagen, und ich würde keine Entscheidung treffen, ohne ihn miteinzubeziehen, genausowenig wie er das tun würde, ohne mich zu fragen. Wir sind gleichberechtigt, Miranda, was immer man Ihnen auch über die Männerwelt erzählt haben mag. Ich *muß* ihn nicht um Entscheidungen angehen, ich tue es freiwillig.«

»Aber es ist höchst merkwürdig«, sagte Miranda, »bei uns wählen die meisten Frauen einen Lebenspartner, wenn sie ungefähr so alt sind wie ich; doch kann eine Frau Entscheidungen mit anderen Frauen zusammen treffen, denn wir sind uns so ähnlich.«

»Trifft Ihre Mutter ihre Entscheidungen nicht mit ihrem Begleiter?«

»Mit einem Begleiter?« sagte Miranda und hob ungläubig die Augenbrauen. »Nein, nein, natürlich nicht. Aber sie ist alt genug, einen Begleiter zu halten. In ihrem Alter trifft sie Entscheidungen allein; keine Frau meines Alters würde sich einen Mann halten.« Sie lachte nervös. »Ich glaube, Sie sind an sehr verschiedene Lebensmuster und Auswahlmöglichkeiten gewöhnt . . .«

Cendri nickte. »Auf Universitas würden Sie viele davon kennenlernen. Und dennoch glaube ich, würden Sie bei derjenigen bleiben wollen, die ihnen die gefühlsmäßige Befriedigung verschafft, die sie in der Kindheit schätzengelernt haben. Die meisten Menschen behalten das Sexualverhalten bei, das sie vor Eintritt in die Pubertät kennengelernt haben. Selten wird gewechselt. Einige haben es versucht – eine Frau von meiner Welt ging eine Gruppenehe auf Universitas ein. Sie war meine Freundin, erzogen zu der Art von Ehe, wie ich es gelernt habe: ein Mann und eine Frau; und doch machte sie – eine Zeitlang – dort mit bei dieser Gruppenehe, in der alle anderen Mitglieder so erzogen waren, daß sie dies als einzig erträgliche und vernünftige Form von Ehe betrachteten.« Sie verstummte und dachte daran, daß Jerris kurzer Versuch, interkulturelle Schranken zu überqueren, eine Katastrophe gewesen war. Die meisten ihrer Versuche endeten in Selbstmordversuchen oder Nervenzusammenbrüchen.

Nach einer Weile sagte Cendri: »In den ersten Dekaden von Universitas feierte man solche interkulturellen Experimente als einen großen Schritt auf ein allgemeines interkulturelles Verstehen hin. Es gab jedoch so viele Tragödien, daß heute die meisten Leute denken, daß sie gesetzlich verboten werden müßten. Ich glaube, die Wahrheit – wenn es überhaupt eine gibt – liegt irgendwo dazwischen.«

Miranda nickte. Das verstand sie. »Ja, für mich ist unsere Art die einzig richtige, als hätte die Natur selber sie in unser Fleisch, unsere Körper, unseren Schoß, unsere Herzen geschrieben, und doch sehe ich, daß der Grund dafür darin liegt, daß man mich seit der frühesten Kindheit so zu denken gelehrt hat, und daß es für jemanden, der dies nicht gelernt hat, merkwürdig, ja abstoßend sein kann. Fühlen Sie sich durch unsere Art abgestoßen, Cendri?«

Cendri sagte ehrlich: »Ich weiß noch nicht genug darüber, um zu beurteilen, wie ich darüber denke.« Während ihres Studiums der Anthropologie hatte man sie einer langwierigen Konditionierung unterzogen, um sie von solchen Vorurteilen zu befreien, doch das durfte sie kaum zugeben. Sie wünschte sich, sie könnte Miranda ein paar Fragen stellen über Dinge, die sie verwirrten; wünschte sich, daß es eine Möglichkeit gäbe, ohne irgendeinen Verdacht zu erwecken. Sie dachte an die Beziehungen zu Männern, fragte sich, ob die »Lebenspartnerschaft« zwischen Frauen auch Sexualität beinhalte – sie glaubte schon. Enge Beziehungen und auch sexuelle Partnerschaften gleichgeschlechtlicher Art waren auch auf Universitas nicht unbekannt – aber sie wußte nicht, wie sie ihre Fragen formulieren sollte, ohne ein unbekanntes Tabu zu verletzen.

Miranda bückte sich über eines der Blumenbeete neben dem Weg und pflückte eine kleine hellblaue Blume. Sie drehte sie in der Hand, während sie sagte: »Manchmal frage ich mich, wie es wohl sein würde, in einer dieser anderen Formen zu leben, die für unsere Frauen so – unaussprechlich sind. Sie sagen, daß Ihr Begleiter Ihr Lebenspartner ist. Doch . . . Sie sind aus den Männerwelten, ist es nicht so, daß Sie . . . ihm gehören? Sind Sie nicht durch einen Bund an ihn gefesselt, den Sie nicht von sich aus lösen können?«

Cendri lächelte und sagte: »Um unsere Partnerschaft aufzulösen, brauche ich nur zu den Behörden auf Universitas zu gehen und mit ihm eine gemeinsame Erklärung abzugeben, daß wir uns trennen wollen, das ist alles. Wenn dies einer von uns will und der andere nicht, kann es ein bißchen komplizierter sein – dann würde ein Schiedsmann den Fall übernehmen –, und wenn Kinder da sind, müssen wir ein Übereinkommen über ihre Versorgung und Erziehung treffen. Doch eine Ehe kann nicht fortbestehen, wenn einer der Partner das nicht will. Das wäre Sklaverei.«

»Und Sie würden ihn gehen lassen, wenn er Sie verlassen wollte?«

Cendri entgegnete: »Würde irgendeine Frau einen Mann halten wollen, der nicht mehr bei ihr bleiben will?«

»Es käme mir komisch vor, die Wünsche eines Mannes, besonders eines Begleiters, zu berücksichtigen«, sagte Miranda und runzelte ein wenig die Stirn. »Ich hatte geglaubt, es sei vielleicht umgekehrt wie hier, daß in Ihrer Welt der Mann die Frau besitzt und für alles verantwortlich ist, was sie tut . . .«

Cendri schüttelte den Kopf. »Nein, doch hat es, glaube ich, schon Welten gegeben – Pionier vor vielen Generationen –, wo dies zutraf. Und in einigen Kulturen muß der Mann bei allen Kindern, die er gezeugt hat, für den Lebensunterhalt sorgen.«

Miranda sagte: »Das ist aber wirklich komisch, daß ein Mann für ein Kind verantwortlich sein soll; wie kann ein Mann denn wissen, daß er es gezeugt hat, außer, er schließt seine Frau vor allen anderen ab?« Wieder schien sie noch etwas hinzufügen zu wollen, und wieder zögerte sie und unterließ es. Cendri fragte sich, ob der Zeitpunkt wohl passend wäre, etwas über die unbekannten Zeugungspraktiken auf Isis zu fragen, doch Miranda runzelte die Brauen und sagte: »Es scheint doch ganz natürlich, daß die Frau, die das Kind bekommt, auch dafür sorgt. Doch sehe ich, daß Ihre Art auch ihre – Vorzüge hat«, fügte sie hinzu, wobei sich ihre Lippen zu einem versonnenen Lächeln verzogen. Cendri fragte sich, wer wohl der Vater von Mirandas Kind war; und sie fragte sich, ob sie für einen Moment Miranda gezwungen hatte, ihre kulturellen Vorurteile zu vergessen. Dann sagte Miranda: »Aber, wenn Sie ein Kind haben und sich von Ihrem Lebenspartner trennen – wie ich von meinem –, würden Sie nicht einfach tun, was ich auch getan habe, nämlich zu Ihrer Mutter und Ihren Schwestern zurückkehren, damit sie für Sie und das Baby sorgen?«

Cendri lachte. »Das wäre das allerletzte, was mir einfallen

würde. Ich weiß nicht einmal genau, wo meine Mutter lebt. Sie konnte nicht warten, bis ich alt genug war, um meine Ausbildung als Wissenschaftlerin zu beginnen, um in ihren eigenen Beruf zurückzukehren. Ich habe sie nicht mehr gesehen, seit ich siebzehn war! Ich denke, daß wir uns eines Tages als Freunde wiedertreffen, doch jeder von uns beiden lebt sein eigenes Leben. Auf unserer Welt erkennt man keine weitergehende biologische Verbindung an, wenn ein Kind alt genug ist, sich selbst zu versorgen.«

»Das hört sich für mich unbarmherzig an«, sagte Miranda verächtlich. »Wie sonst unterscheiden sich Frauen von Tieren, als dadurch, daß sie ihre Kinder großziehen?« Sie lachte und sagte: »Es ist gut, wenn jemand die Gedanken, die für mich selbstverständlich sind, so in Frage stellt! Ich rede gern mit Ihnen über solche Themen, Cendri. Ich glaube, das werde ich immer tun, doch ich sollte Sie warnen. Sprechen Sie nicht zu frei über diese Dinge zu den Frauen dieses Hauses. Viele von ihnen hier wären schockiert und entsetzt darüber, wie wir reden. Sie würden Sie für schmutzig und pervers halten, weil Sie darüber sprechen – und mich für nicht weniger pervers, weil ich dulde, daß sie ausgesprochen werden! Erzählen Sie es ihnen nicht, bitte, Cendri!«

Sie lächelte die Außenweltlerin an und atmete tief ein. »Das habe ich mir gedacht; jetzt blühen die Fischaroma-Kräuter an der Südmauer. Kommen Sie, lassen Sie uns ein paar sammeln und den Frauen in der Küche bringen. Sie wollen sie sammeln, solange ihr Aroma am stärksten ist, um sie zu trocknen und damit den Fisch zu würzen, wenn wir das nächste Mal zum Meer gehen.«

Sie pflückte einen Strauß der stark duftenden graurosa Blumen für die Küche, und Cendri half ihr dabei. Als sie in die Küche kamen, rümpfte einer der Frauen angeekelt die Nase.

»Puuuh, du riechst wie Fisch, Miranda, als seist du am Meer gewesen . . .«

Miranda lachte. »Bin ich auch, das sieht man mir doch an«, sagte sie fröhlich.

Die andere Frau wandte sich erstaunt ab. »Wie du sprichst! Und das vor dem ehrenwerten Gast!«

»Du hast zuerst davon gesprochen«, sagte Miranda lachend. »Wir sind doch erwachsene Frauen! Und wenn wir Kräuter als Würze zu Fisch haben wollen, dann riechen wir eben wie das Meer! Und ich mag den Geruch, denn er bedeutet, daß es bald soweit ist, daß wir das Meer besuchen – was ist los, Zamila, fällt es dir bei dem Geruch zu schwer, zu warten?« Sie zerquetschte die stark duftenden Blumen zwischen den Handflächen, und als sich der aromatische Geruch in dem Raum verbreitete, begannen die Frauen nervös zu kichern, was Cendri nicht verstand.

Auch Dal rümpfte die Nase über den starken Geruch, der an ihren Händen haftete, als sie in das gemeinsame Zimmer nach oben kam.

»Was in hundert Welten ist das für ein Gestank, Cendri?«

»Ein Kraut, mit dem sie Fisch würzen. Ich habe Miranda geholfen, es zu pflücken«, sagte Cendri abwesend. Hatte das Gespräch über ›den Besuch am Meer‹ etwas mit ihren jahreszeitlichen religiösen Festen zu tun? »Ich glaube, dieser Duft ist als Gewürz hochgeschätzt.«

Dal schnüffelte. »Ich kann mich nicht erinnern, es geschmeckt zu haben, und ehrlich gesagt, ich bin froh darüber. Wird es dir nicht langweilig, immer mit diesen Frauen zusammen zu sein, mit Blumenpflücken und ähnlichem Quatsch?«

»Natürlich nicht, Dal, das ist meine Arbeit, und ich mag Miranda sehr gern.«

»Aber bitte nicht zu gern«, sagte er mürrisch. »Ich traue Frauen nicht, die ohne Männer leben. Es scheint mir nicht normal oder gesund, und ganz sicher mag ich den Gedanken nicht, daß meine Frau eine Menge Zeit mit Frauen verbringt, die sich so zusammentun wie die hier. Hat dich Miranda vielleicht schon belästigt? Bist du sicher, daß du ihr trauen kannst?«

Plötzlich begriff Cendri und sagte: »Das ist so lächerlich,

daß ich es nicht einer Antwort für würdig halte, Dal.« Und ging, um den Geruch des Krautes von den Händen abzuwaschen.

Miranda ist einsam, das sagt sie selbst. Und sie hat sich sicherlich Mühe gegeben, um herauszufinden, ob ich starke Vorurteile gegen ihre Art zu leben habe. Ihre Schwestern haben sich alle Frauen als Lebenspartner genommen – oh, das ist lächerlich. Miranda weiß, daß ich nicht so eine Frau bin.

Überhaupt, was habe ich für ein Recht, mich so herablassend darüber zu äußern, was normal ist? Wenn man Männer außer zu Zeugungszwecken aus der Gesellschaft heraushält, und die Frauen all ihre Zeit miteinander verbringen, entwickeln sie natürlich Liebe und Zuneigung füreinander. Wie kann man Menschen lieben, die man als gefährliche Tiere ansieht, die als Eigentum registriert sind? Und natürlich, wo Liebe ist, da ist auch Sexualität. Du hast doch schon Homosexuelle gesehen! Sei doch nicht so verdammt hochnäsig und herablassend, als hättest du das Recht, das entweder gut oder schlecht zu finden! Für Dal ist das schon in Ordnung, daß es ihm nicht gefällt, er ist kein Anthropologe . . . für dich aber gibt es keine Entschuldigung!

Doch die Frauen taten ihr trotzdem leid, weil sie sich bis zum Alter Vaniyas keinen Begleiter halten durften und gezwungen waren, sich ihre Liebe und sogar den Sex woanders zu holen. Nein, nicht gezwungen, sie taten es freiwillig . . . wirklich freiwillig, wenn ihnen die Gesellschaft keine anderen Möglichkeiten bot?

Ich glaube, meine Vorurteile reichen doch viel tiefer, als ich je gedacht habe . . .

Die Promatriarchin war beim Abendessen nicht anwesend, doch Cendri fragte Miranda, angestachelt von Dal:

»Gibt es eine Möglichkeit, daß wir bald mit unseren Arbeiten in den Ruinen beginnen können, Miranda?«

Miranda wandte die Augen ab und sagte: »Ich weiß wirklich gar nichts darüber, Cendri. Sie müssen die Promatriarchin fragen.«

»Ich weiß, daß Sie manchmal für sie Entscheidungen treffen«, beharrte Cendri, doch Miranda antwortete: »Nein, nicht über solche Angelegenheiten, nur was den Haushalt angeht. Ich bin wirklich nicht befugt, Cendri. Ich weiß, wie Sie über Ihre Arbeit denken, aber Sie müssen die Entscheidung meiner Mutter abwarten.«

Später in ihrem Zimmer kochte Dal vor Wut. »Wie lange werden sie uns noch hinhalten? Warum hast du dich wieder abspeisen lassen?«

»Dal, ich bin so weit wie möglich gegangen. Ich weiß, daß ich Miranda in eine schwierige Situation gebracht habe . . .«

»Wenn du es ihr noch schwieriger machst, dann fordert sie vielleicht eine Entscheidung von Vaniya. Cendri, wenn wir in ein oder zwei Tagen nichts Definitives hören, sollten wir zu der anderen Promatriarchin – wie heißt sie noch –, Mahala, gehen und sehen, ob *sie* etwas für uns tun kann. Vielleicht können wir die Rivalität zwischen ihnen ausnutzen, um weiterzukommen.«

»Dal, das sollten wir wirklich nicht tun. Ich möchte Vaniya nicht vor den Kopf stoßen . . .«

»Verdammt, Cendri«, explodierte er. *»Du* hast ja die Arbeit, die dich interessiert, du studierst ja die Leute . . .«

»Dal, sprich leiser«, sagte sie scharf. »Wenn sie das gehört haben, wäre es das Ende unseres Besuches hier!«

Er senkte die Stimme bis zu einem Flüstern: »Aber was ist mit meiner Arbeit, Cendri, der Arbeit, wegen der wir herkamen, für den Bund?«

»Vaniya ist mit den Nachwirkungen des Erdbebens beschäftigt . . .«

»Ach, hör auf! Wenn es hier so häufig Beben gibt, muß sich die Promatriarchin nicht persönlich um alles kümmern. Das ist nur ihre Entschuldigung – um uns hinzuhalten!« Er ging zum Fenster und starrte mürrisch auf die Ruinen hinab.

»Hast du schon herausgefunden, warum sie Wir-Wurden-Geleitet genannt werden?«

»Ich hatte keine Gelegenheit zu fragen, Dal.«

»Warum nicht? *Sharrioz!«* schimpfte er. »Du solltest in erster Linie hier an den Ruinen interessiert sein. Über was redest du eigentlich mit Miranda?«

Cendri seufzte und sagte: »Nichts Besonderes, Dal, nichts, was dich interessieren würde.« Das stimmte, und es gefiel ihr nicht. Alle Dinge, die sie in dieser Welt hörte, all die Merkwürdigkeiten, die Verwunderungen über die Unterschiede bedeuteten Dal überhaupt nichts; das hatte sie schon in den ersten Tagen gemerkt. Plötzlich überkam sie eine Ablehnung, die so überwältigend war, daß sie kaum an sich halten konnte, ihm nicht irgend etwas an den Kopf zu werfen.

Er erwartet von mir, daß ich mich für diese verdammten Ruinen interessiere, ja, begeistert bin. Und er hat nicht das geringste Interesse an meiner Arbeit!

Dal warf sich in den gepolsterten Alkoven, in dem sie schliefen. »Kommst du nicht ins Bett?«

»Später«, sagte sie und wandte ihm den Rücken zu. »Ich möchte noch meine Tagesaufzeichnungen machen. Einer von uns beiden muß schließlich arbeiten.«

Er zog sich wieder auf die Beine und stand wütend über ihr.

»Das ist nicht fair! Es ist nicht *mein* Fehler, daß wir noch nicht mit unserer Arbeit angefangen haben!«

»Ich habe das nicht so gemeint«, sagte sie seufzend. »Es tut mir leid, Dal. Morgen werde ich herausbekommen, ob Vaniya mich empfängt, und werde ihr sagen, daß wir mit der Arbeit in den Ruinen beginnen sollten. Und wenn nicht – nun, vielleicht hast du recht, und wir sollten uns an die andere Promatriarchin wenden!«

Er sagte etwas friedlicher: »Liegt die Hohe Matriarchin immer noch im Koma?«

Cendri nickte. »Kann sein, daß wir warten müssen, bis sie sich entweder erholt oder stirbt, Dal. Kann sein, daß sie darauf warten.«

Er brummte: »Und was ist, wenn die Partei an die Macht kommt, die nicht will, daß wir an die Ruinen herankommen?

Ich denke, wir sollten versuchen, anzufangen, so daß der Bund wenigstens *weiß*, ob sie ursprünglich von den Gründern stammen oder nur von einer gewöhnlichen versunkenen Zivilisation.«

»Ich stimme dem voll und ganz zu, Dal«, sagte Cendri, seufzte und legte ihre Notizen beiseite. Sie konnte sie nicht in Ruhe ausarbeiten, wenn Dal in dieser Stimmung war. Es schien, daß es nur eine Möglichkeit gab, seinen verletzten Stolz zu beschwichtigen. Sie versuchte, zu verstehen. Dies war die einzige Funktion, die er hier haben durfte; kein Wunder, daß er versuchte, in der einzig möglichen Weise auf sie Eindruck zu machen, körperlich, um seine Demütigungen wieder wettzumachen, die ihm in dieser Welt zustießen.

Doch sie bemerkte ihre Abwehr, daß sie ihn nur erduldete, ohne Begierde war und sich benutzt und erschöpft fühlte.

Doch was erwarte ich denn, wie er sich hier fühlt? Loyal und bemüht, ihre Abneigung zu unterdrücken, erlaubte sie ihm, sie in den weichen Alkoven zu führen. *Vergnügungsecke,* dachte sie ironisch, *wessen* Vergnügen?

Stunden später erwachte sie von einem Geräusch, das Donner gewesen sein konnte. Einen Augenblick später hörte sie, wie in der Mitte des Raumes die Wandschirme zusammenstürzten, hörte die Schreie von Kindern, die man unsanft aus dem Schlaf gerissen hatte und dachte: *Erdbeben! Schon wieder!*

Dal hatte sich aufgesetzt und horchte auf die Geräusche. Überall im Haus schienen die Wandschirme übereinanderzufallen, Geschirr zu klappern und Kinder zu weinen. Dann ein sanftes, dringliches Pochen an ihrer Tür. Eine leise Stimme rief: »Seien Sie beruhigt, Gelehrte Dame, das Schlimmste ist vorbei, doch Sie müssen herauskommen. Es ist besser, draußen zu bleiben, bis wir sicher sind, daß es keine Nachbeben gibt.«

Cendri warf sich etwas über und eilte die Treppe hinab, Dal neben sich. Sie hörte die weinenden kleinen und älteren Kinder, die schläfrig protestierten. Eine Frau, die sie nur vom

Sehen kannte, hängte sich an ihren Arm und fragte: »Kann Ihr Begleiter meinen kleinen Sohn tragen? Er ist mir zu schwer, und er ist zu schläfrig, um selbst zu laufen!«

Dal nahm gutmütig das Kind auf den Arm und sagte nur leise zu Cendri: »Sie hätte *mich* fragen können!« Dann gingen sie hinaus auf die Wiese. Es war ein oder zwei Stunden vor Tagesanbruch. Die Luft war kalt und das Gras taufeucht. Schwerer Geruch von Kräutern hing in der Luft. Die Frauen des Hauses versammelten sich ungeordnet, hastig und nur teilweise bekleidet auf der Wiese. Vaniya, deren Haar wild um den Kopf herum stand, die aber dennoch so ruhig und beherrscht war, als sei sie auf einem diplomatischen Bankett auf Universitas, ging von Gruppe zu Gruppe und redete in beruhigendem Ton zu ihnen. Rhu sah schläfrig und zerzaust auf. Er war barfuß und trug eine lange weiße Tunika. Vaniya kam schnell, doch ohne Hast auf Cendri zu, während Dal das Kind bei seiner Mutter absetzte.

»Sie sind nicht verletzt, Cendri? Gut. Wirklich, es besteht keine Gefahr; noch niemals hat es außer ein paar leichten Stößen in der Nähe von Wir-Wurden-Geleitet Erdbeben gegeben. Ich hoffe, Ihr Begleiter war nicht zu erschreckt? Die meisten Männer haben Angst, wenn sie nicht im Parterre schlafen.« Sie wandte sich einer der Frauen zu, die am nächsten standen, und sagte: »Sende einen Boten ins Männerhaus und beruhige sie, daß es keinen Grund zur Aufregung gäbe.«

Die Frau eilte fort. Obwohl Vaniya ruhig wirkte, konnte Cendri sehen, daß sie etwas beunruhigte. Ruhelos wanderten ihre Augen von einer Gruppe zur anderen. Jeder schien nun das Haus verlassen zu haben, es kamen keine Frauen und Kinder mehr die Stufen herab. Vaniya sagte sorgenvoll: »Ich sehe Miranda nicht – wo ist sie? Rhu, siehst du sie? Cendri?«

Cendri sah sich nach Miranda um, doch die große Frau mit dem langen, dunklen Zopf und dem hochschwangeren Bauch war nirgendwo zu sehen. Vaniya fragte eine Frau in der Nähe: »Wo ist Miranda? Siehst du sie irgendwo?« und eine andere: »Ihr Zimmer liegt neben deinem. Hast du sie nicht die Treppe herabkommen sehen?«

»Nein, Mutter, ich dachte, sie sei schon gegangen . . .«

»Die Göttin möge uns beschützen!« Vaniya drehte sich um. Ihr Gesicht war vor Sorge verzerrt, und sie eilte zurück zur Treppe. »Miranda! Miranda!«

Rhu lief hinter ihr her, holte sie am Fuß der Treppe ein und sagte fest: »Laß mich gehen! Du darfst nicht wieder hinein. Es kann Nachbeben geben!«

»Du, Rhu? Nein, du wärest dort nicht sicher!« sagte sie erstaunt. »Sie ist meine Tochter, die meine Erbin trägt – ich muß sie finden.«

Vaniyas älteste Tochter Lialla hielt ihre Mutter beim Arm. »Nein, Mutter«, sagte sie eindringlich. »Du darfst das nicht riskieren, du wirst hier gebraucht! Zamila und ich werden gehen, aber ich glaube, daß Miranda einfach die ersten Stöße verschlafen hat! Mir ging es fast genauso!« Sie wandte sich zu Rhu und sagte: »Paß auf sie auf, laß sie nicht nachkommen!«

Vaniya blieb zurück, spielte nervös mit ihren Händen und ignorierte Rhu, der sie erfolglos zu überreden versuchte, von der Treppe zu gehen, sich hinzusetzen und auszuruhen. Cendri kam langsam auf sie zu, und die Promatriarchin sagte nervös und stockend: »Ich habe Angst um sie. Vielleicht wurde sie durch etwas Herabfallendes in ihrem Zimmer verletzt; vielleicht ist sie gestolpert und auf der Treppe gefallen, vielleicht haben auch die Wehen frühzeitig eingesetzt – ich weiß, ich hätte darauf bestehen sollen, daß jemand mit ihr im Zimmer bleibt . . .«

Cendri sagte tröstend: »Es ist doch sehr wahrscheinlich, daß sie das ganze Beben verschlafen hat, Vaniya. Mich hat auch nur das Umstürzen der Wandschirme geweckt.«

»Aber Miranda hat einen so leichten Schlaf«, sorgte sich Vaniya. Dann wandte sie sich langsam den Frauen zu. »Ich muß nachsehen, ob sonst noch jemand fehlt.«

»Das tue ich für dich«, sagte Rhu fest und eilte fort. Vaniya seufzte und blickte ihm nach. Schwer ließ sie sich auf die Steinbrüstung an den Stufen der Residenz fallen. Verteidigend sagte sie: »Ich sollte gehen, aber Rhu ist wirklich sehr fähig und verantwortungsbewußt . . .«

Nach einer Zeit kam er zurück und sagte: »Jede Seele deines Hauses steht sicher hier unten, außer Miranda. Hat man sie gefunden?«

Vaniyas Antwort ging in den Schreien der Frauen unter. Cendri fühlte, wie die Steinbalustrade unter ihren Händen zitterte und merkwürdig knisterte und knackte. Dal ergriff Cendri von hinten und hielt sie, als die Balustrade wegbrach. Vaniya stolperte und fiel hin. Hinter der Eingangstür hörte man Schreie von Frauen. Vaniya keuchte: »Es ist Miranda . . .«, und zerrte sich, Rhus Hand beiseite stoßend, hoch. Sie rannte die Stufen hinauf, doch Rhu eilte ihre nach, drückte sich gegen die Tür. Sie klemmte, knackte, öffnete sich schließlich schief in den Angeln. In der Öffnung erschienen Lialla und ihre Partnerin, die Miranda zwischen sich führten. Sie humpelte, und Vaniya schrie auf und stolperte die Stufen hoch auf sie zu, riß ihre Tochter in die Arme und weinte laut auf vor Angst.

»Mutter, Mutter, du brauchst keine Angst zu haben«, protestierte Miranda und hielt sie fest. »Ich habe mir an einem umgestürzten Wandschirm den Knöchel verstaucht, das ist alles, und ich dachte, es ist sicherer, nicht allein über die Treppe zu gehen, weil ich Angst hatte, zu fallen . . .« Beruhigend hielt sie ihre Mutter fest umarmt. »Ehrlich, ehrlich, ich bin nicht verletzt – mein Knöchel tut mir weh, das ist alles . . .«

Rhu tauchte wieder auf und zwängte sich durch die Öffnung. »Die Geländer sind zerbrochen und heruntergefallen. Sonst ist kein Schaden passiert«, berichtete er. »Ist – ist alles gut mit Lady Miranda?«

»Ja, dank deiner starken Arme«, sagte Miranda. »Wir konnten die Tür nicht öffnen, Mutter, sie klemmte von innen, bis Rhu uns mit seiner Kraft behilflich war . . .«

»Der Göttin sei Dank«, sagte Vaniya mit einem langen Seufzer der Erleichterung, hielt Miranda ein Stück von sich ab, um sie dankbar zu betrachten. »Als ich dich nicht bei den anderen auf der Wiese sah, dachte ich, ich stürbe vor Schrekken! Ist das Kind auch sicher? Soll ich nicht lieber die Hebammen holen lassen, damit sie bei dir bleiben, bis wir sicher sein können, daß der Schock keine böse Folgen gehabt hat?«

Miranda lachte und hielt die Hände auf den vorgewölbten Bauch. »Sie lebt und sagt mir ganz deutlich, daß sie es nicht mag, wenn sie die Treppe hinabgejagt wird«, sagte sie fröhlich, »und ich bin außer Atem. Wenn wir wieder drinnen sind, brauche ich eine Bandage für meinen Knöchel, doch Wehen habe ich noch nicht, werde ich auch nicht bis zum nächsten Mondwechsel haben! Ich hatte nur Angst, als wir die Tür versperrt fanden. Wenn es noch einen Stoß gegeben hätte, wäre sie vielleicht auf uns gefallen. Die Angeln waren mürbe. Aber alles ist in Ordnung – dank Rhu . . .« Schnell lächelte sie zu ihm hinüber, er errötete und blickte beiseite. »Es ist mir ein Vergnügen, der Lady zu dienen«, sagte er in seiner merkwürdigen formellen Art.

Miranda, die auf dem rechten Bein stark humpelte, kam auf Cendri zu. »Ich hoffe, Sie und Ihr Begeiter wurden nicht erschreckt, Gelehrte Dame. Wir sind hier sicher; der Boden bebt nur selten so nahe an Wir-Wurden-Geleitet . . .« Sie wies auf die Ruinen. »Sehen Sie, sie haben es seit Jahrhunderten, die wir nicht ermessen können, unbeschadet überstanden, doch eines Tages werden Sie vielleicht herausfinden, wieviel Zeit vergangen ist, seit sie uns ihre Liebe und Zuneigung schenken.«

Cendri sah hinauf zu den Ruinen und dachte: Ja, das ist richtig. Wie kommt es, daß die Ruinen nicht zusammenstürzen? Wurden sie so gebaut, daß sie gegen Erdbeben gefeit sind? Oder haben sie einen Ort ausgewählt, an dem keine Erdbeben stattfinden? Es konnte kaum *das* sein, dachte sie; so nahe an Ariadne, das während der letzten zehn Tage zweimal von leichten Beben erschüttert wurde . . .

»Seht mal«, sagte Lialla, »das Beben muß doch recht stark gewesen sein. Man kann Feuerschein innerhalb der Stadtmauern sehen . . .«

Von ihrer Angst um Miranda befreit, rief sich die Promatriarchin schnell wieder zu ihren Pflichten. Sie sagte zu Rhu: »Geh schnell und ruf mir den Wagen und den Fahrer! Hat Maret untersucht, wo das Zentrum des Bebens war?«

»Hier, Mutter«, der riesige, unförmige Körper der Genehmigten Frau kam mit einem Blatt Papier in den feisten Händen auf sie zu. »Das Gerät zeigt, daß das Zentrum des Bebens sehr nahe war; wahrscheinlich war es in der Stadt stärker, doch nicht besorgniserregend. Das Schlimmste ist vorüber.«

»Danke, liebes Kind«, sagte Vaniya und tätschelte die fetten weißen Finger. »Dann ist es wohl vorbei. Ein Beben dieser Stärke hat selten Nachbeben und, dank der Göttin, war es auf dem Land, so daß wir keine großen Wellen am Strand zu befürchten haben! Aber ich muß trotzdem gehen und nachsehen, ob alles bei der Hohen Matriarchin in Ordnung ist, und ob den Stadtmüttern größerer Schaden zugefügt wurde. Ich muß mich auch vergewissern, daß bei meiner Kollegin Mahala alles in Ordnung ist.« Unsicher blickte sie zu Miranda. »Ich verlasse dich nicht gerne, wenn du verletzt bist . . .«

Miranda lächelte. »Mutter, mach kein Theater; es ist nur ein verstauchter Fuß, und meine Schwestern können mich sehr gut versorgen. Wenn du mir nicht glaubst, frag Maret, sie wird es dir bestätigen.«

Vaniya wandte sich unsicher an die Genehmigte Frau. »Maret, ist mit meiner Tochter alles in Ordnung? Und mit meiner Erbin? Ist es sicher, sie zurückzulassen?«

Maret lächelte; die großen Augen blickten leer, das Gesicht wurde ausdruckslos und sackte häßlich zusammen. Nach einer Weile sagte sie mit merkwürdiger, benommener Stimme: »Miranda geht es gut, und ihr Kind hat keinen Schaden erlitten . . .«

Cendri fragte sich, ob Maret eine Hellseherin war, eine Art

Wahrsagerin oder einfach ein Scharlatan? In manchen Kulturen legten die Schamanen ihr Geschlecht ab . . . Sie bückte sich und hob den langen Papierstreifen auf, den die dicken Finger freigegeben hatten, als Marets Augen leer wurden. Es schien ein völlig normaler Aufzeichnungsstreifen eines der altmodischen Seismographen zu sein. Seltsam, diese Mischung aus Wissenschaft und Aberglauben, daß Maret für dieses hier zuständig war und gleichzeitig um hellseherischen Rat befragt wurde.

Miranda tat unbewußt einen Schritt, klammerte sich aber schnell an den nächsten Halt, der zufällig Dal war. Entsetzt zog sie ihre Hand zurück, als hätte die Berührung sie verbrannt. Cendri streckte den Arm aus und stützte sie. Dankbar hielt sie sich an Cendri fest und sagte: »Ich versuche besser nicht zu gehen, bevor mein Fuß nicht bandagiert ist . . .«

Rhu kniete sich vor Miranda hin, riß einen Stoffstreifen von seiner Tunika ab und begann, ihn fest um den verletzten Knöchel zu wickeln. Scheu blickte sie beiseite, und Vaniya wandte sich an eine der Frauen, die kam, Rhu barsch zur Seite stieß, den improvisierten Verband befestigte und fest verknotete. Miranda kam wieder auf die Beine, lehnte sich an Cendri und versuchte, den Knöchel zu belasten. »Das ist besser«, sagte sie. »Danke, Halya.« Sie blickte Rhu nicht einmal kurz an. »Geh und tu, was du tun mußt, Mutter. Jetzt ist mein Knöchel wieder in Ordnung, und ich kann alles Nötige erledigen. Dein Auto wartet, und du wirst in der Stadt gebraucht.«

Immer noch zögernd drückte Vaniya Mirandas Hand zum letzten Mal und stieg ins Auto. Rhu sagte: »Soll ich mit dir kommen, Vaniya?«

»Nein, mein Lieber, was könntest du mir denn helfen? Bleib hier und paß auf dich auf, unterhalte den Begleiter der Gelehrten Dame und halte ihn aus dem Weg«, ermahnte sie ihn sanft und schloß die Tür.

Rhu kam traurig zu ihnen zurück, während das Auto fortfuhr, doch Miranda, die sich sicher auf ihrem bandagierten Fuß bewegte, war schon mit einer Gruppe von Frauen weitergegangen und redete mit ihnen. Rhu ging zu Dal. Cendri hoffte, daß Dal nicht unhöflich sein würde. Dal hatte Rhus Gesang wirklich bewundert, aber er hegte keinerlei Respekt dem Begleiter gegenüber und hatte heimlich über ihn gelästert.

Cendri hörte, wie Miranda die Befehle austeilte, daß, falls keine Nachbeben kämen, alle wieder ins Haus gehen und zu schlafen versuchen sollten, doch daß man die Küchenfeuer nicht anzünden solle, bis man ganz sichergehen konnte, daß die Gefahr vorüber war. Cendri bewunderte Mirandas Tüchtigkeit. Sie sorgte dafür, daß ein kaltes Essen serviert wurde, und daß die Arbeitsfrauen, wenn es hell genug war, jeden Winkel untersuchen würden, um mögliche Schäden in Wänden und Mauern der Residenz zu entdecken. Sie blickte zu den Ruinen über ihnen auf dem Hügel. Der Himmel zeigte über dem Meer das fahle Licht der heranziehenden Dämmerung. Die Spitzen der Ruinen reflektierten den rosa Schimmer, und Cendri fragte sich, wie lange es wohl noch dauern würde, bis sie dorthin gehen durften.

Vaniya konnte die Aufgaben, die mit diesem Erdbeben verbunden waren, vorschieben, um sie noch länger hinzuhalten. Doch was konnte sie machen? Es wäre unvernünftig, die Promatriarchin zu bitten, eine Stadt zu vernachlässigen, in der es ein Erdbeben und Brände gegeben hatte.

Nicht, daß es Cendri sonderlich wichtig gewesen wäre; dies war die Chance ihres Lebens, das Matriarchat zu studieren. Doch für Dal war es schwer . . . Sie blickte zu ihrem Mann hinüber, der mit angestrengter Aufmerksamkeit Rhu zuhörte. Rhu nahm an, daß Dal so wie er ein Begleiter war, ein Mann, dessen Hauptfunktion in der Unterhaltung und Begleitung einer Frau mit hohem Status lag. *Ich muß mehr darüber wissen. Dürfen nur Frauen mit einer hohen gesellschaftlichen Position einen Begleiter haben? Und was macht der Rest der Frauen?*

Dal war verständnisvoll genug, Rhu nicht vor den Kopf zu stoßen – immerhin konnte eine Beleidigung des Begleiters der Promatriarchin einer Beleidigung der Promatriarchin gleichkommen. Doch er versuchte, ihn zu meiden, soweit es möglich war.

Miranda kam zu Cendri zurück und sagte: »Ich glaube, es ist vorbei; dieses letzte Nachbeben war so schwach, daß es nicht einmal einen Wandschirm umgestürzt hätte. Doch Sie müssen auf der Treppe vorsichtig sein; die Geländer sind heruntergefallen. Ich glaube, wir können alle zurück ins Bett schicken.« Sie blickte auf den Seismographen-Ausdruck, den Cendri immer noch in der Hand hielt, und sagte: »Dies war ein Landbeben; wir können sie aufzeichnen und in gewissem Grad auch vorhersagen. Viele von ihnen sind auch tief im Landesinnern, wo keine Frauen wohnen. Wir müssen aber die Männer warnen, die im Binnenland jagen gehen, doch sonst ist die Gefahr nicht groß.« Sie sah jedoch immer noch besorgt aus. »Die großen vulkanischen Beben tief unten auf dem Meeresgrund verursachen wirklichen Schaden. Wir können sie nicht vorhersagen und keine Warnungen vor den riesigen Wellen ausgeben, die die Küsten zerstören. Und manchmal leiten so kleine Beben wie dieses hier die großen Erdbeben und die Wellen ein . . .«

Cendri sagte: »Innerhalb des Bundes, Miranda, gibt es jetzt hochentwickelte Computer, die die Drift aller tektonischen Kontinental-Platten aufzeichnen und vorhersagen, selbst unterseeische seismische Aktivitäten. Sie rechnen die Stärke der darauffolgenden Tsunamis – Flutwellen – genau aus, sowie den Ort, wo sie niederschlagen.«

Miranda nickte. »Das habe ich mir gedacht«, sagte sie. »Schon zu der Zeit, als meine Mutter von Persephone nach Isis kam, gab es solche Maschinen. Doch nur die reichsten Welten können sie erwerben, und nach der Labrys-Katastrophe hatten wir kein Geld, eine solche Ausrüstung zu kaufen. Mit den uns zur Verfügung stehenden Mitteln können wir sie vielleicht in hundert Jahren erwerben.« Verächtlich blickte sie auf den Seismographen-Ausdruck in ihrer Hand. »Landbeben verursachen keinen großen Schaden, wegen der besonderen

Konstruktion unserer Häuser und unserer Möbel, und wir haben sehr strikte Feuervorschriften. Doch jedes Jahr gibt es Flutwellen, die Dörfer fortschwemmen, Boote zerstören und die Perlenernte vernichten . . . Ich weiß nicht, wie Isis noch die hundert Jahre durchstehen will, bis wir irgendwie an eine solche Ausrüstung kommen!« Sie seufzte und fügte hinzu: »Und wenn wir es hier nicht aushalten, weiß ich nicht, was wir tun sollen . . .«

Plötzlich riß sie sich zusammen und wandte ihre Aufmerksamkeit dem Gast zu. »Cendri, es ist jetzt absolut sicher, wenn Sie und Ihr Begleiter wieder in Ihr Zimmer zurückkehren. Schlafen Sie, wenn Sie können. Wir werden Ihnen das Frühstück auf's Zimmer bringen lassen, wann immer Sie es wünschen. Später am Nachmittag werde ich Arbeitsfrauen hinaufschicken, die die zerbrochenen Wandschirme entweder reparieren oder austauschen, ebenso wie alles andere, was zerbrochen ist.«

Cendri sagte: »Ich nehme an, die Promatriarchin wird den ganzen Tag fort sein? Gibt es eine Möglichkeit, daß wir bald mit unserer Arbeit bei den Ruinen beginnen können?«

»Heute nicht, fürchte ich«, sagte Miranda. »Selbst, wenn der Schaden in der Stadt nur minimal ist, muß sie ein Dorf unten an der Küste besuchen, das durch ein Beben einige Zeit, bevor Sie herkamen, fast zerstört wurde. Man hat uns berichtet, daß Boote und Netze repariert wurden und daß sie dabei sind, ihre jährliche Perlenernte zu beginnen. Da die Hohe Matriarchin immer noch krank ist und nicht fähig, zu sprechen oder ihre Pflichten zu erfüllen, muß meine Mutter dorthin gehen und die Boote und die Perlentaucherinnen segnen. Haben Sie unsere Perlentaucherinnen gesehen?«

Cendri schüttelte den Kopf. »Ich habe von den Perlen von Isis gehört; man sagt, daß sie die schönsten der gesamten Galaxis seien.«

»Sie sind unsere Handelsware«, bestätigte Miranda. »Es gibt Leute, die fordern, daß man den Export stoppen sollte – da die Perlen Tränen der Göttin seien und es nicht rechtens sei, sie hinaus in die Welten zu schicken, wo man sie nicht mit Ehrfurcht betrachtet.«

»Die gesamte Galaxis wäre ärmer, wenn man die Perlen von Isis nicht mehr bekommen könnte«, sagte Cendri.

»Auch Isis wäre ärmer«, sagte Miranda offen. »Unsere Welt benötigt eine Menge Dinge, die wir nicht selber herstellen können. Unsere Perlen sind unser größter Schatz – wirklich, fast unsere ganze Hoffnung, daß wir eines Tages die Ausrüstung haben werden, von der ich gesprochen habe, was uns eines Tages ermöglichen wird, die Tsunamis vorherzusagen und zu kontrollieren, die unsere Küstendörfer wegspülen und so viele unserer Küstenbauern töten. Ich fürchte, ich bin nicht so glaubensstark wie diejenigen, die meinen, daß wir uns ganz auf die Gnade der Göttin verlassen sollten, oder auf die Liebe und Zuneigung der Gründer. Doch genug davon«, fügte sie schnell hinzu. »Gehen Sie und ruhen Sie sich aus, meine Freundin.« Sie legte Cendri kurz den Arm um die Schultern. »Wenn Sie nicht zu müde sind, würden Sie gern später am Nachmittag mit mir gehen und der Segnung der Perlentaucherinnen zusehen?«

»Sehr gern«, sagte Cendri. »Ich war noch nicht am Meer.«

Miranda kniff die Augen zusammen, nur ein bißchen, und lachte verschämt. Dann nahm sie sich zusammen und sagte: »Nun, ein Besuch der Perlentaucher-Dörfer ist vielleicht ebenso als Ausflug willkommen. Wir werden kurz nach Mittag fahren, es sei denn, wir haben noch ein Erdbeben, was aber unwahrscheinlich ist.« Sie wandte sich Dal und Rhu zu und sagte: »Rufen Sie Ihren Begleiter, vielleicht weiß er noch nicht, daß man jetzt wieder ins Haus kann.«

Cendri zögerte – sie haßte es, Dal so bestimmt herbeizuzitieren, wie Vaniya es mit Rhu tat, doch man sollte es ihnen sagen. Sie wandte sich an Dal und teilte ihm die Neuigkeit mit.

»Wir können hinein? Gut. Das ist eine unchristliche Stunde, um aufzustehen.« Und er legte den Arm um ihre Hüfte, als sie die Treppe hinaufstiegen. Unter Mirandas erstauntem Blick schlüpfte Cendri schnell vor seiner Berührung weg und versuchte, Dals verwirrten Blick zu ignorieren.

Als sie durch die schiefe Tür gingen, warf sie einen kurzen Blick zurück. Niemand war mehr auf der Wiese außer Miranda und Rhu. Mirandas Gesicht schien im Licht des Sonnenaufgangs verändert, ohne ihren normalen Hauch von Scheu. Sie sprach ganz vertieft mit Rhu. Nach einem Augenblick legte Rhu seine Hand unter ihren Arm und begann, Miranda die Stufen hinaufzuhelfen. Plötzlich wurde Cendri sich bewußt, daß sie zusah, zuckte zusammen und eilte hinein.

Sie ermahnte sich, nicht zu phantasieren. Rhu war Vaniyas Begleiter; Miranda war die verhätschelte Tochter der Promatriarchin und schwanger mit ihrer Erbin. Rhu war Vaniya zutiefst ergeben, kein Wunder, daß er diese fürsorgliche Ergebenheit und seinen Schutz auch auf Miranda ausdehnte.

Und dennoch – etwas ließ sie die Brauen hochziehen und sich fragen: *Rhu und Miranda?*

Quatsch, sagte sie sich dann. Sie wußte nicht genug über deren Beziehung, um solche Schlüsse voreilig zu ziehen. Sie folgte Dal die Treppe hinauf.

In ihrem Zimmer blickte Dal erschrocken auf die Bücher und Aufzeichnungen, die über den Fußboden verstreut lagen. »Ich hätte diese Halterungen auf den Regalen ernster nehmen sollen! Ich habe einfach nicht damit gerechnet, daß schon so bald wieder ein Erdbeben kommt!« Verärgert bückte er sich, um die Unordnung zu beseitigen. »Ich nehme nicht an, daß du, als du mit Vaniya oder ihrer geschätzten Tochter gesprochen hast, daran gedacht hast zu fragen, ob wir irgendwann in absehbarer Zukunft in den Ruinen arbeiten dürfen?«

»Du wirst es nicht glauben, aber das habe ich getan«, protestierte sie. »Aber Miranda sagte, daß sie heute nachmittag ein Perlentaucher-Dorf besuchen muß, um deren Boote zu segnen oder so . . .«

»Ist ja schon gut«, sagte Dal verärgert. »Ich entnehme dem, daß man dich wieder hat abblitzen lassen.«

»Was sagst du?« Cendri war sprachlos. »Was sollte ich

denn tun? Toben und schreien? Vaniya hat auch ihre Verpflichtungen – ich kann nicht darauf bestehen, daß sie sie vernachlässigt, Dal. Außerdem wird es interessant sein, die Perlentaucher-Dörfer zu sehen . . .«

»Für dich vielleicht«, sagte Dal mit zusammengekniffenen Lippen. »Ich interessiere mich nicht für eigenartige Eingeborenenbräuche.« Er wandte sich ab und hob einen der umgefallenen Wandschirme auf.

»Laß es liegen, Dal. Miranda hat gesagt, sie wird einige Arbeitsfrauen hochschicken, um die Wandschirme und die anderen Sachen zu reparieren . . .«

»Ich muß ja schließlich irgend etwas tun, oder?« fragte er erregt. »Du hast genug Beschäftigung – und glaubst du wirklich, daß ich den verdammten Frauen traue, wenn es um unsere Nachschlagewerke und Tonbänder geht?« Er drehte sich um und begann, das verstreute Material einzusammeln. Cendri seufzte und sagte nichts. Sie hatte zur Zeit eine Menge Übung darin, den Mund zu halten, dachte sie. Sie legte sich hin, ohne damit zu rechnen, daß sie wieder einschlafen würde, doch nach einiger Zeit fiel sie in einen unruhigen Dämmerschlaf.

Cendri erwachte durch ein leises, dringliches Klopfen und blickte sich um, doch Dal war in dem anderen Raum der Suite verschwunden. Sie stand auf und ging langsam zur Tür, die plötzlich heftig aufgerissen wurde. Ein Mann schlüpfte schnell hindurch und schob sie wieder hinter sich zu.

Ein Mann! Außer Rhu der erste, den sie innerhalb der Residenz der Promatriarchin zu Gesicht bekam. Er war klein, gebückt und buckelig, hatte graue Haare, und seine Augen standen weit offen vor Schreck. Mit schnellen, suchenden Blicken sah er um sich. Die Lippen waren eine schmale, erschrockene Linie, man hatte ihn gebrandmarkt, und das Mal stand wie eine flammende Narbe auf seiner faltigen Stirn. Cendri hatte sich in den letzten Tagen so daran gewöhnt, nur Frauen zu sehen, daß sie Angst bekam. Seine Augen blickten so wild! Vielleicht waren die Männer hier wirklich wie Bestien; kulturelle Prägungen waren wichtiger als angeborene . . .

»Was wollen Sie hier?« sagte sie in scharfem Ton, und da er auf ihre Stimme hin zusammenzuckte, erkannte sie, daß er mehr Angst vor ihr hatte als sie vor ihm. Seine Stimme war nur ein zittriges Flüstern.

»Ich muß den – Gelehrten von der anderen Welt sehen – von der Männerwelt!«

»Ich bin die Gelehrte«, sagte Cendri verdutzt. »Was wollen Sie von mir?«

»Respekt, Gelehrte«, flüsterte er mit ängstlicher Stimme. Furchtsam blitzten seine Augen durch den Raum. Mit nur wenigen, angstvollen Bewegungen des Kopfes lauerte er auf die kleinste Regung. »Wir haben gehört – ein Gerücht –, daß hier ein Mann ist – von der Außenwelt –, wenn es nicht verboten ist . . .«

»Ich glaube, er möchte mit mir sprechen, Cendri«, sagte Dal mit seiner tiefen Stimme und tauchte hinter ihr auf. Er schob sie beiseite – Cendri merkte, wie schockiert der Mann darüber war – und blickte den Eindringling an. »Wie heißen Sie?«

»Bak, Respekt Ihnen«, sagte der Fremde, etwas lauter flüsternd. »Sie wagen es, so zu reden, als seien Sie von . . .«

»Wir haben keine Zeit für so etwas«, sagte Dal schnell, und Cendri verglich aus ihrer Sicht Dals ruhige Haltung mit der des erschreckten Bak. »Ich bin der Meistergelehrte Dallard Malocq. Haben Sie ein Zeichen für mich?«

Der Mann riß sich zusammen und machte dann das merkwürdige Zeichen, das Cendri bereits auf dem Raumhafen gesehen hatte: Vier Finger berühren den Daumen und ziehen sich langsam zurück. In schrillem Flüsterton sagte er: »Wir wurden nicht in Ketten geboren.«

»Und werden auch nicht in ihnen sterben«, sagte Dal. »Ich weiß nicht, ob das die Worte sind, die Sie hören wollen, aber ich glaube, wir sollten miteinander reden. Cendri, laß uns bitte allein . . .«

Langsam bewegte sich Cendri von der Tür weg, während Dal Bak in den Raum zog. Er sagte: »Ich hatte jemanden erwartet. Kommen Sie und erzählen Sie – Verdammt! Was ist das für ein Lärm? Kommen Sie hier herein, schnell . . .«

Er zog ihn schnell durch die Tür ins Badezimmer, als stampfende Füße die Treppe hinaufliefen. Dann wurde die Tür grob aufgerissen, und drei kräftige Frauen stürmten herein.

Cendri begann zu protestieren: »Was ist . . .«

»Respekt, Gelehrte Dame«, sagte eine der Frauen, »doch wir haben Grund anzunehmen, daß ein entflohener Mann sich hier versteckt hält. Unsere Pflicht gebietet es uns, hier zu suchen.« Cendri protestierte, doch die Anführerin der Gruppe ging schnell durch den Raum, öffnete die Badezimmertür, rief ihre Kolleginnen und erschien nach einem Augenblick wieder mit dem um sich schlagenden Bak

»Sei still, du«, sagte die Anführerin grob und zog ihn an einem Arm. »Dieses Mal bedeutet es das Strafhaus, Bak, und vielleicht auch Ausprügeln! Wenn sie erfahren, daß du in die Räume der Gelehrten von Universitas eingedrungen bist . . .«

Dal tat einen Schritt auf sie zu und machte eine drohende Geste. Er sagte: »Laßt ihn los! Er ist *mein* Gast und kam, um mit *mir* zu reden! Nehmt eure Hände weg, habe ich gesagt!«

Cendri sah, gelähmt vor Entsetzen, wie die Frau mit der Keule ausholte und Dal einen gemeinen Schlag in den Magen versetzte. Er schrie auf und fiel gekrümmt zu Boden. Wütend sagte die Frau zu Cendri: »Halten Sie Ihren Begleiter zurück, Gelehrte Dame, oder wir müssen es verletzen!« Völlig grundlos gab sie dem sich windenden Dal einen gemeinen Tritt und zog fest an Baks Arm.

Cendri sagte, um Fassung ringend: »Ich verstehe nicht. Dieser Mann . . .«, sie deutete auf den zusammengekauerten Bak, »hat nichts getan. Er kam und bat höflich, meinen – meinen Begleiter sprechen zu können. Ich verstehe nicht, wie ein Gast von Universitas wie ein Gefangener weggeschleppt werden kann.«

Die Wachfrau blickte sie mit fest zusammengebissenen Zähnen an und sagte verächtlich: »Sie sind hier nicht in der

Männerwelt, Gelehrte Dame, und Männer dürfen nicht ungestraft in die Häuser von Frauen eindringen. Du . . .«, sagte sie zu Bak, dessen Widerstand zusammengebrochen war, so daß er zitternd zwischen seinen Häschern stand. »Wem gehörst du?«

Er schwieg störrisch.

»Sprich, du!« schrie die Wachfrau und schlug ihm ins Gesicht. Widerspenstig blieb er stumm; sie kam auf ihn zu und zerrte an seinem Kragen, um in sein Gesicht zu blicken. Prüfend betrachtete sie das rote Brandmal auf seiner Stirn und sagte dann mit wütender Verachtung: »Der Promatriarchin Mahala! Sehen Sie, Gelehrte Dame, es ist ein Anschlag, Sie zu diskreditieren. Wir haben Sie hier gesehen, und wir wissen, daß Sie ihn niemals hierher eingeladen hätten . . .« Sie machte eine spöttische Geste. »Aber es gibt überall in Ariadne Frauen, die das glauben könnten. Und dann gäbe es für Sie keine Chance, hier Ihre Arbeit zu tun, ohne einen Skandal! Nimm es fort!« befahl sie. »Wir behalten das Wesen, bis Mutter Vaniya Zeit hat, sich mit ihm so zu befassen, wie es das verdient!«

Cendri ging zu Dal und kniete neben ihm nieder.

»Dal – bist du verletzt?« fragte sie. Eine der Frauen, die Baks Arm hielt, wieherte vor Lachen; die Anführerin der Frauenwache drehte sich um und drohte mit wütender Geste: »Halt deinen Mund!« befahl sie. »Die Gelehrte Dame ist von einer anderen Welt. Du hast kein Recht, über irgend etwas, was du nicht verstehst, zu lachen. Paß auf deinen Gefangenen auf, Mädchen!«

Sie schob die Frauen und den Gefangenen aus dem Raum. Cendri zitterte am ganzen Körper.

Dal fluchte, als er sich aufrappelte. Er rieb sich den verletzten Bauch.

»Ich hätte nie geglaubt, eine Frau schlagen zu wollen, aber *Sharrioz!* Ich könnte ihr die Keule an den Hals schmettern!«

»Dal, was war das alles? Sie sagten, er käme von der Promatriarchin Mahala – ein Plan, um mich zu diskreditieren?«

»Das ist Blödsinn!«

»Dal, was ist es dann? Weißt du, wer er war?« Sie sah ihn

prüfend und sorgenvoll an. »Du weißt, du solltest dich nicht in ihre Politik einmischen!«

Er runzelte die Stirn. »Hör mal, Cendri, das ist meine Sache, also misch dich nicht ein. Ich weiß, was ich tue.« Er blickte auf das Zeitstück, das sie trug, und sagte höflich: »Lady Miranda wird auf dich warten. Geh jetzt und besuche die Segnung der Perlentaucher oder was immer es ist und mach dir keine Sorgen. Ich kann auf mich selber aufpassen, Cendri. Das habe ich lange Zeit gemacht, bevor ich dich kennenlernte.«

»Dal . . .« Sie zögerte angstvoll. »Oh, Dal, komm nicht in Schwierigkeiten«, bat sie.

Doch er wiederholte nur sanft: »Lady Miranda wartet auf dich!«

V

Das Dorf der Perlentaucher lag nur eine kurze Strecke den Strand hinunter, direkt am Fuß der Ruinen, und Cendri blickte traurig zu ihnen hinauf. Wie lange würde Vaniya sie noch davon fernhalten? Sie dachte, wenn Dal die Arbeit beginnen könnte, wegen der er hierhergekommen war, würde er sich nicht zu gefährlichen und sicherlich illegalen Komplotten mit den Männern verleiten lassen. Sorgenvoll überlegte sie: *Deshalb könnten sie uns von hier fortschicken, Universitas sagt sehr deutlich, daß Gelehrte, die eine andere Kultur erforschen, sich nicht in die Tagespolitik mischen sollen . . .*

»Sehen Sie«, sagte Miranda. »Wir kommen gerade rechtzeitig. Dort beim Deich ist meine Mutter . . .«

Vaniya stand, in eindrucksvolle rote und lila Falten gehüllt, vor einer kleinen Gruppe schlanker, nackter Frauen mit kurzgeschnittenem Haar und auffallenden Messern um die Hüften. Cendri konnte nicht hören, was sie sagte. Vaniya ging an den Frauen entlang, und eine nach der anderen kniete nieder.

Sie legte ihnen die Hand zunächst auf den Kopf, dann auf das Messer. Dann knieten sie alle nieder, und Cendri hörte einen hohen, singenden Klageton.

Miranda murmelte: »Sie singen einen Trauergesang für die Frauen, die in der letzten Perlensaison getötet wurden. Es ist eine sehr gefährliche Arbeit. Im letzten Jahr wurden allein in diesem kleinen Dorf vier Frauen getötet. Möchten Sie näher herangehen?«

»Ja, gern . . .«

Langsam machten sie sich auf den Weg über den Strand, der mit Algen, Treibholz, Felsen und Muscheln übersät war. Cendri sah sich die dürftigen Häuschen an, die knapp jenseits der Flutgrenze errichtet waren. Die kleinen Boote waren rund und aus Holz und Fasern gebaut. »Sind in diesem Dorf alle Perlentaucher?« fragte sie und blickte hinüber zu der Gruppe von Frauen und Kindern, die der Zeremonie zusahen.

»Fast alle. Seit Generationen bringt man ihnen schon als Kindern das Tauchen bei, und schon als kleine Mädchen werde sie dazu angehalten, jeden Tag ein wenig länger unter Wasser zu bleiben. Ich kann gut schwimmen, doch als ich klein war, hatte ich in der Schule eine Freundin, die aus diesem Dorf stammte. Selbst damals konnte sie schon so lange unter Wasser bleiben, daß ich Ohrensausen bekam und mir schwindlig wurde«, sagte Miranda. »Einmal bin ich fast ertrunken, denn ich *wollte* nicht eher heraufkommen als sie und verlor die Besinnung. Wenn mich die Matrone nicht herausgefischt hätte, wäre ich wohl gestorben. Damals habe ich gelernt, daß nicht alle Unterschiede zwischen Frauen von Erziehung und Training abhängen, sondern angeboren sind, Teil eines jeden Selbst, und daß Wettbewerb ein unnützes Spiel für Männer ist . . . Sehen Sie, meine Mutter segnet gerade ihre Messer. Das geschieht, damit die Göttin die Wesen des Meeres von ihnen fernhalten möge und sie nicht gezwungen sind, in ihrem Heiligen Reich Blut zu vergießen . . .«

»Dann ist Ihre Göttin eine Meeresgöttin?«

»Sie ist die Göttin des Ganzen, eine Welt-Mutter«, sagte Miranda. »Als die Ersten Mütter noch auf Persephone weilten, verehrten sie die Göttin unter diesem Namen; hier ist Sie Isis, der Geist, der die Felsen bewohnt, und die Erde, Luft und Winde, doch besonders verehren wir sie im Meer, denn es ist das Meer, so sagen unsere Wissenschaftler und die Weisen Frauen, aus dem auf allen Welten das Leben stammt.«

Kein Wunder, daß sie diese Welt umbenannt haben, dachte Cendri, die sich zu einem Lächeln zwang, *wer könnte schon eine Göttin verehren, die Cinderella heißt?* Sie fragte: »Ist demnach Fischen verboten, weil man kein Blut vergießen darf . . .?«

»Oh, nein«, sagte Miranda. »Die Mutter schickte uns Nahrung aus dem Meer, und«, fügte sie hinzu, mit einer schnellen Wendung von der Religion zu praktischer Weisheit, »wir haben noch nicht genügend bebaubares Land, um dort unsere Nahrung zu gewinnen. Doch Blut wird nur im äußersten Fall vergossen. Die meisten Fische werden mit Netzen gefangen. Es beleidigt die Göttin weniger, zumindest glauben das viele Frauen, und sie weigern sich, mit dem Haken gefangenen Fisch zu essen. Und wenn wir das Meer besuchen und die Männer mit dem Speer fischen gehen dürfen, weigern sich viele Frauen, diesen Fisch, der in ihren Wassern Blut gelassen hat, zu essen.«

Sie legte die Hand auf ihren Bauch und sagte: »Ich werde in dieser Saison nicht das Meer besuchen, denn ich werde ein Kind an der Brust haben . . .« Sie seufzte. »Sehen Sie, sie lassen die Boote herab. Lassen Sie uns auf den Deich gehen, von dort können wir sehen, wie sie hinausfahren. Die Perlenfelder liegen vor der Küste bei den Felsen. Man kann sie von dort oben sehen.«

Zusammen stiegen sie die Treppe hinauf. Miranda war jetzt schwerfällig und stolperte, und Cendri nahm sie beim Arm und stützte sie auf den letzten Stufen, die mit Gischt und Algen von der letzten Flut überzogen waren. Sie fragte: »Wann wird Ihr Kind geboren werden?«

»Beim nächsten Vollmond. So haben jedenfalls die Berater

gesagt«, sagte Miranda. »Ich bin froh, wenn sie da ist. Langsam bin ich es leid, mich so herumzuschleppen.«

Cendri wollte wissen, wer der Vater war, war sich jedoch noch nicht sicher genug, um zu fragen. Männer wurden niemals erwähnt, und es war allzu leicht, ihre Existenz völlig zu vergessen! Sie bemerkte jedoch, daß Miranda von dem Kind als von »ihr« sprach; ob sie wohl enttäuscht wäre, wenn es ein Junge würde? Nun, sie würde es wissen, wenn es geboren war. Vielleicht konnte sie etwas über die Gebräuche bei der Geburt erfahren.

»Schauen Sie, die Boote sind fort; das ist der Schlußgesang«, sagte Miranda. »Wenn es vorbei ist, kommen Mutter und Rhu zu uns. Cendri, warum ist Ihr Begleiter heute nicht mit uns gekommen?«

»Dal – Dal bekommt in der Sonne Kopfschmerzen«, log Cendri unsicher.

»Weil nämlich die meisten Männer froh sind, ans Meer zu kommen, denn es ist ihnen sonst verboten«, sagte Miranda und legte eine Hand beschattend über die Augen, um den kleinen Booten nachzusehen, die zu den fernen Felsen, wo die Perlenfelder lagen, ruderten. »Eine unserer Legenden sagt, daß Perlen die Tränen der Mutter darüber sind, was Männer aus den schönen Welten gemacht haben . . . Ich *weiß*, daß das bloß ein Märchen ist«, sagte sie abwehrend. »Ich habe in der Schule gelernt, wie kleine Meertierchen Perlen in den wunderschönen Perlmuttschalen erzeugen. Doch es ist eine hübsche Geschichte . . .« Scheu lächelte sie Cendri zu und zog eine dünne Kette aus den seidenen Falten an ihrer Brust hervor. In einem kleinen, sorgfältig gearbeiteten Filigranrahmen aus Silberdraht schimmerte eine rosenfarbene Perle wie ein Wesen aus dem Meer. »Dies ist mein schönster Schatz . . .«

»Sie ist wunderschön«, sagte Cendri. Sie hatte noch niemals eine so große und schöne Perle gesehen.

»Sagen Sie mir, Cendri, stimmt es, daß in den von Männern beherrschten Welten die Männer den Frauen Perlen und

Juwelen geben, um sie für ihre . . . sexuelle Funktion zu entlohnen?«

Cendri blinzelte erstaunt über diese Formulierung. Schließlich sagte sie vorsichtig: »Ich kann nicht sagen, daß Männer niemals so etwas gemacht haben. Aber ich glaube, daß man in den meisten Fällen Perlen oder andere Juwelen Frauen schenkt, wenn man sie liebt, weil die Männer wollen, daß sie noch schöner aussehen, weil sie den Frauen, die sie lieben, eine Freude machen wollen.«

Miranda lächelte und wiegte die rosa Perle zärtlich in der Hand. »Ich bin sehr froh, das zu hören«, sagte sie, und ihre Fingerspitzen streichelten das Schmuckstück zärtlich. Cendri dachte: *Welcher Mann sie ihr wohl geschenkt hat? Der Vater ihres Kindes vielleicht?* Wieder fühlte sie Frustration; beim Studium einer jeden Gesellschaft waren die Paarungsgebräuche das erste, was ein Anthropologe kennenlernen mußte. Hier schien es, als entsprängen Kinder einer spontanen Zeugung! Und selbst bei Miranda, so freundlich die Tochter der Promatriarchin auch war, fühlte sich Cendri nicht sicher genug, um das Tabu zu brechen.

Vaniya kam langsam in ihrem auffallenden Gewand über den Pier auf sie zu. Sie sagte zu Cendri: »Meine Tochter hat Sie also herumgeführt und Ihnen unsere Riten gezeigt – mögen Sie unsere Perlentaucher?«

»Sie sind sicher sehr mutig«, sagte Cendri mit einem Schauder.

»Sie sind für diese Arbeit geboren und von Kindheit an darauf vorbereitet«, sagte Vaniya, »und sie werden gut belohnt. In unserer Gesellschaft wird keine Arbeit höher angesehen, als das Hinabtauchen in Isis' Schoß und das Heraufbringen all ihrer Tränen, damit überall die Frauen sie bewundern. Bis an die Grenzen des Bundes werden unsere Perlen als die besten beurteilt.

In der Tat werden unsere Taucherinnen so gut belohnt und so bewundert, daß alles, was wir tun können, darin besteht, sie zu überreden, einmal ein Jahr auszusetzen, um Töchter für den Fortbestand ihres Handwerks zu gebären! Eines Tages werden unsere Wissenschaftler einen Weg finden, wie man das unnütze Austragen von Söhnen bei den Handwerkern vermeidet, wo die Vererbung so wichtig ist. Wir könnten parthenogenetische Frauen für diese Arbeit heranziehen, sicher, und das würde uns für eine kurze Zeitspanne mit mehr Taucherinnen versorgen, doch diese Töchter wären unfruchtbar. Viele von unseren Fischerfrauen sind auch unwissend und denken, daß eine solche Befruchtung eine Beleidigung der Natur darstelle. Ich kann verstehen, warum die Frauen nicht ein Jahr lang von ihrer Arbeit aussetzen wollen, selbst wenn wir sie für diese Ruhezeit gut bezahlen, nur um zu erfahren, daß sie keine Tochter geboren haben, die ihre Arbeit fortsetzen würde, sondern einen unnützen Mann. Man weiß sogar von einigen, daß sie ihre männlichen Kinder getötet haben. Ich bin gezwungen, solche Frauen abzuurteilen und zu bestrafen, aber es fällt mir schwer.«

Miranda sagte: »In den Welten des Bundes ist es möglich, vorauszubestimmen, ob man ein männliches oder ein weibliches Kind empfängt, nicht wahr, Cendri?«

»Ja, sicherlich.«

»Das hätte eine gewisse begrenzte soziale Funktion«, sagte Vaniya. »Man könnte so etwas unter den Perlentaucherinnen propagieren. Doch das hat auch schlechte Seiten: Wäre wohl irgendeine Frau damit zufrieden, einen Jungen zu gebären, wenn sie nur mit einer Tochter Anerkennung und Status findet? Und wo kämen wir dann hin? Du bist nicht alt genug, Miranda, um dich daran zu erinnern, als die große Plage nur die Männer hinraffte; viele Frauen waren besessen vor Angst, daß sie zur Kinderlosigkeit verdammt sein würden. Glücklicherweise erwies sich die Göttin als gnädig, und in den nächsten drei Jahrzehnten wurden doppelt so viele männliche Kinder geboren, doch wir hatten große Angst. Auch Männer haben ihren Platz im Gleichgewicht der Natur, und das darfst du niemals vergessen, Miranda.«

»Oh, Mutter«, sagte Miranda ungeduldig, »ihr älteren

Frauen habt immer so große Angst, daß es eine Beleidigung für die Göttin darstellt, wenn man irgend etwas anders macht. Wenn es ihr nicht gefiele, daß Frauen ihre Köpfe gebrauchen, hätte sie uns alle dumm erschaffen! Ich glaube, wenn es nach dir ginge, würden wir alle noch im Schilf sitzen und unsere Babys bekommen wie unsere Ahnfrauen!«

»Es gibt Schlimmeres«, sagte Vaniya und lächelte ernsthaft. »Aber ich möchte nicht in Schilfhütten leben, und wenn ich so altmodisch wäre, wie du glaubst, hätte ich nicht Cendri hierhergebracht. Ich weiß, daß man in den Welten des Bundes bestimmen kann, ob Kinder männlich oder weiblich sind. Aber ich weiß nicht, ob das ein so großer Segen ist. Ist es normalerweise eine Sache der Auswahl, Cendri?«

»Nicht immer«, sagte Cendri, »auf einigen Welten ist es verboten, und auf anderen unterliegt es strengen Bestimmungen, weil der Wunsch von Männern und Frauen nach dem einen oder anderen Geschlecht in der Tat das Gleichgewicht der Natur ins Wanken gebracht hat. Doch auf einigen Welten ist es selbstverständlich, daß jede Frau einen Sohn und eine Tochter will.«

»Das klingt meiner Ansicht nach fair«, sagte Vaniya, »obwohl es auch langweilig ist. Natürlich sind auch Männer in einer Welt von Nutzen«, fügte sie mit einem vorsichtigen, höflichen Blick auf Rhu hinzu, der sich wie immer im Hintergrund hielt. »Ich selbst finde in Rhus Gesellschaft und Unterhaltung genausoviel Vergnügen wie bei einer anderen Frau, doch Rhu ist auch recht außergewöhnlich; außerdem werde ich alt und kann die Konventionen ein wenig außer acht lassen.«

Rhu sagte in seiner zögernden, leisen Stimme: »Hast du vergessen, daß es Gar aus dem Haushalt von Gracila war, der einen Weg gefunden hat, wie man mit fluoriden Flüssigkeiten in der Plastikindustrie umgeht, damit sie nicht das Wasser der Göttin verunreinigen?«

»Ich habe gerade gesagt, mein Lieber, daß es außergewöhnliche Männer gibt«, sagte Vaniya und klopfte ihm gleichgültig die Wange. »Die Göttin wußte schon, was sie tat, als sie die Menschheit mit Männern und Frauen erschuf.« Wieder wandte sie sich an Miranda. »Mein Kind, wo hast du diese exquisite Perle her?« Bewundernd berührte sie das rosafarbene Schmuckstück.

Mirandas Augen weiteten sich, als sie unschuldig sagte: »Hast du sie mir nicht gegeben, Mutter?«

»Du weißt ganz genau, daß ich das nicht getan habe, mein Kind. Ich habe sie noch niemals gesehen.«

»Kann sein, daß es ein Geschenk von einer meiner Patenmütter ist«, sagte Miranda schnell und ließ die Kette wieder in den Ausschnitt gleiten, »doch ich habe vergessen, welche es war. Ich glaube, ich habe sie schon ziemlich lange. Wirst du vergeßlich, Mutter?«

»Sei nicht vorlaut, Kind«, schalt Vaniya sie, doch sie lächelte dabei.

»Wenn es ein ›Meer-Geschenk‹ ist, dann kannst du es doch sagen, Miranda, wir sind doch erwachsene Frauen! Ein Mann hätte natürlich ihren Wert nicht erkannt!« Ihre Hand glitt unter den Arm ihrer Tochter, als sie sich zum Gehen wandte. »Stütz dich fest auf meinen Arm. Die Stufen sind hier glatt, und ich möchte nicht, daß meine Enkelin durch Achtlosigkeit in Gefahr gebracht wird. Du hättest nicht hier heraufkommen sollen, Liebste!«

»Ich wollte Cendri die Boote zeigen . . .«

»Das war lieb gedacht, aber – dich so in Gefahr zu begeben«, sorgte sich Vaniya.

Cendri vernahm eine sanfte Stimme an ihrer Seite: »Darf ich der Gelehrten Dame meinen Arm anbieten? Es ist wirklich sehr glatt hier, und da es nur recht und natürlich ist, wenn die Promatriarchin derjenigen ihre Stütze zuteil werden läßt, die ihre Erbin trägt, bin ich doch sicher, daß es ihr ganz und gar nicht gefallen würde, wenn ihr ehrenwerter Gast hinfiele.«

Ohne zu zögern nahm Cendri seinen Arm. Rhu, das hatte sie schon beobachtet, war eine Seele von Anständigkeit und würde ihr niemals ein solches Angebot machen, wenn es unpassend wäre. Sie nahm seinen Arm und ging vorsichtig über die schlüpfrigen Algen. »Der Blick auf's Meer ist wunderschön, ich bin Miranda sehr dankbar, daß sie mich hierhergebracht hat, selbst wenn es unklug war, diese Treppe zu riskieren.«

»Lady Miranda ist immer sehr freundlich«, murmelte Rhu und blickte beiseite. Plötzlich stand Cendri klar und deutlich ihre Beobachtung vom Morgen vor Augen: der Sonnenschein auf Mirandas Gesicht, als sie mit Rhu sprach, und sie dachte: *Er liebt sie.*

Aber auf einer Welt, in der Liebe nicht als Teil des gesellschaftlichen Lebens angesehen wird, muß es schwer sein, zu lieben . . . Auf Cendris Welt und auf vielen anderen diente die Liebe zwischen Mann und Frau als nützliche soziale Verbindung, garantierte soziale Stabilität, die feste Verbindungen stiftete und soziale Institutionen zur Aufzucht und Versorgung von Kindern schaffte. Wenn sie diesen Zwecken diente, wurde Liebe respektiert und bewundert und auf vielen Welten unauflöslich mit Sexualität verbunden. Aber hier, wo soziale Bindungen und Sexualität nicht zusammenhingen, konnte da Liebe als solche überhaupt existieren? Selbst in den Welten des Bundes gab es Leute, die Liebe nur als einen romantischen Mythos betrachteten.

»Die Gelehrte Dame ist still«, sagte Rhu, »ich hatte gehofft, Ihr Begleiter würde mit Ihnen kommen. Ich fühle mich schuldig, daß ich mich nicht genügend bemüht habe, ihn zu unterhalten. Vielleicht sollte ich eine Jagd veranstalten oder eine andere Expedition, um ihn zu zerstreuen . . .« Er brach ab und blickte aufs Meer.

»Die Ebbe!« Er beugte sich nach vorn, berührte Vaniyas Schulter und sagte dringlich: »Sieh dir die Ebbe an!«

»Was ist? Was soll das?« fragte Vaniya und drehte sich verwirrt über diese ungewohnte Dringlichkeit um; dann sah sie, was er meinte, und schnappte nach Luft: »Die Göttin möge uns beschützen!«

Das Meer war weit, weit nach draußen gewichen – weiter

und weiter, als würde es ins Bodenlose hinter den Horizont gesogen. Gestrandete Fische schnappten nach Luft und starben, schlangenartige, sich windende Seewesen lagen da, und Cendri sah am Fuß der Felsen neben den auf Grund gelaufenen Booten der Perlentaucherinnen die breiten, geriffelten Reihen von Muscheln nur noch einen Zoll hoch mit Wasser bedeckt.

Nach einem kurzen Schock hatte sich Vaniya wieder unter Kontrolle.

»Miranda«, befahl sie, »geh sofort den Strand hinauf – nach Wir-Wurden-Geleitet, in die Mitte, wenn es sein muß, geh schnell!« Zu Rhu sagte sie: »Bring sie sofort in Sicherheit!«

Miranda machte sich von der Hand ihrer Mutter frei. Sie sagte: »Schick deinen Begleiter in Sicherheit, wenn es sein muß, Mutter, aber ich habe eine Verantwortung – es ist auch mein Volk!«

Vaniya berührte den dicken Bauch der jungen Frau und sagte: »Deine Verantwortung, Miranda, liegt hier!« Schnell fügte sie, zu Cendri gewandt, hinzu: »Gehen Sie mit ihnen, schnell. Hier ist große Gefahr; kein Platz für Männer und schwangere Frauen. Innerhalb von Wir-Wurden-Geleitet sind Sie auf höherem Boden.«

Cendri fragte verwirrt: »Gefahr? Bei Ebbe?«

»Es ist nicht nur Ebbe«, sagte Vaniya atemlos, »es ist eine Flutwelle. Weit draußen auf See bebt die Erde, und in Kürze wird hier eine riesengroße Wasserwand niedergehen! Gehen Sie schnell! Sehen Sie . . .«, sie deutete mit dem Finger, »die Taucherinnen haben es gesehen und eilen ans Ufer! Ich muß zumindest so lange hier bleiben, bis ich weiß, daß sie in Sicherheit sind.«

Miranda blieb hartnäckig. »Mutter, mein Platz ist an deiner Seite . . .«

Plötzlich wußte Cendri, was vorging. Irgendwo hatte sie es gelesen – daß die extrem niedrige Ebbe, die sich immer weiter zurückzog, die Warnung war – gewöhnlich die einzige –, und daß es nur eine Sache von Minuten war, bis die gefürchtete Tsunami, die Flutwelle kam! Unsicher blickte sie Vaniya an und verstand Mirandas Zweifel; trotz ihrer offensichtlichen Energie war Vaniya nicht mehr die Jüngste. Schnell und entschlossen sagte sie beschwörend: »Bringen Sie Ihr Kind in Sicherheit, Miranda! Ich werde bei Ihrer Mutter bleiben und dafür sorgen, daß sie auf höher gelegenem Gebiet ist, bevor die Welle kommt!«

Dankbar lächelte Miranda, drückte flüchtig Cendris Hand und eilte mit Rhu fort. Vaniya blickte ihnen nur für Sekunden nach. Miranda stützte sich schwer auf Rhus Arm, als er sie den glitschigen Strand entlang hinauf zum Hügel geleitete, auf dessen Spitze die Ruinen lagen. Sie wandte sich wieder Cendri zu, deren Gegenwart sie ohne zu zögern akzeptierte, und Cendri dachte: *Ja, natürlich, ich bin eine junge, kräftige, belastbare Frau; mein Platz auf dieser Welt ist inmitten der Gefahren!* Sie fürchtete sich, war aber entschlossen, zu bleiben und ihren Wert als Frau in dieser Kultur zu beweisen.

»Was kann ich tun, Vaniya?«

Vaniya deutete auf einen Turm oben auf den Klippen. »Ihre Beine sind jünger und schneller als meine; laufen Sie, Cendri, und vergewissern Sie sich, daß man es dort gesehen hat – fragen Sie, warum man nicht Alarm gegeben hat. Dann kommen Sie zurück, und wir werden hier dafür sorgen, daß jede höher gelegenes Gebiet aufsucht – wir werden sie hinauf in die Ruinen führen. Dort ist noch niemals eine Welle hingelangt!«

Cendri rannte zu dem Turm; auf den Algen glitten ihre Füße aus, und ihre dünnen Sandalen wurden durch die spitzen Felsen zerfetzt. Sie lief humpelnd und stolpernd weiter und wußte, daß ihre Füße bluteten. An den Stufen des Turmes zögerte sie, als sie sah, daß die Tür offen stand; war überhaupt jemand drinnen? Sie konnte die Glocke im Turm sehen, doch niemand schien dort zu sein.

»Ich frage mich, was mit der Turmwache geschehen ist«, sagte eine besorgte Stimme hinter ihr. Als Cendri sich umwandte, erblickte sie eine junge Frau mit lockigem, kurzgeschnittenem rotem Haar in einem dunklen Pyjama-Anzug. »Wenn sie da wäre und lebte, hätte sie schon die Glocke geläutet. – Komm schnell! Wenn sie nicht in der Lage dazu ist, müssen wir irgendwie versuchen, es selber zu tun . . .«

Keuchend rannten sie zusammen die ausgetretenen Stufen hinauf. *Natürlich, ein Wachturm ist das erste, was man in einer von Flutwellen bedrohten Stadt baut . . . dieser hier muß sehr alt sein . . .* Die Frau neben ihr riß die Tür auf und zog scharf und erschrocken den Atem ein.

»Schau mal, es muß das Erdbeben heute morgen gewesen sein. Niemand hat daran gedacht herzukommen, um zu sehen, ob sie verletzt ist . . .«

Cendri schnürte es die Kehle zu, als sie der Handbewegung der rothaarigen Frau mit den Augen folgte. Auf dem Boden des kleinen, kahlen Raumes lag am Fuße eines umgestürzten Regals eine Frau; ein schwerer Topf, der heruntergefallen war, hatte ihr den Schädel eingeschlagen. Mit einem Blick sah Cendri, daß sie alt gewesen war und mager. Das graue Haar war an den Wurzeln blutverkrustet, Blut befleckte das schäbige Kleid, doch sie war wohl sofort tot gewesen. Die rothaarige Frau trat auf sie zu, doch Cendri sagte dringlich: »Nein! Für sie können wir nichts mehr tun. Wo ist die Glocke?«

Die rothaarige Frau war grün im Gesicht vor Übelkeit und rappelte sich wieder auf die Füße. »Du hast recht – aber es fällt schwer –, da, oben, die Treppe hinauf . . .«

Zitternd setzte Cendri ihren Fuß auf die ersten Stufen. Auch die Treppe war durch das Erdbeben beschädigt worden. Einige der hölzernen Stützbalken fehlten, und unter ihnen taten sich schreckliche Lücken auf, doch sie stiegen weiter, bewegten sich trotz der Eile vorsichtig und hielten sich aneinander fest, um sich in dem brüchigen Gerüst zu stützen. Sie gelangten in einen offenen Glockenturm, und Cendri sah die Seile von oben herabhängen, griff danach, zog. Sie hörte den Warnschrei, während die rothaarige Frau sie von hinten um die Taille griff und sie festhielt, gerade als der Schwung des großen Glockenseils sie fast umriß.

Der Klang des Metalls ließ sie aufschreien, die Hände an die Ohren reißen, während das Echo erzitterte und auf sie einheulte. Wieder zogen sie am Seil, fanden den Rhythmus des Schwungs und hörten, wie die Glocke wild über den Strand tönte, Echos hervorrief und Seevögel aufstörte, die von den Felsen herüberschrien.

Die rothaarige Frau zog ihre Hände von den Steinen. »Wir müssen jetzt gehen – sie haben es gehört«, sagte sie und wies nach unten. Cendri war von der Glocke wie gelähmt und taub, doch sie sah, wie Frauen und Kinder aus den Häusern des Dorfes rannten. Wieder blickte sie entsetzt zu den bei den Felsen gestrandeten Booten; hoffnungslos stolperten die Frauen dem Strand zu.

»Kann man denn nichts tun, um sie zu retten?«

»Vielleicht gelangen einige von ihnen ans Ufer«, sagte die Frau. »Aber wir müssen gehen! Schnell! Der Turm ist hoch, doch er ist durch das Erdbeben beschädigt, und wenn die Welle aufschlägt, wird er vielleicht hinweggespült! Schnell!«

Cendri benötigte keine weitere Aufforderung. Sie eilten die Stufen hinab, glitten auf den zerstörten Stufen aus und gelangten, dankbar, der Dunkelheit entronnen zu sein, ins Sonnenlicht. Kinder und Frauen eilten auf höher gelegenes Gelände, kämpften sich die Hänge hinauf zu den schwarz, eckig und drohend aufragenden Ruinen. Cendri rannte zu Vaniya zurück.

»Kommen Sie, Sie müssen gehen, Vaniya . . .«

»Warum hat Grania nicht die Warnglocke geläutet?«

»Sie konnte nicht«, sagte die rothaarige Frau schnell, die neben Cendri herlief. »Respekt, Mutter und Priesterin, du mußt dich in Sicherheit bringen; du darfst dein Leben nicht riskieren, denn es gehört dem Volk! Schau, alle aus dem Dorf sind in Sicherheit!«

Vaniya ließ sich mit einem traurigen Blick auf die gestrandeten Boote wegführen.

»Und sie haben gerade ihre Netze und Boote repariert«, sagte sie traurig. »Diesen Winter wird es im Dorf Hunger geben, und ich fürchte, ganz Isis wird darunter leiden, wenn wir die Perlenernte nicht einbringen können!« Sie blieb stehen, wandte den Kopf zu den Frauen, die versuchten, ans Ufer zu gelangen, und ihre Lippen bewegten sich, als bete sie. Cendri und die rothaarige Frau drängten sie jedoch weiter, und sie ging stolpernd mit ihnen.

Es ist ein zu großer Schock für eine Frau ihres Alters . . ., dachte Cendri. Doch auch sie fühlte überwältigenden Kummer. Würden die Perlentaucherinnen es bis zum Strand und auf höheres Gebiet schaffen, bevor die Welle ans Ufer schlug, durch die Häuser raste und alles ins Meer spülte?

Der Weg hinauf zu den Ruinen war steil, und Cendri dachte an die Prozession, die sie während der ersten Nacht in der Residenz der Promatriarchin gesehen hatte, als sich die Fackeln wie eine Lichterkette über den Strand zogen. Sie mußten diesen Weg gekommen sein . . . Sie spürte die Schmerzen an ihrem blutenden Fuß und Vaniyas müde Schritte. Schwerer und schwerer stützte sich die Promatriarchin auf sie, doch auf Cendris besorgte Frage hin sagte sie nur: »Ich fühle mich wohl, ich wünschte nur, ich wüßte, daß es jedem im Dorf so gut ginge und daß jeder die Sicherheit erreichen würde . . .«

»Paß hier auf die Steine auf; der Weg ist aufgerissen«, sagte die rothaarige Frau, die sorgfältig Vaniyas Schritte leitete, und sah dann hinüber zu Cendri: »Göttin! Es ist die Gelehrte Dame von Universitas – Wie konntest du sie das Risiko eingehen lassen, Mutter Vaniya?«

»Es bestand Gefahr für jeden«, sagte Vaniya und sah Cendri dankbar an. »Und es ist so, wie ich dachte, daß die Frauen von Universitas genauso mutig und fähig sind wie wir!« Herzlich drückte sie Cendris Arm. »Sie haben heute mit ihrem Mut viele Leben gerettet, mein Kind. Sie sagen, Grania konnte den Alarm nicht auslösen?« fügte sie hinzu, an die rothaarige Frau gewandt. »Warum nicht, bitte?«

»Weil sie tot war«, antwortete die Frau. »Sie wurde offenbar durch einen herunterfallenden Topf während des Erdbebens heute morgen erschlagen, und niemand hat daran gedacht, nachzusehen, ob alles in Ordnung sei . . .«

Vaniya seufzte und sagte: »Traurig, traurig; wir sind zusammen zur Schule gegangen., Und jetzt haben wir nicht einmal Zeit, zu trauern.« Sie wandte sich um, beobachtete, wie die Frauen und Kinder eilig den Pfad hinaufkletterten, und ging zur Seite, damit sie sich in die Ruinenstadt flüchten konnten. Jetzt sahen sie unter sich die Riesenmauer aus Wasser, die sich hundert Fuß hoch drohend auftürmte und mit furchterregender Geschwindigkeit heranraste. Sie zerstob mit einem Schlag über den Felsen und den verlassenen Booten, schoß an den Strand, und Cendri sah, wie der Turm verschlungen wurde, sah, wie die Häuser wie Streichhölzer zusammenknickten und sich in der stiebenden Gischt in Splitter und Hölzchen auflösten, sah, wie Boote wie kleine Fetzen emporgehoben und fortgeschleudert wurden. Das Geräusch war, als künde es das Ende der Welt an. Sie sah, wie der Turm versank und verschwand, als habe er sich im Wasser aufgelöst. Cendri schauderte: Nicht eine Minute lang hätte sie noch in den wütenden, kochenden Wassern überlebt, wenn sie das Risiko auf sich genommen hätte, dort zu bleiben. Die Welle stürzte auf den Pfad, kam hoch, leckte sich den Hügel hinauf wie ein schäumender Mahlstrom aus weißer Gischt; langsam zog sich das Wasser zurück, sanft und unschuldig, dann raste es wieder aufgewirbelt auf den Strand zu. Cendri blieb entsetzt stehen, denn sie sah, daß jede Spur menschlicher Tätigkeit vom Strand verschwunden war. Nur ein paar verstreute Balken und Planken lagen da, und als sich das Wasser verlief, war kein einziges Haus übriggeblieben, kein Anzeichen vom Turm oder von den Booten, Gärten oder dem Deich. Der Strand war leer, nur mit Schutt, verendeten Fischen und Schaumflocken übersät.

Vaniya bedeckte ihr Gesicht mit den Händen, doch nur einen Augenblick später ließ sie sie resolut wieder sinken und richtete sich in tapferer Entschlossenheit auf.

»Nun, es ist vorbei«, sagte sie, »und wenn die nächste Flut

kommt, werden wir wenigstens einige der Boote wiederbekommen. Wenn das Dorf wiederaufgebaut wird, müssen wir es weiter oben tun und ein besseres Wachsystem einrichten. Wir alle können sehen, welche Schäden die Gebäude genommen haben; jetzt müssen wir herausfinden, ob wir viele menschliche Verluste zu beklagen haben.« Sie ging auf die Gruppen von Frauen und Kindern zu. Cendri sah auch eine Gruppe Männer wartend an einer Seite zusammengekauert.

Vaniya sagte: »Wo ist die Älteste Mutter des Dorfes?«

»Hier bin ich, Vaniya«, sagte eine kleine, kräftige, grauhaarige Frau. Und Vaniya sagte: »Nimm die Dorfrolle.« Und: »Der Göttin sei gedankt«, als ihre Augen auf eine Gruppe von Frauen fiel, die nackt bis zur Hüfte waren und Messer umgeschnallt hatten, was sie als Perlentaucherinnen auswies. »Wenigstens ein paar von euch sind in Sicherheit . . .«

»Wir haben den Gezeitenfall gesehen und dachten zuerst, daß es eine so niedrige Ebbe sei, daß wir ohne zu tauchen ernten könnten«, sagte eine von ihnen. »Aber dann sagte Narila, daß es keine normale Ebbe sei, und sie bestand darauf, daß wir die Boote verlassen und zum Strand zurücklaufen – ich wollte mein Boot nicht verlassen«, gab sie ehrlicherweise zu. »Es war neu; aber ich ging mit meinen Schwestern, und auf halbem Weg zum Ufer hörten wir die Alarmglocke.«

Vaniya ging von Gruppe zu Gruppe, zählte und stellte die Verluste fest. Nach einer Weile kam sie langsam zu Cendri zurück und blickte entsetzt auf deren blutige Füße und zerrissene Sandalen.

»Aber Sie sind ja verletzt! Ich habe das nicht einmal bemerkt! Wie kann ich nur so nachlässig sein, wo Sie uns so heldenhaft geholfen haben!«

»Es ist nichts«, sagte Cendri, obwohl ihre Füße durch das Salzwasser in den Wunden brannten. »Meine Schuhe sind zu dünn, um damit auf dem Strand zu laufen, das ist alles.«

Die rothaarige Frau, die Cendri geholfen hatte, die Glocke zu läuten und Vaniya hinaufzuführen, bückte sich und zog ihre Sandalen aus, wobei sie sagte: »Nehmen Sie meine,

Gelehrte Dame. Wirklich, Sie müssen sie nehmen. Ich komme aus einem Dorf wie diesem hier und bin es gewohnt, barfuß auf Steinen zu laufen; meine Füße sind ganz abgehärtet, wirklich. Schuhe trage ich nur aus Eitelkeit, wenn ich Unterricht gebe!« Sie bewegte Cendri dazu, sich zu setzen, zog ihr die dünnen, zerrissenen Sandalen aus und schnallte ihre eigenen um Cendris Füße. Nach anfänglichem Protest war Cendri froh und nahm an, denn sie sah, daß die rothaarige Frau ohne das geringste Zeichen von Unbequemlichkeit barfuß ging.

Sie kniete sich neben Cendri nieder und sagte: »Ich hatte gehofft, Sie kennenzulernen, Gelehrte Dame. Ich bin eine derjenigen, die sich freiwillig beworben haben, Ihnen bei der Arbeit in den Ruinen zu helfen. Mutter Rezali hatte das Frauen-Institut benachrichtigt und um Studenten gebeten, die Ihnen bei der Arbeit helfen könnten. Ich heiße Laurina und bin Geschichtslehrerin. Aber man hat uns gesagt, daß Sie Ihre Arbeit noch nicht begonnen hätten.«

Cendri blinzelte erstaunt. Alles war so schnell passiert, daß sie noch gar nicht realisiert hatte, daß sie nun wirklich an der Schwelle zu den Ruinen der Gründer stand! Sie blickte hinauf, wo sich nur ein paar hundert Meter hinter ihr die großen Ruinen erhoben: abweisend, drohend, dunkel, unbeschreiblich alt, in der Zeit verloren . . . *Ihr erster Gedanke war ein fast wilder Protest: Nein! Ich dürfte nicht hier sein, es ist nicht fair! Dal hätte zuerst herkommen müssen . . . es bedeutet ihm so viel . . .*

Doch das war jetzt nicht mehr zu ändern.

Vaniya sah Laurina an und sagte: »Ich hatte noch keine Zeit, unseren Gast hierherzuführen, wegen der Beben hier und in der Stadt, und weil die Hohe Matriarchin immer noch an der Schwelle des Todes liegt. Und auch jetzt – mit so vielen obdachlosen Menschen . . .« Sie blickte hinüber zu den eng zusammenstehenden Frauen und Kindern und der kleinen Männergruppe ein Stück weit von ihnen entfernt. »Ich bedaure . . .«, sagte sie, und für einen Moment fühlte Cendri, wie heiße Wut sie durchschoß. Wir sind durch die Galaxis gekommen, dachte sie, und werden jetzt immer wieder vertröstet . . . Eine Sekunde lang konnte sie Dal fast sagen hören: *Eine Welt, in der Frauen die Prioritäten bestimmen, kommt niemals weit und erreicht auch nicht viel* . . . und dann schämte sie sich. Die Ruinen der Gründer hatten gewartet – eine lange, lange Zeit. Mindestens zwei Millionen Jahre, wenn es tatsächlich die Ruinen dieses alten Stammes waren, der die gesamte Galaxis mit Leben erfüllt hatte. Doch wenn es auch nur die Ruinen einer anderen alten Zivilisation waren, die vor langer Zeit auf Isis existiert hatte, hatten sie geduldig, Jahrhunderte, Jahrtausende gewartet, und konnten auch noch abwarten, bis Vaniya ihre obdachlosen Fischerfrauen versorgt hatte. Es *gab* Prioritäten vor wissenschaftlicher Forschung, selbst wenn das ein Außenstehender von Universitas nicht erkennen konnte.

Sie sagte: »Natürlich müssen Sie sich um die Leute kümmern, Vaniya. Aber da ich nun so nahe an den Ruinen bin, darf ich mich ein wenig umsehen?«

Für den Bruchteil einer Sekunde erkannte sie, daß Vaniya nicht einverstanden war, ja, daß sie fast hilflos zögerte. Doch dafür gab es keine Entschuldigung, und darüber hinaus hatte sie Cendri gerade ihrer Dankbarkeit versichert. »Sicher können Sie das. Aber bleiben Sie in der Nähe des Eingangs, bis jemand, der sich auskennt, Sie herumführen kann. Bald wird es dunkel sein, und man kann sich leicht darin verlaufen.«

»Ich werde mit ihr gehen«, sagte Laurina, und Vaniya nickte; dann rief eine der Frauen aus dem zerstörten Dorf die Promatriarchin, und sie wandte Laurina und Cendri zögernd den Rücken zu.

»Kommen Sie«, sagte Laurina, »ich bin hier mehr als einmal gewesen; ich weiß, wie man hineingelangt. Kommen Sie, in der Mauer dort ist eine Tür.«

Als sie durch die Öffnung stieg, wunderte sich Cendri erneut über die Stabilität des Bauwerks. Vielleicht waren es nicht Ruinen der legendären Gründer, aber sie waren so alt – so alt, wie es Cendris halbgeschultes Auge kaum beurteilen konnte. Sie hatte einen Schnell-Hypno-Kursus in Archäologie mitgemacht und sah auf einen Blick, daß sie nicht zu den bekannten Zivilisationen oder Kulturen gehörten; sie stammten nicht aus dem Sarnischen Reich, noch waren sie prävoltisch, als was sich die ältesten Ruinen auf entfernten Planeten in diesem Teil der Galaxis herausgestellt hatten.

Doch so alt sie auch sein mochten, war es doch erstaunlich, wie *neu* sie wirkten! Es schien, als hätten sie nicht Jahrtausende auf einem unstabilen seismischen Planeten mit Erdbeben und vulkanischer Tätigkeit überdauert. Sie hatten nicht für Generationen unter dem Meer gelegen und waren dann wieder aufgetaucht, wellenzerfressen, doch unverkennbar von Menschenhand, wie die windischen Ruinen auf Aldebaran Neun. Vielleicht waren sie erst vor hundert Jahren aufgegeben worden. Die Pflastersteine auf den leeren Plätzen zwischen den Gebäuden waren mit dem unvermeidlichen Gras und niedrigem Gestrüpp bedeckt, doch die Gebäude selbst – riesig, von schwarz-glasiger Oberfläche, hoch, unberührt von den Jahrhunderten – waren glatt und schön. Ruinen? dachte Cendri. Ruinen? Sie sind weit weniger Ruinen als die Residenz der Promatriarchin nach dem letzten Erdbeben!

Wie haben sie alle die Jahre überdauert?

Wieder blickte sie umher und versuchte, sich alles einzuprägen. Dal würde auf jede Kleinigkeit neugierig sein, auf alles, was sie ihm berichten könnte; *es war nicht fair!*

Zu Laurina, die neben ihr ging, sagte sie: »Sie sagen, Sie sind schon hier gewesen. Ist es überall so wie hier?«

»Nein«, antwortete Laurina, »hinter den beiden großen Türmen sind kleinere Bauwerke. Über diesen Hof . . .«

Sie gingen langsam über den Hof, und Cendri sagte: »Sie haben mir gesagt, daß es Frauen im Institut gibt, die sich freiwillig gemeldet haben, mir zu helfen . . .?« Sie fragte sich, warum man ihr das nicht gesagt hatte.

»Ja, das stimmt«, sagte Laurina. »Wir waren sicher, daß die Gelehrte Dame Hilfskräfte benötigen würde, obwohl Sie ja einen qualifizierten Assistenten aus der Welt mitgebracht haben, wo Frauen . . .« Sie hielt inne, zögerte und sagte: »Aus der Welt des Bundes, wo Männer herrschen.«

Cendri lächelte und sagte: »In unseren Welten herrschen weder Männer noch Frauen, Laurina, sondern jeder tut die Arbeit, für die er . . . er . . .«, sagte sie stotternd, weil ihr einfiel, daß man das männliche Pronomen als anstößig betrachtete, »für die sie qualifiziert ist. Mein Begleiter ist mein Assistent. Aber sicher würden wir die Hilfe von den Frauen des Instituts von Ariadne sehr begrüßen.«

»Ich habe gehört«, sagte Laurina, »daß innerhalb des Bundes und auf Universitas die Mehrheit der – der Meistergelehrten Männer sind.«

»Ja, das stimmt, es sind mehr Männer als Frauen«, antwortete Cendri und fragte sich, ob dies zu der gleichen Auseinandersetzung führen würde wie mit Miranda, wie schlecht sich Männer zu Wissenschaftlern eigneten. Doch Laurina sagte: »Und Sie sind trotzdem Gelehrte Dame geworden?« Sie sprach es geradezu ehrfürchtig aus. »In Welten, wo man Frauen nicht für sonderlich qualifiziert für akademische Würden hält, haben Sie es trotzdem geschafft?«

Cendri sagte: »Ja.« Und hatte ein schlechtes Gewissen, ohne den Grund dafür zu kennen; schließlich wäre sie jetzt wirklich Gelehrte Dame, wenn sie sich nicht nach der Heirat frei genommen hätte.

Laurina starrte sie hingerissen vor Bewunderung an. Sie sagte: »Das ist für uns alle eine Inspiration, verehrter Gast, weil es uns zeigt – es zeigt uns, daß es vielleicht auch außerhalb des Matriarchats für uns eine Hoffnung gibt, daß es vielleicht doch nicht so gefährlich ist, was die Älteren fürchten. Sehen Sie, Sie sind eine Frau von draußen, und Sie sind nicht die Sklavin oder Untergebene eines Mannes und haben auf eigene Faust akademische Würden erlangt! Sie sind eine Inspiration für jede junge Frau im Institut von Ariadne. Respekt, Gelehrte Malocq!«

Sie war vor Bewunderung so vertieft, daß sie über einen Stein stolperte, und Cendri lachte, als sie ihr aufhalf. Sie sagte:

»Ich bin wirklich völlig normal, es gibt Hunderte von Frauen wie mich auf Universitas, Laurina. Und Sie müssen mich Cendri nennen!«

»Wirklich? Darf ich?« Es klang so ehrfürchtig, daß Cendri wieder lachte und versuchte, das Ganze zu entkrampfen. Sie sagte: »Ich werde über die Hilfe der Frauen aus dem Institut froh sein, weit mehr als über ihre Bewunderung; doch ich hoffe, Sie wissen, daß Arbeit auf einem archäologischen Feld nicht nur aus Beobachtung und Spekulationen besteht! Es sollten Frauen sein, die nichts gegen harte körperliche Arbeit haben, denn wir werden eine Menge graben und suchen müssen, durch die Schichten der Vergangenheit hindurch . . .« Doch als sie das sagte, wunderte sie sich, dieses Gelände schien so wunderbar erhalten.

Laurina sagte: »Ich glaube, Sie werden feststellen müssen, daß unsere Frauen sich nicht davor fürchten, ihre Hände zu beschmutzen, wenn es für eine gute Sache ist! Nur das schwächere Geschlecht ist da überempfindlich, welche Arbeit ihrem Stolz oder ihrem Ansehen entspricht«, fügte sie hinzu. »Es war übrigens ein richtiger Wettbewerb, wer die Ehre haben dürfe, mit der Gelehrten Dame zu arbeiten . . .«

»Cendri«, korrigiert sie lächelnd.

»Cendri, oh . . .« Laurina brach ab, starrte in eine andere Richtung.

Nach einem Augenblick sah Cendri, was ihre Aufmerksamkeit erregt hatte, noch bevor sie Laurinas erstauntes, verdutztes »Miranda!« vernahm. Nach einem kurzen schokkierten Blick wandte sie sich verlegen ab. In einer kleinen Nische im Hof, am Rand eines Brunnens, dessen Wasserstrahl wohl schon seit Jahrhunderten oder Jahrtausenden versiegt war, saßen Miranda und Rhu mit verschränkten Händen eng beieinander und blickten sich in die Augen. Cendri erkannte sofort, daß sie beide völlig vertieft waren.

Selbst wenn Cendri dazu neigte, dies völlig unschuldig zu finden – und sie hatte keinen Grund, das nicht zu tun –, hatten ihr doch Laurinas schockiertes Abwenden und die schnelle schuldbewußte Art, in der Rhu seine Augen von Mirandas Gesicht löste, gesagt, daß dies unzüchtig war – und schockierend. Miranda stand auf und rang um Selbstbeherrschung. Cendri wünschte sich verzweifelt, daß sie etwas tun könnte, um diesen beschämten und schuldbewußten Ausdruck auf Mirandas Gesicht zu mildern.

Ich kenne ihre sexuellen Tabus hier nicht. Sicher aber hat Miranda sie gebrochen!

Ruhig sagte Laurina: »Ich glaube, die Promatriarchin wartet auf dich, Rhu.« Er erhob die Augen, die eine Sekunde lang mit dem ersten Widerstand aufleuchteten, den Cendri bei einem Mann auf dieser Welt gesehen hatte. Dann jedoch, mit einem kurzen Blick auf Miranda, senkte er die Augen und stieg die Treppen aus dem Fontänenhof hinauf.

»Laurina . . .«, sagte Miranda.

»Ja, ich war gerade bei meiner Ururgroßmutter im Dorf, wo ich Cendri kennenlernte, als wir zusammen zum Wachturm liefen«, sagte Laurina ruhig.

Cendri fragte Miranda: »Sie kennen Laurina?«

Miranda sagte: »Wir sind zusammen zur Schule gegangen.« Sie hatte ihre Fassung wiedererlangt, war jedoch immer noch rot im Gesicht. »Ich war zu sehr außer Atem, als ich hier hoch gekommen war, und vom Blick aufs Wasser wurde mir übel und schwindlig . . .«

»Wirklich, Miranda«, unterbrach sie Laurina mit hoher Stimme, wobei sie ihre Freundin nicht ansah. »Du bist mir keine Erklärungen schuldig, das steht deiner Mutter zu; aber ist das wirklich fair Rhu gegenüber? Ich gebe ja zu, er ist sehr hübsch, aber du weißt, wie schnell man Männern durch solche Aufmerksamkeiten den Kopf verdreht! Du weißt, daß man ihm die Schuld zuschieben wird, wenn dir etwas zustößt!«

Sie drehte sich um und ging zurück. Cendri sagte langsam: »Ich glaube, Vaniya wird sich um Sie sorgen, Miranda. Sie sollten wirklich gehen und sie wissen lassen, daß Sie in Sicherheit sind.«

»Ja, das ist wohl richtig.« Miranda preßte die Hände in den Rücken, als habe sie Schmerzen, und ging langsam über den Hof. Sie seufzte und ging mit hängendem Kopf. Nach einem Moment hob sie trotzig die Augen.

»Es ist nicht, was Sie denken! Rhu hat kaum meine Fingerspitzen berührt! Und er hat es sich nicht ausgesucht, Begleiter zu werden!«

»Miranda«, sagte Cendri sanft, »ich gebe kein Urteil über Sie ab!«

»Aber Laurina ist sich so sicher, daß ich mich und meine Familie erniedrigt habe, und ist so großzügig, etwas nicht weiterzuerzählen, was wir nicht begangen haben . . .« Miranda platzte heraus: »Ich schäme mich nicht!«

»Nein, warum sollten Sie auch?« sagte Cendri und ging langsam neben ihr her. Die Sonne war untergegangen. Zwielicht fiel über die großen dunklen Schatten der Ruinen, und sie zitterte plötzlich vor Kälte. Miranda stolperte in dem Dämmerlicht, und Cendri legte in einer plötzlichen Aufwallung von Zuneigung und Sympathie den Arm um sie. Sie sagte: »Miranda, stützen Sie sich auf mich. Sie dürfen nicht fallen.« Sie spürte, wie sich Mirandas Hände schützend über die rosa Perle an ihrem Hals legten. Sanft fragte sie: »Ist es ein Geschenk von Rhu?«

»Ja, aber er ist auf ehrenwerte Weise darangekommen«, fügte sie sogleich hinzu. »Er hat es von einer der Älteren der Weberzunft bekommen, die sehr reich ist, für ein Lied, das er für eine ihrer Töchter geschrieben hat – er singt nicht nur, er schreibt auch Lieder! Und er hat sie mir gegeben – es war kein Meer-Geschenk«, sagte sie noch trotzig.

»Sie lieben ihn«, sagte Cendri leise, nach einer Weile. Miranda nickte. In der Dunkelheit konnte Cendri ihren Gesichtsausdruck nicht sehen, doch ihre Stimme war schmerzerfüllt.

»Ich verstehe das selber nicht; sie sagen, diese Art von Liebe gibt eine Frau ihren Kindern, ihren Schwestern, den Müttern. Deshalb hatte ich gehofft, daß Sie es verstehen würden. Sie scheinen es nicht komisch zu finden, wenn man einen Mann liebt . . .?«

»Nein, Miranda«, sagte Cendri sanft, »das finde ich nicht komisch.« Doch auf Mirandas Welt, dachte Cendri, diente die romantische Liebe keinerlei sozialen Zwecken, weder der Familie noch der Kinderversorgung, was überall sonst der Fall war. Hier waren die Hauptbeziehungen im sozialen Sinne Familienbande zwischen Frauen, und Sexualität hatte dort nur einen kleinen oder gar keinen Platz. Eine Frau, die sich gefühlsmäßig und sexuell unwiderstehlich zu einem Mann hingezogen fühlte, konnte wohl glauben, daß dies eine fremde und unnatürliche Perversion sei, konnte sich wohl unverstanden fühlen, ja sogar unfähig, ihre Wünsche und Bedürfnisse zu äußern.

Leise fragte sie: »Ist Rhu der Vater Ihres Kindes?«

Selbst in der Dunkelheit spürte Cendri Mirandas Schock und Entsetzen. »Wofür halten Sie mich? Welche Frau kann denn das schon wissen?«

Und jetzt wußte Cendri überhaupt nicht mehr, was sie denken oder sagen sollte. Im Dunkeln wandte sie sich Miranda zu. »Kommen Sie, man wird sich um Sie Sorgen machen. Lassen Sie mich Ihnen bei der Treppe helfen, sie ist ein bißchen uneben.«

Miranda hängte sich vertrauensvoll bei ihr ein, und Cendri spürte, wie sie ein merkwürdiges Gefühl überflutete. Ein neues Gefühl des Beschützenwollens und der Zärtlichkeit, und es verwirrte sie. Sie fragte sich, ob diese Frauen füreinander ähnlich empfanden. *Oder würde ich so einer Tochter gegenüber empfinden, wenn ich eine hätte?* Sie wollte es nicht weiter erforschen und dachte an Dal. Wie bestürzt würde er sein, wenn er erfuhr, daß sie in den Ruinen gewesen war. Er wird alles wissen wollen, dachte sie, und ich werde ihm nicht viel berichten können. Ich werde ihm kaum etwas sagen können!

Und plötzlich war es ihr gleichgültig. Die Ruinen konnten warten. Sie hatten eine lange Zeit gewartet – vielleicht nicht die zwei Millionen Jahre, aber immer noch eine sehr lange,

lange Zeit. Sie konnten auch noch ein bißchen länger warten. Cendri hatte hier eine Gelegenheit, die eine Frau aus dem Bund niemals wieder bekommen würde, und sie hatte vor, das Beste daraus zu machen!

Dal konnte warten. Doch er würde nicht mehr lange zu warten brauchen. Die Umstände hatten Vaniya zu Zugeständnissen genötigt, und jetzt gab es keine Entschuldigung mehr für weitere Verzögerungen.

VI

Direkt hinter den Mauern der Ruinenstadt, wo Vaniya und die Frauen aus dem zerstörten Perlentaucher-Dorf sich gesammelt hatten, hatte man Fackeln und Feuer angezündet. Laurina trat aus der Dunkelheit zu Cendri, und Miranda wurde an Vaniyas Seite zitiert.

Die Promatriarchin sagte: »Wir müssen hingehen und mit IHNEN sprechen, IHNEN danken für den Schutz, den SIE uns vor der großen Welle gewährt haben. Später können wir alle hinuntergehen – eine Zeitlang können wir die Obdachlosen auf dem Gelände der Residenz unterbringen. Doch DIESE hier sind erst an der Reihe. Cendri . . .« Ihre Augen blitzten im Fackelschein. »Sie sind hier, um über SIE etwas zu erfahren, also ist Ihr Platz jetzt bei uns; und es ist auch angemessen, denn Sie haben Ihr Leben für uns riskiert.« Sie nahm Cendri bei der Hand. »Kommen Sie mit uns, wenn wir mit IHNEN reden.« Mit einem kleinen aufgeregten Schauder merkte Cendri, daß Vaniya von den Gründern sprach.

Konnte sie das denn wirklich glauben? Daß eine Zivilisation, die seit Jahrmillionen tot ist, *hören kann?* Einen Moment lang regte sich in der Wissenschaftlerin der Spott – Vaniya, Promatriarchin, fähige Regentin, Staatsfrau –, und sie war so abergläubisch? Dann ermahnte sich Cendri, abzuwarten. Religiöser Glaube gab einer Kultur Leben und emotionale Stärke, und es konnte sein, daß Vaniya symbolisch von einer Art Zeremonie sprach, ohne abergläubische oder irrationale Komponente – außer der, rief sich Cendri vor Augen, *daß jede religiöse Zeremonie irrational ist.*

Sie ließ sich an den (Ehren?)-Platz an der Spitze der Prozession zwischen Miranda und Vaniya ziehen. Laurina ging dicht neben ihr. Rhu hatte sich in den Schatten zurückgezogen und ging allein, von den Frauen getrennt – doch genauso getrennt von den Männern aus dem Perlentaucher-Dorf, die barfüßig, schäbig und von rohem Äußeren in einiger Entfernung folgten.

Rhu tut mir leid. Kein Platz bei den Frauen – noch weniger dort, was sie Männerhaus nennen. Natürlich! Er genießt ein Privileg, und darum beneiden sie ihn – er lebt bei den Frauen. Doch dieses Privileg macht ihn zum Außenseiter unter denen, die sonst seine Unterstützer wären. Male einen Affen grün an, und die anderen werden ihn zerreißen!

Unter dem Schein der Fackeln gingen sie bis ins Zentrum der Ruinen, durch schwarze Schatten und über hallende Höfe, über einen Weg, der sich unter ihren Füßen seltsam weich anfühlte. Es war sehr still, niemand sprach, nicht einmal ein Flüstern war zu hören, doch merkwürdigerweise war die Stille für Cendri nicht leer. Sie ermahnte sich, nicht abergläubisch zu sein, ertappte sich jedoch dabei, wie gut sie verstand, daß ein primitives Gefühl alle alten Dinge mit Geistern bevölkerte. Es war, als beobachteten die alten Gründer sie, als sei die Dunkelheit jenseits des Fackelscheins mit den Geistern der alten Völker durchdrungen. Mit unsichtbaren Augen, abwartend und verwundert, beobachteten sie die Frauen, die ihren Weg durch die Stadt gingen, die einmal die ihre gewesen war.

Genau in der Mitte der Ruinen lag ein offener Platz, der weiträumig genug war, um einmal als Raumhafen gedient zu haben. Und hier erblickte Cendri im Schatten der Fackeln, was sie schon im Mondschein vom oberen Stockwerk der Residenz gesehen hatte: den Umriß eines altmodischen

Raumschiffes, das im Lichterschein schwach glänzte. War dies wirklich das Schiff, das die Ahnfrauen der Isis-Kolonie hergebracht hatte? Wenn dem so war, verwunderte es nicht, daß sie es verehrten. Die Pilotin des Transitschiffes hatte gesagt, daß sie hierher *geleitet* wurden . . . welches Geschick hatte die Kolonisten veranlaßt, das Schiff inmitten der Ruinenstadt zu landen? Cendri wußte kaum etwas über die Kunst, Raumschiffe zu steuern, ob groß oder klein, doch *eins* wußte sie, nämlich, daß man in einer Welt ohne richtigen Raumhafen sich das größte Stück unbewohnten Landes aussuchte und dort niederging!

Sie spürte Vaniyas Hand am Ellenbogen, die sie nach vorn zu dem alten Raumschiff führte. Die Hände zwangen sie sanft in die Knie. Sie war halb verärgert, halb in einem Zustand gespannter Erwartung . . . *eine Archäologin muß bereit sein, das Volk, das sie untersucht, zu den Gebeten zu begleiten . . .*

Sie zwinkerte; es schien, als habe ein schwaches Licht um das alte Schiff herum zu leuchten und zu schimmern begonnen. Natürliche Phosphoreszenz, reflektiertes Mondlicht, ermahnte sie sich.

Und mit dem Leuchten kam die Wärme, das Licht, die sich ausbreitende Zärtlichkeit. Sie fühlte, wie sich Liebe über sie breitete und ließ sie zurückströmen. Ein Bruchteil ihrer Verwunderung schrie in ihr: »Oh, wer seid Ihr?« und die Antwort kam: ein stetiges, pulsierendes Leuchten. Ich bin! Das ist genug! Liebe mich, liebe mich, wie ich dich liebe . . .

Es war kalt. Die Fackeln waren zu Fünkchen erstorben, und Cendri zwinkerte; Eisschauer jagten ihr den Rücken hinab. Was war passiert? Langsam, wie im Traum, entfernte sie sich von der toten Stadt, aus den Mauern heraus. Neben ihr bewegte sich Miranda. Ihr Gesicht im Mondschein sah benommen und ekstatisch aus. Auch Laurina strahlte. Vaniya wandte sich zu Cendri und lächelte so voller Zärtlichkeit, daß Cendri einen Kloß in der Kehle spürte; sie wollte sich in Vaniyas Arme werfen und schluchzen: »Mutter, Mutter, ich liebe dich . . .«

Was ist mit mir geschehen? dachte Cendri benommen, *Was ist mit uns passiert? Was immer es auch war, es ging allen so, nicht nur mir. Sieh sie dir an!*

Eine Art hypnotischer Erfahrung? Massenhalluzination? Oder war überhaupt etwas passiert? War sie, beeinflußbar und einsam, abgetrennt von all ihren normalen Quellen der emotionalen Befriedigung, zusammen mit diesen Frauen in einen religiösen Wahn gefallen? Energisch kämpfte sie gegen das Bedürfnis an, sich gehenzulassen, sich in diese hypnotische Flut glücklicher Liebe versinken zu lassen.

Unsinn, absurd . . .

Sie zwang sich, umherzublicken und kühl zu überlegen, was passiert war. Natürlich war es eine Illusion gewesen, und genauso natürlich war es dies gewesen, als Miranda von der Liebe und Zuneigung der Gründer gesprochen hatte. Doch was immer auch passiert war, wenn überhaupt etwas geschehen war, es waren sicher nicht die Geister der Gründer von vor zwei oder drei Millionen Jahren, die dort um das Raumschiff herumsaßen und ihre Fluten hypnotischer Liebe auf die Frauen, die dorthin kamen, verströmten!

Viele andere Frauen trugen den gleichen Gesichtsausdruck von Erregung und Entzücken, der auf Mirandas, Vaniyas und wahrscheinlich auch auf ihrem, Cendris, Gesicht lag. Die meisten der Mädchen über acht oder neun Jahre alt zeigten Spuren davon; sie sahen schläfrig und glücklich aus. Die kleineren Kinder waren unruhig und weinten, und ihre Mütter führten oder trugen sie. Die Männer . . .

Es war ganz offensichtlich, daß keiner der Männer, wie immer auch ihr Gefühl gewesen sein mochte, das Erlebnis geteilt hatte; der eine oder andere von ihnen blickte ehrfürchtig, doch die meisten von ihnen, die durch das Halbdunkel hinter den Frauen herstolperten, blickten düster, müde oder gelangweilt von der Warterei.

Sie war nun fast zu müde, um noch klar denken zu können. Es gab keine Möglichkeit, das hier im Augenblick einzuschätzen. War dies der Grund, warum das Matriarchat die Ruinen als heilige Stätte betrachtete? Sie wünschte sich, sie könnte es ausführlich mit Laurina diskutieren, die Wissenschaftlerin und Historikerin war und vielleicht eine weitgehend objektive Haltung hatte, doch dafür war jetzt weder der Ort noch die Zeit.

Jetzt, da die Ekstase ein wenig nachgelassen – oder die hypnotische Illusion –, merkte sie, daß ihre Füße, die auf den Felsen verletzt worden waren und durch Laurinas zu große Sandalen nur unvollständig geschützt wurden, sehr wund waren. Sie humpelte unter Schmerzen, als sie an der Residenz angekommen waren, und ihre Augen brannten und schmerzten unter dem Licht, das hell aus den Fenstern strömte. Diener kamen mit Begrüßungsrufen herausgeeilt, und Vaniyas ältere Tochter, die ihnen entgegenlief, weinte vor Freude und Erleichterung.

»Wir hatten solche Angst, Mutter. Wir wußten, daß du in das Perlentaucher-Dorf gegangen warst, und als wir sahen, was die große Welle übriggelassen hatte, bekamen wir Angst, du wärest verletzt oder ertrunken . . .«

Vaniya schien nun wieder völlig sie selbst zu sein. Sie erteilte den Befehl, daß Zelte auf dem Gelände der Residenz aufgeschlagen würden; daß man die Männer im Männerhaus unterbringen sollte, daß die Kranken, die Schwangeren und Älteren in den Gästezimmern in der Residenz unterkommen sollten. Sie befahl, daß allen etwas zu essen serviert würde, und während sie darauf warteten, kam eine der Frauen, die Miranda bei der Führung des Haushalts unterstützten, zu Vaniya und sagte: »Respekt, Mutter, wir hatten einen Zwischenfall. Ein Eindringling, ein Mann, der zum Haushalt der Promatriarchin Mahala gehört, brach ins Haus ein, und es gelang ihm, sich Zutritt zu den Quartieren der Gelehrten Dame und ihres Begleiters zu verschaffen.«

Cendri zwinkerte mit den Augen, und die letzten Schleier der Benommenheit verschwanden. Seit heute morgen war so viel passiert, daß sie den Eindringling vergessen hatte, diesen gebrandmarkten Mann namens Bak, der gekommen war, um mit Dal zu sprechen und ihm diese merkwürdige Losung genannt hatte. Vaniya sah mißbilligend aus, sagte aber: »Das hätte ich von der Kollegin erwarten sollen. Ich frage mich nur, warum sie nicht früher daran gedacht hat. Habt ihr ihn befragt?«

»Nein, wir dachten, wir überlassen es dir, Mutter!«

Vaniya zuckte mit den Achseln. Sie deutete auf die Flüchtlinge auf dem Rasen der Residenz und sagte: »Wie du siehst, bin ich mit diesen obdachlosen Leuten sehr beschäftigt! Aber ich fürchte, du mußt den Eindringling zu mir bringen.«

Die Frau zitierte die Wache zu sich, die in Cendris Zimmer gestürmt und Bak gegen Dals Protest festgenommen hatte. Schnell kamen sie zurück.

»Respekt, Mutter – der Gefangene ist entkommen!«

»So?« sagte Vaniya fast gleichgültig. »Ich denke, es ist heimgelaufen zu der Hexe, die es auf uns gehetzt hat, doch wir werden es ihr niemals beweisen können. Wie konnte es entkommen? Wurde der Käfig bei dem Erdbeben beschädigt? Wer war für den Gefangenen verantwortlich?«

»Ich war es, Mutter«, sagte die Leiterin der Wache. »Respekt, aber ich selber habe nach den Schlössern gesehen, und sie waren alle in Ordnung. Eine menschliche Hand hat es aus dem Käfig herausgelassen, das ist eine Tatsache.« Mit grimmigem Gesicht blickte sie zu Cendri. »Der Begleiter der Gelehrten Dame versuchte sich einzumischen, als wir es abführten. Ich wüßte gerne, wo es war, als der Gefangene freikam!«

Vaniya befahl: »Geh und hol den Begleiter!«

Cendri sagte: »Vaniya . . .«

»Still, meine Liebe; wenn Ihr Begleiter unschuldig ist, wird ihm nichts geschehen. Ich hätte Rhu verdächtigt, aber er war den ganzen Tag bei mir.« Sie seufzte, sagte ihrer ältesten Tochter, sie möge sich um die Unterkünfte der Flüchtlinge kümmern, und ging mit Cendri und Miranda ins Haus.

Als Dal vor Vaniya gebracht wurde, verneinte er fest jedwedes Wissen über den Gefangenen.

»Ich habe den ganzen Tag in dem uns überlassenen Raum gearbeitet«, sagte er. »Ich habe niemanden gesehen, seit die Wachen den Gefangenen abführten.« Auch auf Vaniyas Fragen hatte er nichts weiter zu sagen.

Eine der Wachen sagte: »Ich könnte es zum Reden bringen«, und zupfte aufmunternd an dem Strick um ihre Hüfte.

Vaniya runzelte ein wenig die Stirn. Sie sagte: »Ich mag so etwas nicht, doch ich fürchte, ich habe keine andere Wahl.« Sie blickte zu Cendri hinüber und sagte: »Es ist nur eine Formsache, da es rechtmäßig Ihnen gehört – ich glaube, Sie haben nichts dagegen, wenn es mit Gewalt verhört wird?«

Entsetzt blickte Cendri auf die mit Widerhaken versehene Peitsche in der Hand der Wachfrau und sagte: »In der Tat habe ich etwas dagegen.«

Eine der Wachen kicherte nervös. Sanft sagte Vaniya: »Kommen Sie, meine Liebe, seien Sie nicht zimperlich. Es ist die einzige Art, wie man die Wahrheit aus ihnen herausholt. Ich bin sicher, daß Mallida es nicht mehr als unbedingt nötig verletzen wird.«

Scharf entgegnete Cendri: »Was Sie nicht berücksichtigen, ist, daß mein Begleiter nicht mein Eigentum ist, sondern ein Bürger des Bundes und Gelehrter von Universitas. Sein Wort gilt so wie das meine. Er fällt unter diplomatische Immunität!« Zu spät merkte sie es; das männliche Pronom galt als unzüchtig. Doch jetzt war es ihr gleichgültig.

Vaniya sah sie leicht stirnrunzelnd an. Nach einem Moment sagte sie traurig: »Ich hatte gehofft, Sie seien eine von uns, meine Liebe, und bestünden nicht auf Formalitäten dieser Art. Doch es ist wahr, daß Sie nach anderen Gesetzen leben. Können Sie dem Wort Ihres Begleiters wirklich trauen?«

Cendri schob das Kinn vor und sagte: »Ja.«

»Fragen Sie ihn vor allen, ob er an der Befreiung des Gefangenen beteiligt war.«

Mit klopfendem Herzen – *mein Kreislauf muß mit Adrenalin überflutet sein* – sagte Cendri: »Dal, warst du an der Befreiung des Gefangenen beteiligt?«

»Nein, das war ich nicht«, sagte Dal, doch Cendri fiel auf, daß er ihr nicht in die Augen sah. *Oh, Gott!* dachte sie, *er lügt!* Jetzt war sie in einer schrecklichen Situation. Wenn sie sich hinter Dals Wort stellte und er sich später als Lügner entpuppte, hatte sie die Glaubwürdigkeit der Bürger von Universitas zerstört – abgesehen davon, daß ihre Überzeugung, daß man dem Wort eines Mannes trauen konnte, unglaubwürdig wurde. Und wenn sie Dal als Lügner hinstellte, würde man die Wahrheit aus ihm mit Mallidas Hakenpeitsche herausprügeln. Sie dachte nach. Es ist mir völlig egal, was mit dem armen Bastard passierte. Ich will nicht, daß man Dal verletzt!

Cendri sagte: »Ich akzeptiere das Wort meines Begleiters.« Doch sie dachte: *Ich muß später mit Dal darüber sprechen!*

Vaniya zuckte die Achseln. Sie sagte: »Es spielt keine große Rolle, da der Gefangene nicht das erreichte, was er zu erreichen suchte. Laß es frei, Mallida!«

Cendri merkte, daß ihre Hände immer noch zitterten, als Vaniya sie zu sich rief und sagte: »Und jetzt laßt uns diese Unannehmlichkeiten vergessen und zu Abend speisen.« Doch obwohl das Mahl so gut wie gewöhnlich war, konnte sie nichts anrühren.

»Es ist meine Schuld«, sagte Rhu mit sanfter Stimme und mit einem Unterton zu Cendri: »Ich habe meine Pflichten als Gastgeber des Begleiters der Gelehrten Dame vernachlässigt. Schließlich . . .«, er redete Dal direkt an, »bin ich Ihr einziger Verbündeter und Freund hier, da Sie, wie auch ich, vom Männerhaus ausgeschlossen sind. Ich hätte mir mehr Mühe geben sollen, Sie zu unterhalten, Dal; vielleicht eine Jagd veranstalten, um Sie zu zerstreuen.«

Unsicher meinte Dal: »Es ist schon gut. Ich hatte nicht damit gerechnet . . .«

»Aber Vaniya hat mich beauftragt, Sie zu unterhalten«, sagte Rhu, »und Müßiggang schafft bei Männern Probleme – es tut mir leid, daß Sie Probleme hatten. Und jetzt, wo die Gelehrte Dame bei den Ruinen war . . .«

Dal zuckte zusammen, blickte Cendri scharf an, und sie

fühlte, wie Kummer sie packte. Sie hatte es Dal selber erzählen wollen, wenn die Zeit dafür reif war. Cendri hatte gewußt, daß es ihn verletzen würde, daß sie die Ruinen besucht hatte, ohne nach ihm zu schicken, doch sie hatte gehofft, ihm klarmachen zu können, daß ihr Besuch dort ungeplant, ja, zufällig gewesen war. Jetzt flammte sein Gesicht vor Wut; sie kannte die Anzeichen, obwohl er versuchte, seine Stimme ruhig zu halten, als er mit Rhu sprach.

»Ich wußte das nicht; Cendri war noch nicht in der Lage, es mir zu erzählen.«

»Oh, es tut mir leid«, sagte Rhu entschuldigend. »Ich meinte nur – jetzt wird die Gelehrte Dame Ihre Dienste dort brauchen, da man mir sagte, Sie seien als Assistent ausgebildet, um ihr zu helfen. Ich beneide Sie«, seufzte er. »Da dort Frauen vom Institut von Ariadne sind, die der Gelehrten Dame helfen, darf ich Ihnen, dem Begleiter der Gelehrten Dame, meine Dienste anbieten? Ich würde gerne kommen . . .«

Nachsichtig sagte Vaniya: »Die Gelehrte Dame wird genug zu tun haben, auf ihren eigenen Begleiter aufzupassen und sich nicht auch noch deine Kontrolle aufhalsen.«

Einen Moment lang dachte Cendri, Dal würde explodieren. Sie ergriff ihn beim Handgelenk, das versteckt zwischen den Kissen lag, und drückte warnend seine Hand. Er war still, und Vaniya sagte mit einem Blick auf Cendri: »Darf ich die Bitte meines Begleiters unterstützen? Wenn er vorsichtig ist und Ihnen nicht im Weg steht?«

Cendri spürte Dals offensichtliche Mißbilligung, doch zugleich dachte sie nicht daran, sich gegen Vaniyas Wünsche zu stellen. Sie zögerte und fand schließlich die höfliche Formulierung: »Selbstverständlich ist Rhu willkommen.«

»Das wußte ich«, sagte Vaniya lächelnd, »denn Sie haben Laurina und vielleicht noch andere Frauen vom Institut von Ariadne, die Ihnen bei der richtigen Arbeit helfen.«

Cendri wußte, daß dies alles noch schlimmer machte, doch was sollte sie sagen? Sie wußte, daß Dal Theater machen würde; sie war müde und erschöpft, und ihre Füße schmerzten sehr. Sie wollte nur weg und ins Bett fallen, wußte aber, daß Dal ihr eine Szene machen würde. Dal neigte dazu, an ihr all die Enttäuschungen des Tages abzulassen, wenn er still sein und vorgeben mußte, er sei nichts weiter als ein frivoles Anhängsel für ihre Freizeit; es war mehr als nur schlechte Laune, es war Wut!

»Verdammt, Cendri, ich habe versucht, es ganz klar zu machen, daß ich Rhu nicht dabeihaben wollte, und jetzt hast du unsere erste Chance, die Ruinen zu besuchen, verdorben, weil du uns diesen verdammten kleinen Parasiten aufgehalst hast! Jetzt erwartet Vaniya von mir, daß ich mich den ganzen Tag mit ihm befasse und ihn dir von den Füßen weghalte, und ich werde verdammt nichts arbeiten können!«

»Dal, es tut mir leid«, flehte sie und versuchte, ihn zu besänftigen. »Wirklich! Doch alle Arbeit, die wir hier tun, hängt von Vaniya ab, und ich hatte nicht den Eindruck, daß ich ihr diese kleine Höflichkeitsgeste abschlagen konnte.«

»Kleine Höflichkeitsgeste! Meine erste Chance, hier zu arbeiten, und zwar das, wofür ich herkam . . .«

»Dal, Vaniya hat mein Wort akzeptiert, daß du nichts mit der Flucht des Gefangenen zu tun hattest. Die diplomatische Immunität erlischt bei dem bloßen Verdacht, daß du dich in ihre Politik eingemischt haben könntest – du *weißt* das! Sie hätte darauf bestehen können, daß man dich mit Gewalt verhört, und ich hätte verdammt noch mal nichts dagegen unternehmen können! Ich dachte, ich schulde ihr etwas!«

»Diplomatische Immunität!« Er murmelte grimmig einen obszönen Fluch aus den Gossen von Pionier. Bittend ergriff sie seinen Arm.

»Dal, Dal, sag mir – hast du den Mann freigelassen?«

Sein Mund war zusammengekniffen. »Es ist besser, du kannst ehrlich sagen, daß du nichts weißt, Cendri. Halt dich da heraus, habe ich dir gesagt.«

»Oh, Dal, du weißt doch, du sollst dich nicht in ihre Politik einmischen!« Sie fürchtete sich, war beunruhigt, doch Dal zuckte nur mit den Schultern. »Ich weiß, was ich tue. Und in der Verwirrung heute nachmittag, als sie das mit der Flutwelle hörten – nun, wie ich sagte, je weniger du weißt, desto weniger können sie dir anlasten.« Er wandte sich ab, machte sich fertig fürs Bett und hielt erschrocken inne beim Anblick ihrer blutenden Füße.

»Cendri, Liebling, was ist passiert?«

»Ich habe mir die Füße auf den Felsen aufgeschnitten«, sagte sie und erzählte ihm dann von der Flutwelle. Er hörte ihr zu und preßte die Lippen zusammen, als sie ihm davon berichtete, wie sie mit Laurina den baufälligen Turm hinaufgestiegen war, um die Glocke zu läuten.

»Sharrioz!« fluchte er. »Ich stand hier am Fenster und sah, wie die Welle aufschlug und der Turm verschwand. Und da warst du drin?« Er hielt sie so fest, daß es wehtat. »Cendri, Cendri! Was für eine verdammte Welt – eine Frau solcher Gefahr auszusetzen!«

Sie lehnte sich gegen ihn; die Erschöpfung und Schmerzen des Tages überwältigten sie mit einem Mal. Es war eine Versuchung, sich von ihm trösten und streicheln und ihn seine eigene Demütigung bei der Sorge um sie vergessen zu lassen. Doch selbst, als sie sich von ihm ins Bad führen ließ, als er die Schnitte wusch und verband, rebellierte sie gegen ihre weibliche Unaufrichtigkeit dabei.

»Dal, man erwartet hier von Frauen ganz selbstverständlich, daß sie Risiken auf sich nehmen. Ich wollte nicht, daß sie mich verachten oder glauben, daß Frauen aus den Welten des Bundes niedrigere Wesen sind. Sie glauben ja schon, daß Frauen dort ihren Männern gehören.«

Er ergriff sie bei den Schultern und hielt sie fest. »Hast du nur im Kopf, wie du den Bund und weibliche Gelehrte hier vertrittst, oder die Arbeit, um deretwillen wir herkamen? Cendri, als ich sah, wie die Welle aufschlug, als ich erfuhr, daß du mit Miranda dort warst – du kannst dir nicht denken, wie ich mich da gefühlt habe. Cendri, du bist meine Frau! Ich kann nicht dulden, daß du dich so in Gefahr begibst!«

Plötzlich wurde sie wütend, brennend wütend! »Dal, ich habe ein Recht, meine eigenen Risiken einzugehen. Es ist *meine* Entscheidung, oder? Oder glaubst du wirklich, ich gehöre dir so, wie sie glauben, daß Frauen den Männern innerhalb des Bundes *gehören?*«

»Ich habe ein Recht, mir um dich Sorgen zu machen«, gab er zurück. »Oder hättest du lieber, ich täte das nicht?«

Cendri seufzte und zitterte innerlich, wollte jedoch nicht weiter streiten. Sie sagte: »Es spielt keine Rolle, Liebling; ich bin in Sicherheit. Und jetzt ist alles wieder gut. Morgen gehen wir zu den Ruinen, und alles hatte sein Gutes, denn Vaniya kann uns jetzt nicht mehr zurückhalten. Und du kannst endlich mit deiner Arbeit anfangen.«

»Du hast ja recht«, sagte er, wobei der alte Zorn in ihm aufstieg. »Doch du hast das so arrangiert, daß ich meine Zeit damit verbringe, hinter Rhu herzulaufen . . .«

»Dal, ich dachte . . .«

»Ich weiß, was du dachtest«, schimpfte er, »du dachtest, du würdest mich los! Hättest mich, der dir zeigt, wie wenig Ahnung du von dieser Arbeit hast, nicht dabei, damit du das irgendwie hinfummeln kannst, ohne daß ich dich ständig kritisiere . . .«

»Oh, Dal, nein . . .«, protestierte sie errötend. Sie hatte wirklich befürchtet, ihn öfter um Hilfe angehen zu müssen, so daß ihre sorgfältig eingefädelte Geschichte bald auffliegen würde. Was würden sie von einer Gelehrten Dame von Universitas denken, die ständig und in jedem möglichen Augenblick ihren Assistenten um Rat fragte, selbst vor der simpelsten Entscheidung?

»Du wirst hier korrumpiert«, beschuldigte Dal sie, »sie haben dir so viel Böldsinn über selbstbewußte und unabhängige Frauen erzählt, daß du anfängst zu glauben, du könntest ohne mich auskommen! Ich sollte dich einfach zum Gespött werden lassen. Bist du so verdammt sicher, daß du denkst, du könntest alles allein machen?«

»Dal, das ist nicht fair«, sagte Cendri, und Tränen stiegen ihr in die Augen.

»Fair . . .«, schrie er, »wie fair bist du denn zu mir gewesen?« Mit einem Mal brach seine ganze Wut aus ihm heraus. »Du hast versucht, mich zu einem Klageweib wie Rhu zu machen, das herumstolziert und die Krümchen aufliest, die du gewillt bist, ihm zuzuwerfen! Ich bin nicht so! Cendri, ich bin ein Mann von Pionier, und du bist meine Frau, und das erste, über was wir uns einig sein müssen . . .«

»Dal, sprich leiser«, bat sie mit plötzlicher, tödlicher Furcht. Die Innenwände waren hier nur dünn, und obwohl sie in ihrer eigenen Sprache redeten, der Gelehrtensprache von Universitas, sprach doch Dals Ton allein von der Lautstärke für sich. Auf Isis erhoben Männer die Stimmen nicht gegenüber Frauen!

»Und erzähl mir nicht, daß ich leiser sprechen soll! Denkst du, du könntest mich herumkommandieren wie Vaniya ihren Rhu?«

Cendri streckte die Hände aus, um ihn zu beruhigen, doch plötzlich klickte es in ihr. Sie war diese nächtlichen Szenen restlos leid, in denen sie versuchte, seinen verletzten Stolz wiederaufzurichten und dann seinen wütenden Liebesakt erduldete, als müßte er ihrem Körper jede Nacht seine eigene Stärke einprägen und sie verletzt und gedemütigt zurücklassen.

»In Ordnung, verdammt, Dal! Mach doch, was du willst. Schrei laut! Brülle! Tobe! Rase! Mach so weiter wie deine Urgroßväter auf Pionier, die ihre Frauen mit Schlägen bedrohten und ihnen klarmachten, daß ihr Platz im Bett sei! Sieh, wie weit du damit kommst! Ich habe heute schon einmal meine Glaubwürdigkeit für dich auf's Spiel gesetzt und alles, was ich hier erreicht habe, riskiert, nur damit man dich nicht in Fetzen schlägt! Wir sind nicht auf Pionier! Wir sind nicht einmal auf Universitas. Wir sind im Matriarchat von Isis, und merk dir, wenn ich anfange zu schreien, kann ich dafür sorgen, daß man dich in den Männerzwinger nach draußen schleppt, damit du dort schläfst. Wenn du mich anrührst, Dal, werde ich um Hilfe schreien, und du hast heute schon einen Vorgeschmack davon bekommen, wie man Männer, die sich nicht benehmen, hier behandelt!« Sie zitterte. »Ich bin das hier leid, Dal! Ich tue mein Bestes für uns beide, und jede Nacht, jede Nacht ist es das gleiche, und ich will nicht mehr, Dal, ich will nicht mehr!«

Dal ließ die Hand sinken. Sein Gesicht war totenblaß.

»Du hast doch nur auf eine Chance gewartet, mir das hier anzutun, oder, Cendri?«

Sie schüttelte den Kopf. »Ich habe mir große Mühe gegeben, es *nicht* zu tun, Dal. Aber ich habe meine Grenze erreicht. Ich kann nicht mehr!« Sie biß sich fest auf die Lippen, um nicht zu weinen. »Es liegt nicht an mir, daß die Dinge auf Isis so liegen. Doch du schiebst *mir* die Schuld dafür zu! Du wolltest, daß ich herkomme, hast mich in diese unmögliche Position gezwungen, und jetzt machst du es mir unmöglich . . .« Ihre Stimme brach, und sie schluckte.

Mit bleichem Gesicht streckte Dal die Hand nach ihr aus; sie zuckte zurück, und konsterniert öffnete er den Mund. Er flüsterte: »Du hast ja Angst vor mir, Cendri? Liebes, was ist mit uns los?«

Weinend fiel sie an seine Schulter. »Du hast mich gebeten, hierherzukommen, gebettelt, du hast mir versprochen, daß es keinen Unterschied bedeuten würde, wer dafür die Anerkennung bekommt, hast gesagt, daß wir beide zusammenarbeiten, und jetzt behandelst du mich, als sei ich – dein Feind!« Sie konnte nicht weitersprechen.

Er hielt sie zärtlich und versuchte, sie zu beruhigen. »Es ist dieser verdammte Ort«, sagte er. »Du fängst an, dich wie diese verfluchten Frauen zu benehmen. Ich verstehe dich nicht mehr, Cendri! Hättest du mich ihnen wirklich ausgeliefert?«

Sie schüttelte mit tränenverschwommenen Augen den Kopf. Aber als er sie in die gepolsterte Ecke tragen wollte, begann sie wieder zu weinen. Nicht das, nicht noch einmal diese Aufrichtung seines verletzten Stolzes bei der Liebe . . . Er versuchte, zärtlich zu ihr zu sein, sie zu beruhigen, aber sie schüttelte nur immer wieder den Kopf, schluchzte, und schließlich ließ er sie wütend los und ging zornbebend in seine Ecke.

»Jetzt benutzt du also die Sexualität, um das wilde Tier in den Griff zu bekommen!« schleuderte er ihr wütend entgegen. Sie gab sich nicht mehr die Mühe zu antworten, doch sie wußte, daß es so ganz bestimmt nicht war; vielmehr hatte *er* Sex als Waffe benutzt, um ihr seinen Willen aufzuzwingen, und als sie sich weigerte, sich so manipulieren zu lassen, drehte er die Anschuldigung einfach um. Still stand sie auf und stieg in ihr hohes, einsames Bett. Es war genauso schmal, so kalt und unbequem wie es aussah. Sehnsüchtig dachte sie an die Wärme, die Dals Körper ausströmte, doch sie wußte, daß sie jetzt nicht nachgeben konnte. Schließlich weinte sie sich in den Schlaf.

VII

Dal war nach dem Aufstehen immer noch verärgert und redete nicht mit Cendri, während er in dem luxuriösen Bad herumhantierte. Als sie nach einem langen heißen Bad herauskam, stand er am Fenster und blickte auf die Ruinen hinab, die von einem dünnen Morgennebel verhangen waren. Er konnte ein Lächeln nicht unterdrücken, als er sich zu ihr umwandte:

»Heute ist der Tag, Cendri! Irgendwie hatte ich geglaubt, wir kämen nie dorthin. Ich dachte, sie halten uns immer wieder davon ab . . .«

»Ich freue mich, Dal«, sagte sie, und er kam zu ihr und zog sie versöhnlich in die Arme. »Cendri, es tut mir leid, daß ich dich gestern abend so verletzt habe. Ich will es nicht wieder tun. Es war nur plötzlich alles zuviel für mich, das ist alles.«

»Mir tut es auch leid, Dal«, sagte sie und lehnte den Kopf gegen seine Schulter. »Ich bin – einfach explodiert, das war alles. Mich macht das Warten auch nervös.«

»Und dann, als du hinterher nicht mit mir schlafen wolltest – das brachte das Faß zum Überlaufen. Aber es ist vorbei. Laß uns versuchen, nicht wieder so zu entgleisen, ja?«

»Ich versuch's. Das verspreche ich dir.«

»Ich glaube immer noch, daß wir uns wieder vertragen hätten, wenn du gewollt hättest . . .«

Cendri war besänftigt und durch seine Berührung gewärmt, doch tief in ihrem Inneren steckte noch immer ein Rest Wut . . . Glaubte er wirklich, daß alles wieder in Ordnung gewesen wäre, wenn sie miteinander geschlafen hätten, ohne den Grundkonflikt zu beseitigen? War das wirklich ein genereller Fehler von Männern? Sanft befreite sie sich aus seinen Armen. »Wir sollten nicht zu spät beginnen, Dal. Es wird ein langer Tag. Hast du die Aufzeichnungsgeräte schon fertig?«

Sofort ging er, sie zu holen, durch die Erinnerung an die langersehnte Arbeit abgelenkt, und Cendri dachte überrascht: *Wie trickreich ich sein kann! Das ist eine weibliche Art des Handelns, und ich verachte es!* Sie hatte solche weiblichen Manöver immer verachtet. Und doch, wie schnell verfügte sie über solche Tricks, wenn sie wollte!

Sie hatte die ganze Zeit über gewußt, daß dieser Ort Dal nicht guttat. Und jetzt erwog sie unsicher die Möglichkeit, daß er auch auf sie eine Wirkung hatte – oder sah sie jetzt einfach Dinge, die sie unbewußt schon ihr ganzes Leben lang getan hatte? Innerlich verdammte sie das gesamte Matriarchat und Dal mit ihnen, während sie begann, das Material zusammenzusuchen, das sie brauchen würden.

Es wurde ein großer Haufen, den sie auf dem Boden ihres Zimmers auftürmten, und Dal betrachtete ihn mit Stirnrunzeln. »Das werden wir nie alleine tragen können. Meinst du, daß Vaniya uns ein paar Leute zur Verfügung stellt oder Servowagen, wenn es die hier gibt? Ich hätte lieber Servos; es geht mir gegen den Strich, wenn mir andere Leute die Sachen tragen. Wenn Rhu wirklich mitkommt, kann ich ihn vielleicht überreden, ein bißchen von dem Zeug hier zu tragen.«

»Das wäre ganz nützlich. Jedenfalls kommen auch einige Studentinnen vom Institut von Ariadne, die uns helfen.«

»Dir helfen, meinst du«, brummte er und zwang sich dann zum Lächeln. »Immerhin werden es nur junge *Frauen* sein, die um dich herumtänzeln, um sich in deinem Ruhm zu sonnen und dich zu bewundern! Ich habe oft gedacht, wenn die Gelehrte Dame di Velo einen eifersüchtigen Ehemann gehabt hätte, hätte sie wohl niemals diese Karriere gemacht! Komisch!« dachte er laut. »Sie sieht nicht gut aus, und was Sex-Appeal angeht, so hätte wohl mein Großvater gedacht, sie sei eine feine Frau, doch sicher niemals ein jüngerer Mann! Und doch, wenn sie anfing zu reden, hat niemand mehr auf jüngere Frauen geachtet, wie schön sie auch immer sein mochten. Ich habe mich oft gewundert, daß du nicht eifersüchtig warst, Cendri!«

Ihre Hand glitt unter seinen Arm, und sie murmelte: »Manchmal war ich es ein bißchen, weißt du.« Und dachte daran, daß Vaniya einige dieser Qualitäten hatte, die überhaupt nichts mit äußerlicher Attraktivität zu tun hatten.

»Arme Frau«, sagte Dal. »Ich frage mich, wie es der Gelehrten Dame geht. Ich kann nicht vergessen, daß ich durch ihr Unglück meine Chance bekommen habe.«

»Sie wollte, daß du das Beste daraus machst und es genießt«, tröstete ihn Cendri, und er seufzte: »Ich weiß«, während sie in den riesigen Eßraum mit der Morgenversammlung aus fröhlichen Kindern, Vaniyas versammelter Familie und Mitbewohnern hinuntergingen. Sie wollten noch ein Wort mit der Promatriarchin reden, ehe diese zu ihren Tagespflichten aufbrach. Als sie zu den für sie reservierten Plätzen gingen, murmelte Dal: »Ich fände es wirklich besser, wir könnten eine Kleinigkeit in unserem Zimmer essen und dann ohne dieses Theater verschwinden, aber ich glaube, Vaniya wäre dann tödlich beleidigt.«

»Das fürchte ich auch.«

»Warum kann sie uns nicht einfach die Hilfe geben, um die wir sie bitten, und uns der Arbeit überlassen? Schließlich sind wir deswegen hier.«

»Dal, du denkst wieder in den Kategorien des Bundes und von Universitas«, schalt sie ihn, wobei sie versuchte, es nicht wie eine Lektion klingen zu lassen. »Diese besondere Idee, daß Zeit ein begrenztes Mittel, und sie zu verschwenden unmoralisch ist, gibt es nur auf wenigen Planeten innerhalb des Bundes.«

»Nun, es gibt aber Kulturen, in denen *gearbeitet* wird«, argumentierte Dal. »Sie haben um einen Experten von Universitas geschickt. Warum lassen sie uns dann nicht tun, wofür wir hier sind?«

Cendri zuckte die Achseln. Es gab keine Möglichkeit, Dal zu überzeugen. In seinem Kern war er ein Mann von Pionier, der Konzentration, strenge Effizienz und geregeltes Zeitgefühl für wichtig hielt, und sie hatte es schon lange akzeptiert. Ihre eigene Welt war zeitorientiert – obwohl nicht so strikt wie Dals –, aber Cendri betrachtete es lediglich als Vorteil, nicht als moralisches Absolutum.

Vaniya saß zusammen mit Rhu und Miranda und einem oder zwei anderen Lieblingsmitgliedern des Haushaltes, wie den Gästen von Universitas, an ihrem niedrigen Tisch und hörte Bittsteller an, wie jeden Morgen beim Frühstück. Cendri hörte zu, während Miranda ihr einen knusprigen, frischgebackenen Schellfisch auf den Teller legte. Der Bittsteller war ein Mann in einer kurzen Tunika, und Vaniya lauschte stirnrunzelnd der Bitte des Männerhauses von . . . – Cendri wußte nicht, um welche Gegend es sich handelte, oder ob es ein einzelner Haushalt, ein Distrikt, ein Dorf oder eine ganze Stadt war –, das eine Jagd veranstalten wollte.

»Sind denn eure Rationen wirklich so unzureichend?« fragte Vaniya. »Ich möchte nicht, daß irgend jemand Hunger leidet. Zugleich zögere ich aber, euch gerade jetzt die Erlaubnis zu erteilen. Unsere Berichte vom Seismographen warnen uns vor ständigen Beben in diesem Gebiet, und es wäre unklug, euch dieser Gefahr auszusetzen, ehe sich die Lage wieder stabilisiert hat. In einer der letzten Erdbebenphasen wurden im inneren Landurbarmachungs-Bezirk mehr als hundert Männer getötet; deshalb wurde das Projekt gestoppt. Wenn wir unseren Untertanen nicht erlauben können, ins Landesinnere wegen einer so wichtigen Aufgabe wie der Landurbarmachung zu gehen – dann können wir es sicher nicht zu dem frivolen Zweck einer Jagd erlauben.«

»Respekt, Mutter«, stammelte der Mann, »aber unsere Jagd ist nicht frivol. Im Inlandbezirk wird nichts produziert, und es kann auch nicht neu gerodet werden. Das Fleisch, das es dort gibt, ist ein wertvoller Zusatz für die Proteinreserve.«

Vaniya machte ein spöttisches Gesicht. »Eine höchst unökonomische Art der Landnutzung«, sagte sie, »und ich persönlich bin nicht geneigt, Schlachtvieh anstelle von Ernten, die das Land hervorbringen könnte, wenn es wiedergewonnen wäre, zu setzen. Selbst, wenn man Verständnis für den Eiweißzusatz in der Nahrung der Männer hat, scheint es mir unvernünftig. Es ist nicht besonders klug, eure Jagdleidenschaft durch solche Argumente zu bestärken. Es tut mir leid, daß ich deinen Leuten ein Vergnügen verweigern muß, aber ich fürchte, ich muß dies zumindest im Moment abschlagen. Ich werde Befehle erteilen, daß eure Proteinrationen um ein Fünftel erhöht werden, was in dieser Jahreszeit ausreichen sollte, mit Extrazuwendungen für Athleten, Schwerarbeiter und Heranwachsende. Bist du damit zufrieden?«

»Respekt, Mutter Promatriarchin, aber ich habe hier einen Brief von unserem Supervisor, der besagt, daß die Ernten in dieser Saison keinen Zuwachs der Proteinrationen erlauben.« Er verbeugte sich und gab ihn ihr. Vaniya runzelte die Stirn. Schließlich sagte sie: »Es tut mir leid. Ich bin so daran gewöhnt, daß Männer ihre Jagdleidenschaft mit rationalen Argumenten verbrämen, daß ich nicht damit gerechnet habe, daß wirklich ein Bedürfnis besteht.« Für Vaniya, das wußte Cendri, bedeutete dies eine großzügige Entschuldigung. »Ich nehme an, ihr müßt eure Jagd organisieren, aber geht sicher und fragt die Stadtmütter um Rat, bevor ihr eure Route ausarbeitet, und vermeidet bekannte vulkanische Gebiete.«

Der Mann verbeugte sich. Er sagte: »Dürfen wir aus Dankbarkeit den Begleiter der Promatriarchin als Ehrengast dazu einladen?«

Vaniya blickte zu Rhu hinüber und sagte: »Nein, ich denke nicht, er ist nicht kräftig genug für die Reise. Er wäre eine Last für euch. Du wolltest doch nicht wirklich gehen, Rhu, oder?«

Rhu richtete die Augen auf seinen Teller und murmelte: »Ich stehe zu deiner Verfügung, Vaniya.«

»Er kommt also nicht mit«, sagte Vaniya. »Aber wir haben einen Ehrengast der Stadt Ariadne an unserem Tisch. Vielleicht, Gelehrte Dame, möchte Ihr Begleiter die Zerstreuung einer Jagd genießen, nachdem er seit seiner Ankunft hier in der Stadt festsitzt.«

Dals Blick zu Cendri sagte deutlich: »Halt mich da raus!« Der erste Tag in den Ruinen, und irgendein Protokoll schickte ihn auf eine Jagd! Sie sah das so deutlich in seinem Gesicht, als könne sie seine Gedanken lesen.

Kühl und ohne den Mann anzusehen, sagte sie: »Ich muß leider ablehnen, aber ich dachte, ich hätte klargemacht, daß mein Begleiter mein qualifizierter Assistent ist, den ich keinesfalls entbehren kann, da wir ja nun mit den Arbeiten beginnen.«

Dal sah wütend aus. Soll er, dachte Cendri, es war nun einmal selbstverständlich, daß Cendri ihm Befehle erteilen konnte. Sie versuchte, seinen Blick zu treffen und ihn beruhigend anzulächeln – schließlich *mußten* sie einen Spaß daraus machen –, doch seine Augen blieben entschlossen abgewendet.

Glücklicherweise mißverstand Vaniya sein Stirnrunzeln und sagte fröhlich zu Cendri: »Ich hasse es, Männern etwas zu verweigern, Sie nicht auch? Sie sehen so trotzig aus. Vielleicht können wir ein anderes Mal, wenn die Erde sicher ist, für Ihren Begleiter eine Jagd organisieren.«

Der Mann verbeugte sich und zog sich zurück. Cendri sah, wie er, ungesehen von Vaniya, die sich hungrig ihrem Frühstück widmete, wiederholt gestikulierte. Nach einem Moment sah sie, wie Rhu unter dem Tisch die Geste wiederholte. Seine

Lippen bewegten sich. Cendri konnte nicht hören, was er sagte – vielleicht hatte er auch nicht laut geredet –, doch sie war völlig sicher, daß er »Wir wurden nicht in Ketten geboren« gesagt hatte.

Es wurde heller, und die Sonne stand klar am Horizont. Vaniya stempelte mit fester Hand einige Papiere und gab sie ihrer persönlichen Sekretärin, einer kindlichen jungen Frau mit hellen Haaren und im fortgeschrittenen Stadium der Schwangerschaft. »Wir haben noch nichts von den angekündigten Frauen vom Institut gehört. Wann haben sie sich angesagt, Calissa?«

Calissa sagte: »Laurina, die am Institut Geschichte unterrichtet, ist schon hier. Ich glaube, sie hat eine Nachricht.«

Laurina kam in den Speisesaal. Sie trug einen breitrandigen Sonnenhut und, Cendri sah es mit Wohlgefallen, feste Schuhe. Die Lehrerin verbeugte sich vor der Promatriarchin und sagte deutlich: »Ich schäme mich für meine Kolleginnen. Und für deine Kollegin, Vaniya.«

Vaniya sah aus, als wappne sie sich gegen schlechte Nachrichten, und sagte: »Was hat Mahala schon wieder gemacht, mein Kind?«

Laurina wand sich. Sie hatte sehr helle Haut und ein paar Sommersprossen unter dem lockigen, kurzen roten Haar. Zwischen den Sommersprossen war die Haut gerötet. »Wie du weißt, Vaniya, ist Mahala eine der Vorsitzenden des Instituts, und sie hat die Nachricht überbringen lassen . . .«, sie senkte die Augen und rang vor Verlegenheit die Hände . . ., »daß keine der Studentinnen mit der Gelehrten Dame arbeiten darf, bis Mahala die Gelegenheit gehabt hat, mit ihr zu sprechen, und sich versichert hat, daß . . . daß . . .« Ihre Stimme versagte, und sie sah Cendri bittend an. »Gelehrte Dame, ich schäme mich.«

Cendri war wütend, nicht nur wegen Dal. Sie brauchten Hilfe in den Ruinen. Sie war auch über die Beleidigung erzürnt und sagte: »Denkt die Promatriarchin, daß ich ihren Studentinnen irgendeinen Schaden zufüge, Laurina?«

»Diese Frau!« knirschte Vaniya. »Schamlos, unverschämt und unhöflich unserem Ehrengast gegenüber. Sie entehrt den Willen der Hohen Matriarchin. Welche Entschuldigung hat sie? Welchen Grund kann sie überhaupt anführen?«

Verlegen sagte Laurina: »Bis sie die gelehrte Dame gesehen und – gesprochen hat, denkt sie, daß es nicht klug sei, ihre Studentinnen der Unsicherheit männlicher Wissenschaft auszusetzen.«

»Im Namen der Göttin«, explodierte Vaniya, »wie kann Wissenschaft männlich oder weiblich sein? Das ist genau so, als spräche man von der weiblichen Natur des Periodensystems der Elemente oder dem männlichen Charakter eines Vulkans. Laurina, ist meine Kollegin verrückt geworden?«

»Es steht mir nicht zu, das zu beurteilen, Vaniya. Aber ich schäme mich für die Studentinnen, die sich wie Schellfische bei Ebbe verstecken!« Zögernd blickte sie zu Cendri. »Würden Sie mich als ihre unwürdige Repräsentantin akzeptieren?«

Cendri lächelte sie an und begriff, wieviel Mut es brauchte, sich der Promatriarchin Mahala zu widersetzen. In einer Gesellschaft wie dieser, wo es wenige Gesetze gab und alles durch persönliche Beziehungen mit Oberen und Müttern, Patenmüttern und älteren Verwandten geregelt wurde, mußte es schockierend wirken, wenn sich Laurina einem solchen Bann widersetzte. »Ich hoffe, Sie werden keine Schwierigkeiten bekommen, wenn Sie ohne die anderen kommen, Laurina?«

Laurina strahlte sie an. Sie sagte: »Es ist mir gleichgültig«, und Cendri seufzte ein wenig, weil Laurinas Geste sie rührte. Offensichtlich verfügte die junge Frau über eine große Bereitschaft zur Heldenverehrung. Sie hätte gedacht, Laurina, die ungefähr so alt wie sie war, sei über solche schulmädchenhaften Attitüden hinaus, doch auf einer Welt, in der die unmittelbaren Vorgesetzten alle Frauen waren, dauerte das vielleicht länger.

Ernsthaft fügte Laurina hinzu: »Es war nicht absolut verboten, aber die Promatriarchin hat gesprochen, und natürlich wollte niemand sie wütend machen, also entschieden die Matronen des Instituts, es sei klüger und höflicher, nicht zu gehen. Doch ich bin unabhängig, und ich sehe nicht, wie es mir schaden könnte, wenn ich der Gelehrten Dame zuhöre. Ich denke nicht, daß sie mir ihre Meinungen aufzwingen könnte, wenn ich sie nicht rational akzeptiere.«

Cendri wollte über diesen jugendlichen Trotz lachen. Doch sie merkte, daß sie gerührt war. »Ich bin glücklich, daß Sie mir helfen, meine Liebe, vielleicht werden die anderen Studentinnen, wenn sie sehen, daß ich Ihnen keinen Schaden zugefügt habe, sich entscheiden, daß ihnen ihr Bewußtsein und ihre Pflicht zu kommen erlauben.«

»Aber das ist reine Politik«, schäumte Vaniya, »wie kann es diese Frau nur wagen, die ganze Stadt verrückt zu machen? Hofft sie, daß, wenn Rezali stirbt, ohne eine Nachfolgerin benannt zu haben, irgendein Aufschrei des Volkes sie auf den Sitz der Matriarchin heben wird? Was würde ihr das nützen?«

Cendri dachte, es sei klüger, das zu ignorieren. Schließlich konnte sie keinen gerechtfertigten Kommentar über die Politik hier abgeben. Sie sagte Vaniya, daß sie, da die Studentinnen nicht gekommen seien, eine Hilfe beim Transport ihrer Ausrüstung benötigten, und daß alles bereit sei. Sie nahm Laurina mit auf ihr Zimmer und vertraute ihr die Geräte für graphische Aufzeichnungen an. Eigentlich wollte sie die Bewunderung der jungen Frau nicht noch durch solche Auszeichnungen verstärken, doch Laurina war als Wissenschaftlerin für eine solche Verantwortung besser geeignet als Vaniyas unausgebildete Dienerinnen und arme Verwandte, die man damit beauftragt hatte.

Heimlich beobachtete sie, wie Laurina die Ausrüstung begutachtete. Dal organisierte das Material in der Reihenfolge des Gebrauchs. Irgendwie klappte alles – selbst Rhu versuchte, Hand anzulegen –, und sie brachen durch den Garten zum Strand und dem Pfad auf, der zu den Ruinen Wir-Wurden-Geleitet führte. Vaniya sah ihnen nach. Cendri hatte das Gefühl, daß sie Sorgen hatte, doch ob über die Aktionen ihrer Matriarchen-Kollegin oder über etwas anderes, war ihr nicht klar.

Natürlich will sie das nicht. Wir-Wurden-Geleitet ist für sie eine heilige Stätte. Wie kann ich ihr verständlich machen, daß wir sie nicht entwürdigen? Oder reicht dazu unsere bloße Präsenz?

Sie wußte, daß Dal das niemals verstehen würde. Man hatte ihn in allen Zusatzdisziplinen der Archäologie ausgebildet, doch ihm ging es nur um Meßbares, mikrometrische Messungen von Schäden aus Grabstätten, Computeranalysen und Werkzeuge, um Größe und Struktur der Hände, Gliedmaßen und Extremitäten festzustellen, Maße und Urteile, die auf anderen Standards beruhten.

Doch konnte er aus diesen Dingen wirklich die Vergangenheit verstehen? Konnte eine Computeranalyse eines Werkzeuges und der Hand, die es gehalten hatte, wirklich die komplexen Gründe aufhellen, warum eine Gesellschaft diese Form entwickelt hatte? Sie hatte lauter als alle anderen applaudiert, als ein berühmter Anthropologe von der Erforschung der Gebräuche der Delta Kamellins zurückkam, einem merkwürdigen Stamm eingeborener Humanoiden im Orion-System, und sagte, daß er nicht an der statistischen Auswertung der durchschnittlichen Länge ihrer Sexualorgane interessiert sei, oder wie häufig sie ihre hinteren im Verhältnis zu den vorderen Gliedmaßen benützt hätten; sein Interesse lag in den komplexen sozialen und emotionalen Faktoren, die sie dazu brachten, einige Gliedmaßen vor anderen zu benutzen, und solche Dinge waren nicht Gegenstand der Analyse.

Genauso erging es Cendri. Sie interessierte sich für die komplexe, lebendige Struktur des Matriarchats. Sie hätte sich ebenso für eine vergangene Kultur interessieren können, wie für die hypothetischen Gründer. Aber Dal, das spürte sie, war überhaupt nicht an dem *Leben* der Gründer interessiert. Es war ihm egal, was für Wesen sie waren, welche Gründe es für die Existenz der Ruinen gab, oder welche täglichen Rituale dort einst vollzogen wurden. Er wollte wissen, was sie getan hatten, und wann und bis zu einem gewissen Grad, wie.

Doch zum Warum würde er nie vordringen, und das Traurige daran war, daß es ihm auch nicht fehlen würde.

Cendri wußte, daß es nutzlos war, mit ihm darüber zu diskutieren. Sie konnte nur – wenn sie Glück hatte – seine Studien und Analysen der Ruinen verwerten und ihre eigenen Schlüsse über die Dinge daraus ziehen, die *sie* von den Gründern wissen wollte. Und selbst das war nur ein armseliger Ersatz dafür, daß sie ihre kostbare, unwiderbringliche Zeit auf Isis damit verbrachte, *seine* Arbeit zu tun, anstelle der eigenen Erforschung der lebendigen, wachsenden, wirklichen Kultur des Matriarchats um sie herum nachzugehen. Wie konnte Dal nur zufrieden damit sein, seine Zeit an Wesen zu verschwenden, die seit Jahrhunderten, Jahrtausenden tot waren?

Als sie den Aufstieg zu den Ruinen begannen, drehte sie sich um und erhaschte einen Blick auf Dals Gesicht. Das – sie mußte es sich fest in Erinnerung rufen – war sein Augenblick. Cendri hatte seit ihrer Landung gearbeitet; ihre Aufzeichnungen waren umfangreich und präzise, und obwohl ihre Kenntnisse über das Matriarchat riesige Lücken aufwiesen – die Heiratsgebräuche zum Beispiel lagen immer noch im dunkeln –, hatte sie doch das bisherige Wissen über das tägliche Leben im Matriarchat mehr als verdreifacht. Bis zu diesem Morgen hatte Dal nicht die geringste Chance gehabt, seine Arbeit zu beginnen. Und selbst jetzt mußte er vorgeben, gegenüber Cendri eine untergeordnete Position zu bekleiden.

Sie hatte auf dem Schiff hierher eine Menge Zeit mit Tonbandaufzeichnungen und Hypno-Kursen verbracht, und sie meinte, eine recht ordentliche Imitation eines professionellen Archäologen abzugeben, doch tief drinnen wußte sie natürlich, daß es eben nur eine Imitation war.

Sie sah, daß Laurina neben ihr vor Fragen förmlich überquoll, die sie aber höflich oder aus Ehrfurcht vor der Gelehrten Dame unterdrückte. Wenn sie *wirklich* Gelehrte Dame wäre, dachte sie, wäre ein Großteil ihrer Beschäftigung die Lehre, und nicht ausschließlich ihre eigenen Forschungen, und sie merkte, daß dies auch ein wichtiger Teil ihrer Mission auf Isis war. Sie würden die Qualität der Wissenschaftler des Bundes an ihr, Cendri Owain, der Gelehrten Dame Cendri Malocq, messen.

Laurina fragte, durch ihr Lächeln ermutigt, scheu: »Darf ich die Gelehrte Dame fragen . . .« Offensichtlich hatte man sie über Nacht gut unterrichtet und instruiert, welche Höflichkeitsfloskeln man auf Universitas benützte, ». . . welche Instrumente sie zu welchem Zweck mit sich trägt?«

Die formellen Sätze sollten Cendri ein Gefühl des Vertrauten geben, als ob sie mit einem Assistenten von ihrem eigenen Institut auf Universitas arbeitete. Doch aus irgendeinem Grund fühlte sie sich allein, abgeschnitten von der warmherzigen Kameradschaft der Frauen, zu der man sie hier auf Isis zugelassen hatte. Sie sagte: »Sie sollen mich Cendri nennen, Laurina. Und natürlich können Sie mich alles fragen, was Sie wollen. Das Instrument dort . . .«, sie deutete auf den graphischen Aufzeichner in Laurinas Hand, »kann ständig oder zeitweise, ganz wie Sie wünschen, aufzeichnen, was immer Sie heute sehen oder hören. Es ist wie eine Fotoausrüstung – haben Sie das nicht auf Isis?

»Ja, natürlich, unsere kleinen Mädchen spielen damit. Man nimmt sie auch in Kinderstuben und Krankenhäuser, wenn Patienten oder Kleinkinder ständig unter Beobachtung stehen müssen, ohne daß sie gestört werden dürfen«, sagte Laurina, »doch wo sind die Zuleitungen?«

»Hierin unterscheiden sie sich. Es gibt auch kein verrottbares oder lichtempfindliches Material für die Aufzeichnung«, sagte Cendri. »Wenn es einmal aktiviert ist, brauchen wir nur eine gewisse Sequenz einzustellen und erhalten auf jede beliebige Entfernung eine komplette holographische Aufzeichnung von dem, was wir gehört oder gesehen haben. Wir können sogar – nicht hier, aber auf Welten, die die notwendigen Zusatzmaschinen und Ausrüstung haben – bis zu einem gewissen Grad Repliken bestimmter Artefakte herstellen, so daß die kulturellen Schätze der einen Welt nicht transportiert zu werden brauchen, um auf einer anderen bewundert zu werden. Und wenn in ein paar hundert oder tausend Jahren, in einigen Forschungslichtjahren, jemand zusätzliches Licht auf das wirft, was wir hier finden, könnten die Gelehrten auf Universitas herausfinden, was wir hier entdeckt haben, selbst wenn diese Ruinen dann schon durch Flutwellen oder Erdbeben ausgelöscht sein sollten.«

»Was nicht wahrscheinlich ist«, sagte Laurina. »Wir wissen bereits, daß der Boden innerhalb von Wir-Wurden-Geleitet niemals bebt und keine Flutwelle dorthin gelangt.«

Cendri dachte: *Ich wollte, ich wäre dessen auch so sicher.* Aber sie wußte schon, daß dies bei den Frauen von Isis eine Glaubensfrage war, und in der Tat hätten die Ruinen wohl nicht schon so lange dort gestanden, wenn sie sich nicht auf einem einzigartigen Platz befanden, der gegen allgemeine seismische Erschütterungen im Gegensatz zu allen anderen Teilen des Planeten immun war.

Sie kamen nun näher an die Ruinen heran und überquerten den Platz direkt vor dem Eingang des schwarz-gläsernen Tores. Sie blieb zurück, bis sie an Dals Seite war, und sagte leise und in ihrer eigenen Sprache, damit sie niemand belauschen konnte: »Du solltest als erster hineingehen, Dal. Das schulde ich dir.«

Er lächelte sie kurz an und sagte: »Das ist jetzt nicht mehr so wichtig. Doch bevor wir eintreten, möchte ich Aufzeichnungen vom Äußeren machen. – Sieh dir diese Tore an!«

»Ich würde sagen, wer immer sie auch waren, sie waren größer als Menschen, nicht wahr?« fragte sie und blickte zu den riesigen Bögen über ihren Köpfen hinauf. Er machte eine verneinende Geste.

»Kann man aus Zeremonientüren und -toren allein nicht schließen; um das herauszufinden, müßten wir uns an die Türen halten, die sie täglich benutzt haben!« Das war keine Zurechtweisung, sondern nur eine unpersönliche Bemerkung, und Cendri dachte erleichtert: *Er ist wieder der alte. Das war's, was er brauchte!* Es hatte eine Zeit gegeben, in der sie ihre

Forschungen wie jetzt gemeinsam betrieben hatten; vor ihrer Heirat, bevor sie – obwohl nur zeitweise – ihre eigene Arbeit aufgegeben hatte.

Sie sah, wie Rhu, Laurina und Vaniyas Dienerinnen, die ihre Ausrüstung trugen, sie beobachteten, als fragten sie sich, was die Gelehrten von Universitas jetzt wohl unternehmen würden. Plötzlich wünschte sie sich, sie könnte sie alle loswerden, könnte auch das Spiel vergessen, *sie* sei die Gelehrte Dame von Universitas und er ihr kleiner Assistent, so daß sie die Möglichkeit hätten, sich ganz normal zu bewegen, ohne das Theater. Als sie das Dal fast sehnsüchtig sagte, schüttelte er jedoch den Kopf.

»Völlig ausgeschlossen. Wir dürfen uns jetzt nicht in Nebensächlichkeiten verwickeln, Cendri, wir haben zu tun!«

Er hatte recht; es hatte keinen Sinn, die Voraussetzungen zu diskutieren, unter denen sie die Ruinen von Isis erforschen würden. Schließlich wären sie überall auf hinderliche Arbeitsbedingungen gestoßen. Sie sagte: »Wenn du von dem Äußeren Aufzeichnungen möchtest, sollte ich Laurina vielleicht zeigen, wie das Gerät funktioniert, so daß sie selbständig geschriebene oder aufgezeichnete Notizen nimmt?«

Er runzelte die Stirn. »Das ist eine gute Idee«, sagte er, »aber ich mag es nicht gern einem Fremden anvertrauen, noch dazu einer Frau.«

»Dal, jeder qualifizierte Assistent, den wir hier bekommen, ist eine Frau«, erinnerte sie ihn, und er lachte. »Du hast ja recht. Hast du mir nicht gesagt, daß sie eine Professur für Geschichte am hiesigen Institut hat? Also muß sie recht intelligent sein.« Er wandte sich um, blickte Laurina an und bat sie näher. »Zeig ihr, wie das Ding funktioniert, ja, Cendri?«

Laurina sah schockiert aus. Sie flüsterte: »Erlauben Sie ihm, in einem solchen Ton mit Ihnen zu reden?«

Cendri war für einen Moment verzweifelt. Der kurze Augenblick, in dem Dal und sie wieder natürlich miteinander umgegangen waren, war vergangen, wurde wieder zu dem Spiel, das ihr Leben auf Isis darstellte. Etwas schärfer als gewollt sagte sie: »Mein Assistent ist ebenfalls unabhängiger Gelehrter auf Universitas, Laurina, und als solcher absolut qualifiziert. Wir machen derartige Unterschiede auf Universitas nicht. Wir haben zu arbeiten und keine Zeit für diese Formalitäten. Das Wichtigste ist, daß wir beide qualifiziert sind, diese Forschung zu betreiben, und wer von uns beiden die Anordnungen erteilt, ist eine Angelegenheit, über der wir uns nicht lange aufhalten!« Sie dachte: Vielleicht kann ich ihnen wenigstens zeigen, wie Wissenschaft auf Universitas aussieht.

Laurina sah verletzt aus. Fast flüsternd sagte sie: »Ich wollte die Gelehrte Dame nicht beleidigen – ich wollte Sie nicht beleidigen. Verzeihung . . .«

»Ist schon gut.« Cendri war klar, daß sie Laurinas Verehrung ausnützte, um ihr einen Gesichtspunkt aufzuzwingen, der Laurinas kulturellen und ethischen Grundsätzen vollkommen zuwiderlief. Konnte sie das rechtfertigen? Konnte das Ziel jemals die Mittel rechtfertigen? Es war jetzt nicht die Zeit, komplexe kulturelle und ethische Fragen zu diskutieren. Freundlich lächelnd sagte sie: »Ich nehme an, Sie wüßten gern, wie dieser graphische Aufzeichner funktioniert?«

»Ja, gern«, sagte Laurina mit ehrfürchtigem Blick. »Wenn Sie es mir zeigen wollen?«

»Ja, natürlich«, sagte Cendri, stellte sich neben sie und begann, ihr die komplexen Funktionen vorzuführen. Laurina erwies sich als gute Schülerin, und Cendri konnte ihr nach einigen Minuten unbedenklich das Gerät übergeben.

»Von jetzt an zeichnen Sie bitte alles auf, was wir sehen und erkunden«, wies sie sie an. »Zunächst bitte das Tor, von allen Seiten.«

Langsam zeichneten sie zusammen das riesige Tor auf, die beiden massigen, schwarz-gläsernen Türme direkt dahinter und den Innenhof. Dann begannen sie schrittweise die Straßen der alten Stadt zu erkunden – obwohl »Straßen« kaum das richtige Wort für die riesigen, regelmäßigen und merkwürdig angeordneten Flächen zwischen den Gebäuden war.

Nach einer kurzen Untersuchung bat Dal Cendri zu sich. Sie ging zu ihm, ohne Rhus schockierten Blick zur Kenntnis zu nehmen.

»Ich möchte einen ersten Eindruck mit dir abstimmen«, sagte er leise. »Zunächst, was beeindruckt dich primär bei diesen Ruinen?«

Sie wußte sofort, was er meinte.

»Ihre Neuheit«, sagte sie. »Sie sehen nicht so aus, als ständen sie hier länger als höchstens ein paar tausend Jahre, fast hätte ich gesagt: ein paar hundert, aber das ist unmöglich. Sie waren schon hier, als man Cinderella entdeckte und kartographierte.«

Er nickte und biß sich auf die Lippen. Dann sagte er: »Richtig. Und auf einem derart seismischen Planeten, wie, zum Teufel, konnten sie den Erdbeben trotzen?«

Sie riet: »Vielleicht ist es eine bestimmte Form, durch die die Gebäude Erdbeben unbeschadet überstehen?«

»Unmöglich«, sagte Dal, »mit Technologie kann man viel machen, aber nicht diese Art von Dauerhaftigkeit. Es ist wie die Frage nach der unwiderstehlichen Kraft und dem unbeweglichen Objekt – *wie* unbeweglich müssen sie sein, um ein Beben mit Stärke 9 oder 10 auszuhalten? Die *Definition* eines solchen Bebens lautet: totale Zerstörung aller Werke von Menschenhand und auch Zerstörung der Erdoberfläche. Ich muß mir mal die seismischen Karten hier ansehen. – Du hast ja gesagt, daß sie einfache Seismographen haben. – Aber in statistischen Werten gesprochen, müßte ein Planet wie dieser mindestens alle zwei- oder dreitausend Jahre ein Beben von Stärke 9 erleben, und für dieses bestimmte Gebiet können wir eine statistisch einwandfreie Vorhersage treffen, daß nichts, aber auch gar nichts von einer Zivilisation zur nächsten überdauert, wenn man für jede Zivilisation Rakmalls äußerste Grenze von 12 000 Jahren annimmt.«

»Trifft Rakmalls Grenze auch auf außermenschliche Technologie zu, Dal?«

Er nickte mit finsterem Gesicht, offensichtlich tief in

Gedanken versunken. »Vielleicht nicht für eine außermenschliche *Zivilisation*. Aber ich kann mir keine Technologie vorstellen, die Rakmalls Grenze überlebt. Ich muß alle diese Strukturen – es fällt mir schon schwer, sie Gebäude zu nennen – untersuchen. Vielleicht gewinnen wir Aufschluß über den Grad der Technologie, mit deren Hilfe sie errichtet sind. Ich glaube, wir können sicher sagen, daß sie nicht menschlich oder gar humanoid sind. Sieh mal . . .«, er wies mit den Armen in alle Richtungen, »die Größe, die Anordnung, die Strukturen –, es hat nichts mit irgendeiner Kultur zu tun, die ich kenne. Eins kann ich mit Sicherheit sagen: Es ist keine bekannte Technologie oder Zivilisation.« Er seufzte tief. *»Sharrioz!* Ich wünschte, ich hätte ein hochausgebildetes Team hier! Vielleicht neunzig oder hundert Mann, mit allen Geräten ausgerüstet . . .«

Abrupt brach er den Gedanken ab und sagte: »Laß uns weitermachen, konsequent weitermachen. Laß uns von jedem Bauwerk Aufzeichnungen anfertigen und es dann in unserer Freizeit auswerten.«

Wieder gingen sie Schritt für Schritt durch die Ruinen. Die Sonne stieg höher, sank dann wieder. Schließlich gab Dal Cendris Bitte nach einer Rast und Erfrischung nach, weil sie sah, daß Rhu erschöpft war und in der tropischen Hitze schwitzte, und selbst Laurina, die von dem, was sie taten, fasziniert und gewillt war, zu beweisen, daß sie das Gerät bedienen konnte, sah hinfällig aus.

Vaniyas Dienerinnen hatten reichhaltiges, gutes Essen vorbereitet. Cendri hätte sich gerne neben Dal hingesetzt und über die Arbeit des Morgens geredet, doch als Rhu zögernd auf sie zukam, erinnerte sie sich an die gesellschaftlichen Vorschriften des Matriarchats. Sie und Dal waren gewiß für die Dauer ihrer Arbeit von diesen Vorschriften befreit. Außerdem war er ihr Begleiter und hatte ein Recht, an ihren Mahlzeiten teilzunehmen, doch sie erinnerte sich an Vaniyas besorgte Frage, ob sie das nicht *ablenke*. Wenn sie Dals Gesellschaft außerhalb der Arbeitsstunden suchte, gab sie Anlaß zu dieser Überzeugung. Sie wandte sich zu Laurina, und sie setzten sich zusammen auf die eigenartig proportionierten Stufen (hatten die ursprünglichen Bewohner vierzehn Zoll lange Füße oder konnten sie fliegen?) und breiteten ihr Essen aus, während Dal versuchte, seinen Ärger hinunterzuschlukken, und sich in Rhus Gesellschaft begab. Sie bemerkte, daß sich Vaniyas Diener trennten und sich die Frauen näher zu Cendri und Laurina orientierten – doch nicht nahe genug, um zu hören, was sie sprachen –, während sich die wenigen Männer streng absonderten.

Dal blickte nach einer Weile auf sein Zeitstück und den Sonnenwinkel: »Wenn wir die Anfangsuntersuchungen heute beenden wollen, dürfen wir keine Zeit verlieren. Laurina, machen Sie bitte Graphiken von den Stufen aus allen Blickwinkeln, bevor wir gehen.«

»Wie können Sie es wagen!« fuhr Laurina auf. »Ich lasse mir nichts von einem Mann sagen! Wir sind doch hier nicht in einer Männerwelt!«

Schockiert und verärgert sprang Cendri auf die Füße. Vor einer solchen Situation hatte sie am meisten Angst gehabt. Sie verspürte den unvernünftigen Wunsch, sich zwischen die beiden zu werfen – und Dal zu *beschützen.* Laurina war aufgesprungen und sah Dal wütend und beleidigt an.

»Laurina«, rief Cendri und wußte plötzlich, was sie zu sagen hatte.

»Wenn Sie mit uns arbeiten, müssen Sie in gewisser Weise unsere Gebräuche akzeptieren! Ich habe Ihnen erklärt, daß wir auf Universitas nicht diese Unterschiede haben! Darüber hinaus hat Ihnen mein – mein Assistent keinen Befehl gegeben . . .« Sie erstickte fast an der Bezeichnung, aber dies war notwendig, »sondern hat Sie höflich gebeten als eine Mitarbeiterin. Wenn Sie nicht gewillt sind, die gleiche Höflichkeit meinem Assistenten zu erweisen, müssen wir ab sofort auf Ihre Mitarbeit verzichten!«

Für einen Moment stand Laurina reglos und starrte Dal wütend und trotzig an, und Cendri wartete mit klopfendem

Herzen. Vaniyas Dienerinnen schienen gewillt, Dal zu zerfetzen, und Rhu war so weiß wie der Kalkstein unter seinen Füßen und klammerte sich an eine Säule, als hätten seine Muskeln und Knochen nicht mehr die Kraft, ihn aufrecht zu halten.

Dann senkte Laurina den Blick. Zögernd sagte sie: »Es tut mir leid, Cendri – ich habe es vergessen –, ich bin das nicht gewöhnt . . .«

Wie eine Flut stieg Erleichterung in Cendri auf. Behutsam sagte sie: »Ich weiß, lebenslange Gebräuche kann man nicht leicht über den Haufen werfen. Auch Dal war achtlos. In dieser Umgebung sollte eine Bitte über mich laufen.« Sie sah Dal fest an – wußte er überhaupt, was er gerade aufs Spiel gesetzt hatte? Doch schließlich hatten sie sich einmal durchgesetzt – zumindest hoffte sie das. Wenn man wieder darauf hinweisen mußte, wäre es allerdings besser, auf Laurinas Mitarbeit zu verzichten – und auf die eines jeden Bewohners von Isis/Cinderella.

Sie war froh, daß der Stimmenaufzeichner weitergelaufen war. Er war auf Geräusche eingerichtet und würde eine komplette Aufzeichnung dieser Episode für ihre Studienberater auf Universitas liefern. Sie fragte sich, wie wohl die semantische Analyse aussehen würde. Ein wenig ängstlich beobachtete Cendri, wie Laurina auf Dal zuging, denn Dal kochte vor Wut, doch Laurina sagte mit scheuer Höflichkeit: »Würde mir der Assistent der Gelehrten Dame bitte zeigen, in welchem Winkel die Stufen aufgezeichnet werden sollen? Ich will versuchen, es adäquat zu graphieren.«

Dal sah sie überrascht an, war jedoch gewillt, Laurina entgegenzukommen. Er war sich, das merkte Cendri, des enormen emotionalen Schrittes bewußt, den die Frau von Isis gerade unternommen hatte. Mit völlig korrekter Höflichkeit antwortete er: »Wir bräuchten eine Aufzeichnung aus jeder Richtung und eine von jeder Stufe in der Reihenfolge von oben. Wenn die respektierte Lehrerin es vermeidet, das Instrument gegen die Sonne auszurichten, wird die Qualität der Aufzeichnungen sehr verbessert.«

Rhu betrachtete den Vorgang mit einer Überraschung, die sie

– an was bloß erinnerte? Dann wußte sie es. Der Mann, Bak, der mit einer Botschaft für Dal in ihr Zimmer eingedrungen war und gefangengenommen wurde! Er hatte Dal genauso angesehen, als dieser Cendri beiseite schob und ihn an ihrer Stelle befragte.

Armer Teufel! Vielleicht lernt Rhu auch etwas daraus über das Leben auf Universitas!

Ist es fair, eine solche Hoffnung in ihm zu wecken, wenn seine Welt hier so eng begrenzt ist? Zumindest für ihn wird sich das Leben doch nicht ändern!

Doch im Moment liefen ihre Aufzeichnungen problemlos ab, und sie arbeiteten sich Hof für Hof, Fläche für Fläche durch die Ruinenstadt. Dal beschrieb dabei seine Eindrücke in einen Stimmenaufzeichner mit Hilfe eines Mikrofons, in das er leise persönliche Kommentare abgeben konnte. Cendri zeichnete alles in ihrer Sprache auf, damit die Helfer auf Universitas später etwas damit anfangen konnten, und Laurina bediente den Graphikaufzeichner, der den visuellen holographischen Kommentar zu allem liefern würde, was sie an dem Tag gesehen hatten.

Die Sonne ging langsam unter und das Licht änderte sich merklich, als sie auf die riesige, offene Fläche genau in der Mitte der Ruinen kamen, wo das alte Raumschiff lag. Zögernd näherte sich Cendri und fühlte unwillkürlich die Verwunderung und Ehrfurcht, die sie letzte Nacht verspürt hatte. Oder war das alles Halluzination, Illusion, Verblendung oder eine Art von Massenhypnose gewesen? Vorsichtig blickte sie zum Raumschiff, zu dem schwachen Licht, das sie in den Ruinen gesehen hatte, doch obwohl tiefe dunkle Schluchten um die Gebäude lagen und den Platz um das Raumschiff beschatteten, war kein Anzeichen oder Schimmer reflektierten Lichts zu sehen.

War es doch eine Illusion gewesen? Sie sah Laurina an und sah verblüfft einen schwachen Abglanz der Ekstase und Ehrfurcht auf ihrem Gesicht. Flüsternd sagte Laurina: »Ich wünschte, ich wäre sicher, daß es nicht unehrerbietig ist, daß wir hier sind, Cendri!«

Cendri fühlte, wie sie brennend: »Ich auch!« sagen wollte,

doch das war irrational. Sie blickte zu Dal hinüber – war auch er durch die Wunder dieses Platzes berührt, von irgendeinem Zeichen des Kontakts angesprochen?

Offensichtlich nicht. Dal murmelte in seinen Stimmenschreiber und transkribierte seine persönlichen Notizen über jeden Eindruck von den Ruinen. Er sah glücklich und vollständig vertieft in seine Arbeit aus; doch als Cendri sich ihm näherte, grinste er spöttisch.

In ihrer Sprache sagte er: »Cendri, ist das wirklich das, wonach es aussieht?«

»Das Raumschiff? Natürlich!«

»*Das* gehört aber nicht zu den Ruinen! Es ist nicht älter als dreihundert Jahre und sieht schlechter erhalten aus als die Gebäude!«

Auch sie hatte das bemerkt und sagte: »Es liegt genau sechsundneunzig Sternjahre Bundeszeit hier. Es ist das Schiff, das die Isis/Cinderella-Kolonie hergebracht hat.«

»Was für ein Wahnsinnsplatz, ein Raumschiff zu landen!« kommentierte Dal und gab Cendris Gedanken wider. »Warum glaubst du, haben sie sich diesen Platz ausgesucht?«

Darüber konnte sie nichts sagen, ohne den Glauben der Promatriarchin zu erwähnen, daß sie hergeführt worden waren, und das hätte unvermeidlich zu einer Diskussion über die Erfahrung geführt, die Cendri hier gemacht hatte. Und wenn Dal hier nichts spürte, konnte sie nicht mit ihm darüber reden. Er würde sie als abergläubisch bezeichnen, und das hielt sie jetzt nicht aus.

Und *wenn* er es spürte, würde er dann noch in der Lage sein, die Ruinen zu erforschen? fragte sie sich. Sie selber konnte sich kaum dazu zwingen, die große Fläche aus – war es Stein? Beton? – zu betreten.

Dal runzelte die Stirn und murmelte: »Wie nennen sie noch gleich diesen Ort?«

»Wir-Wurden-Geleitet«, sagte sie, und er hob die Brauen und sagte: »Außergewöhnlich! Ich frage mich, wie sie darauf kommen? Das ist wohl dein Gebiet, fremde Psychologie . . .«, und ging ein wenig näher an das Raumschiff heran. »Was für ein eigenartiger Platz für eine Landung! Ich frage mich, warum! Warum!«

Laurina ging umher und zeichnete langsam die Ruinen und das Schiff aus allen Blickwinkeln auf. Cendri notierte sich die Zeiten und die Winkel, doch ihre Gedanken waren woanders. Schwach, verschwommen, wie eine Illusion, ein Traum im Traum, erschien ihr die vergangene Nacht, als sie eine Flutwelle von Freude und Wärme durchpulst hatte.

Laurina sagte: »Ich frage mich manchmal, ob SIE nicht zornig sind, daß wir, nachdem SIE uns hierhergebracht haben, nicht das getan haben, was SIE möglicherweise wollten, nämlich hier bei IHNEN leben!«

Cendri kniff bei dieser Frage die Augen zusammen. Sie wollte gerade sagen, daß dies lächerlich war, merkte aber, daß Laurinas eigene Antwort auf diese Frage ihr genausoviel über die Gesellschaft auf Isis verraten würde wie Dal über die Ruinen. Vorsichtig sagte sie: »Warum haben Sie es dann nicht getan? Ich meine, hier in den Ruinen zu leben?«

»Ich weiß es nicht, Cendri; das war natürlich vor meiner Zeit«, sagte Laurina. »Wahrscheinlich kann Ihnen das nur die Hohe Matriarchin beantworten, denn es war, glaube ich, ihre Vorgängerin, die die Entscheidung getroffen hat. Als Historikerin kann ich nur annehmen, daß die Gebäude vielleicht nicht für menschliche Zwecke geeignet waren. Vielleicht wollen SIE aber auch nicht gestört werden, außer zu IHREN Zeiten und in korrekter Art. Es ist klar, daß SIE viel älter und klüger als unser Volk sind.«

Cendri wollte über diese Antwort jetzt nicht nachdenken. Es würde die Zeit kommen, da sie mit einem ihrer Berater auf Universitas sitzen und sie einer semantischen Analyse unterziehen würde. Doch es schoß ihr auch durch den Kopf: Vaniya muß am Leben gewesen sein, als die Entscheidung fiel. Vielleicht wußte sie . . .

Dal kam auf sie zu, als sie über den verlassenen Landeplatz

zu den Überresten der Strukturen hinübergingen. Er sprach Laurina direkt an.

»Sind Sie in irgendeinem dieser Bauwerke gewesen?«

Laurina schüttelte den Kopf und antwortete: »Man hat mir gesagt, daß es unmöglich ist, irgendein Gebäude in Wir-Wurden-Geleitet zu betreten.«

Dal runzelte die Stirn und überlegte. Dann wandte er sich resolut zu einer der hohen aufgetürmten Strukturen und begann, sich eifrig die Stufen hinaufzuarbeiten. Cendri krabbelte hinter ihm her, und nach einer Minute folgte Laurina, die sich das Schaltpult des graphischen Aufzeichners um die Schulter gehängt hatte. Sie standen gedrängt auf einer kleinen Plattform an der Spitze.

»Keine Türen«, sagte Dal und blickte auf die große Fläche über ihnen. »Ich muß herausfinden, was innen ist!«

Doch als er sich weiter vorwagte, runzelte er die Stirn, streckte sich und sagte: »Komm, Cendri, fühl mal.«

Vorsichtig streckte sie die Finger aus. »Was ist es, Dal? Es fühlt sich an wie Glas, aber ich kann nichts sehen!«

»Ungewöhnlich klares Glas vielleicht«, sagte er, »oder ein unsichtbares Material, das Licht bricht – doch es ist nicht durchsichtig . . .« Er drückte sein Gesicht gegen das harte Hindernis. »Es sieht einfach so aus, als sei es gar nicht da. Außergewöhnlich!«

Cendri nickte. »Was ist es dann? Ein Kräftefeld?«

»Wie soll ich das wissen? Ich möchte nicht den Laser ausprobieren, doch bald muß ich in eine dieser Strukturen . . .«

»Wir haben einige Kräftefeld-Unterbrecher bei uns«, sagte Cendri. »Sie durchbrechen fast jedes bekannte statische Feld, wenn es so etwas ist.«

Er nickte, deutete auf eine von Vaniyas Dienerinnen, die einen Teil der Ausrüstung trug, und nahm eine kleine, abgestimmte Serie von Kräftefeld-Brechern heraus. Cendri und Laurina wies er an, die Plattform zu verlassen und zielte mit dem Spalter gegen die Barriere. Ein Licht blitzte auf, und es gab einen schmerzhaften Überschallknall, aber es zeigte sich keine Wirkung. Dal versuchte einen der Feldbrecher nach dem anderen, immer mit ähnlichen Ergebnissen.

»Kein Glück«, sagte er schließlich, »wer das hier gebaut hat, wollte, daß es stehenbleibt. Vielleicht versuche ich es noch einmal mit einem kleineren Gebäude, wenn wir ein bißchen weitergekommen sind, und dann mit einem Laser.«

Zögernd sagte Laurina: »Aber wenn SIE nicht wollen, daß wir hineingelangen?«

Dal drehte sich um und sah aus, als wolle er explodieren, erinnerte sich jedoch glücklicherweise rechtzeitig daran, wo er sich befand. Mit vorsichtiger Geduld sagte er: »Wenn SIE mich drinnen nicht haben wollen, fürchte ich, werden SIE es mir selber mitteilen müssen.«

»Aber SIE reden nicht mit Männern«, sagte Laurina schokkiert, und Dal grinste. »Dann werden SIE es Cendri sagen müssen, und sie kann es mir dann mitteilen – in Ordnung, Laurina? Inzwischen ist es bald dunkel. Ich wußte ja, daß ein Tag nicht ausreichen würde, auch nur allererste Untersuchungen zu machen. Sollen wir zu den Toren zurückkehren, bevor es dunkel wird? Ich habe zwar Lichter dabei, aber es war ein langer Tag, und man soll es nicht übertreiben.«

Doch niemand bewegte sich, und Cendri merkte, daß niemand daran gewöhnt war, daß ein Mann eine solche Entscheidung für eine ganze Expedition traf. Sie sagte: »Laßt uns gehen. Laurina, Sie kennen den Weg. Würden Sie uns bitte führen?« Und sie brachen zu den Toren auf.

Außerhalb der Tore war es immer noch hell, und am Strand gingen die Frauen aus dem zerstörten Perlentaucher-Dorf und sammelten auf, was die Flut von den Ruinen ihres Dorfes und ihrer Welt zurückgespült hatte.

»Sie haben Glück«, sagte Laurina, »es ist eine ganze Menge Holz durch die Flut zurückgekommen – sehen Sie, sie schleppen es über die Flutgrenze –, und deshalb brauchen nicht so viele Männer im Landesinnern ihr Leben beim Holzfällen zu riskieren. Wir hatten schon früher große Wellen, aber noch niemals eine so riesige. In den nächsten Tagen werden einige Schutzhütten gebaut. In der kommenden Saison sind die Häuser wieder bezugsfertig, und das Leben im Dorf wird weitergehen. Doch ich vermute, daß die Hohe Matriarchin anordnet, daß der nächste Wachturm an höherer Stelle errichtet wird, vielleicht so hoch wie Wir-Wurden-Geleitet.«

Cendri sagte sorgenvoll: »Sie meinen, sie werden wieder dort unten leben?«

Laurina sah ernst aus. Sie sagte: »Ja, Cendri, sie haben kein Wahl. Wir können die Perlengründe dort nicht aufgeben, die nun seit Generationen dort liegen. Außer den Perlen hat Isis nichts. Ein bißchen Gold aus dem Meer, ein bißchen Magnesium, ein paar biologische Reichtümer – doch von den Perlen sind wir abhängig, und dieses und die anderen Dörfer entlang der Küste sind unser Leben.«

Das ist kein Planet für eine Kolonie, dachte Cendri. Die Gelehrte Dame di Velo hatte recht gehabt. Man hätte diesen Planeten wissenschaftlicher Forschung widmen sollen, um die Gründer-Ruinen zu studieren – wenn es Gründer-Ruinen sind –, und niemals zu einer Kolonie machen sollen. Er wird niemals zu einer lebensfähigen Siedlung ausgebaut werden können.

Sie bezweifelte auch, ob die Bewohnerinnen es so lange aushielten, bis sie die Geräte zur Vorhersage von Tsunamis erwarben, die, so dachte Miranda, für ihre Welt einen so großen Fortschritt bedeuten würden.

Sie sagte dies leise zu Dal, und er antwortete: »Wenn es wirklich die Gründer-Ruinen sind – nun, dann ist das anders. Wir kennen bisher nichts, was authentisch von den Gründern stammt. Wenn es Gründer-Ruinen gewesen wären, hätte die Einheit der Isis-Kolonie sicher angeboten, sich auf ihre Kosten woanders niederzulassen, auf einen Planeten, der ihrer Art des Ackerbaus und des Lebens mehr entsprochen hätte, um die Möglichkeit zu haben, unbegrenzt die Artefakte der Gründer zu studieren.«

»Glaubst du wirklich, sie hätten solch ein Angebot vom

Bund akzeptiert, nachdem das mit Labrys passiert war? Sie haben guten Grund, dem Bund zu mißtrauen . . .« Plötzlich hörte sie verzögert noch etwas aus dem heraus, was er gesagt hatte.

»Du sagst, *wenn es Gründer-Ruinen sind* . . . Dal, weißt du, daß sie das nicht sind? Und wenn sie es nicht sind, was sind sie dann? Weißt du das?«

»Nein, beide Male nein«, sagte Dal, »doch was immer sie sind – Cendri, sei nicht naiv! Für Gründer-Ruinen sind sie zu neu! Es sei denn«, und er befeuchtete zögernd die Lippen. »Ich wage es kaum zu glauben – zu hoffen . . .«

»Dal, was meinst du?«

»Nur eines könnte sie so gut erhalten haben«, sagte er, »es ist nur ein theoretisches Konstrukt, man weiß von keiner bekannten Zivilisation, die sich dessen bedient hätte . . .«

»Was denn, Dal? Worüber sprichst du?«

»Zeitstatik!«

»Zeit . . .«, sie brach ab. »Oh, Dal«, sagte sie tadelnd, »ich dachte, man hätte überzeugend nachgewiesen, daß dies nach allen Gesetzen der Physik unmöglich ist!«

»Unmöglich nach den herkömmlichen Gesetzen«, sagte er, »aber das haben sie auch über die Überlichtgeschwindigkeit, Anti-Schwerkraft und über antimaterielle schwarze Löcher gesagt . . .«

Sie sagte: »Großer Gott, Dal, reicht es nicht, alle anerkannten Theorien über die Gründer anzugreifen? Du weißt, wie es der Dame di Velo ergangen ist! Wenn du anfängst, über so wilde Theorien nachzudenken wie Zeitstatik . . .«

»Nein, nein, nein«, unterbrach er sie fast bittend, und sie dachte: *Ich habe nie gewußt, wieviel es ihm bedeutet!* »Siehst du denn nicht, was das bedeuten könnte, Cendri? Es würde bedeuten, daß die Gründer uns alle ihre Aufzeichnungen und Artefakte hinterließen, bis wir in der Lage sein würden, eine Technologie zu entwickeln, um sie zu verstehen! Wir müssen hier einbrechen, und sie haben uns einen Schlüssel hinterlassen. Wir müssen lediglich lernen, ihn zu benutzen! Die gesamte Technologie der Gründer! Stell dir das vor, Cendri! Das bedeutet, daß unsere Feldbrecher allesamt nichts nütze sind, und selbst Laser werden sie uns nicht aufschneiden. – Wir brauchen theoretische Physiker allerhöchster Qualifikation, aber wenn wir hineinkommen, erwartet uns die gesamte Kultur der Gründer. Stell dir das vor, Cendri!« Er war bleich und schwitzte vor Aufregung.

Sie war fast wütend. Reichte es denn nicht, dachte sie, daß sie bereit war, *eine* verrückte Theorie zu akzeptieren, die der Existenz der hypothetischen Gründer, die die Galaxis mit intelligentem Leben befruchtet hatten. Und jetzt bat er sie, für eine weitere Verständnis und Geduld aufzubringen! Zeitstatik! Man höre sich das an!

Obwohl es, wenn man es genau überlegte, der Grund sein könnte, warum die Ruinen so gut erhalten waren!

Es wurde dunkel, und Vaniyas Leute warteten. Sie sagte: »Brauchen wir heute noch irgend etwas, Dal?«

»Nein, du kannst die Leute alle heimschicken«, sagte er, »aber ich glaube, daß wir Laurina benötigen, um für morgen alles vorzubereiten.«

Cendri entließ Vaniyas Leute. Auch Rhu bat, wenn auch zögernd, mit ihnen gehen zu können. Vaniya, meinte er, könnte nach seiner Anwesenheit verlangen, wenn sie aus der Stadt käme. Dal, Cendri und Laurina saßen auf den Stufen im Hof mit den versiegten, vergessenen Fontänen, wo sie Rhu und Miranda gesehen hatte – war das erst gestern gewesen?

»Wir haben gerade erst angefangen«, sagte Dal, »doch wir haben von allen äußeren Fronten Aufzeichnungen. Für morgen brauchen wir – glaube ich – einen Plan und eine Zeiteinteilung.« Er zog Schreibgeräte und einen besonderen Notizenkopierer heraus. »Laß mich mal sehen, morgen möchte ich Erdproben nehmen und versuchen, eine Computeranalyse davon zu bekommen. Ich habe einen Laser heraufgebracht. Vielleicht können wir damit in eines der kleineren Gebäude eindringen. Vielleicht erst röntgen, ob wir einen Umriß von dem, was drinnen ist, bekommen. Wir können das Risiko, irgend etwas im Inneren zu beschädigen, nicht eingehen. Ich möchte die Kräftefeldbrecher einsetzen, vielleicht auf einer niedrigen, unüblichen Frequenz; heute haben wir nur die normalen getestet. Dafür brauchen wir zwei Tage. In der Zwischenzeit müssen wir uns mit Universitas in Verbindung setzen, um alles über andere vermutliche Gründer-Ruinen zu erfahren, obwohl ich Kopien von Dame di Velos Notizen darüber habe, aber ich muß sie noch einmal durcharbeiten. Oder kannst du das machen. Cendri? Sie, Laurina«, fügte er hinzu, »Sie sind Historikerin?«

Schockiert flüsterte sie: »Ja.«

»Ich möchte, daß Sie morgen frei nehmen und nachsehen in Ihren – wie bewahren Sie Informationen auf, in Bibliotheken oder Computer-Terminals? Ich möchte alles wissen, was an dieser Stelle seit der Landung der Isis-Kolonie passiert ist, und alles, was Sie über den Platz wußten, bevor Sie hier landeten. Ist Ihnen klar, was ich meine?«

Sie nickte, und Dal machte weiter bei der Entwicklung eines klaren Zeitplans für die Erforschung der Ruinen, Stück für Stück, *bevor* sie in eines der Gebäude gelangen konnten. Cendri, die wußte, daß die Tonlage seiner Stimme ihren Stimmenschreiber aktivierte, hörte ihm zu und bewunderte die Brillanz und Klarheit, mit der Dal nach nur einem Tag der Erkundung einen intelligenten Angriffsplan gegen die Geheimnisse der Ruinen von Wir-Wurden-Geleitet entwickelte.

Er beendete die Ausarbeitung des Plans, streckte sich und gähnte. »Wir gehen besser zurück. Das Abendessen wird phantastisch sein, jetzt, wo wir glücklich etwas getan haben«, sagte er. »Fertig, Cendri?«

Cendri nickte, und sie standen auf. Doch als Laurina sich erhob, strauchelte sie gegen Cendri, und diese sah, wie die rothaarige Frau bleich geworden war. Ihre Sommersprossen sahen im Sonnenuntergangslicht wie Flecken aus.

»Laurina, was ist los? Haben wir Sie gleich am ersten Tag zu sehr ermüdet?«

»Nein, das ist es nicht«, sagte sie leise und blickte hinter Dal her, der den Hügel hinabging. »Cendri – Cendri –, ich habe Angst. Ich hätte niemals geglaubt, daß ein Mann einen klaren, verständlichen Plan wie diesen entwickeln könnte, voller Logik und sinnvoll. Ein erwachsener, funktionierender Mann.«

Cendri sagte mit müder Geduld: »Ich sagte doch, mein Begleiter ist auf Universitas Meistergelehrter.«

»Ich verstehe schon, daß – auf Welten, auf denen Männer herrschen, ihre Art von Wissenschaftlichkeit als die beste gilt, das muß so sein«, sagte sie zitternd, »aber dies hier, das ist – *richtig*. Es ist vielleicht ein wenig zu gradlinig, ein bißchen zu intellektuell, aber es ist echte Wissenschaftlichkeit, richtige Intelligenz. Ich habe Angst, Cendri, denn ich hätte es kaum besser machen können. Und wenn ein Mann – ein erwachsener Mann, der Sklave seiner zwanghaften sexuellen Triebe ist, die ihn vom Lernen abhalten – dies tun kann, wo ist dann der Vorteil oder die Tugend einer Frau? Ich habe Angst, Cendri. Wollen Sie wirklich alle Gelehrten Frauen auf Isis vernichten, indem Sie sie wissen lassen, daß ein Mann ihnen ebenbürtig ist, oder ihre Besten fast übertrifft?«

»Ich sehe nicht, wie irgendein Wissenschaftler, der mit Recht so genannt wird, durch die Herausforderung seiner Fähigkeiten vernichtet wird«, sagte Cendri, doch dann verstand sie. Laurinas ganzes Leben basierte auf der Annahme, daß Frauen eine höhere Art Wesen seien, daß kein Mann auch nur annähernd so rational denken könne.

Dal hatte etwas Ähnliches über Pionier gesagt, daß, als man erfuhr, daß Frauen genauso fähig und stark wie Männer sein könnten, einige Männer sich dort in ihrer Männlichkeit herausgefordert fühlten. Stand dieser Kulturschock jetzt Laurina bevor?

Cendri sah, daß Laurinas Selbstvertrauen, ihre Selbstkenntnis zutiefst erschüttert war. Konnte sie das unbeschadet überleben? Konnte die Kultur von Isis es ertragen, solche Dinge zu erfahren?

Konnte man eine Lebensart, die in sich selbst funktionierte und gut war, in Frage stellen, nur um recht zu behalten, weil der Bund dies verlangte?

Sie legte ihren Arm um Laurina und spürte, wie die junge Frau sich an sie lehnte. Beschützend führte sie sie den Hügel hinab und sagte: »Laurina, nehmen Sie es nicht so ernst . . .«, doch sie wußte, daß Laurina es nicht verkraften konnte, noch nicht. Laurinas offene Verehrung gab ihr, Cendri, eine Verantwortung. Wie konnte sie es zulassen, daß Laurina derart erschüttert wurde? Cendri fragte sich, ob die Lehrerin wohl morgen wieder bei der Arbeit erscheinen würde – oder ob sie, Cendri, sie um ihrer selbst willen entlassen sollte? Aber würde das nicht auf jeden Arbeiter von Isis zukommen? Früher oder später würden sie die Wahrheit erfahren.

Hatte man sie in Wahrheit vom Bund hierhergeschickt, um Isis zu zerstören?

War es denn eine Kultur überhaupt wert, weiter zu existieren, wenn sie auf einer Lüge basierte?

Das oberste Gesetz der Anthropologen lautete: *Tu nichts, was die Kultur, die du untersuchst, zerstören könnte!*

Doch wenn sie nach Gesetzen lebten, durch die sie allen anderen Kulturen unterlegen waren – was dann? Die Geschichte der Galaxis erzählte von vielen Zivilisationen, die zerstört, vandalisiert wurden, weil man sie zu Kontakten mit kontroversen Gesellschaften gezwungen hatte. Cendri war besorgt, unbeabsichtigt Schaden angerichtet zu haben. Sie sagte lediglich:

»Ich denke, Sie sind übermüdet, Laurina. Vielleicht sieht morgen für Sie alles anders aus.«

Man hatte sie nicht nach Isis geschickt, damit sie dem Matriarchat beibrächte, daß es im Irrtum sei. Sie hatten ein Recht auf ihre eigenen Wahrheiten und ihre eigene Kultur. Es war nicht ihre Aufgabe, sie zu zerstören.

Sie würde mit Dal darüber sprechen und ihn darüber aufklären, was er getan hatte. Cendri stolperte und merkte, daß auch sie völlig erschöpft war. Sie konnte jetzt keine

Urteile über vergleichende Wahrheiten und Ethik fällen und sagte: »Ich bin müde, Laurina, Sie nicht auch? Ich freue mich schon auf ein heißes Bad, etwas Frisches anzuziehen und ein gutes Essen bei Vaniya!«

VIII

Doch am nächsten Tag gingen sie nicht zu den Ruinen von Wir-Wurden-Geleitet.

Dal war bester Laune an jenem Abend, als sie sich den Staub und Schmutz von den Ruinen abwuschen. Er sang und neckte Cendri wohlwollend mit ihrer »Anbeterin«. Später am Abend, an Vaniyas Tisch, verbrachte er sogar einige Zeit freiwillig mit Rhu – was, so dachte Cendri, ein wenig die Spannung verminderte, da man wußte, daß Dal Vaniyas Begleiter nicht mochte. Kurz vor dem Einschlafen sagte er gedankenvoll: »Ich glaube, ich bringe Rhu bei, wie man mit den Geräten umgeht. Vielleicht braucht der Junge nur ein bißchen Selbstvertrauen. Er ist nicht so dumm, er hat halt nur gelernt, den Mund zu halten, das ist alles.« Cendri war sehr erleichtert.

Doch am nächsten Morgen, als sie ihre Vorbereitungen trafen und Vaniya Bittsteller empfing, betrat eine Botin die Halle, die Vaniya und Miranda sehr beunruhigte. Dennoch blieb Vaniya sehr ruhig.

»Nun, Clarita, ich kenne dich als Botin meiner geschätzten Kollegin Mahala; wie kann ich dir behilflich sein?«

»Respekt, Promatriarchin, doch meine Botschaft ist nicht für dich, sondern für den ehrenwerten Gast des Matriarchats«, sagte die Frau. »Ich bringe eine Botschaft und eine Einladung für die Gelehrte Dame von Universitas.«

Vaniya runzelte die Stirn und sagte zögernd: »Die Gelehrte Dame hat mit ihrer Arbeit begonnen und ist sehr beschäftigt!«

Clarita entgegnete sanft: »Soll ich der Promatriarchin

Mahala überbringen, daß du mir nicht erlaubst, meine Botschaft dem ehrenwerten Gast des Matriarchats zu übermitteln?«

Vaniya biß sich auf die Lippen und sagte unbeholfen: »Nein, natürlich nicht. Cendri«, sie wandte sich ihnen zu, »die Promatriarchin Mahala, meine Kollegin, hat Ihnen eine Botschaft zu übermitteln.«

Clarita drehte sich zu Cendri und vollzog die formale Begrüßungsgeste der Einheit: Cendri hatte sich so an die lockeren Umgangsformen des Matriarchats und Vaniyas Haushalts gewöhnt, daß es sie verwirrte. Clarita sagte: »Die ehrenwerte Promatriarchin Mahala bedauert, daß sie die Gelehrte Dame von Universitas noch nicht gesehen hat, während ihre Kollegin Vaniya das Privileg genießt, den ehrenwerten Gast zu beherbergen und ihr ihre Gastfreundlichkeit erweisen zu können. Es ist der Promatriarchin Mahala ein Vergnügen und eine Ehre, die Gelehrte Dame und ihren Begleiter für heute nachmittag als Ehrengäste zu einer offiziellen Veranstaltung zu bitten. Wir haben Ihnen zu Ehren einen Sportwettkampf vorbereitet, und Ihr Begleiter wird respektvoll gebeten, in jeder Disziplin, die er mag und beherrscht, teilzunehmen.«

Cendri zwinkerte. Ein – ein *Sport*wettbewerb? Und Dal soll teilnehmen? Unsicher blickte sie zu Vaniya. Dal hatte sein *Halt-mich-da-raus*-Gesicht aufgesetzt. Cendri fühlte sich völlig verunsichert. Leise sagte sie zu Miranda, die – wie gewöhnlich – neben ihr saß: »Jetzt, wo wir mit der Arbeit begonnen haben, will ich sie auf keinen Fall unterbrechen. Kann ich das irgendwie absagen, ohne Schwierigkeiten zu bekommen?«

Miranda schüttelte den Kopf. Mit besorgter Stimme sagte sie: »Nein, ich fürchte, nicht. Das ist die höchste Ehrerbietung, die einem Individuum erwiesen werden kann, nämlich eine solche Veranstaltung extra zu Ehren einer Person zu arrangieren. In gewissem Sinn ist es ein Vorwurf an meine Mutter, daß sie nicht das gleiche schon getan hat – als sei meine Mutter nachlässig und erwiese ihren ehrenwerten

Gästen nicht genügend Referenz. Eine Absage würde bedeuten, daß Sie sich vollständig mit der politischen Meinung der Anhänger meiner Mutter identifizieren. Ich verstehe kaum etwas von Politik, aber eines weiß ich: Daß dies etwas ist, was Sie nicht tun können, weil Sie vom Bund kommen.«

Dies war bereits das zweite Mal, daß Miranda ausdrücklich darauf hinwies, sie verstünde nichts von Politik, doch Cendri bemerkte, daß sie doch beträchtliche Kenntnisse verriet. Sie mochte Vaniya; die Promatriarchin war ihr freundlich entgegengekommen, mehr, so schien es ihr, als offizielle Höflichkeit gegenüber einem fremden Gast verlangte. Das gleiche galt für Miranda. Und jetzt verbot ihr die offizielle Politik des Bundes, daß sie sich hier mit einer politischen Richtung verbündete. Sie blickte Mahalas Botin an und sagte resigniert: »Sagen Sie der Promatriarchin, wir fühlten uns geehrt.«

Dal sah verdrossen aus, doch er hatte gehört, was Miranda gesagt hatte, und den Tag verloren gegeben. Die Botin Clarita sagte: »Ich werde Ihre Zustimmung der Mutter Mahala übermitteln. Sie bat mich auch, Ihnen zu sagen, daß Sie aufs herzlichste eingeladen sind, vor den Spielen privat mit der Promatriarchin zu Mittag zu essen . . .«

Verdammt, dachte Cendri. Sie wußte, daß Dal mit mindestens einem halben Tag Arbeit für die Auswertung der Vortragsarbeit rechnete. Sie fühlte sich versucht, ihre Arbeit vorzuschieben, doch Clarita fügte betont hinzu: »So werden Sie der Promatriarchin Mahala eine Ehre erweisen, die Sie auch schon Mutter Vaniya erwiesen haben.« Und Cendri teilte der Botin resigniert mit, daß sie sich geehrt fühle.

»Möchte Ihr Begleiter an einem der Wettkämpfe teilnehmen? Schwimmt, boxt oder ringt er? Der Ältestenrat hat ausgezeichnete Preise ausgesetzt, und er ist bei allen Wettkämpfen höchst willkommen.«

Völlig verlegen blickte Cendri zu Dal, der erstaunt die Stirn runzelte. Sie bemühte sich um eine diplomatische Antwort: »Mein Begleiter ist nicht genügend mit den Regeln solcher Wettbewerbe in dieser Welt vertraut und bittet, es zu entschuldigen.«

Clarita verbeugte sich. »Die Promatriarchin wird Sie zur Mittagsstunde erwarten, und Sie werden in der Ehrenloge ihre Gäste sein.«

Zu Vaniya sagte sie noch: »Die Promatriarchin Mahala bittet dich, Mutter, sowie deinen Begleiter und deine Töchter, die die Veranstaltung ebenfalls sehen wollen, herzlich, in der Ehrenloge ihre Gäste zu sein.«

Vaniya sagte: »Sag meiner Kollegin, daß ich ihr sehr verpflichtet bin und dort sein werde, wenn meine Pflichten es mir erlauben.«

Als Clarita gegangen war, saß sie mit gerunzelten Brauen vor ihrem kalt gewordenen Frühstück und schwieg. Schließlich sagte sie zu Cendri: »Ich schätze, dies oder irgend etwas anderes war unvermeidlich. Meine Kollegin ist, seit wir auf unserer Mutterwelt Persephone kleine Mädchen waren, auf mich eifersüchtig. Ich hatte gedacht – nein, gehofft –, daß sie, als sie den Studentinnen des Instituts untersagte, Ihnen zu helfen, in der ganzen Angelegenheit ihre Hände in Unschuld waschen und ihre Chance ergreifen würde, wenn die Hohe Matriarchin sich erholt und vielleicht dann sie als ihre Nachfolgerin bezeichnet hätte.« Sie runzelte die Stirn. »Ich muß mich sofort erkundigen, ob sich vielleicht Rezalis Befinden verändert hat. Dieses neue Manöver von Mahala bedeutet, daß sie sich nicht ganz so sicher ist, wie sie könnte. Sie legt Wert darauf, einige Verbindungen zu der Gelehrten Dame von Universitas zu haben.« Mühsam lächelte die alte Dame ihren Gast an. Sie sagte: »Jedenfalls, meine Liebe, werden Sie und Ihr Begleiter an den Spielen ihr Vergnügen haben.«

Sich selbst entschuldigte sie, und Cendri, die den Tag schon abgeschrieben hatte, konsultierte Miranda, welche Kleidung wohl dem Ereignis angemessen wäre, und ging, um sich fertigzumachen.

Zu ihrer Überraschung fand sie Dal besser gelaunt, als sie

erwartet hatte. »Wir können nicht die ganze Zeit arbeiten«, sagte er, »und ich weiß, daß du auch etwas von dem sehen möchtest, was die Männer hier machen. Wir werden sowieso ein oder zwei Tage benötigen, um die Daten von gestern zu verarbeiten.«

Cendri nickte und war entschlossen, nur die gute Seite zu sehen. Vielleicht würden hierdurch auch einige Hindernisse beseitigt. Sie dachte an die Botschaft, die Laurina übermittelt hatte: *Bis sie die Gelehrte Dame gesehen und mit ihr gesprochen hatte,* wollte Mahala nicht, daß ihre Schülerinnen jemandem aus der Männerwelt anvertraut würden. Vielleicht half der Besuch, die andere Promatriarchin zu überzeugen, daß Cendri keine Bedrohung für das Matriarchat darstellte. Während sie das leichte, helle Gewand überstreifte, das Miranda für diese Gelegenheit vorgeschlagen hatte, mußte sie sich zum wiederholten Male mit dem Gedanken auseinandersetzen, daß sie sich Vaniya gegenüber illoyal verhielt.

Doch sie wies sich energisch zurecht. Sie war Anthropologin, Wissenschaftlerin von Universitas. Sie durfte hier keine Freundschaften aufbauen, die die Thesen unberücksichtigt ließen, daß sie sich mit keiner Fraktion verbünden soll. Theoretisch sollte sie der unbekannten Mahala gegenüber die gleichen Gefühle hegen wie gegenüber Vaniya oder Miranda.

Unruhig ging sie zum Fenster und blickte auf die entfernten Ruinen von Wir-Wurden-Geleitet, die kahl und geheimnisvoll in der Sonne lagen.

Zwischen uns herrscht eine besondere Verbindung. Zusammen haben wir vor dem Schrein gestanden und – etwas gefühlt. Es war real und keine Illusion.

Aber ich darf keine solche Verbindung eingehen . . .

»Athletischer Wettbewerb«, sagte Dal, der hinter sie trat. »Warum um alles in der Welt ein Sportwettkampf? Du bist doch der Anthropologe, Cendri. Warum unterhalten sie sich in der Form?«

»Ich weiß es nicht, Dal.«

»Ich könnte es ja verstehen, wenn die *Frauen* die Wettkämpfe austrügen – und ihre Stärke und Aggressivität demonstrierten. Aber warum lassen sie ihre Männer kämpfen?«

Cendri konnte nur Vermutungen anstellen. »Vielleicht ist es eine Form von Aggressivität, die sie den Männern in dieser Gesellschaft gestatten – eine gesellschaftlich akzeptierte Art des Abreagierens. Ich muß das erst sehen, Dal, dann kann ich Vermutungen anstellen.«

Da kein Fahrzeug der Promatriarchin groß genug war, alle aufzunehmen, fuhren Vaniya zusammen mit Miranda in einem und Dal, Cendri und Rhu in einem anderen Wagen.

Seit ihrem ersten Tag, dem Tag des Erdbebens, waren sie nicht mehr in der Stadt Ariadne gewesen. Der größte Teil des Schutts war fortgeräumt, doch Cendri war erstaunt über das Ausmaß der Neubauten und fragte: »Ist das alles nach dem Erdbeben am Tag unserer Ankunft geschehen, oder nach dem kleinen, neulich nachts, Rhu?«

»Oh, nein, wir hatten hier ein großes Beben, vor fast einem unserer Langen Jahre. Wenn Vaniya nicht von den Beratern und von Wir-Wurden-Geleitet eine Warnung erhalten hätte, wäre die Stadt zerstört worden. So hat es viele, viele Menschenleben gekostet. Ich sehe, daß sie die Wiederaufbereitungsanlage wieder in Betrieb haben, in der Gold und Magnesium für den Export aus Meerwasser gewonnen werden.« Sein Gesicht nahm einen zynischen Ausdruck an. »Doch unsere Zahlungsbilanz ist mir gleichgültig. Mich interessiert viel mehr unsere Konzerthalle. Vaniya hat mir versprochen, daß, sollte ich ihr immer noch gefallen . . .« Cendri dachte, daß sie noch niemals etwas so Bitteres gehört hatte wie Rhus Stimme, ». . . sie dafür sorgen wird, daß meine beiden ersten Symphonien dort aufgeführt werden, ebenso wie die Kantate, die ich gerade beende.«

»Sie komponieren auch, Rhu?« fragte Dal, und der Begleiter seufzte und sagte: »Ich habe mit dem Komponieren angefangen, nachdem meine Stimme durch das Wachstum verdorben wurde. Für mich gab es einfach nichts anderes.«

Dal sagte impulsiv: »Ich wünschte, Sie würden nicht sagen, daß Ihre Stimme *verdorben* wurde. Sie ist lediglich gereift und schöner als vorher.«

Rhu starrte aus dem Fenster: »Männer sagen das.«

Schnell sagte Cendri: »Rhu, Sie haben die schönste Stimme, die ich jemals gehört habe. Auf jeder Welt des Bundes würden Sie damit ein Vermögen verdienen. Tausende würden Ihnen bewundernd zu Füßen liegen.«

Rhu sah sie an, und sein Gesicht zuckte: »Ich kann nicht glauben, daß es irgendeine zivilisierte Welt innerhalb der Galaxis gibt, die eine rauhe Stimme wie die meine dem schönen Sopran vorziehen würde, den ich einmal hatte.«

Cendri fühlte, wie ihr die Traurigkeit ins Herz schnitt, und sagte: »Wenn Sie doch einmal auf Universitas singen könnten. Sie würden mir bald glauben, was ich sage.«

»Die Gelehrte Dame ist sehr freundlich«, sagte Rhu und schüttelte traurig den Kopf, »aber jetzt ist es zu spät für mich, selbst wenn ich diese Erfahrung machen könnte. Ich fürchte, daß *ich* es niemals glauben würde.«

Dal legte ihm eine Hand auf die Schulter. Mit einer Wärme, die Cendri erstaunte, sagte er: »Rhu, mein Freund, sehen Sie mich an.« Cendri konnte seine Hände nicht sehen, doch sie dachte sofort an die Geste, als er sagte: »Du wurdest nicht in Ketten geboren . . .«

Entsetzt blickte Rhu zu Cendri und sagte: »Nein, nein – nicht hier.«

Einen Moment war Dal starr, dann sagte er: »Cendri ist nicht . . .«, seufzte dann: »Nun gut, wenn wir bei der Residenz ankommen, wenn du es wünschst.«

Verletzt und schockiert durch diese Mißtrauensbezeichnung bemerkte Cendri, was sie bereits die ganze Zeit hätte begreifen müssen: Dal hatte hier einen Auftrag, der nichts mit den Ruinen zu tun hatte.

Ich wußte es am Tag, als sie den flüchtigen Bak fingen . . .

Das ist gegen die Gesetze des Bundes! dachte sie, schalt sich dann aber als naiv. Wer sonst als der Bund hätte Dal diesen

Auftrag geben können, versehen mit den Losungsworten, die er benötigen würde. Das sind also die ethischen Normen von Universitas, sich nicht in die Grundordnung einer Gesellschaft einzumischen!

Werden sie in das Matriarchat eingreifen und versuchen, es nach ihren Vorstellungen umzuformen? Sie wunderte sich, wie Dal da hineingelangt war – sich so in die Politik des Bundes verstrikken zu lassen! Die Moral eines Wissenschaftlers von Universitas sollte eigentlich über den politischen Auseinandersetzungen des Bundes stehen. Isis hatte ein Recht, sich die Gesellschaft so aufzubauen, wie sie es wünschte! Wie konnte es der Bund wagen, Agenten mit dem Auftrag zu entsenden, die die Kultur zerstören, ändern oder dem Standard des Bundes anpassen sollten.

Cendri wandte sich ab, weil sie fürchtete, Dal könne ihr die Wut vom Gesicht ablesen. Sie war erleichtert, als der Wagen zum Stillstand kam und Rhu sagte: »Hier ist die Residenz der Promatriarchin Mahala.«

Auf seine Art war dieses Gebäude ebenso eindrucksvoll wie Vaniyas Haus, allerdings weiträumiger und niedriger und nur einstöckig. Man sah riesige Rasenflächen, Blumen und Kräutergärten, niedriges Gebüsch und einen Spielplatz, auf dem eine Gruppe halbnackter Kinder tobte. Die Wände waren mit Fresken bemalt, wie es auf Isis üblich war, doch die Qualität war besser, so daß Cendri vermutete – was sich auch später bestätigte –, Mahala sei vom allgemeinen Brauch abgewichen und habe einen professionellen Künstler dafür angestellt, statt es von Mitgliedern ihres Haushaltes ausführen zu lassen.

Hier gab es keine Treppe. Cendri fiel auf, daß die meisten Häuser in Ariadne ohne Treppen oder oberes Stockwerk errichtet wurden, weil ständig Erdbeben drohten. In der großen Empfangshalle wurden sie von einer jungen Frau formell begrüßt und mit den Worten hineingebeten: »Hier sind die ehrenwerten Gäste von Universitas, Mutter Mahala.« Rhu wurde ignoriert, als sei er eines der kleinen Kinder draußen auf der Wiese.

Die Promatriarchin Mahala erhob sich leicht von einem großen Kissen, auf dem sie, einige Papiere durchsehend, gesessen hatte, und kam auf sie zu. Sie war klein, drahtig und dunkelhaarig; sie trug einen kurzen Kilt, der ihre verwelkten Brüste unbedeckt ließ, doch hatte sie, vielleicht in Referenz vor den fremden Gästen, einen Schal um ihren Oberkörper geworfen. Sie sprach hell, leise und schnell.

»Es ist mir ein Vergnügen, daß Sie mich beehren, Gelehrte Dame, und auch Sie, Meistergelehrter von Universitas.« Cendri blinzelte vor Erstaunen, denn zum ersten Mal auf Isis hatte jemand Dals Position spontan anerkannt.

Aber das war doch die Frau, die den Frauen des Instituts von Ariadne verbot, mit männlicher Wissenschaft in Berührung zu kommen? Cendri war vollständig verwirrt.

»Ich hatte gehofft, Sie eher zu treffen«, sagte Mahala mit ihrer hellen, schnellen Stimme, »ich weiß nicht, inwieweit meine Kollegin Vaniya – wie sehr sie mich haßt! – Sie über die politische Situation unterrichtet hat, doch ich denke, nicht sehr intensiv.«

»Sie hat uns erzählt, daß die Hohe Matriarchin an der Schwelle des Todes schwebt und daß sie noch keine von Ihnen beiden als ihre Nachfolgerin bestimmt hat«, sagte Cendri.

»Das stimmt. Unglücklicherweise bestand Mutter Rezali, bevor sie das Bewußtsein verlor, darauf, daß Sie bei Vaniya untergebracht würden, da ihre Residenz so dicht bei Wir-Wurden-Geleitet liegt. Ich habe Sie zu ermutigen versucht, mich zu besuchen, doch meine Botschaften haben Sie wahrscheinlich nicht erreicht. Schließlich fühlte ich mich gezwungen, alles so zu arrangieren, daß selbst Vaniya es nicht ignorieren konnte. Bitte entschuldigen Sie, daß ich Sie in diese Situation gebracht habe, Gelehrte Dame.« Sie lächelte, blickte Dal an und sagte mit unvermutetem Spott: »Ich glaube, ich muß mich auch für mein Volk bei Ihnen für die Position entschuldigen, in die man Sie hineingedrängt hat, Meistergelehrter, aber die Gebräuche des Matriarchats sind nun einmal so, und ich kann sie nicht für einen einzigen Gast ändern, wie ehrenwert er auch immer sein mag. Ich hoffe, es war nicht allzu unerquicklich für Sie, Gelehrter Malocq?«

Dal antwortete höflich: »Nicht mehr, als jeder Wissenschaftler in Kauf nehmen würde, um das Privileg, die Ruinen der Alten, die sie errichtet haben, erforschen zu dürfen, Mutter Mahala.« Cendri bemerkte, daß er diesen Titel mit Leichtigkeit und spontan benützte, was ihm bei Vaniya nie möglich erschienen wäre. Auch Cendri war nicht immun gegenüber Mahalas Charme. Wenn Vaniya, wie Cendri oft gedacht hatte, eine großartige goldene Löwin war, dann war Mahala wie ein freundliches, kleines Kätzchen, doch Cendri warnte sich, die Intelligenz und Gerissenheit dieser Frau zu unterschätzen.

Mahala wies auf zwei Kissen neben sich und sagte: »Lassen Sie uns ein wenig plaudern, bevor das Programm beginnt. Schade, daß Sie sich nicht entschließen konnten, teilzunehmen, Gelehrter Malocq . . .« Einen Moment lang verweilte ihr Blick wohlgefällig auf Dal. »Sie sehen gut genug aus, um uns bei den Wettbewerben eine besondere Freude zu bereiten, doch ich glaube, Sie wollten sich nicht dem für Sie ungewohnten Wettbewerb aussetzen. Schade. Vielleicht bereiten Sie uns bei anderer Gelegenheit das Vergnügen.« Sie bediente sich selbst, als das Essen von den Frauen des Haushalts hereingebracht wurde. »Ich hatte gedacht, daß meine Botschaft, die den Frauen des Instituts die Mitarbeit verbietet, Sie sofort zu mir gebracht hätte, Gelehrte Dame.«

»Daran habe ich nicht gedacht«, gestand Cendri. »Ich bin in Politik nicht sonderlich erfahren und dachte, es handle sich lediglich um einen unfreundlichen Akt.«

Mahala lachte: »Dann war ich zu spitzfindig. Ich hatte gehofft, eine Situation herbeizuführen, die Sie zu mir bringt, damit ich Sie kennenlerne – selbst wenn es in Wut gewesen wäre –, und Sie aus Vaniyas Einflußbereich herauszulocken. Ich weiß genau, daß sie Wir-Wurden-Geleitet mit völlig abergläubischer Ehrfurcht betrachtet, und ich befürchtete, sie würde die Erforschung auf unbestimmte Zeit verzögern.« Mahala machte eine Handbewegung. »Bitte essen Sie, während wir uns unterhalten. Wir haben nicht allzuviel Zeit. Ich glaube nicht, daß Sie wissen, warum mir so viel daran liegt, daß die Ruinen erforscht werden?«

Es war Dal, der antwortete: »Es ist sicher kein wissenschaftliches Interesse an den Gründern, Lady?«

»Nicht ein bißchen«, sagte Mahala offen, »doch wenn es Ruinen des Stammes sind, der die gesamte Galaxis bevölkert hat, wird Isis zum Zentrum wissenschaftlichen Interesses des gesamten Bundes. Wir sind ein armer Planet, Gelehrte Dame . . .« Cendri bemerkte, daß sie trotz der entschlossenen Haltung, Dal als gleichwertig zu behandeln und ihn in die Unterhaltung einzubeziehen, automatisch Cendri ansprach; selbst für die aufgeklärte Mahala war es nicht leicht, einen Mann direkt anzureden. »Wir sind ein armer Planet. Wir exportieren nur wenig. Und unsere Erdbeben haben Sie kennengelernt, obwohl wir mit ihnen fertig werden und sie sogar ein wenig voraussagen können. Noch schlimmer sind unsere Flutwellen.«

Cendri sagte: »Ja, wir haben gesehen, wie ein ganzes Dorf von einer hinweggefegt wurde. Es war wirklich schrecklich.«

»Ich habe davon gehört«, sagte Mahala. »Dann wissen Sie also, daß die Perlenernte in diesem Jahr um circa ein Drittel geringer ausfallen wird, bis die Perlentaucherinnen ihre Boote und Netze repariert haben werden. Wir brauchen die seismographische Ausrüstung, die uns der Bund liefern kann. Jetzt sind wir gefangen – gefangen zwischen Erdbeben und Flutwelle! Wir brauchen sehr, sehr dringend das, was nur der Bund uns geben kann. Es zu kaufen, können wir uns nicht leisten – das haben Sie wohl gesehen.«

Dal sagte: »Lady, beim Bund gibt es für Mitgliederwelten Kredite, damit sie ihre Planeten aufbauen und lebenstüchtig gestalten können. Sicher würde die seismographische Ausrüstung Ihre Landwirtschaft und Industrie verbessern und sie von den ständigen Zerstörungen durch Erdbeben befreien, so daß es sich innerhalb von wenigen Langen Jahren amortisieren würde.«

»Das mag stimmen«, sagte Mahala. »Aber wir sind nicht Mitglied des Bundes, Meistergelehrter, und werden es wahrscheinlich auch nicht, aus Gründen, die, wie Sie sicher verstehen werden, keine Beleidigung darstellen sollen. Wir sind, was wir sind. Wir können die Bedingungen, unter denen der Bund die Mitgliedschaft gewährt, nicht akzeptieren.«

Ruhig sagte Cendri: »Respekt, Promatriarchin, aber das verstehe ich nicht ganz. Was an den Bedingungen des Bundes können Sie nicht akzeptieren?«

»Sie würden verlangen, daß wir unsere Gesellschaft so umformen, daß Männer völlig gleiche Bürgerrechte bekämen. Wir können nicht akzeptieren, daß der Bund ein Recht hat, zu entscheiden, wen wir als Bürger zulassen. Unsere Geschichte sagt, daß jede Gesellschaft, in der Männern gleiche Rechte gewährt werden, bald unter ihre Herrschaft gelangt. Männer – bitte, Meistergelehrter, nehmen Sie es nicht persönlich – sind mit Gleichberechtigung nicht zufrieden; sie können eine Gesellschaft, in der sie nicht dominieren, nicht ertragen. Und jede Gesellschaft, die von Männern beherrscht wird, akzeptiert bald männliche Wertvorstellungen wie Aggressivität, Wettbewerb und schließlich Krieg. Und das hat jede Kultur, die man in der Galaxis kennt, eine nach der anderen zerstört – Sie sind Wissenschaftlerin, Gelehrte Dame, Sie kennen Rakmalls Grenze?«

Sie hatte die Frage an Cendri gerichtet, doch Dal antwortete. »Ich kenne Rakmalls Grenze. Es ist der äußerste Zeitpunkt, bis zu dem eine Kultur Entropie aushalten kann. Doch – mit Respekt, Mutter Mahala – ich glaube nicht, daß Rakmalls Grenze durch die Position der Männer in einer Gesellschaft definiert ist.«

»Die wissenschaftliche Forschung auf Persephone ist zu anderen Ergebnissen gekommen«, sagte Mahala. »Eine Gesellschaft steigt vom Tier bis zum Matriarchat auf; wenn das Matriarchat im Niedergang begriffen ist, übernehmen die

Männer die Führung. Unter den Namen Fortschritt, Technostruktur und Einheiten beginnt die Entropie; viele unnütze soziale Experimente werden gestartet, und von hier ab ist der politische, historische und evolutionäre Prozeß vorherbestimmbar. Aufgrund dieser Forschungen begann das Matriarchat das Persephone-Experiment, den Versuch, eine Kultur zu errichten, die dem Verfall widersteht, dem Fortschritt und dem Chaos, indem man den Zustand unbegrenzt verlängert, bevor die Männer die Macht des primitiven Mutterrechts ablösten. Patriarchalische Kulturen signalisieren immer den Beginn von Unordnung und Verfall und den Tod einer Kultur durch Aggression und Krieg.«

Cendri hörte fasziniert zu. In nur wenigen Minuten hatte Mahala ihnen mehr über die Grundannahmen, die hinter der Kultur von Isis standen, erzählt, als sie in Vaniyas Haushalt und durch ihre eigenen Beobachtungen in vielen Tagen gelernt hatte. Doch sie war mit Mahalas Analyse keineswegs einverstanden.

Himmel, dachte sie, *wenn ich doch als Anthropologin hier wäre. Ich könnte offen mit Mahala reden, und sie würde es verstehen. Sie fühlte einen Anflug von Illoyalität gegenüber Vaniya.*

Zögernd sagte sie: »Ich bin – auch ein wenig Historikerin, Promatriarchin. In primitiven Vor-Raum-Kulturen waren die matriarchalischen Gesellschaften auch dem Verfall ausgesetzt, wenn sie wiederum begannen, Männer zu unterdrücken . . .«

Mahala lächelte. »Aber wir unterdrücken unsere Männer nicht«, sagte sie. »Unsere Männer sind vollständig zufrieden und glücklich, weil sie wissen, daß sie in einer vernünftigen Gesellschaft leben, die sich niemals selbst zerstören wird, und daß wir dazu da sind, sie vor ihren niedrigen Impulsen zu schützen und sie dazu freistellen, wofür sie am besten geeignet sind.« Sie machte eine Handbewegung zu einer wartenden Dienerin und fügte freundlich hinzu: »Darf ich Ihnen noch etwas von dieser köstlichen Melone geben, meine liebe Gelehrte Dame?«

Dal sagte: »Wissen Sie, Mutter Mahala, daß der Bund dabei

behilflich war, einige der Anschuldigungen, die Sie ihm gegenüber vorbringen, überflüssig werden zu lassen? Auf meiner Welt Pionier, die vor ungefähr vierhundert Jahren zum Bund gestoßen ist, hatte die Einheit die volle Gleichberechtigung der Frauen als Bedingung für die Zulassung verlangt. Die Männer auf Pionier stimmten zu, nicht freudig, doch immerhin, und jetzt sind die Frauen auf Pionier gleichberechtigt. Wollen Sie sagen, daß kulturelle Gebräuche so heilig sind, daß Pionier die Gleichberechtigung hätte ablehnen sollen, um die alten Traditionen zu erhalten?«

Mahala kniff die Augen zusammen und sagte: »Ich weiß ein wenig von Pionier. Doch kann ich nicht glauben, daß der Bund dort sehr viel änderte. Es ist kaum eine Gleichberechtigung für Frauen, wenn sie lediglich in einer Gesellschaft leben dürfen, die von Männern für Männer geschaffen wurde; eine Frau kann in einer solchen Gesellschaft, um wirklich gleich zu sein, nur das tun, was Männer machen. Vielleicht ist Gleichberechtigung in einer korrupten Männerwelt die Sache überhaupt nicht wert. Frauen können nur in einer von Frauen geschaffenen Kultur Selbsterfüllung finden. Der Unterschied liegt darin, daß in einer von Frauen geschaffenen Kultur beide, Männer und Frauen, Selbsterfüllung finden.« Mit charmantem Lächeln fügte sie hinzu: »Aber wir sollten uns jetzt nicht über Politik unterhalten. Ich erwarte nicht, daß Sie mir zustimmen, Meistergelehrter.« Sie wandte sich an Cendri und sagte: »Sie, Gelehrte Dame, werden jedoch erkennen, worauf ich hinaus will. Wenn die Ruinen Wir-Wurden-Geleitet von genügend großem wissenschaftlichen Interesse sind, wird uns der Bund vielleicht Hilfe mit einer Erdbeben-Ausrüstung leisten, die wir brauchen, als Gegenleistung für die Erlaubnis zu wissenschaftlicher Forschung; und ohne zu fordern, daß wir die Grundprinzipien unserer Gesellschaftsstruktur ändern.«

Dal sagte offen: »Es kann sehr gut sein, daß sich die Ruinen wirklich als von den Gründern erbaut erweisen. Ich . . .«, er brach ab und blickte zu Cendri, die fortfuhr: »Ich kann über das tatsächliche Alter oder den Ursprung der Ruinen von Wir-Wurden-Geleitet noch keine endgültigen Schlüsse ziehen. Vom Stadium ihrer Erhaltung her scheint es sehr wahrscheinlich zu sein, daß sie jüngeren Datums sind. Sicher sind sie alt, und vielleicht in den bekannten Welten des Bundes einzigartig, aber möglicherweise nicht alt genug, um von den Gründern zu stammen – wenn überhaupt die Kultur der Gründer jemals existiert hat, was noch ziemlich zweifelhaft ist und zu beweisen bleibt.«

Sie war sehr stolz auf sich, denn zum ersten Mal war es ihr gelungen, ihrer Meinung nach wie eine professionelle Archäologin zu klingen. Sie fing Dals Blick auf: Er lächelte, ein leicht überhebliches, nachsichtiges Grinsen, und sie fühlte einen Stich. Was hatte er denn von ihr erwartet?

»Jedenfalls hoffe ich«, sagte Mahala, »daß sie von genügend großem Interesse sind, um die wissenschaftliche Gemeinde hierherzubringen, damit *wir* an die Technologie kommen, die wir brauchen, ohne Konzessionen einzugehen, die unsere Kultur zerstören und uns zum gleichen Schicksal verdammen wie den Rest des Bundes, zum Tod, der durch Rakmalls Grenze vorausgesagt ist. Und schließlich, meine liebe Gelehrte Dame, erforschen Sie die Ruinen der Gründer – oder wer immer sie errichtet haben mag –, anstatt Weihrauch und Blumen an ihrem Schrein zu opfern! Gerade sehe ich, daß meine ehrenwerte Kollegin angekommen ist. Erlauben Sie mir also, Sie zu den Spielen, die zu Ihren Ehren stattfinden, zu geleiten. Ich wünsche Ihnen einen vergnüglichen und unterhaltsamen Nachmittag.«

Cendri war in Gedanken versunken, während sie zum Amphitheater fuhren, in dem die Spiele stattfinden sollten. Mahalas Charme hatte großen Eindruck bei ihr hinterlassen – genug jedenfalls, um sich Vaniya gegenüber illoyal zu fühlen, für die sie eine warme Zuneigung empfand. Doch Dal war in einer noch unangenehmeren Lage. Mahala hatte ihm in gewissem Sinne angeboten – durch ein Angebot an den Bund – seinen größten Wunsch zu erfüllen: freie Hand für die

Wissenschaftler von Universitas, die Gründer-Ruinen offen zu erforschen; ein gut ausgerüstetes Team herzubringen und über einen Zeitraum von Jahren systematische Forschung zu betreiben. Doch sie hatte dieses Zugeständnis an eine Bedingung geknüpft – was Vaniya niemals gemacht hätte –, die Dal mit seiner offensichtlich geheimen Mission für die Männer von Isis niemals erfüllen könnte, nämlich, daß die Wissenschaftler des Bundes sich nicht in die Sozialstruktur auf Isis einmischen sollten.

In der Ehrenloge des Amphitheaters, von wo aus man einen ausgezeichneten Blick über das große ovale Spielfeld hatte, wies man Cendri und Dal einen Ehrenplatz an. Neben ihr saßen Vaniya und Miranda, auf die sie in der Loge stießen. Die Tribünen waren überfüllt mit Frauen aller Altersgruppen, von jungen Mädchen bis zu alten Damen, die schrien und enthusiastisch Beifall klatschten, als eine große Anzahl von Athleten – alles Männer, die bis auf bunte Bänder um den Kopf nackt waren – in das Amphitheater einmarschierten. Cendri blinzelte vor Überraschung: *Das* war die Art von Unterhaltung, die sie am allerwenigsten erwartet hatte. Doch als sie darüber nachdachte, erschien es ihr nicht ohne Sinn; es entsprach nur der Zurschaustellung weiblicher Sexualität in den Raumhafenbezirken. Vielleicht war es ein wenig geschmackvoller, da man hier, zumindest nach außen hin, wegen der Sportwettbewerbe gekommen war, und Nacktheit im Sport hatte es seit Vor-Raumtagen immer wieder einmal gegeben. Überall im Amphitheater verkauften Blumenhändler ihr buntes Angebot. Miranda kaufte einen Korb mit Blüten und überreichte ihn Cendri, wobei sie auf deren Gebrauch hinwies, indem sie eine Handvoll davon auf besonders hübsche der vorbeimarschierenden Exemplare hinabwarf, die sich gerade für die ersten Wettbewerbe fertigmachten: gutaussehende Jünglinge, die liefen und ihre Gelenkigkeit beim Springen zur Schau stellten.

Heimlich flüsterte Dal ihr zu: »Verdammt, ist das peinlich.«

»Ich sehe nicht ein, warum dies hier für dich peinlicher sein sollte, als es für mich war, als du mich einmal im Hafengebiet in diese Show mit den Mädchen mitgenommen hast«, flüsterte Cendri zurück, und Dals Gesicht nahm einen wütenden Ausdruck an. Er murmelte: »Ich habe nie gewußt, daß du etwas dagegen hattest, das hast du mir nicht gesagt.«

Einige Frauen diskutierten mit Sachkenntnis über die Vorzüge der einzelnen Athleten. Jetzt spielte man ein Schlagspiel mit Rackets, wie Cendri es ähnlich auch schon auf Universitas gesehen hatte, wobei der Ball über ein Netz hin und her geschmettert wurde. Mahala selber verteilte die Preise, die von einfachen Blumengirlanden und Muscheln für die Jugendwettbewerbe bis zu silbernen und vergoldeten Abzeichen und Medaillen, großen Konfektkästen und Früchtekörben und erstklassiger Sportausrüstung für die Wettbewerbe der älteren Männer reichten. Die Frauen schrien und feuerten ihre Favoriten mit lauter Stimme an und warfen Blumen und bunte Bänder hinab. Die Männer stolzierten herum, putzten sich und demonstrierten Stärke und Aussehen ohne jegliche Zurückhaltung. Cendri fand die Zurschaustellung peinlich, ebenso wie die Offenheit, mit der die Frauen die Männer bewunderten.

»Wie schade, daß Ihr Begleiter sich entschieden hat, nicht teilzunehmen«, sagte Vaniya, die die Männer in der Arena mit einem Blick streifte, den Cendri nur als lüstern bezeichnen konnte, und blickte bedauernd auf Dal. »Er sieht so gut aus. Der liebe Rhu ist leider im Sport hoffnungslos, aber«, fügte sie seufzend hinzu, »man kann nicht alles haben.«

Cendri sah Rhus niedergeschlagene Augen und verwünschte Vaniyas Taktlosigkeit. Sie fing Mirandas Blick auf, als diese heimlich Rhu etwas zumurmelte. Es war ein bestürzender Gedanke. Fühlte sich Rhu mit seiner Intelligenz und seinem musikalischen Talent – ja auch mit seinem guten Aussehen – wirklich minderwertig, weil er nicht bei dieser Sport- und Sexschau unten in der Arena mithalten konnte?

Der Nachmittag ging seinem Höhepunkt mit den Box- und

Ringwettkämpfen entgegen, und Cendri merkte, daß dies die beiden Hauptereignisse bildeten, für die alles andere lediglich Vorspiele gewesen waren. Hier waren die Preise recht wertvoll. Im Moment war jedoch Pause. Die Frauen kauften eisgekühlte Süßigkeiten und schwatzten enthusiastisch über ihre Favoriten, warfen Blumen auf die Wartenden in der Arena und sahen der Schau von Tänzen und Aufmärschen der Männerhäuser der verschiedenen Haushalte der Stadt zu. Dal erhob sich, murmelte eine Entschuldigung und schlüpfte aus der Loge – Cendri glaubte, er suche irgendwo einen Ruheraum auf. Rhu rief ihm nach, erhob sich dann und ging – nach einem Wort zu Vaniya, die nachsichtig ihre Zustimmung nickte – hinterher. Cendri beobachtete Vaniya, die sich über die Brüstung lehnte und die schönen Männer in der Arena betrachtete. Sie fand Vaniya sehr freundlich, trotz ihrer Taktlosigkeit. Die Promatriarchin war gegenüber Rhu von gleichbleibender Freundlichkeit, obwohl es ihr niemals in den Kopf gekommen wäre, daß es Verachtung war, die sie an den Tag legte. Wirklich, Vaniya war zu jedermann freundlich; sie war eine pflichtbewußte Führerin der Frauen der Stadt.

Ist sie die abergläubische dumme Pute, als die sie Mahala hinstellen will? Ich kann es einfach nicht glauben.

Miranda reckte sich unbehaglich, und Cendri dachte, daß ihr Baby nun jederzeit geboren werden könnte; sicher fand sie den langen Nachmittag auf diesen harten Bänken sehr unbequem – denn selbst in der Ehrenloge, wo die Bänke mit Kissen belegt waren, waren diese hart und für eine schwangere Frau nicht sonderlich komfortabel. Miranda schlüpfte aus der Loge, und Cendri ging hinter ihr her. Sie wollte hinter die Kulissen schauen, soviel sie nur konnte.

Die Toilettenräume waren, wie überall auf Isis, luxuriös, mit großen Spiegeln, vor denen sich die Frauen zurechtmachten und freizügig schminkten. Dies war eine der wenigen offiziellen Gelegenheiten, wo sie beobachtet hatte, daß man überhaupt Schminke trug, und die Kleidung war ausgesuchter, als sie bisher gesehen hatte. Miranda umrahmte sorgfältig ihre großen blauen Augen mit mehreren Schattierungen farbiger Pigmente, ein Effekt, den Cendri ungewohnt, aber hübsch fand. Weiblicher Schmuck war von Welt zu Welt so unterschiedlich, daß es schwer war, zu bestimmen, welche soziale oder sexuelle Bedeutung eine jede Art zu haben schien. Auch Laurina, die junge Lehrerin vom Institut von Ariadne, war dort. Sie begrüßte Cendri mit ihrer gewohnten Mischung aus Ehrfurcht und unbeholfener Freundlichkeit, und Cendri freute sich, sie zu sehen. Unsicher betrachtete sie ihr Spiegelbild – in ihrer Gesellschaft trug man keine Schminke, es sei denn, um offensichtliche Mängel wie Sommersprossen oder Muttermale zu verstecken, die zu klein waren, um sie entfernen zu lassen, oder Farbstreifen im Haar passend zu einer Uniform. Auf Anraten Mirandas hatte sie ein wenig Schminke auf ihre Wangen aufgetragen und ein bißchen Goldflitter auf die Lider, doch selbst diese bescheidenen Versuche schienen ihr aufdringlich und übertrieben. Laurina jedoch bemerkte, wie hübsch sie aussähe. Vor den Spiegeln drängten sich die Frauen, und Cendri merkte an dem Geschnatter und der Sorgfalt – ganz anders als die normale großzügige Einstellung im Hinblick auf Kleidung –, daß dies ein Anlaß für beide Seiten war, sich zur Schau zu stellen. Es war die erste Gelegenheit, die sie kennenlernte, bei der Männer und Frauen sich offen ihre jeweiligen Attraktivitäten vorführten.

Sie sah nicht nur in dem angeschlossenen Ruheraum, sondern auch auf den Treppen, als sie mit Miranda zurückging, daß – obwohl die Frauen aufgeregt und einige exaltiert waren – trotz der Gegenwart der Männer kein offener Schritt auf sie zu gemacht wurde. In einem Winkel der Treppen sah sie jedoch zwei oder drei Paare – Frauenpaare –, die die relative Abgeschiedenheit nützten, sich leidenschaftlich zu küssen und zu liebkosen. Cendri hatte noch niemals zuvor gesehen, wie sich Frauen in der Öffentlichkeit liebten; es war ihr peinlich, und sie wandte den Kopf ab. Sie hatte auf so vielen Welten so viele Arten von Sexualverhalten gesehen, daß nichts in der Vielfalt der menschlichen Sexualität sie wirklich überraschen konnte, doch das hier erschien ihr eigenartiger als alles Vorangegangene. Sie hätte gedacht, daß die Frauen ihre Aufmerksamkeit den gutaussehenden Männern in der Arena zuwenden würden. Neben ihr seufzte Miranda.

»Bei solchen Gelegenheiten bin ich einsam«, sagte sie leise. »Manchmal vermisse ich sogar meine alten Partner«, und dann mit gesenkter Stimme: »Oder ich bedaure, daß es keine Möglichkeit gibt, daß Rhu und ich so zusammen sein können! Was ist mit mir los, Cendri, daß ich Sie und Ihren Begleiter mehr, als ich sagen kann, beneide?«

Cendri schwieg – was sollte sie auch sagen? Schließlich antwortete sie zögernd: »Jede Gesellschaft hat ihre eigenen Spielregeln, Miranda, aber sie werden durch die Menschen in einer Gesellschaft gemacht. Nichts ist notwendigerweise durch eine göttliche Autorität verhängt, und in jeder Gesellschaft, die ich gesehen habe, gibt es einige Menschen, die nicht hineinpassen. Ich weiß nicht, was Sie tun können, in dieser Welt, in der Sie nun einmal leben, aber Sie sollten kein schlechtes Gewissen haben, weil Sie anders sind.«

Miranda zwinkerte trotzig mit den Augen und hängte sich bei Cendri ein. Sie sagte: »Ich möchte – ich möchte – ich weiß nicht, was ich möchte. Vielleicht möchte ich, daß wir zum Bund gehören, so daß Rhu und ich zusammen weggehen können, auf eine Welt, wo wir nicht als schamlos gelten, wenn wir zusammenbleiben – ich fühle mich meiner Mutter gegenüber so illoyal, wenn ich so etwas sage!« Sie rang um Selbstbeherrschung und blieb zwischen Cendri und dem Geländer stehen. Frauen, die zurück zu ihren Sitzen eilten, schoben sich an ihnen vorbei, so gut sie konnten – Miranda war so hochschwanger, daß es nicht leicht war, sie auf der schmalen Treppe zu umgehen – und sahen sie mit nachsichtigen Blicken, Zwinkern und Lächeln an. Cendri spürte, daß man sie und Miranda für so ein Paar hielt, wie sie sie im Treppenhauswinkel gesehen hatte. Doch sie hatte keine Zeit, sich darüber Gedanken zu machen, obwohl es ihr peinlich war. Miranda machte ihr Sorgen; sie weinte jetzt lautlos, und

Tränen rannen über ihr Gesicht. Hilflos trocknete Cendri die Tränen mit ihrem Halstuch und bat: »Kommen Sie, kommen Sie auf Ihren Platz zurück, Miranda. Weinen Sie doch nicht so, hier . . .«

Miranda schluckte und kämpfte gegen die Tränen an. Dann sagte sie schnüffelnd mit einem mühsamen Lächeln und indem sie sich an Cendri hängte: »Wie kommt es, daß Sie so viel über andere Gesellschaften wissen, Cendri? Ich dachte, sie kennen sich nur in toten Zivilisationen aus und bei Leuten, die seit Millionen von Jahren gestorben sind?«

Es war wie ein Schock! Hatte Miranda erraten, daß sie eher Kulturwissenschaftlerin als Archäologin war? Sanft drängte sie: »Kommen Sie zurück auf die Plätze, Miranda – ich habe auf Universitas gelebt, das ist alles, und dort haben wir so viele Menschen und Gesellschaften.« Sie drängte Miranda die sich schnell leerende Treppe hinauf. An einem Kreuzungspunkt stoppte sie und blickte hinab – der Gang führte offensichtlich direkt hinunter in den Teil, wo sich die Sportler für die Arena fertigmachten, den Ankleide- oder vielmehr den Auskleideraum –, und sah Dal! Er stand in der Mitte einer Gruppe von Männern, die sich dicht um ihn scharten, und einen Moment lang verspürte sie Unbehagen. Rhu hatte ihr klargemacht, daß er trotz des bevorzugten Status eines Begleiters – oder vielleicht deswegen – in einem normalen Männerhaus nicht willkommen, ja nicht einmal sicher war.

Doch es war auch offensichtlich, daß Dal nicht in Gefahr schwebte. Sie drängten sich um ihn: Sportler, nackt, schwitzend oder lose in Handtücher oder Umhänge gehüllt, die noch die Bänder und Girlanden von der Arena trugen; aber auch andere Männer von Isis in ihrer gewöhnlichen Kleidung. Doch alle rissen sie die Augen auf und scharten sich wie in Ehrfurcht um ihn. Hielt er ihnen einen Vortrag, konspirierte er oder feuerte er sie an? Oder war es einfach eine Art von Heldenverehrung – sie wollten einfach einen Mann sehen, berühren und ihm zuhören, der von einer Welt kam, wo Männer nicht Eigentum der Frauen waren! Während der ganzen Zeit auf Isis hatte sie noch keine derartige Männerversammlung erlebt. War das überhaupt erlaubt? Würde Dal deshalb Schwierigkeiten bekommen? Oder kümmerte sich auf Isis überhaupt jemand darum, was Männer unter sich trieben?

Vielleicht war Dal für sie eine Inspiration . . .?

Er drehte sich um und bahnte sich langsam einen Weg durch die Masse. Sie streckten die Hände aus, um ihn zu berühren, wollten ihn nicht gehen lassen, machten jedoch ehrerbietig den Weg frei und behinderten ihn nicht. Cendri sah, daß sie sofort zu ihren Plätzen zurückkehren mußten. Der wichtigste Teil der Show begann. Auch zögerte sie, Dal wissen zu lassen, daß sie ihn beobachtet hatte. Neben Miranda ging sie rasch hinter den Sitzen entlang zurück in die Ehrenloge. Miranda blieb zurück und flüsterte: »Ich möchte nicht, daß meine Mutter sieht, daß ich geweint habe . . .«, und schob Cendri vor auf den Platz neben der Promatriarchin. Dal und Rhu schlüpften zurück in die Loge und setzten sich nach hinten. Aus den Augenwinkeln bemerkte Cendri, daß Rhu sich auf einen Platz neben Miranda schob.

Cendri lehnte sich zurück und flüsterte Dal zu: »Wo bist du gewesen? Ich habe dich bei den Männern gesehen . . .«

Dals Augen blickten hart. »Halt dich da raus, Cendri. Das meine ich ernst.«

Die Endkämpfe begannen. Cendri konnte von der Ehrenloge aus gut beobachten, wie alle Frauen in der Arena vor Faszination und Aufregung nach vorn gelehnt die kämpfenden Männer beobachteten, die rangen, boxten und sich ineinander verkeilten. Cendri sah alle Zeichen sexueller Erregung – errötete Gesichter, feuchte Lippen, verschwommene Augen. Sie hatte noch niemals Frauen so reagieren sehen. Es wirkte aber ungefähr so, wie Männer bei Sexshows aussahen. Hier klatschten die Frauen Beifall, gaben laute, beifällige Kommentare ab, pfiffen und schrien, warfen aufgeregt Blumen und Girlanden hinab. Cendri verglich die Reaktionen der Frauen mit denen der Männer in den vulgären Amüsiervierteln von Universitas und merkte, daß sie identisch waren. Sie hatte immer geglaubt – naiv, wie sie war –, Frauen seien gegenüber visueller Stimulierung immun.

Nun, was hatte sie erwartet? Das hier war der einzige Kontakt, den sie zwischen Männern und Frauen erlebt hatte. Im normalen Leben traf man kaum auf Männer. Irgendwie mußte es ja zu sexuellen Kontakten kommen, zu körperlicher Sexualität, denn man reagierte nicht sonderlich positiv, als Cendri die innerhalb des Bundes praktizierte künstliche Befruchtung erwähnte. Doch sie wußte immer noch nicht, unter welchen Bedingungen Zeugung hier stattfand. Wenn man das hier betrachtete, dann mußten die Tabus wohl sehr ausgeprägt und streng sein. Als sie darüber nachdachte, erkannte sie, daß sie sich automatisch wie die Anthropologin und Kulturexpertin verhielt, die sie ja auch war, und doch beschäftigte sie das Ganze noch auf einer sehr persönlichen Ebene.

Die armen Frauen, sie wissen gar nicht, wie Männer als Menschen sind . . .

Der Sieger des Ringendkampfes, ein riesiger, muskulöser Bursche mit großem hervortretendem Bizeps, großen Brustmuskeln und einem goldenen Lockenschopf, der offensichtlich gefärbt war, wurde mit Blumen bekränzt und von den Männern der Stadt besungen. Er blickte lüstern und protzend die Tribünen hoch, wie sie noch keinen Mann auf Isis hatte blicken sehen. Er sonnte sich in den beifälligen Schreien der Frauen auf den Rängen und kam direkt unter die Ehrenloge; Mahala erhob sich, sagte ein paar dankbare Worte und reichte ihm den Preis – eine komplette und wertvolle Jagdausrüstung: warme Kleidung, Stiefel, Pfeil und Bogen, Schlafsäcke, ein Zelt und andere Gegenstände, deren Zweck Cendri nicht einmal erraten konnte. Vaniyas leisen Erklärungen entnahm sie, daß man die Kleidungsstücke für jeden der Hauptteilnehmer im voraus angefertigt hatte, so daß ein jeder seinen Preis sofort mit nach Hause nehmen konnte. Dann veranstaltete man eine Lotterie mit den übriggebliebenen Auszeichnungen. Die Männer in der Arena lachten, stolzierten herum und rangen spielerisch miteinander, doch die Frauen auf den Tribünen erhoben sich, da die Wettkämpfe vorüber waren, und drängten sich vor den Ausgängen.

»Laßt uns ein paar Minuten warten«, sagte Vaniya. »Miranda, du willst doch bestimmt das Gedränge vermeiden.«

»Wann kommt dein Baby?« fragte Mahala, ging auf Miranda zu und ergriff mit anmutiger Geste ihre Hand.

»Sehr bald«, antwortete Miranda. Ihre Tränen waren wieder getrocknet, und sie sah ruhig, aber müde aus. »Ich hatte gedacht, daß es schon da sein würde, aber sie kommen, wann sie wollen.«

Mahala wandte sich an Vaniya und sagte: »Also wirst du endlich einen Erben haben, wenn es eine Tochter ist. Wie stolz du sein mußt!«

»Ja, das bin ich wirklich, Kusine«, sagte Vaniya. Cendri wußte, daß diese Bezeichnung in der Sprache von Isis keinen Verwandtschaftsgrad bezeichnete, sondern eine Höflichkeitsform unter gleichrangigen Personen war. »Unser Berater Maret hat gesagt, daß das Kind ein Mädchen sein wird, und so ist es wirklich meine Erbin, die geboren werden wird.« Sie stand an der Brüstung und blickte auf die schönen nackten Männer hinab, die sich spielerisch gegenseitig aus dem Weg boxten, als die übriggebliebenen Preise verteilt wurden.

Jeder Teilnehmer erhielt einen Kasten Konfekt und leuchtende Bänder und Girlanden. Da alle in der Loge nahe am Ausgang standen, war ein dichtes Gedränge dort, und Cendri wurde gegen eine andere Frau gestoßen. Sie fühlte, wie sich ein Körper eng an den ihren drängte, wußte, daß es die runde Gestalt von Vaniya war. Die Promatriarchin legte ihr den Arm um die Hüfte, und Cendri lehnte sich gegen die ältere Frau. Vaniya preßte die Wange gegen ihre, und Cendri reagierte auf diese vermeintlich spontane Geste der Zuneigung und ließ ihren Kopf einen Augenblick auf Vaniyas Schulter ruhen. Dann bemerkte sie erstaunt und schockiert, daß Vaniyas Hände zu ihren Brüsten glitten und sie zärtlich und drängend streichelten. Vor Verlegenheit machte sie sich steif; in erster, erstaunter Reaktion wollte sie sich verärgert entziehen. Dann verhielt sie sich aber sehr still und überlegte schneller als jemals zuvor in ihrem Leben.

In gewissem Sinne war es ein Kompliment, ein Zeichen vollkommenen Akzeptierens, daß Vaniya sie so behandelte. Ein Ereignis wie dieses schien für die Frauen von Isis eine legitime Gelegenheit, sexuelle Erregung halböffentlich zur Schau zu stellen, und Vaniya, die Cendris fremde Herkunft vergaß, behandelte sie wie eine der ihren. Gleichzeitig dachte sie bekümmert, daß die Lehrbücher über Anthropologie keine Hinweise darüber enthielten, wie man sich in einem solchen Fall zu verhalten habe. Sie wußte, daß sie Ekel, Wut und Verachtung empfinden sollte, doch sie verspürte lediglich eine Art hilfloser Zärtlichkeit. Sehr still stand sie von Vaniyas Armen umfangen und wies die Zärtlichkeit weder zurück noch reagierte sie darauf. Nach einem Moment nahm Vaniya, die ihre Reaktion – oder vielmehr Nicht-Reaktion – verspürte, ihre Hand fort und lächelte fast entschuldigend. Leise sagte sie, indem sie ihren Arm unter den Cendris schob: »Entschuldigen Sie, mein Kind. Ich habe wirklich für einen Augenblick vergessen, daß Sie nicht eine von uns sind.«

Cendri drückte sanft den dicken Arm, und sie gingen aus der Loge zu den Treppen. Leise sagte Vaniya: »Ich bin eine indiskrete alte Kuh. Sind Sie sehr wütend auf mich, kleine Cendri?«

»Wütend? Nein, Vaniya, ich bin nicht wütend«, sagte Cendri sanft, und Vaniya drückte noch einmal ihren Arm und ging zu Miranda hinüber.

»Kusine«, sagte Mahala, »du hast so lange auf einen Erben gewartet und bist jetzt so mit den Gästen von Universitas überlastet, daß du diese glückbringende Zeit gar nicht richtig genießen kannst. Wenn du es wünschst, werde ich die verehrten Gäste aus dem Bund gern bei mir aufnehmen, so daß du deine ungeteilte Aufmerksamkeit Miranda und dem neuen Kind schenken und dich auf das Fest der Geburt vorbereiten kannst. Würde dich das nicht entlasten, Kusine? Ich würde dich gerne von dieser Pflicht befreien.«

»Dessen bin ich sicher«, gab Vaniya mit süßlichem Lächeln zurück, »doch es war der Wille unserer Mutter, daß sie bei *mir* bleiben, von wo sie bequem zu ihrer Arbeit gelangen können. Persönliche Sorgen und Konflikte müssen erst an zweiter Stelle nach meiner Pflicht gegenüber unserer Hohen Matriarchin stehen. Ich bin sicher, daß du auch so genug Sorgen und Verantwortlichkeiten hast, Kusine.«

Cendri dachte: *Die beiden hassen sich wirklich!* Sie sah die beiden rivalisierenden Promatriarchinnen die Treppe hinabgehen, und wieder schoß ihr das Bild durch den Kopf: Vaniya als große blonde Löwin, und Mahala – Mahala, die sie privat als freundliches kleines Kätzchen kennengelernt hatte – empfand sie nun als schlanken, stolzen schwarzen Panther!

Sie gingen zum Ausgang, und Dal war an ihrer Seite. Sein Gesicht war angespannt und düster. Mit wütendem Flüstern sagte er: »Ich habe gesehen, wie die verdammte alte Dame dich befummelte, und du schienst nicht einmal etwas dagegen zu haben. Du hast dich überall anfassen lassen und hast sie angegrinst – ich wußte, daß die Frauen hier schmierig und korrupt sind, aber verdammt, Cendri, wenn du da mitmachst . . .«

»Nun reicht's aber, Dal«, sagte sie mit scharfer, leiser Stimme. »Für sie ist es normal. Vaniya war nicht aufdringlich, und in ihren Augen war es ein Kompliment. Wenn es mich nicht beleidigt hat, wie kannst du es dann wagen, es zum Streitpunkt zu machen?«

»Kompliment!« sagte Dal außer sich vor Wut. »Es ist ihre Welt. Sie können verdammt noch mal machen, was sie wollen, aber wenn du dastehst und dich vergewaltigen läßt und sie dann noch anlachst und aussiehst, als gefiele es dir – und sagst auch noch, daß es dich nicht beleidigt hat . . .«

»Sprich gefälligst leiser«, wies sie ihn scharf zurecht. »Hast du vergessen, wo wir sind?«

»Wie, zum Teufel, kann ich das vergessen?« entgegnete er,

senkte die Stimme aber wieder. »Ekelhaft! Unverschämt! Und du bist meine Frau. Wie konntest du . . .?«

»Dal, um Himmels willen, was hätte ich denn tun sollen? Brüllen? Sie schlagen? Eine Szene machen, einen diplomatischen Zwischenfall inszenieren? Als sie merkte, daß ich nicht reagierte, ließ sie mich gehen und entschuldigte sich, daß sie vergessen habe, daß ich nicht eine von ihnen sei. Siehst du denn nicht, daß das ein Kompliment ist, Dal?«

»Schönes Kompliment«, murmelte er unfreundlich und hielt sie zurück, so daß zwischen ihnen und den beiden Promatriarchinnen ein Abstand entstand. Die beiden waren mittlerweile am Fuß der Treppe angekommen und – Cendri vermutete das aufgrund ihrer Miene – tauschten vor den wartenden offiziellen Wagen formelle Höflichkeiten aus. Dal sagte: »Hör mal, Cendri, ich meine, wir sollten ernsthaft in Erwägung ziehen, Vaniyas Haus zu verlassen – ich werde verdammt froh sein, da wegzukommen – und zu der anderen zu ziehen. Diese Mahala ist eine vernünftige Frau, trotz ihrer Angst vor dem Bund. Mit ihr könnten wir kommunizieren, wie wir es mit Vaniya und ihrem abergläubischen Nonsens über die Gründer und ihre heilige Stätte niemals könnten.«

»Dal, ich glaube wirklich . . .«

»Weißt du, es ist schließlich eine Möglichkeit, zu demonstrieren, daß wir es nicht mit Vaniyas politischer Fraktion halten. Und heute ist etwas passiert, was mir zu denken . . .«

Cendri erfuhr nicht mehr, was passiert war. In diesem Moment erhoben sich laute Schreie der Trauer und Sorge, die sich in der Menge fortpflanzten. Sie hörte Vaniya vor Kummer aufschreien und fühlte, wie Angst ihr Herz umschnürte. – Was war passiert? War etwas mit Miranda? Nein, Miranda stand neben ihrer Mutter und weinte, ihre Stimme fiel in den Chor der Trauernden mit ein. Sie eilte die Treppe hinab zu ihnen.

Mahala blickte Cendri an und sagte mit leiser, belegter Stimme: »Eine Katastrophe, meine liebe Gelehrte Dame. Unsere Mutter und Priesterin, die verehrte und geliebte Hohe

Matriarchin Rezali, hat uns verlassen und ist zur Göttin aufgestiegen. Wir haben es gerade erfahren. Sie starb vor nur wenigen Augenblicken, ohne das Bewußtsein wiedererlangt zu haben.«

»Also sind wir«, sagte Vaniya mit bleichem Gesicht, »ohne Hohe Matriarchin. Und wir wissen nicht, Kusine, wer von uns beiden als Nachfolgerin ihren Ring und die Robe übernimmt.«

Cendri blickte die beiden Rivalinnen schockiert an. Sie hatte die Tote, Mutter Rezali, nicht gekannt; sie bedeutete ihr nichts. Doch was würde es für ihre Arbeit bedeuten? Was hieß es für Vaniya und ihren Haushalt?

Mahala sagte kühl: »Ich muß sofort nach Hause. Ich bin sicher, daß Mutter Rezali versuchen wird, mit mir von jenseits der großen Barriere zu kommunizieren, und ich muß bereit sein, sie zu empfangen. Bitte . . .« Sie wandte sich zu Cendri und verbeugte sich, »entschuldigen Sie mich, Gelehrte Dame, daß ich mich so informell von Ihnen verabschiede. Vaniya, ich vertraue dir, wie Mutter Rezali es wünschte, die Sorge um unsere verehrten Gäste an, da ich nun sicher bin, daß du im Moment keine weiteren Pflichten hast.«

Cendri sah, wie sich Vaniyas großflächiges, breites Gesicht vor Wut rötete, doch sie verbeugte sich vor ihrer Rivalin, ohne ein Wort zu sagen. Als Mahala in ihren offiziellen Wagen gestiegen und fortgefahren war, ergriff Vaniya fest Cendris Arm. Miranda trat, rot vor Wut, dicht neben ihre Mutter.

»Diese Frau! Wie kann sie es wagen! Du mußt sofort nach Hause, Mutter; ich bin sicher, daß Mutter Rezali mit dir kommunizieren wird – wir müssen sofort Maret Bescheid sagen, daß sie sich bereithält . . .« Schnell winkte sie das wartende Gefährt heran, wies Cendri und Dal auf ihre Plätze und half ihrer Mutter hinein. Als letzter kletterte Rhu nach, nahm seinen Platz neben Vaniya ein und sagte besänftigend: »Reg dich nicht auf, Vaniya, du mußt ruhig bleiben, damit dich das Wort erreicht.«

»Ja, ja«, sagte Vaniya abwesend. »Ich kann nicht glauben,

daß Rezali *diese* Frau als ihre Nachfolgerin bestimmt – doch die Möglichkeit besteht . . .«

Sie sah Cendris verwirrtes Gesicht und sagte: »Entschuldigen Sie, meine Liebe, aber ich fürchte, daß Ihre Arbeit zum Stillstand kommt, bis Mutter Rezali ihren Willen kundgetan hat.«

»Willen kundgetan?« fragte Cendri. »Ich dachte – die Nachricht, die Sie erhalten haben –, ich dachte, die Hohe Matriarchin sei tot?«

»Das ist sie auch«, gab Vaniya zurück, »aber wenn eine Frau von unserem Volk zur Hohen Matriarchin erhoben wird, fertigt sie heimlich ein Duplikat ihres Amtsringes und der Robe der Macht an und versteckt beides an einem nur ihr bekannten Platz. Sollte der Tod sie hinwegraffen, bevor sie ihre Nachfolgerin bestimmt hat, wird ihr Geist der von ihr ausgewählten Nachfolgerin erscheinen und ihr oder einem Berater ihres Haushaltes mitteilen, wo Ring und Robe versteckt liegen. Also wird die, die den Amtsring und die Robe entdeckt, Hohe Matriarchin. Ich muß nun gehen und die Kommunikation von der anderen Seite der großen Barriere erwarten, die besagen soll, daß unsere geliebte Mutter Rezali es wünscht, daß ich ihre Arbeit an unserem Volk fortsetze. Sie wird meinem Geist zuflüstern, wo ich den Amtsring finde, um ihn den Stadtmüttern zu präsentieren.«

Sie schwieg gedankenverloren. Ihre Augen wurden leer. Cendri dachte nur: Welch eine Entwicklung! Jetzt hing all ihre Arbeit von einer Art medialer Schatzsuche ab!

Dal flüsterte ihr ins Ohr: »Eine verfluchte Art von Regierungsbildung!«

Und dieses eine Mal war ihr nicht ein bißchen danach zumute, mit ihm zu streiten.

IX

Cendri und Dal verbrachten die nächsten Tage in den Ruinen, vermaßen dort, entnahmen Erdproben und fertigten von den Gebäuden und Strukturen Computeranalysen an. Dal versuchte noch mit einem Kraftfeldbrecher ohne Beschädigung in die Strukturen zu gelangen, probierte eine Frequenz nach der anderen und entschied sich dann, jedweden Versuch, ins Innere zu gelangen, so lange aufzuschieben, bis er Röntgenaufnahmen davon hatte. Diese Apparate so zu entwickeln, daß sie das unbekannte Kraftfeld durchdrangen, konnte eine langwierige Aufgabe sein und erforderte wahrscheinlich Langstreckenrelais mit Energiequellen auf Universitas.

»Wir könnten größeren Schaden anrichten, als wir uns bewußt sind«, sagte er, »wenn wir das Kraftfeld durchbrechen und einfach hineingehen. Doch wenn sie in Zeitstatik sind, würde nichts, was immer wir auch versuchen, sie durchbrechen, denn dann sind sie nicht in unserer Dimension.«

Das hörte sich unsinnig an, und Cendri sagte es auch. »Wenn sie nicht hier sind, wie können wir sie dann berühren, uns daran anlehnen, dagegendrücken . . .?«

»Cendri, ich habe nicht die Zeit, dir nun einen ausgefeilten Vortrag über temporale Mathematik zu halten. Nimm es so, wie ich sage, es sei denn, das Leben auf Isis hat dich gegenüber männlicher Wissenschaft mißtrauisch gemacht.« Doch er lachte dabei, und Cendri wußte, daß es nur ein Scherz war. Sie war erleichtert.

»Wenn wir doch einen guten Temporalmathematiker hier hätten«, fuhr Dal fort. »Das Problem dabei ist, daß die einzigen, die ich auf Universitas kenne, Männer sind, und ich glaube nicht, daß einer von ihnen damit einverstanden wäre, ein Hundehalsband zu tragen, trotz der Chance, auf einem Gelände zu arbeiten, das sich wirklich in Zeitstatik befindet. Ich kenne einige Mathematiker, die mehr als das tun würden.«

»Ich kenne keinen weiblichen Temporalmechaniker . . .«,

kam er noch einmal auf das Thema zurück, als sie spät am Abend das Gelände verließen, und wandte sich an Laurina: »Gibt es in Ihrer Welt spezialisierte Mathematiker – spezialisiert in Mathematik temporaler Bedingungen und Belastungen?«

Laurina sah erstaunt aus. Sie konnte mit Dal jetzt ohne übergroßes Selbstbewußtsein sprechen, doch jedesmal, wenn sie verwirrt oder unsicher wurde, wandte sie sich mit ihrer Entgegnung an Cendri. »Ehrlich gesagt, ich weiß es nicht. Ich habe von Mathematik nur wenig Ahnung. Mein Gebiet ist Geschichte. Doch ich kann mich am Institut erkundigen, wenn Sie wollen.«

»Ja, bitte«, wies Dal sie an. »Jeder, der Grundwissen in temporaler Mathematik hat, wäre eine Hilfe bei der Festlegung, ob dieser Ort sich wirklich in Zeitstatik befindet.«

»Das kann doch nicht sein«, widersprach Laurina, »wie könnten die Bewohner sonst mit uns kommunizieren?«

Dal zog ein spöttisches Gesicht und gab keine Antwort. Über Laurinas Glauben stritt er nicht, doch er würdigte ihn auch keines Kommentars. Er sagte einfach: »Sie würden mir – uns – einen großen Gefallen tun, wenn Sie uns den Kontakt zu dem besten Mathematiker Ihres Instituts vermitteln würden. Er – ich meine sie – wird sicherlich versucht haben, sich in die Mathematik temporaler Belastung einzuarbeiten. Ich glaube, daß es seit zwei- oder dreihundert Jahren der aufregendste Zweig der Mathematik ist.«

Laurina sagte mit der komischen, steifen Förmlichkeit, die sie gegenüber Dal immer noch benutzte: »Ich bin sicher, daß es sich ein jeder Wissenschaftler als Ehre anrechnen würde, mit der Gelehrten Dame von Universitas und ihrem Begleiter zu arbeiten.«

Als die große fahle Sonne von Isis zu sinken begann, verließen sie das Gelände und erblickten eine Prozession, die sich auf der Küstenstraße in Richtung auf Ariadne bewegte. Als sie näher kamen, sah Cendri, daß es zum größten Teil Männer zu Fuß waren, mit nur wenigen Wagen und Karren, wie sie auf Isis benutzt wurden. Die meisten von ihnen waren jung und trugen kurze, kiltartige Gewänder, die für Arbeiter beiderlei Geschlechts üblich waren. Die wenigen Männer unter Vaniyas Dienern gingen hinab, um mit ihnen zu reden, und nach einer Weile folgte auch Dal. Zu Cendris Überraschung grüßten die Männer die Frauen, und Vaniyas Dienerinnen, ebenso wie Laurina, antworteten scheu nach kurzem Zögern. Cendris Miene mußte ihre Neugier verraten haben, denn ungefragt erklärte Laurina: »Es sind die Männer von dem großen Dammprojekt ungefähr hundert Kilometer südlich der Stadt, die zum Fest hierherkommen. Sie werden am Strand kampieren. Dies ist die einzige Zeit des Jahres, in der sie in den Küstengewässern mit dem Speer fischen dürfen. Und in vier Tagen – hat Ihnen das niemand erzählt? – findet der höchste unserer Festtage statt, wenn wir das Meer besuchen und die Göttin anrufen, die Spenderin des Lebens. Aber sicher . . .«, sie zögerte unsicher, »Sie sind doch mit Lady Miranda befreundet; sicher hat sie Sie schon eingeladen, mit uns daran teilzunehmen?«

Miranda hatte es ein- oder zweimal erwähnt, doch in einer Weise, daß Cendri nur wußte, daß es irgendwie mit den unbekannten Hochzeitszeremonien zusammenhing, die vor der Gesellschaft verborgen blieben. Cendri wurde unruhig. Hatte man sie also genügend akzeptiert, daß sie an diesem Fest teilnehmen durfte?

Laurina sagte: »Aber nein, Lady Miranda steht so kurz vor der Geburt, daß sie dieses Jahr nicht an dem Fest teilnehmen wird. Ich hatte gedacht, daß ihr Kind lange vorher geboren werden sollte.« Sie fuhr fort: »Es ist unser längster Tag, und in diesem Jahr fällt es mit einem Doppelvollmond zusammen, wenn unsere beiden Monde ihr lächelndes Gesicht zeigen, was nur einmal abwechselnd alle neun oder elf Jahre passiert. Dieses Jahr ist das Fest daher besonders heilig. Ich hoffe, daß wir dann eine neue Hohe Matriarchin haben, die die Riten vollzieht. Dreimal im Jahr besuchen wir das Meer, doch dieses Mal, am längsten Tag, ist es das heiligste und gesegnetste unserer Feste. Cendri . . .«, sie zögerte, lächelte dann aber, »Sie sind allein hier, ohne Schwestern oder Verwandte, und wir müssen Ihnen Gastfreundschaft und Begleitung anbieten. Da Miranda noch nicht daran gedacht hat, möchte ich Sie zu diesem höchsten unserer Feste einladen.« Wieder spürte Cendri den Kitzel der Aufregung. Sie wurde wirklich zu ihrem höchsten Fest eingeladen! Dennoch fühlte sie sich zu der Frage verpflichtet: »Dürfen Außenseiter denn dorthin?«

»Ich meine, daß die Göttin kaum einer Frau gnädig gesonnen sein wird, die nicht mit uns an diesem Tag opfert«, sagte Laurina ernsthaft. »Alle Frauen sind ein Blut; und da Sie auf diesem Planeten sind, den Isis mit ihrer Anwesenheit gesegnet hat, scheint es mir undenkbar, daß Sie sich entscheiden würden, *nicht* zu kommen.«

Sie war also nicht nur eingeladen, es würde vielleicht sogar als Affront gegenüber der Göttin betrachtet, wenn sie *nicht* kam! Sie dachte, wenn ich offen als Anthropologin hergekommen wäre, um sie zu studieren, hätten sie sich große Mühe gegeben, einige ihrer Riten vor mir zu verbergen! Vielleicht ist es gut so.

Als sie zu Vaniyas Haus zurückkehrten, verfolgte sie diesen Gedanken weiter. Die Sexualitätsbräuche auf Isis bestanden offenbar aus einer Art Stellvertreter-Hochzeit, dem ein Ritus, den sie »das Meer besuchen« nannten, vorausging. Zu Laurina sagte sie: »So viele Männer! Ich hatte nicht gewußt, daß es so viele gibt. Leben sie alle außerhalb der Stadt? Sind es Kolonisten, die in abgelegenen Dörfern wohnen?«

»Männer, die etwas kolonisieren?« fragte Laurina völlig erstaunt, zwischen Belustigung und Ungläubigkeit. »Nein, aber man hat einige Männerhäuser mit ihren Aufsehern dorthin gebracht, oder ihre Eigentümer haben sie dorthin vermietet, damit sie an dem großen Damm arbeiten. Man baut dort Deiche. Wenn sie fertig sind, werden wir im gesamten Deltabereich des großen Flusses, den wir Anahit nennen, die Flut kontrollieren und Energie produzieren können. Einige unserer besten Ingenieurinnen arbeiten dort, doch braucht man natürlich auch ein immenses Potential männlicher Arbeitskraft. Männer sind bei körperlicher Arbeit recht gut, vorausgesetzt, daß man sie sorgfältig durch dafür ausgebildete Frauen beaufsichtigt. Sicher, ihre Konzentrationsfähigkeit ist nicht besonders ausgeprägt, und man muß sie großzügig mit Unterhaltung und Belohnungen versorgen, doch die meisten Männer arbeiten gern bei solchen Projekten. Es gibt ihnen die Möglichkeit, ihre Muskeln zu gebrauchen, was sie am besten können. Sie haben einen natürlichen Instinkt für körperliche Arbeit, wie man an ihrer sportlichen Begabung ebenfalls sehen kann. Sie sind nicht so anmutig wie Frauen, aber ihre Stärke kompensiert das. Sie schätzen auch die Sonderrationen an Süßigkeiten und die günstige Gelegenheit, außerhalb der Stadt auf die Jagd gehen zu können. So ist jeder dabei glücklich, die Männer, weil sie Spaß haben, den Damm zu bauen, und die Frauen, weil sie Energie und die Flutregulierung erhalten.«

Cendri fragte sich, wie wohl die Männer auf diese Analyse reagiert hätten, doch sie waren schon an Vaniyas Haus angekommen. Aber noch bevor sie den Schmutz des Tages abgewaschen hatten, klopfte Miranda an die Tür und kam herein.

Sie sah besorgt und traurig aus. »Cendri, würden Sie bitte kommen? Meine Mutter ist sehr bestürzt, sie möchte, daß alle Frauen des Haushalts jetzt bei ihr sind . . .«

»Was ist los, Miranda?«

»Mahala hat Nachricht geben lassen, daß sie Ring und Robe der Hohen Matriarchin gefunden hat. Wir müssen alle zum Rat, um es zu identifizieren – ich kann nicht mehr fahren.« Und wirklich wirkte Miranda jetzt sehr plump und schwerfällig. »Lialla und ihr Partner werden bei ihr sein, aber . . . sie mag Sie, Cendri, wollen Sie an meiner Stelle mitgehen? Es wird sie vielleicht interessieren, die Feierlichkeiten der Investitur der Hohen Matriarchin zu sehen . . .«

»Ich werde mitkommen«, versprach Cendri, und Miranda ging. Dal blickte sie stirnrunzelnd an und sagte: »Verdammt, Cendri, willst du dich wirklich so eng mit der Fraktion der Verliererin verbünden?«

Cendri sagte ruhig: »Miranda sagte, sie mag mich. Und hast du vergessen, Dal, warum ich wirklich hier bin? Wann immer ich die Gelegenheit bekomme, diese Gesellschaft in ihren Funktionen zu sehen, muß ich gehen.«

»Das mag sein. Aber ich mache mir Sorgen. Wenn du dir Mahala zur Feindin machst?«

»Ich habe nicht vor, mir Mahala zur Feindin zu machen, Dal. Ich gehe mit Vaniya anstelle einer kranken Tochter«, sagte Cendri mit vorsichtiger Geduld, und Dal sah wieder wütend aus.

»Ich mag das nicht, verdammt! Sie mag dich ein bißchen zu sehr für meinen Geschmack. Ich habe noch nicht vergessen, wie sie dich bei dem Sportfest angefaßt hat. – Ich glaube, damit muß man rechnen, daß Frauen, die von Männern getrennt leben, morbide sexuelle Neigungen entwickeln, aber du bist meine Frau, und du kannst nicht von mir erwarten, daß ich es gut finde, wenn du mit so einer Frau herumläufst.«

»Dal, um Himmels willen! ›So eine Frau‹ – was in aller Welt – in *jeder* Welt – meinst du damit? Glaubst du wirklich, daß die Promatriarchin von Isis einen Ehrengast sexuell belästigt?«

»Nun, das gerade nicht – aber ich habe gesehen, wie sie dich neulich behandelt hat . . .«

Cendri seufzte und wußte, daß sie Dal nie dazu bringen würde, das zu verstehen. Sie begriff den Impuls der Zuneigung und Aufregung, der Vaniya veranlaßt hatte, sie zu umarmen, eine Intimität, die in Vaniyas eigener Welt als selbstverständlich gegolten hätte, ein Vorspiel, kein Angriff, und als Cendri nicht reagiert hatte, hatte sich Vaniya außergewöhnlich verhalten! Sie sagte: »Ich habe keine Lust, mit dir darüber zu streiten, Dal. In ihrer Welt ist es nicht ungebräuchlich, und du hast kein Recht, darüber beleidigende Bemerkungen zu machen. Wenn man die Männer als unfähig für enge Beziehungen betrachtet, findet man natürlich die engsten emotionalen Beziehungen untereinander. Ich könnte dir ein halbes Dutzend Parallelen unter Männern aufzählen, wenn ich wollte – die Kriegerkaste der Kahornis zum Beispiel, denen es nur gestattet ist, Frauen in einem von vier Zyklen nahezukommen . . .«

»Ich weiß«, sagte Dal und zog eine Grimasse, »das finde ich ja auch nicht gut. Ich habe niemals künstliche Separierung propagiert, und ich hoffe wirklich, daß ich nie dazu komme, wenn es bedeutet, daß ich so was dulden soll!« Dann zuckte er mit den Schultern und lachte. »Ach was, Liebes, was soll die Streiterei!« Er kam zu ihr, legte seine Arme um sie und küßte sie wild. »Ich mache mir auch wirklich keine Sorgen; dafür kenne ich dich zu gut. Aber entwickle mir nur nicht zuviel abspalterische Tendenzen, Liebling!«

Cendri war erleichtert, obwohl ihr klar war, daß Dal es nicht begriff. Er war schließlich nicht in interkulturellen Vergleichen ausgebildet. Sie dachte, daß seine mißbilligende Duldung wohl alles war, was sie erwarten konnte, und war froh, daß er nicht weiter darauf herumritt. Sie zog sich ihr elegantestes Kleid an, das bei der Investitur einer Gelehrten Dame auf Universitas passend gewesen wäre, und ging hinunter zu Vaniya.

Vaniya sah sehr ernst und aufgebracht aus, doch sie streckte Cendri mit warmem Lächeln die Hände entgegen und sagte: »Es ist sehr freundlich von Ihnen, anstelle meiner Tochter mitzukommen, mein Kind. Rhu hatte gemeint, daß Sie diese feierliche Handlung vielleicht interessieren würde. Er hat sich auch bereit erklärt, Ihren Begleiter in der Zwischenzeit zu unterhalten.«

Ich frage mich, dachte Cendri, als sie im Wagen auf Vaniyas andere Töchter traf, ob Rhu die Zeit wohl damit verbringt, bei Dal mehr über die Stellung des Mannes innerhalb des Bundes zu erfahren, oder ob er die Gelegenheit nutzt, mit Miranda zusammen zu sein.

Auf der Fahrt in die Stadt kamen sie an weiteren Männergruppen vorbei, die aus allen Teilen des Kontinents hierherkamen. Vaniya winkte Ihnen gnädig zu; die Männer verbeugten sich vor den vorbeifahrenden Wagen, und sie sagte abwesend: »Es wird ein Skandal, wenn wir bei den Zeremonien in diesem Jahr keine Matriarchin und Priesterin haben.«

Zögernd fragte Cendri: »Bezweifeln Sie das? Miranda sagte, daß – die Promatriarchin Mahala Ring und Robe ihrer Vorgängerin gefunden habe . . .«

»Das behauptet meine ehrenwerte Kollegin jedenfalls.« Vaniya warf die Lippen auf. »Doch das wäre nicht das erste Mal, daß eine Promatriarchin eine Fälschung präsentiert hat. Einige Frauen schrecken vor nichts zurück. Was mich angeht«, ihre breite Löwenstirn sah bewölkt aus, »habe ich noch nichts von unserer Mutter und Priesterin vernommen, obwohl ich unter Fasten und Gebeten darauf gewartet habe.« Sie sah auch wirklich durch Schlaflosigkeit und Hunger zermürbt aus. »Aber ich würde meinen Platz sofort räumen, anstatt ihn auf unrechte Weise zu erlangen oder ohne Nachricht von unserer Vorgängerin. Wenn Mahala wirklich Ring und Robe von Rezali hat, werde ich die erste sein, die ihr huldigt und ihr Loyalität schwört.«

Cendri hatte die Residenz der Hohen Matriarchin von außen schon gesehen, hatte jedoch bis jetzt, wo sie als Mitglied von Vaniyas Gefolge kam, das Gebäude noch nicht betreten. Zusammen mit Vaniya ging sie die große Marmortreppe hinauf und bemerkte, daß die Säulen, wie viele andere eindrucksvolle Bauwerke, in einer Art Gerüst eingefaßt waren. Sie mußte zugeben, daß dies auf einem so erdbebengefährdeten Planeten wie Isis vernünftig war, doch es minderte auch – zumindest in Cendris Augen – die Eleganz des Bauwerkes.

Vielleicht, dachte sie, ist das der Grund, warum so vieles in ihrer Gesellschaft, so viele ihrer offiziellen Bauwerke, für meinen Geschmack nicht gut gestaltet sind und unbeholfen wirken. Auf einem solchen Planeten ist nichts von Dauer, außer vielleicht den Ruinen von Wir-Wurden-Geleitet. Kein Wunder, daß sie es als heilige Stätte ansehen.

Ein paar Kinder – diesmal nicht nackt mit Sonnenhüten und Sandalen, sondern in ihren besten Kleidern, in denen sie sich offensichtlich beengt fühlten – hatten sich außerhalb der Residenz versammelt und blickten ernsthaft und mit großen Augen. Sehr viele von ihnen waren in die große Halle der Residenz gekommen und standen dort, um zu sehen, was vorging. Es war typisch für Isis, daß niemand daran dachte, sie aus der Halle fortzuscheuchen. Genau in der Mitte der Halle befand sich eine lange Reihe von Statuen in Glasvitrinen. Statuen? Nein, es waren geschickte Wachsnachbildungen, die elegante Kleider trugen. Jede Glasvitrine stand in einer sandgefüllten Grube, so daß sie unbeschädigt bleiben würde, wenn sie umstürzte. Die Statuen waren von den gewöhnlichen Wandschirmen umstellt, die ebenfalls in der üblichen Weise bemalt waren. Jeder war von einer anderen Schulklasse angefertigt. Cendri kannte jetzt die Schriftsprache gut genug, um die Signaturen lesen zu können.

Vaniya sagte leise: »Einige dieser Bildnisse sind schon mit uns von Persephone und Labrys gekommen. Hier ist unsere erste Matriarchin, unsere geliebte Mutter Alicia.« Sie deutete auf eine Frau mit silberweißem, kunstvoll zu einem Dreieck frisiertem Haar und archaischem Gewand.

»Sie ist auf der Bundeswelt Pionier geboren, ich glaube, als es dort in den alten Zeiten am schlimmsten war.« Langsam schritten sie durch die Bildnishalle, und Vaniya nannte, eine nach der anderen, die Hohen Matriarchinnen von Isis. Jede von ihnen trug eine kunstvoll gestickte Robe, nach dem gleichen archaischen Beispiel wie die Urmutter Alicia, doch die Details einer jeden Robe, so erzählte Vaniya Cendri, waren jeweils einzigartig und wurden von jeder Hohen Matriarchin extra ausgesucht. Nach Amtsantritt der Hohen Matriarchin wurde das Duplikat von Robe und Ring der Vorgängerin zerstört, und sie ließ eines für ihren persönlichen Gebrauch anfertigen, das ein abweichendes Motiv trug.

»Und hier steht unsere Mutter Rezali, wie sie im Leben ausgesehen hat«, sagte Vaniya, hielt an und verbeugte sich kurz vor der letzten Statue. Cendri erblickte eine verwelkte, kleine, alte Frau mit dunkler, faltiger Haut und dünnem schneeweißem Haar. »Sie hat ihren Ring achtzig Jahre lang getragen; von der Zeit an, als wir Persephone verließen, ist sie unsere Mutter gewesen; die längste Regierungszeit einer Hohen Matriarchin in der Geschichte der Matriarchate.«

Als sie an der Statue vorbeigingen – ein makabrer Brauch, dachte Cendri –, standen sie vor Mahala und ihrem Gefolge. Ein kurzer Blick sagte Cendri sofort, daß die andere Promatriarchin nicht wie Vaniya in schlaflosem Gebet und mit Fasten auf die Erleuchtung gewartet hatte. Sie sah ruhig, ausgeruht und frisch aus. Mahala ging auf Vaniya zu und umarmte sie in der formellen Weise, wie sie das vorher auch getan hatte.

»Du siehst müde und erschöpft aus, Schwester«, sagte sie süßlich. »Das wird bald vorbei sein, und du sollst dich dann ausruhen und keine der Pflichten mehr haben, die du übernommen hast, seit unsere Mutter Rezali zu krank wurde, um ihre Wünsche kundzutun.«

Wie sehr sie Vaniya haßt, dachte Cendri. Sie will wirklich, sobald sie anerkannte Matriarchin ist, Vaniya von allen Pflichten befreien. Ich glaube, Politik ist überall gleich.

Vaniya sagte schroff: »Ich hoffe, du hast deinen Haushalt noch nicht in Aufruhr und Ausgaben für den Umzug in die Residenz gestürzt. Ohne Zweifel wirst du bald umziehen, doch über das Ziel herrscht noch Unsicherheit.« Ihr Gesichtsausdruck war angespannt und grimmig, und Mahala runzelte die Brauen. Ohne Antwort drehte sie sich auf dem Absatz um und ging in einen der inneren Räume voran, wo eine Gruppe von Frauen im Kreis auf Kissen saß, die meisten von ihnen mittleren Alters oder darüber. Vaniya wandte sich zu Cendri, Lialla und ihrer Partnerin um, wies ihnen Plätze außerhalb des Kreises zu und ging nach vorn, wo an jeder Seite noch ein leeres Kissen auf sie und Mahala wartete.

Eine der Frauen im Kreis sagte feierlich: »Die Promatriarchin Mahala hat behauptet, daß unsere verstorbene Mutter Rezali, an die wir eine selige Erinnerung behalten, mit ihr von jenseits der großen Barriere kommuniziert und ihre Nachfolgerin dadurch bestimmt hat, daß sie ihr den Ort des Rings und der Robe kundgetan hat. Zeige sie bitte, Mutter.«

Mahala winkte einem Mitglied ihres Gefolges, und Cendri sah zu ihrer Überraschung, daß es eine fette, aufgedunsene, geschlechtslose Person, weder Mann noch Frau war – ein Berater, ein kastrierter Mann?

Mahala sagte: »Mein Berater Karay präsentiert sie eurer Begutachtung.«

Eine nach der anderen prüften die Frauen die Objekte. Cendri konnte nur sehen, daß es ein schwerer Ring mit tiefer Gravur und eine Robe aus steifem, mit Metallfäden besticktem Stoff waren.

Schließlich gelangten sie zu Vaniya. Sie beugte sich über sie und schenkte ihnen ihre volle Aufmerksamkeit. Schließlich hob sie den Kopf, und ihre Augen flammten vor Wut.

»Es sind Fälschungen«, sagte sie, »und dazu noch sehr schlechte. Der Ring ist recht gut gefälscht, doch bleibt es eine Fälschung. Der Ring unserer verehrten Matriarchin, wie ihr bei dem Bildnis in der Halle sehen könnt, trug eine Schlange mit drei Augen; diese Schlange hat nur zwei Augen. Die Stickerei wurde mit kupferfarbenen Fäden ausgeführt; die bestickte Robe unserer Matriarchin – wiederum rufe ich das Bildnis in der Halle als Beweis – wurde mit einem gedrehten Faden aus zwei Strängen gemacht, einem kupferfarbenen und einem dunkelorangen. Von den Mustern will ich gar nicht reden, die jedes kleine Kind als schlechte Imitation erkennen kann. Ohne Zweifel wurden sie in Eile von Mahalas eigenen Nähfrauen angefertigt, oder wenn sie diesen nicht traut, von ihren Töchtern und Pflegetöchtern. Ratsfrauen von Ariadne, ich verlange, daß dieses hier als Imitation zurückgewiesen wird! Mahala . . .«, sie richtete die Augen auf ihre Rivalin, »wie kannst du es wagen, diese dümmlichen Nachbildungen hierherzubringen!«

Mahala sagte ruhig: »Ich werde das Urteil des Rates abwarten, Schwester und Rivalin!«

Eine Frau sagte: »Es sind offensichtlich Fälschungen! Wie kann Mahala uns derart für dumm verkaufen wollen?«

»Oh, komm«, sagte eine andere, »ist es nicht möglich, daß Mutter Rezali diese Duplikate mit ihren schlechten Augen und mangelnder Erinnerung akzeptiert hat? Ich schlage vor, daß wir Mahalas Aussage Glauben schenken, daß dies hier ist, was es sein soll, und sie als unsere neue Matriarchin küren!«

Hängt es wohl nur von der Entscheidung des Rates ab, dachte Cendri, und nicht von objektiven Tatsachen? Vaniya ist sicherlich fromm. Sie hat gebetet und gefastet und auf die Erleuchtung gewartet. Ist Mahala realistischer oder einfach zynischer?

Vaniya sagte, offensichtlich bemüht, ihre Stimme ruhig zu halten und trotz ihrer enormen Wut gelassen zu bleiben: »Der Wille des Rates spielt keine Rolle. Das Gesetz sagt klar und deutlich, daß jedes Mitglied des Rates mit dem zufrieden sein muß, was die Kandidatin als authentischen Ring und Robe präsentiert.«

»Dann«, sagte Mahala und wandte sich direkt an den Rat, »bitte ich jede einzelne von euch, sich damit zufriedenzugeben, Mütter. Das höchste Fest liegt vor uns; die Männer kommen schon in die Stadt, um das Meer zu besuchen. Wenn es keine Regierung gibt, keine Hohe Matriarchin, und die Stadt sich im Zustand der Anarchie befindet, müssen wir mit einem Aufstand rechnen.«

Eine der Ratsmütter sagte: »Mahala, das ist ein Sakrileg!«

»Sakrileg? Unsinn«, sagte Mahala verächtlich. »Wir machen uns doch vor der Gelehrten Dame von Universitas lächerlich. Ist hier wirklich jemand, der glaubt, der Geist einer Toten spräche zu einem Berater oder irgend jemand anderem? In einem Zeitalter, in dem Raumschiffe zwischen den Galaxien hin- und herreisen, wird sich hier *eine* Frau erheben und mir sagen, sie glaubt wirklich an diesen abergläubischen Unsinn? Es liegt am Rat, mich zu akzeptieren oder nicht, und ich bitte euch, nicht nach weiteren Geistergeschichten zu fahnden!«

Vaniya stand auf, und ihre Augen blitzten Mahala an. Sie sagte: »Ich werde mir das nicht weiter anhören! Ihr, der Rat von Ariadne, seid bereits zweimal von dieser Frau beleidigt worden, erst durch die Fälschung und jetzt durch Blasphemie! Ich rufe euch an, meine Schwestern, mich als eure wahre Hohe Matriarchin zu benennen, weil Mahala dadurch, daß sie mit gefälschtem Ring und Robe hier erschienen ist, bewiesen hat, daß sie weiß, daß Mutter Rezali nicht mit ihr kommunizieren wird!«

»Ich bemerke«, sagte Mahala ruhig, »daß auch du nicht die Unverschämtheit besitzt und behauptest, sie habe mit dir gesprochen. Du bist keine Wahnsinnige – noch nicht, obwohl du, wenn du weiter auf die Geisterstimme warten willst, die dich zur Hohen Matriarchin macht, es bald sein wirst.«

»Frieden, ihr beiden«, sagte eine der Älteren mahnend. »Die Hohe Matriarchin wird auf diese Weise gewählt, seit wir das Matriarchat gegründet haben!«

»Ich erinnere dich«, sagte Mahala mit nicht mehr so honigsüßer Stimme, »daß Rezali so lange regiert hat, daß keine der Frauen in diesem Raum aus den Kinderschuhen war, als Rezali gewählt wurde. Wir waren damals noch auf unserer Mutterwelt Persephone. Wir wissen nur, daß der Rat sagt, daß eine Hohe Matriarchin so gewählt wird. Es ist gut möglich, daß es immer das war, als was ich es jetzt bezeichne: ein frommer Betrug, um Außenstehende zu beeindrucken!«

»Das ist Häresie«, sagte eine der Frauen, und eine andere starrte einfach schockiert mit offenem Mund.

Eine andere sagte langsam: »Vielleicht liegt ein Körnchen Wahrheit in dem, was Mahala sagt. Meiner Erinnerung nach wurde noch keine Frau durch diese Methode berufen . . .«

Die Debatte löste sich in allgemeinem Tumult auf. Schließlich machte sich Vaniya verständlich.

»Man hat mich aus falschen Gründen hierhergerufen«, sagte sie. »Und es gibt Dinge, die mich an anderem Ort fordern. Ich halte mich bereit, wenn man mich zu Recht ruft. Solange möchte ich mich verabschieden.« Sie winkte den Frauen ihrer Gesellschaft. Cendri erhob sich mit ihnen und folgte Vaniya aus der Ratshalle. Die Kinder in dem großen

Foyer standen in kleinen wartenden Gruppen und mit großen Augen da. Als sie in Vaniyas Wagen stieg, sahen sie, wie Mahala und ihr Gefolge durch eine andere Tür das Haus verließen, und Vaniya seufzte erleichtert auf.

»Ein kalkuliertes Risiko«, sagte sie zu Cendri. »Sie verfügt über große Überredungsgabe und könnte schließlich doch den Rat davon überzeugen, die Dinge so zu sehen wie sie. Doch wenn sie das getan hätte, hätte ich auch nichts davon gehabt, wenn ich dort geblieben wäre.« Wieder ein erschöpfter Seufzer. »Ich muß nachdenken, was ich tun soll.« Sie lehnte den Kopf gegen die Kissen und schloß die Augen. Niemand sprach auf der Rückfahrt.

Als sie aus dem Wagen stiegen, legte Lialla den Arm um ihre Mutter.

»Vaniya, liebste Mutter«, bat sie, »willst du nicht ein wenig essen und dich ausruhen? Wir sind jetzt alle in deiner Hand. Du mußt mit deinen Kräften haushalten für die schwierigen Tage, die noch vor uns stehen.«

Vaniya streichelte geduldig die Wange ihrer Tochter, schüttelte aber den Kopf.

»Nein, meine Liebe, ich habe jetzt ernstere Dinge im Kopf als essen und schlafen. Ich muß mich mit denen beraten, die klüger sind als wir. Ich bitte euch alle, zu Bett zu gehen.« Cendri streckte sie jedoch ihre Hand entgegen und sagte: »Bleib noch ein bißchen da, Gelehrte Dame.«

Sie benützte Cendris Titel nur selten; daß sie es jetzt tat, hieß für Cendri – und für die anderen Frauen –, daß sie ihre Töchter nicht aus persönlichen Gründen zugunsten einer Fremden zurückwies, sondern daß sie mit Cendri als einer Vertreterin des Bundes von Universitas sprechen wollte. Cendri folgte ihr in die große, verlassene Speisehalle. Vaniya ließ sich auf einem Kissen nieder und lehnte den Kopf gegen ein anderes. Nach einer Weile sagte sie zu Cendri: »Glaub mir, Cendri, ich bin nicht ehrgeizig. Meine Schwester und Rivalin ist eine gute Verwalterin und eine wertvolle und vertrauenswürdige Person. Ich sage das trotz ihres plumpen Fälschungsversuches heute. Sie glaubt wirklich – und das finde ich tragisch, denn es spricht für die Armut ihrer Seele und ihres Herzens –, daß es nichts gibt außer dem, was sie sehen und fühlen kann. Ich würde ihr gerne die weltliche Verwaltung des Matriarchats überlassen. Sie ist jünger als ich und, glaube ich, stärker und besser geeignet, die normalen Pflichten einer Hohen Matriarchin zu erfüllen. Wenn es nur darum ginge, träte ich heute zurück und verbrächte meine letzten Jahre im Kreise meiner Töchter und Enkel. Aber ich kann nicht einfach dabeisitzen, wenn sie unserem geistigen Leben die Bedeutung raubt. Sie mag geeignet sein für das Amt der Matriarchin, doch als Priesterin hat sie sich als unfähig erwiesen, nicht nur durch die Handlungen heute, sondern durch ihre Haltung während all der Jahre. Sie scheint nicht zu erkennen, daß ohne Visionen und Glauben an die Dinge, die jenseits des materiellen Wohlergehens liegen, Seele und Geist der Menschheit sterben.«

Eine lange Stille folgte den Worten, und für einen Augenblick dachte Cendri, daß die Frau erschöpft eingeschlafen sei. Dann aber sagte sie: »Das ist es, glaube ich, was viele von Männern beherrschte Welten für uns so unerträglich macht. Daß sie sich auf das materielle Wohlbefinden allein beschränken und keinen Gedanken an den Geist und die Seele ihres Volkes verschwenden. Die Göttin weiß, ihr Wohlergehen liegt mir am Herzen. Ich weiß, daß es Priesterschaften gegeben hat, in denen man die Sorge um das geistige Wohlergehen benützt hat, um die Menschen zu betrügen – doch keine Frau wird einen solchen geistigen Tod zulassen –, wo man die Menschheit um die materiellen Güter betrog und erlaubte, daß sie in die Hände der Mächtigen fielen. Und daher ist es ein Grundprinzip unseres Matriarchats, daß das geistige und materielle Wohlergehen unserer Frauen immer Hand in Hand gehen. Und deshalb ist die Hohe Matriarchin gleichzeitig Priesterin, um die Frau, die dieses Doppelamt innehat, allzeit daran zu erinnern, daß materielles Wohlergehen ohne geistige Reichtümer ein unfruchtbarer Nutzen, und geistige Werte ohne Berücksichtigung der Körper unserer Schwestern eine Lüge und Schande sind. Ich fürchte,

Mahala wünscht dies zu trennen und würde so die gesamte ethische Basis des Matriarchats zerstören. Aber sie wird es nicht tun, solange ich lebe, Cendri.«

Cendri sagte: »Und Sie können Ring und Robe nicht vorweisen?«

Dieses Mal schien Vaniyas Seufzer aus den tiefsten Tiefen ihrer Seele zu kommen.

»Ich kann es nicht. Selbst Marets hellseherische Fähigkeit versagt hier. Möge die Göttin mir vergeben, aber auch ich habe Zweifel wie Mahala. Vielleicht ist es wirklich so, daß Rezali, nachdem ihr leidender Körper einmal entschwunden ist, keinen Gedanken mehr an ihre mutterlosen Töchter verschwendet, oder . . .«, fügte sie mit einem Hauch ihres alten grimmigen Lächelns hinzu, »es ist ein abergläubischer Unsinn, zu glauben, daß sich die Toten um das Schicksal der Lebenden kümmern. Vielleicht dachten die Urmütter in ihrer Weisheit, daß diejenige befähigt sei, über uns zu herrschen, die den besten Hellseher engagieren konnte.«

Cendri hatte noch niemals an ein Leben nach dem Tode geglaubt, jedoch außersinnliche Wahrnehmung und Hellseherei kennengelernt und deren Existenz immer und immer wieder bewiesen bekommen. Das stand außer Zweifel, und daher schien Vaniyas Vermutung recht einleuchtend.

Vaniya erhob sich abrupt. »Würdest du mit mir kommen, Cendri, wenn ich den Rat derjenigen, die klüger sind als ich, suche?«

Cendri sah sie in schierem Erstaunen an: »Ich, Vaniya?«

»Mahala hat mir Ignoranz und Aberglauben vorgeworfen, gesagt, daß ich unsere Welt vor den Gelehrten aus Universitas lächerlich mache. Ich möchte, daß du, eine von ihnen, erfährst, daß es nicht bloßer Aberglaube ist, der mich treibt, die Hilfe von denen in Wir-Wurden-Geleitet zu suchen. Würdest du mit mir kommen, meine fremde Tochter?« Sie streckte Cendri die Hände entgegen, und die junge Frau ergriff sie erstaunt und bewegt durch diesen Appell.

»Natürlich, Vaniya!«

Still ging Vaniya in dem großen Raum umher, nahm einen warmen Umhang gegen die Kälte und Feuchtigkeit der Nacht und gab Cendri ebenfalls einen. Sie nahm eine Fackel, und sie gingen zusammen in den feuchten Garten.

Dicker Seenebel war hereingetrieben, und der Garten lag in dichtem weißem Dunst. Cendri konnte kaum ein paar Schritte weit sehen, doch Vaniya folgte sicher den vertrauten Pfaden zum Strand. Als sie über den Weg gingen, der nun auch Cendri bekannt vorkam, und langsam den Hügel zu den Ruinen hinaufstiegen, dachte Cendri an ihre erste Nacht in Vaniyas Haus, als sie an ihrem Fenster gestanden und die Prozession zu den Ruinen beobachtet hatte.

Vaniya schien jeden Schritt des Weges zu kennen. Als sie oben angelangt waren, standen sie über dem Nebel, und Cendri sah ihn wie eine dicke weiße Decke am Strand liegen und im Mondschein wabern und treiben. Über ihnen, im klaren Licht der zunehmenden Monde, lagen die Ruinen: dunkel, massig, fremd. Als sie still durch die Schlucht der toten Stadt schritten, zitterte Cendri.

Vaniya blickte zu den Monden hinauf; ihre bleichen, fast vollen Gesichter schwammen still über den Spitzen der unermeßlich alten Gebäude. Leise sagte sie: »Unser höchstes Fest steht bevor. Manchmal habe ich Angst, daß wir keine Priesterin haben könnten, unsere Rituale zu segnen.« Im Dunkeln wandte sie sich zu Cendri und griff nach der Hand der jungen Frau. Die dicken Finger fühlten sich kalt an, und sie sagte: »Ich bin keine unwissende Frau, Cendri, mein Kopf weiß genauso wie deiner, daß die Riten heilig sind, weil die Seelen und Herzen unserer Frauen und unserer Männer sie dazu machen. Und es ist nicht mein Wort oder Mahalas, das sie heilig sein läßt. Es würden Kinder empfangen, geboren, die Ernte würde wachsen, alles würde seinen Gang gehen, wer auch immer die Riten vollzieht, oder auch, wenn sie überhaupt nicht stattfinden. Ich bin nicht der abergläubische Dummkopf, für den Mahala mich hält – Cendri, mein Kind, ich war es, die das Schiff gesteuert hat, das uns von Persephone auf diese Welt gebracht hat! Ich war damals eine junge Frau und hatte keine Ahnung, daß ich jemals ein Amt bekleiden würde, geschweige denn das höchste! Es war Mahala, die immer nach der Macht strebte, und ich war damit einverstanden, daß sie sie erlangte, solange sie wollte, was unser Volk braucht. Aber – Cendri – selbst wenn die Welt weiterlebt, ohne daß unsere Riten gesegnet werden, unser Volk *braucht* sie. Wir brauchen es, daß alles geordnet seinen Gang geht, und ein Volk, das reagiert, wie man es gelehrt hat. Jedes Jahr, seit wir von Persephone hergekommen sind, mußten wir unser Leben an die Welt, die wir vorfanden, weiter anpassen. Wie wir auf unserer Mutterwelt an den Wechsel der Jahreszeiten gewöhnt waren, anpflanzen, wachsen und säen, sind wir hier an den Wechsel der Gezeiten, das Heben und Senken des Meeres gewöhnt. Nicht die Priesterinnen veranlassen dies. Ich glaube nicht, daß, selbst wenn die Masse des Volkes dumm wäre, irgend jemand glauben würde, daß alles durch das Wort der Priesterinnen geschieht, doch ihr Wort gibt Hilfe oder Zurückweisung. Ich weiß, was mit einem Volk passiert, das glaubt, es sei niemandem verantwortlich außer sich selbst und seinen eigenen Sorgen und Wünschen. Ja, wenn wir wollten, könnten wir unsere Gesellschaft zu einer machen, die nicht auf dem Willen der Göttin und den Zyklen der Natur beruht, sondern auf unserem eigenen Willen, der durch die Gesetze, die die Frauen sich selbst machen, hart erzwungen wird. Solche Gesetze sind immer tyrannisch. Wir leben besser unter der sanften Hand der Natur, im Namen der Göttin, als unter Gesetzen, die wir uns selber auferlegt haben und mit Furcht und Strafandrohung durchsetzen. Ich glaube, Mahala denkt, das genüge, doch ich habe gesehen, wie die Gesetze von Männern schließlich an einen Punkt gelangen, wo Kriminalität als solche nicht mehr zählt, sondern nur noch, ob die angemessene Strafe verhängt wird.«

Cendri nickte langsam: eine Regierung, die durch Gebräuche und Tradition, ohne Verbrechen und Rebellion und ohne den Zwang von Gesetzen oder Druck, bestand! Sie wußte nicht, ob sie eine solche Welt mochte, doch das Problem von Kriminalität und Strafe war überall innerhalb des Bundes sehr groß. Die Frauen des Matriarchats hatten es auf ihre Weise gelöst. Sie hatten zumindest das Recht, das Experiment ohne Eingriffe durch den Bund zu vollenden.

Vaniya breitete oben an der Treppe zu dem offenen Platz, wo das Raumschiff stand, ihren Umhang auf dem Boden aus. Sie ließ sich nieder, bat Cendri, sich neben sie zu setzen und sagte: »Ich führte das Schiff, das uns herbrachte, Cendri. Ich war eine junge Frau; hatte keine Kinder. Mutter Rezali hatte mich für das Studium der Pädagogik ausgewählt, und ich hatte eine Menge über das Funktionieren des Universums gelernt. Also hatte man mir und einem halben Dutzend anderen das Schiff anvertraut, während die anderen bis zur Bewußtlosigkeit unter Drogen gesetzt wurden – du bist zu jung, um dich daran zu erinnern, daß für Menschen in jenen Tagen die Fahrt im wachen Zustand unerträglich war und alle außer dem notwenigen Personal ruhiggestellt wurden.«

Von Vaniyas Lippen hörte sich das technische Vokabular fremd an. Mit ruhiger, gedankenvoller Stimme fuhr sie fort, ihr Gesicht war wie eine helle große Kugel, wie die bleichen Monde am Himmel.

»Ich war fast während der ganzen Fahrt allein und hatte viel Zeit zum Nachdenken über die Welt, die wir verlassen hatten und die, zu der wir fuhren. Und schließlich kreiste unser Schiff – dort liegt es – im Schwerfeld dieser Welt, und ich blickte auf den fremden Planeten hinab, der in Wolken gehüllt war, dessen Ozeane von unbekannten Stürmen und Beben und Flutwellen aufgewühlt wurden, und ich bekam Angst, Cendri, ich bekam Angst, trotz allem, was ich über die Gesetze des Universums wußte, trotz aller Erziehung, die ich genossen hatte, trotz allen Glaubens an die Gesellschaft, die wir auf Persephone errichtet hatten, gegen den allgemeinen Trend des Bundes, war ich voller Angst und Zweifel. Wäre es nicht besser, zurückzukehren und uns unter die Gesetze zu fügen, die der Bund für die Menschheit gemacht hatte? Ich überlegte und stellte das Matriarchat in Frage. Waren Männer und Frauen wirklich so unterschiedlich, daß die Gesetze von Männern auf Frauen nicht anwendbar waren und Frauen nicht genügend Freiheit garantierten? Sollten wir nicht besser zurückkehren und eher für einen Platz für Frauen innerhalb des Bundes kämpfen, anstatt uns so radikal von ihm zu entfernen? Ich überlegte, während ich auf den neuen Planeten unter uns blickte, und betete, obwohl ich keine fromme Frau war. Ich wußte, daß wir alle erreichbare Hilfe benötigen würden, ob von uns selbst oder von einer höheren Macht. Und dann, Cendri, bekam ich die Antwort.«

»Antwort, Vaniya?«

»Antwort, mein Kind. Von denen, die hier weilen, die du die Gründer nennst. SIE sprachen zu mir, wie SIE noch immer zu jeder Frau sprechen, die kommt, vor IHNEN kniet und SIE um Rat angeht. SIE beruhigten mich und beseitigten meine Zweifel. SIE leiteten das Schiff hierher und bewiesen mir«, ihre Stimme zitterte vor Inbrunst, »daß unsere Art zu leben, das Matriarchat, wie auch wir glaubten, von altersher gesegnet war, bevor die Männer die Macht an sich rissen.«

Cendri fühlte, wie ihr ein Prickeln kalt über den Rücken lief. Sie flüsterte: »Bewiesen, Vaniya? Wie haben SIE dir das bewiesen?«

Auch Vaniyas Stimme war nurmehr ein Flüstern. Sie sagte: »SIE sprachen zu mir, wie SIE auch mit dir gesprochen haben. Ich habe dein Gesicht gesehen, als wir an dem Tag der großen Welle zu den Ruinen kamen, als das Dorf zerstört wurde und du dich als eine von uns erwiesen hast; als du dein Leben riskiertest, um den Alarm zu läuten. Doch in all den Jahren, die wir auf Isis verbracht haben, Cendri, in all den Jahren, die wir hierherkommen, SIE zu verehren, haben SIE noch niemals zu einem Mann gesprochen. Kein Mann hat je IHRE Stimme gehört. Und *daher* wissen wir, Cendri, ohne den leisesten Zweifel, daß die Gründer den Frauen die Herrschaft gaben und daß der Bund falsch, falsch, falsch handelte! Sag mir . . .«, sie wandte ihr im Mondlicht bleiches Gesicht der jüngeren Frau zu, »während des Aufenthaltes in den Ruinen, hat dein Begleiter jemals IHRE Stimme gehört?«

Kalt und zitternd flüsterte Cendri: »Nein. Niemals!«

»Und du hast SIE gehört. Ich weiß, daß du SIE gehört hast, Kind, ich habe es deinem Gesicht angesehen.«

Cendri flüsterte zögernd, während ein Schauer über ihren Rücken lief: »Ich habe . . . SIE gehört . . .«

Vaniya nickte langsam, zog Cendri auf die Füße und legte den Arm um die jüngere Frau. Sie hielt sie dicht an sich gedrückt. Unter dem schweren Umhang gingen sie mit verschränkten Armen und sich gegen die fallende Dunkelheit schützend die Stufen hinunter zu dem alten Raumschiff.

»Komm, Kind, komm. Ich weiß jetzt, daß SIE mir helfen werden, daß SIE zu mir sprechen werden, SIE, die alles wissen, werden mir sicher helfen, die Zeichen der Mutter zu finden, so daß ich fortfahren kann, meine Töchter zu leiten. SIE werden meine Führung bestätigen, lassen mich Mutter für mein Volk bleiben. Komm, Cendri. Komm und sieh.«

X

Wolken trieben über die Scheibe des näheren Mondes; der weiter entfernte strahlte ein gedämpftes Licht aus, als die Frauen eng aneinandergepreßt auf den dunklen Schatten des alten Raumschiffes zugingen. Cendri fragte sich, warum – und wie? – das Schiff selbst zum Zentrum der Präsenz, oder was immer es war, geworden war. Oder hatten die mysteriösen Gründer das Schiff einfach heruntergezogen? *Wir-Wurden-Geleitet,* so nannten die Matriarchen die Ruinen und festigten so den Kontakt mit den fremden Präsenzen, Gründer. Dal hatte also recht gehabt, und diese alten Ruinen waren wirklich eine Stätte derer, die die bekannte Galaxis bevölkert hatten. Ihre Haut prickelte, und Kälte stieg in ihr hoch. Hatte diese fremde Rasse wirklich das Matriarchat als ihr auserwähltes Volk ausgezeichnet?

Die Fackel in Vaniyas Hand flackerte und verlosch, doch Vaniya, deren Schritte in der Dunkelheit absolut sicher waren, führte sie weiter. Als sie näher kamen, fühlte Cendri wieder diese überwältigende Wärme, die sie umfing, in ihr hochkroch, ihren Körper erfüllte, so daß sie Kälte und Feuchtigkeit des Windes vom Meer nicht mehr spürte. Sie brauchte nicht mehr zu sehen, eine äußere Kraft außerhalb zog sie an. Einen Moment lang versuchte sie, klar zu bleiben, sich an ihre Wahrnehmungen zu halten und nicht an dieses fremde Ding, das sie zu überwältigen, ihre Persönlichkeit zu ersticken schien.

Ich glaube nicht an Götter . . . Religionen sind ein Element sozialer Kontrolle – selbst Vaniya, die hier Priesterin ist, sagte das heute abend . . . Und doch zog sie *etwas* an, ein Glühen, eine Wärme, ein Gefühl, von tiefer, liebender Zärtlichkeit umfangen zu werden. Vaniya war auf die Knie gefallen. Cendri war sich keines Entschlusses dazu bewußt, als sie neben der anderen Frau niedersank und in Wärme gehüllt kniete.

Ich liebe dich . . . du wirst geliebt, du gehörst mir, du bist mein . . . Cendri kämpfte um einen winzigen Rest von Bewußtsein gegen diese Intensität, dieses Gefühl, verschlungen zu werden . . . es nützte nichts. Sie verschwamm in Freude. Hinterher wußte sie nicht, wie lange sie dort gekniet hatte, aufgelöst, überwältigt von einer Präsenz, die ihr kritisches Urteil oder ihren Unglauben wegwischte . . . wie konnte sie es nur *nicht* glauben? Es war *da,* es war real, es war . . . Transzendenz . . .

Der Sonnenaufgang blendete ihre Augen, und sie fühlte, wie sie sich mit heißen Tränen füllten. Es war fort, sie war allein und kniete neben Vaniya auf dem kühlen Boden der Ruinen, und die über ihnen aufragende Masse war nichts weiter als ein altes Raumschiff, das seine besten Tage vor langer Zeit schon gesehen hatte. Sie fühlte sich kalt und allein gelassen. Die letzten Spuren von Wärme zogen sich langsam in kleinen Wellen aus Geist und den Sinnen zurück.

Neben ihr seufzte Vaniya und kämpfte sich unter einem leisen Schmerzenslaut mit steifen Gliedern hoch. Cendri wandte sich ihr schnell zu und half der alten Frau wieder auf die Füße.

Vaniya drückte zärtlich ihre Hand. Flüsternd und mit einem leeren Gesicht, das noch die Spuren der Ergriffenheit zeigte, sagte sie: »Wie komisch – und wie vernünftig. Mutter Rezali hat in der Tat meine Führerschaft bestätigt, da sie weiß, daß Mahala die Schlangen des Ufers haßt und fürchtet.« Ihre Augen funkelten, blickten dann auf Cendri. »In den Uferhöhlen, so haben SIE mir gesagt, werde ich Ring und Robe finden, die echten, keine Fälschungen.«

»Müssen wir dorthin und sie finden?«

Vaniya schüttelte den Kopf. »Ich werde Maret und meine Töchter schicken, denen ich trauen kann. Du hast genug getan, kleine Cendri.« Ihre Hand ruhte auf Cendris Schulter, Cendri stützte Vaniyas Schritte, und langsam stiegen sie hinaus aus den Ruinen in den rötlichen Ufernebel. Die Sonne ging auf. Es war feucht, und als sie über den Strand gingen, leckte die Flut an ihren Schuhen und befeuchtete die Säume ihrer Umhänge. Im Garten war jedes Blatt des gräulichen Grases tropfnaß, und die offenen Blüten des Fischkrautes verliehen dem Gebüsch einen scharfen Geruch. Vaniya zog tief den Atem ein und sagte leise: »Ich kann am Geruch der Kräuter die Jahreszeiten erkennen – kommst du mit uns auf das Fest, kleine Tochter? Du bist wirklich eine von uns, da doch die Alten zu dir gesprochen haben.« Sie drückte Cendri zärtlich an sich, und Cendri lächelte sie an und sagte: »Laurina hat mich gebeten, mitzukommen . . .«

Als sie in Vaniyas Gesicht blickte, wurde sie sich plötzlich bewußt, wie alt die Promatriarchin war. Sie sah stark und energisch aus, aber langes Fasten und schlaflose Nächte hatten der eisernen Kraft der Promatriarchin zu schaffen gemacht. »Mutter«, sagte Cendri und benutzte zum ersten Mal den offiziellen Titel der älteren Frau. »Ich bitte dich, geh schlafen, und iß auch etwas. Du bist so müde!«

Vaniya seufzte und sagte: »Sobald ich die Frauen des Haushalts losgeschickt habe, Rezalis Ring und Robe zu holen . . . Meine Töchter werden in den zukünftigen Tagen meine Kraft brauchen.« Und mit kurzem Schaudern merkte Cendri, daß Vaniya nicht Miranda und Lialla und ihre anderen Kinder und Enkel meinte, sondern alle Frauen auf Isis, die ihre Töchter wären, wenn sie Hohe Matriarchin würde.

. . . und ich bin auch ihre Tochter . . . dachte Cendri mit einem prickelnden Schaudern, und Spannung ergriff ihren Körper. Als sie ins Haus kamen, liefen alle Frauen des Haushalts nach und nach in die große Halle. Als sie Vaniya ansahen, wichen sie jedoch zurück, und Cendri wußte, daß sie in Vaniyas Augen immer noch die Ekstase des Kontakts sahen, daß die Präsenz immer noch bei ihr war.

Das ist wahre religiöse Erfahrung, das einzige, was Religion vor bloßem Schwindel bewahrt . . . wirklicher Kontakt mit etwas aus der Welt des Jenseits . . . und es ist wahr . . . wahr . . .

Vaniya sagte kurz: »Holt Maret, sofort, geht mit ihr zu den Uferhöhlen, zehneinhalb Kilometer hinter dem Dorf der Perlentaucherinnen. In der dritten Höhle nach Süden, exakt zwanzig Meter vom Eingang entfernt, ist die dreiäugige Schlange an die Wand gemalt. Grabt zwei Meter tief, und ihr werdet eine Kiste finden, in der Rezalis Ring und Robe liegen.«

Lialla flüsterte: »Dann hat Mutter Rezali also zu dir gesprochen, Mutter?«

Vaniya schüttelte den Kopf. »Nein. Aber SIE, die klüger ist als Mutter Rezali im Leben oder Tod, hat mir diese Vision gesandt, als ich in Wir-Wurden-Geleitet kniete und Rat suchte. Geht sofort, meine Kinder. Lialla, Zamila, bringt mir etwas zu essen, ich muß etwas zu mir nehmen und mich erholen.« Sie schwankte, und ihre Töchter stützten sie. Vaniya sagte: »Schickt mir sogleich Miranda. Auch sie soll die

Neuigkeit erfahren . . . Cendri, mein Kind, geh und ruh dich aus!«

Cendri ließ die alte Dame bei ihren Töchtern, Enkeln und den herbeiströmenden Frauen des Haushaltes und stieg langsam die Stufen zu ihrem Zimmer hinauf. Sie fühlte sich absolut kalt und erschöpft und völlig unfähig, diese Erfahrung zu verarbeiten. Sie hegte nicht den geringsten Zweifel und *wußte,* daß Vaniyas Frauen Ring und Robe finden würden, wie sie es angegeben hatte: in einer Kiste zwei Meter unter der Oberfläche unterhalb einer gemalten dreiäugigen Schlange, zwanzig Meter tief in der dritten Höhle zehneinhalb Kilometer südlich des Perlentaucher-Dorfes.

Hellseherei, ja, das habe ich immer gern geglaubt. Doch diese Präsenz . . .

Langsam erhob sich Dal aus seiner Ecke in dem weichen Alkoven, wo er geschlafen hatte. Sein Gesicht verriet Wut.

»Cendri, wo bist du gewesen? Ich habe mir Sorgen um dich gemacht, und als ich dich mit Vaniya durch den Garten von den Ruinen kommen sah . . .«

Sie schüttelte den Kopf. »Dal, Vaniya hat Ring und Robe der Matriarchin gefunden. Sie hat mich mit in die Ruinen genommen, um die – die Präsenzen dort um Rat zu fragen . . .«

Verwirrt schüttelte er den Kopf: »Cendri, was ist mit dir und dieser Frau?«

Wenn nicht alles so ernst gewesen wäre, hätte sie wohl gelacht. Sie sagte: »Dal, glaubst du wirklich, daß Vaniya und ich eine heiße Affäre miteinander haben? Merkst du eigentlich nicht, daß sie alt genug ist, meine Großmutter zu sein?«

»Das hält sie ja auch nicht davon ab, Rhu als Liebhaber zu halten, oder?«

»Rhu ist ihr Begleiter. Ich habe keine Ahnung, wie sich ihr Sexualleben abspielt, und es ist mir auch verdammt egal. Aber das ist hier nicht der Punkt. Du kannst es nicht von beiden Seiten sehen, Dal, wenn du denkst, daß Rhu ihr

Liebhaber ist, ist es doch dumm, zu denken, daß ich mich mit ihr eingelassen habe, oder?«

»Aber sicher bist du auf ihrer Seite?«

Cendri sagte ernsthaft: »Das stimmt. Ich liebe sie. Aber nicht auf die Art, wie du zu glauben scheinst, Dal, das ist zu lächerlich, um Worte dafür zu finden!« Wieder hätte sie am liebsten gelacht, aber sie spürte seine Eifersucht und seine tiefe Verunsicherung. Sie ging zu ihm und legte die Arme um seinen Hals. »Dal, Liebling! Das ist jetzt nicht wichtig! Ich sagte: Vaniya hat Ring und Robe von Rezali gefunden!«

Mißmutig fluchte Dal: »Ich hatte gehofft, die andere würde es bekommen, wir kämen mit ihr besser klar!«

»Dessen bin ich nicht so sicher«, sagte Cendri langsam.

»Eine Gesellschaft, die ihre Führung nach Aussagen eines Hellsehers wählt, ist wohl ziemlich beschränkt, wenn man es bedenkt.«

»Das kannst du doch gar nicht beurteilen«, sagte Cendri scharf.

»Nein, verdammt«, sagte Dal wütend. »Aber Mahala ist eine vernünftige Frau . . .«

Übertragung, Cendri behielt das für sich. *Mahala erkennt die gehobene Position von Dal an, spielt es aus, und er fühlt sich geschmeichelt.*

»Dal, ich war in den Ruinen, und die Gründer haben mit Vaniya *gesprochen*. Sie haben ihr gesagt, wo sie Ring und Robe finden wird . . .«

Noch während sie sprach, sah sie, wie Skepsis sein Gesicht überzog, und sie seufzte. Er runzelte die Stirn.

»Die Gründer haben mit ihr *gesprochen*? Oh, komm Cendri!«

»Haben sie!« sagte sie hartnäckig. »Ich war da . . .«

»Und was haben sie zu dir gesagt?« fragte er, und sie seufzte wieder und gab es auf. Wie konnte sie Dal in Worten eine Erfahrung mitteilen, die weit darüber hinausging, ein Gefühl, eine Emotion.

»Sieh mal, Cendri«, sagte er erklärend, »deine Freundin

Vaniya ist eine perfekte Zauberkünstlerin. Sie hat versucht, dich zu beeindrucken. Vielleicht hat sie einige hellseherische Fähigkeiten – viele haben das. Aber ich bin Tag für Tag in diesen Ruinen gewesen. Nichts und niemand hat mich jemals angeredet.«

Sie wollte gerade sagen, daß die Gründer niemals zu Männern sprachen, hielt sich aber zurück. Dal würde das nicht akzeptieren. Amüsiert und leicht verächtlich schüttelte Dal den Kopf.

»Komm schlafen, Cendri, du schläfst ja schon im Stehen . . . läufst die ganze Nacht in den Ruinen herum! Als sie Rezalis Ring und Robe gefunden hatte, mußtest du es ihr wohl überreichen. Ich verhehle nicht, daß ich es bedaure. Mahala ist eine Person, mit der ich auskäme, und ich hatte schon vor, wenn *sie* Hohe Matriarchin würde, die Planung für eine voll ausgerüstete wissenschaftliche Expedition zu starten, die hier in den Ruinen arbeiten soll. Diese Ruinen sind älter als jegliche Zivilisation, die ich jemals gesehen oder über die ich gelesen habe; es besteht die Möglichkeit, daß sie von den Gründern sind, wenn sie wirklich durch Zeitstatik oder etwas Ähnliches erhalten blieben. Eine zwei Millionen Jahre alte Zivilisation, Cendri! Und du erwartest von mir, daß ich hier um den heißen Brei herumschleiche, nur weil diese dummen Weiber es in eine Art Tempel für ihre idiotische Religion verwandelt haben?« Ungläubig schüttelte er den Kopf. »Aber Vaniya ist eine echte Gläubige, und ich mag den Gedanken nicht, mit ihr arbeiten zu müssen.« Abrupt hielt er in seiner sich steigernden Aufregung inne und sagte in freundlicherem Ton: »Süße, du schläfst ja schon, komm und ruh dich aus. Wir werden später darüber reden, wenn du willst.«

Später am Tag sah Cendri, die bis zum Mittag geschlafen hatte, wie eine Gruppe aus Vaniyas Haushalt mit einer großen Kiste zurückkam, die wirklich so aussah, als sei sie lange Zeit in einer Höhle oder an einem ähnlich feuchten Platz begraben gewesen. Die Metallbeschläge waren verrostet, und sie war mit einer Schlammschicht bedeckt. Miranda erzählte ihr aufgeregt, daß Rezalis Ring und ihre bestickte Robe wirklich darin gelegen hätten, und daß Vaniya bereits die Frauen des Rates zusammenrufen ließ.

»Ich hoffe, alles wird vor dem Fest geregelt sein«, sagte Miranda. Sie standen auf der Treppe, und Cendri sah, wie mehr und mehr Männer über die Straße, die an der Residenz der Promatriarchin vorbeiführte, in die Stadt strömten. Plötzlich fühlte sie eine innere Unruhe.

Offensichtlich arbeitete Dal für den Bund und plante eine Rebellion unter den Männern! Wenn er den Aufstand zur Zeit des Festes plante, wenn die Stadt mit Männern vom Delta und dem großen Dammbauprojekt praktisch überfüllt war, hätte er eine ganze Armee zur Verfügung! Ihre Unruhe stieg, als sie beim Abendessen Dal und Rhu abseits von den Frauen ruhig miteinander sprechen sah. Rhu stand in irgendeiner Verbindung zu der Untergrundorganisation der Männer, die sie nur von dem Losungswort her kannte, das sie ein- oder zweimal gehört hatte: »Wir wurden nicht in Ketten geboren!«

Aber – Rhu? Der sanfte Begleiter, der Musiker, der Mann ohne jegliche Gewalt? Er nahm an dem Sportwettbewerb nicht teil, er schien auch nicht über körperliche Stärke zu verfügen, die hier als Zeichen von Männlichkeit am höchsten geschätzt zu werden schien. Konnte er wirklich für eine Bewegung arbeiten, die nur, sollte sie überhaupt an die Macht gelangen, ein gewalttätiger und blutiger Handstreich sein würde? Und würde sich Dal – Meistergelehrter von Universitas und der Ethik der Selbstbestimmung für alle Welten verpflichtet – sich für eine solche Sache hergeben?

In dieser Welt ist Dal rechtmäßig mein Eigentum. Ich muß mich den örtlichen Gesetzen unterwerfen. Ich werde für alles verantwortlich sein, was er tut. Ist es nicht meine Pflicht, mehr herauszufinden? Und doch fürchtete sie die Szene, die Dal ihr machen würde, wenn sie ihn fragte.

Ich bin ein Narr, daß ich vor Dal Angst habe, mich ihm so unterwerfe. Ich habe gedacht, daß ich gleichberechtigt sei. Warum kann ich nicht so handeln? Warum verstört mich der bloße Gedanke an seine Wut?

Bei Sonnenuntergang kam ein Bote vom Ältestenrat. Am nächsten Morgen würde man Vaniya und ihr Gefolge treffen und entscheiden, ob wirklich der echte Ring und das echte Kleid der Hohen Matriarchin gefunden worden waren. Grimmig befahl Vaniya ihren stärksten Frauen, die Kiste zu bewachen.

»Ich wäre nicht überrascht, wenn Mahala Spione schickte, um sie zu stehlen«, sagte sie mit zusammengepreßten Lippen und blickte Miranda an. »Ich wünschte, du hättest den Geburtstermin schon hinter dir. Solange du hier bist, sind wir verwundbar . . .«

Mirandas blaue Augen waren weit aufgerissen. »Du glaubst doch nicht etwa, daß Mahala zur Gewalt greift?«

»Ich glaube nicht, daß sie dazu unfähig ist«, sagte Vaniya besorgt.

Doch die Nacht verlief friedlich, und am Morgen machte sich Vaniya, begleitet von den älterenTöchtern, auf den Weg. Nur Miranda meinte, daß es besser sei, zu Hause zu bleiben, da die Geburt kurz bevorzustehen schien. Cendri wurde gebeten, mitzukommen.

Sie empfand ein merkwürdiges Gefühl der Wiederholung, als spiele sie ein Band auf ihrem Aufzeichnungsgerät noch einmal ab, als sie die Halle der Matriarchin betrat, wieder vor den Frauen auf den Kissen saß und Vaniya feierlich Ring und Robe zur Prüfung überreichte.

Cendri beobachtete Mahala, als die Promatriarchin die Robe auf den Schoß nahm und prüfte. Sie hatte schon vorher bemerkt, daß etwas Katzenhaftes von der jüngeren Promatriarchin ausging. Jetzt hatte Cendri das Bild einer Katze mit ausgestreckten Krallen vor Augen, der jedes Haar zu Berge steht, als Mahala mit verkniffenem Gesicht die Stickerei prüfte.

Schließlich zogen sich ihre Augen in dem dreieckigen Gesicht zu Schlitzen zusammen, und sie sagte: »Es scheint, als seien dies wirklich die echten Duplikate von Rezalis Ring und Robe, obwohl du, Vaniya, sie nach dem Bildnis der seligen Matriarchin hättest kopieren können . . .«

Trocken gab Vaniya zurück: »Wenn ich nach nur fünf Minuten Betrachtung durch den Glaskasten heimgehen und es in weniger als einem Tag kopieren könnte, dann wäre ich übermenschlich und wirklich die bessere Hohe Matriarchin. Doch ich beanspruche eine solche übernatürliche Kraft nicht für mich. Wie ihr an der Kiste sehen könnt, war sie lange Zeit unter der Erde. Und dies hier ist der authentische Ring und das authentische Kleid. Ich rufe eine jede Frau hier an, anzuerkennen, daß der Geist unserer verehrten Mutter Rezali mich bestimmt hat, und daß ihr mich als einzige rechtmäßige Hohe Matriarchin der Stadt Ariadne und der Regierung von Isis akzeptiert.«

Mahala sprang mit vor Wut sprühenden Augen auf die Füße.

»Das ist abergläubischer Schnickschnack!« schrie sie. »Ich protestiere! Ich verlange, daß der Rat diese Sache entscheidet, der anerkennen muß, daß ich zumindest nicht wahnsinnig bin. Und wenn Vaniya glaubt, daß der Geist einer toten Frau ihrem Geist zugeflüstert hat, wo sie diese Sachen findet – ist sie deshalb fähig, mit all der notwendigen Autorität über uns zu herrschen?«

Vaniya sagte ruhig: »Wenn du mir zuhörst, meine Schwester, wirst du bemerken, daß ich diesen Anspruch nicht erhebe. Ich habe keine Ahnung, ob Mutter Rezalis Geist irgendwo auf dieser Welt oder auf einer anderen weiterlebt. Ich sage einfach, daß ich den authentischen Ring und das Kleid in Händen halte, und nach den Gebräuchen und Traditionen des Matriarchats, die wir ja alle aufrechterhalten wollen, geht die Macht der Hohen Matriarchin auf mich über. Ich sehe wirklich keinen Grund für eine weitere Debatte.«

Mahalas schmales Gesicht lief rot an, als sie sagte: »Wie ist Vaniya an diese Dinge gelangt?«

Vaniya antwortete: »Weder durch Brauch noch durch Tradition bin ich verpflichtet, dies zu erklären; ich muß lediglich den Rat davon überzeugen, daß sie authentisch sind.«

»Nein«, sagte Mahala wütend. »Ich stelle das alles in Frage. Warum soll der Besitz der Zeichen der Hohen Matriarchin beweisen, daß Vaniya eine bessere Hohe Matriarchin sein wird als ich? Ich schlage vor, daß der Rat die Sache entscheidet, ohne diesen Tand hier zu beachten!« Wütend schleuderte sie den Ring durch den Raum und versuchte, die Robe hinterherzuwerfen. Sie entfaltete sich und fiel schwerfällig in die Mitte des Raumes, wo sie in einem zusammengefallenen Haufen liegenblieb.

Vaniya sagte ruhig: »Wir haben seit langer Zeit die Matriarchinnen so gewählt, und ich bin nicht dafür, das zu ändern. Wenn du die Gegenstände gefunden hättest, hättest du es willig akzeptiert.«

»Das ist doch nur«, sagte Mahala barsch, »weil du ein abergläubischer Dummkopf bist. Warum, glaubst du, habe ich diesen lächerlichen Schund zu fälschen versucht? Weil es uns Ärger erspart und euch allen . . .«, sie ließ ihre Augen einmal im Kreis der Ältesten herumblitzen, »die Chance gegeben hätte, mich zu akzeptieren, weil ihr mich für die Bessere haltet. Ich verlange nun, daß der Rat diejenige wählt, die er von uns beiden für die Fähigere hält, auf dem Platz von Mutter Rezali über Isis zu regieren, und laßt uns nichts mehr über Hellseher, Geister und spirituellen Rat hören!«

Vaniya lächelte ein wenig verächtlich. »Aber wer gibt dem Rat allein das Recht, eine Angelegenheit zu entscheiden, die doch mit Zustimmung jeder Frau von Isis geregelt werden sollte? Und dann, warum nur jede Frau von Isis? Die Männer sind unsere Söhne, und wir sind für ihr materielles und moralisches Wohlergehen verantwortlich, von ihrem geistigen Wohlbefinden ganz zu schweigen. Wenn jede Frau und jeder Mann von Isis für Mahala wären, hätte ich möglicherweise nichts dagegen, obwohl ich nicht sicher bin, daß die Frauen in den Dörfern genügend über unsere

Probleme wissen, um zu beurteilen, wer besser für dieses Amt geeignet ist . . .«

»Der Rat soll es entscheiden«, bestand Mahala. »Er repräsentiert die Frauen aus den Dörfern . . .«

»Wirklich? Während der Gründung des Rates war nie die Rede davon, daß die Dorffrauen den Ratsfrauen den Auftrag gaben, für sie die Hohe Matriarchin zu wählen; und wenn sie es täten, wäre es immer noch eine Farce.« Sie blickte reihum und sagte: »Ich bin nicht unbeugsam oder machtgierig, doch ich kann nicht mit Sicherheit das gleiche von meiner Schwester und Rivalin sagen. Aber wenn jede Frau hier meint, daß ich unfähig bin, und Mahala wählt, werde ich mich zurückziehen.«

»Nein, wirklich«, sagte eine Frau, und Mahala meinte wütend: »Ich verlange eine Mehrheitsentscheidung!«

Vaniya seufzte und schüttelte den Kopf. »Das ist eine Tyrannei, die sich die Männerwelten ausgedacht haben, bei der eine größere Macht ihren Willen der kleineren, schwächeren aufzwingen kann. Wenn du mehr Leute von deiner Meinung überzeugen kannst, heißt das, daß es deshalb auch die richtige Meinung ist, oder nur, daß du uns veranlassen kannst, zu tun, als ob wir es akzeptieren, denn andernfalls wären wir ja durch die Mehrheit mißbraucht? Willst du die gesamte ethische Basis des Matriarchats unterminieren, Schwester?«

Unbeugsam sagte Mahala: »Ich fühle nur, daß es nicht rechtens ist, wenn die Hohe Matriarchin durch einen abergläubischen Ritus gewählt wird, den keine vernünftige Frau auf Isis mehr akzeptiert.«

Vaniya sagte lächelnd: »Ich denke, ich bin eine vernünftige Frau. Willst du mit mir nach Wir-Wurden-Geleitet kommen und deine Sinne prüfen?«

»In solch einem Fall«, sagte Mahala, »traue ich meinen Sinnen nicht.«

Vaniya fragte: »Wem oder was traust du denn?« Die Frage war sanft und interessiert, keine Herausforderung, aber Maalaha fühlte sich in die Defensive gedrängt. »Ich werde dem Willen der Frauen von Isis trauen«, sagte sie wütend, und Vaniya meinte gedankenvoll: »Selbst jenen, denen man nicht beigebracht hat, an so etwas zu denken, weil man sie lehrte, daß *wir* gewillt sind, diese schwere Bürde auf uns zu nehmen? Wenn man ihnen allen von Kindheit an beigebracht hätte, daß sie selber die Bürde unseres weltlichen Schicksals tragen müssen – dann vielleicht, aber das ist nicht der Fall. Ich werde mich nicht zurückziehen, bis ich sicher bin, daß sie in der Lage und gewillt sind, es auf sich zu nehmen.«

Eine der Frauen sagte ruhig: »Wir könnten jetzt bis zum Ende der Saison weiterdiskutieren und alle andere Arbeit vernachlässigen. Wie sollen wir das lösen? Wir haben immer unsere Entscheidungen nach Brauch und Tradition gefällt; mit dieser Methode bleibt uns keine andere Wahl, als Vaniya als unsere Hohe Matriarchin anzuerkennen.« Sie hob die Hände, als Mahala protestierend den Mund öffnete, und sagte: »Nein – warte. Auch Mahala hat in gewisser Weise recht. Wenn viele der gebildeten Frauen auf Isis den Traditionen nicht mehr trauen, sind diese nicht mehr vernünftige Grundlage für unsere Entscheidungen. Ein Brauch ist kein Brauch mehr, wenn ihn nur ein paar alte Frauen akzeptieren. Und das Fest steht vor der Tür; die Stadt ist voll von Männern, und die Frauen bereiten sich darauf vor, das Meer zu besuchen. Diese Debatte läßt unser Volk mutterlos, solange wir hier diskutieren, welche Pflegemutter wir für unsere Frauen und Männer wählen. Wir können Vaniyas Herrschaft nicht akzeptieren, wenn Mahala sich weigert, loyal zu sein, selbst wenn diese Gegenstände . . .«, sie ging ehrerbietig hin, hob sie auf, faltete die Robe und legte sie zurück in die Kiste, »nicht mehr als Grundlage unserer Entscheidung dienen. Auch Mahalas Herrschaft können wir nicht akzeptieren, es sei denn, Vaniya gibt ihren Anspruch auf und schwört Loyalität.«

Vaniya schüttelte schwer den Kopf. Cendri schien, als spräche sie bedauernd. »Ich kann keiner Entscheidung gehorchen, die mein Bewußtsein und die ethische Basis des Matriarchats verletzt. Ich kann mich nicht einverstanden erklären, solange wir keine Entscheidung erzielt haben, die das Bewußtsein jeder Frau in diesem Raum zufriedenstellt . . .«, langsam blickte sie in jedes Gesicht, »und nicht das Bewußtsein irgendeines Außenstehenden verletzt.«

Über Mahalas Gesicht zuckte ein katzenhaftes Lächeln. Sie sagte: »Und wenn wir auf die Auseinandersetzungen mit Hunderttausenden von Bewußtseinseinheiten warten, werden wir beim Fest mutterlos sein, die Geschäfte von Isis, der Handel mit dem Bund, die Entscheidungen über Hunderte von kleinen Angelegenheiten in Stadt und Land müssen alle warten.«

Cendri bemerkte, daß dies das alte Argument bei der Auseinandersetzung zwischen Mehrheitsregierung, Anarchie oder Tyrannei war; der uralte Kampf zwischen Effizienz und persönlicher Freiheit. Die meisten Gesellschaften opferten auf beiden Seiten etwas und praktizierten eine Form der gemischten Demokratie; die Tyrannei opferte die persönliche Freiheit, die Anarchisten die Effizienz. Jede Regierungsform hat ihren Preis.

Doch Regierungen wechseln. Und diese schien nach einer langen stabilen Periode im Umbruch begriffen zu sein, schien mehr Effizienz zu fordern – oder waren es lediglich Mahala und eine kleine Gruppe, die sich änderten?

Ruhig sagte Vaniya: »Ich glaube nicht, daß alle Probleme der Industrie und des Handels über Nacht gelöst werden müssen. Den Bund gibt es seit Jahren, und er wird auch noch in der nächsten Saison da sein, oder noch ein Langes Jahr. Es gibt keinen Grund, irgend etwas rasch zu entscheiden, das wir dann revidieren müssen, wenn die Gefühlswellen wieder abgeflaut sind. Ich schlage vor, daß meine Schwester und ich für den Moment Promatriarchinnen bleiben, wie wir es während der Zeit von Rezalis Krankheit gewesen sind.«

»Aber das Fest! Sollen die Männer bei unserem höchsten Fest mutterlos sein?« fragte eine der Frauen. Und Vaniya antwortete: »Da Mahala unseren Glauben als Aberglauben bezeichnet hat, wird es sie vielleicht nicht allzusehr beunruhigen, wenn ich die Bürde auf mich nehme und das Fest in diesem Jahr leite?«

Mahala zuckte die Achseln. Sie sagte: »Diesen Teil des Amtes einer Hohen Matriarchin trete ich in der Tat gern an jeden, der glaubt, ab. Sollte ich Hohe Matriarchin werden, wäre meine erste Handlung sowieso, daß ich eine Hohepriesterin ernenne, die sich dieser Dinge annimmt, damit ich meine Zeit wichtigeren Staatsangelegenheiten widmen kann. Meine Kollegin mag gern diese Bürde übernehmen.«

Ebenso ruhig sagte Vaniya: »Diese Haltung – daß du diese Ämter trennen willst – ist der Hauptgrund, warum ich dich nicht als Hohe Matriarchin akzeptieren kann, Schwester. Aber da ich der festen Meinung bin, daß mich die Frauen von Isis schließlich doch als ihre Hohe Matriarchin anerkennen werden, fühle ich, daß es meine Pflicht ist, diesen Teil zu übernehmen. Seid ihr alle damit einverstanden?«

Eine nach der anderen nickten die Frauen zustimmend; nur eine sagte: »Es muß aber völlig klar sein, daß die Angelegenheit noch nicht bereinigt ist. Wenn Vaniya als Priesterin beim Fest erscheint, werden viele Mahalas eventuellen Anspruch, dieses Amt selber zu übernehmen, nicht ernst nehmen!«

Vaniya zog leicht die Brauen zusammen, sagte aber: »Es soll so sein. Ich werde nur als Promatriarchin dort sein und nicht als Hohe Matriarchin. Reicht das?«

Mahala lachte und sagte: »Glaubst du wirklich, daß irgend jemand hier, oder nur eine der Frauen der Stadt oder die Männer, die zu Hunderten herkommen, das Meer zu besuchen – glaubst du wirklich, daß irgendeiner von ihnen die Zeremonien im Tempel oder die anderen Dinge ernst nimmt? Du weißt so gut wie ich, Vaniya, was sie wollen, und ich hoffe, ich werde bis zu dem Tag leben, an dem all diese Zeremonien ihrer religiösen Bedeutung entkleidet werden, die wir um sie herumgewoben haben, und sie auf ihre soziale Funktion reduziert werden.«

Sanft fragte Vaniya: »Wie in den Männerwelten, Mahala?«

Mahala lachte, und es klang wie gesplittertes Glas. Sie sagte: »Ich glaube nicht – wie du es offensichtlich zu tun scheinst, Vaniya –, daß die Männerwelten des Bundes ein Monopol auf gesunden Menschenverstand haben, oder daß die Frauen von Isis sich nicht so praktisch geben können, wie sie sind.«

Vaniya erhob sich zum Gehen. Ruhig ging sie zu Mahala hinüber und legte ihre Hände auf die Schultern der anderen. Mit leiser, freundlicher Stimme sagte sie: »Und wenn wir das getan haben, Mahala, wenn wir unsere Gesellschaft von allem, was nicht zu unserem materiellen und sozialen Wohlergehen beiträgt, entledigt haben, wenn wir das Optimale einer praktischen und vernünftigen Kultur erreicht haben – dann, meine liebe Schwester, meine liebe Kollegin, wie werden wir uns dann von den Welten unterscheiden, die von Männern beherrscht werden? Was dann, Mahala? Was dann?«

Mahala kniff die Augen zusammen und blieb stumm. Vaniya ließ die Hände sinken und entfernte sich, während die andere Promatriarchin hinter ihr herstarrte.

XI

Den ganzen Tag über nahmen die Zeremonien auf Isis ihren Gang. Cendri war in die große Halle der Residenz der Hohen Matriarchin gegangen, wo Frauen die Statuen der früheren Matriarchin mit Blumen umkränzten, und mischte sich dort unter die Menge. Zum ersten Mal, seit sie in Ariadne war, mischten sich Männer und Frauen auf den Straßen. Im Laufe des Tages hatte sich unter der Oberfläche Spannung aufgebaut.

Sehr mutig hatte sich Cendri ihren Stimmenaufzeichner um den Hals gehängt und hoffte, daß sie von den Zeremonien graphische Aufzeichnungen machen könnte, um sie später in

Ruhe abspielen und urteilen zu können, welche Bedeutung sie hatten. Wieder und wieder sah sie, wie Männer in den Straßen den Gruß »Wir wurden nicht in Ketten geboren« austauschten, doch sie merkte auch, daß das außer ihr keine Frau zu bemerken schien. Männer waren auf Isis offensichtlich so unwichtig, daß keine Frau auch nur *bemerkte,* was ein Mann tat, es sei denn, er sprach sie direkt an oder war auf andere Weise mit ihr befaßt.

Später am Nachmittag kehrten sie in die Residenz der Promatriarchin zurück. Miranda bat, ein paar Minuten mit Cendri sprechen zu dürfen.

»Du machst beim Fest mit? Ich habe es mir gedacht. Denk an mich, wenn die Männer mit den Speeren fischen . . . Ich fühle mich schuldig, daß ich unsere Haushebamme vom Fest fernhalte. Sie sagt, heute nacht könnte es kommen, aber das hat sie schon vor vier Wochen gesagt, und ich laufe immer noch so herum«, sagte Miranda seufzend. »Ich hoffe sehr, daß es bald vorbei ist. Ich war sicher, daß ich das Kind jetzt schon in den Armen halten könnte.«

»Wirst du dann allein hier sein, Miranda, nur mit der Hebamme? Ich bleibe hier und leiste dir Gesellschaft, wenn du es wünscht.«

»Nein, nein, meine Freundin«, lachte Miranda. »Es wird ein gutes Essen geben, ein Festmahl, das hier heute abend für die kleinen Kinder veranstaltet wird, für Genehmigte Frauen wie Maret, für die Jungen und Mädchen, die zu klein für das Fest sind, für Begleiter und . . . ja, für Frauen wie mich, die zu schwanger sind, um die Nacht über am Strand zu bleiben. Wir werden einfach an dem Kinderfest teilnehmen und uns eine fröhliche Nacht bereiten, während die anderen Frauen fort sind.« Sie lächelte, zögerte und sagte dann: »Rhu hat versprochen, bei mir zu bleiben, so daß ich nicht allein sein werde. – Cendri, das könnte ich keinem anderen erzählen. Ich bin so froh, daß es jemanden gibt, der das nicht für Wahnsinn hält . . .«

Cendri drückte ohne ein Wort die Hand ihrer Freundin.

Mirandas mißliche Lage erschien ihr völlig normal, doch in Mirandas Gesellschaft betrachtete man es in der Tat als Wahnsinn, daß sie die Gesellschaft eines Begleiters der anderer Frauen vorzog. Heute abend würde sie sehen, wie die normalen Beziehungen zwischen den Geschlechtern aussahen, was mit dem komischen Ritual begann, das sie »das Meer besuchen« nannten. Heute morgen hatte sie eine Art Predigt gehört, die die Frauen, die sich auf dem Platz vor der Residenz versammelten, erinnerte, daß alles Leben aus dem Meere stammte, und daß sie dorthin zurückkehrten, um ihrem Ursprungsort ihre Ehrerbietung zu erweisen.

Alle Frauen des Haushaltes, die sich auf das Fest vorbereiteten, hatten lange Gewänder angelegt, die mit Fisch- und Blumenmustern bestickt waren. Miranda hatte Cendri eines ihrer Festgewänder geliehen. Während sie sich anzog, spekulierte Cendri, was sie wohl erwarten würde. Sie fragte sich, ob die Männer die Frauen bei Sonnenaufgang wohl nach Hause begleiteten; das könnte erklären, warum die Begleiter nicht daran teilnahmen, während alle anderen, Männer und Frauen, dieses Mal zusammen das Meer besuchten. Wenn es eine Art Stellvertreter-Hochzeit war, hätte es eingleuchtet, wenn *alle* Männer bei dieser Art der Segnung des Ehrenrituals dabeigewesen wären – doch die Gesellschaft von Isis war anders.

Laut sagte sie zu Dal: »Wenn ich doch nur den graphischen Aufzeichner mitnehmen könnte. Wenn Laurina ihn nicht kennen würde, täte ich es vielleicht, aber so . . .«

Dal kam zu ihr und umarmte sie. Er sagte: »Ich weiß, wieviel dir das bedeutet, Cendri, zu einem ihrer allerhöchsten Feste eingeladen zu werden. Ich weiß nicht viel über Anthropologie, und es interessiert mich auch nicht besonders, aber ich hoffe, du findest alles, was du suchst.«

Sie drückte ihn fest an sich. Es war jetzt selten, daß sie so miteinander reden konnten, ohne zu streiten oder zu klagen. Diese Welt, dachte sie, tut uns nicht gut. Ist es nur der Kulturschock oder ist es die Belastung für ihn, daß er Eigentum einer Frau ist? Sie sagte: »Es tut mir leid, daß das Fest dich von der Arbeit abhält, Dal!«

Er lächelte und tätschelte ihren Rücken: »Oh, ich habe noch Tage zu tun mit anderer Arbeit. Mach dir keine Sorgen. Wenn nach dem Fest alles wieder seinen Gang geht, werden wir wieder in die Ruinen gehen. Hast du gemerkt, wie die Männer heute hinaufkamen, um zuzusehen? Einige sahen so aus wie Laurina, wenn sie dich ansieht – Heldenverehrung! Ich glaube, weil ich ein Märchenwesen bin: ein freier Mann. Ich habe mich viel mit Rhu unterhalten. Er fühlt sich unterlegen, der Arme, weil er nicht so ein sportlicher Typ ist. Mit seinem Talent, verdammt, fühlt er sich schuldig, weil er nicht bei dem verfluchten Sportwettkampf teilnehmen und Vaniya einen Preis gewinnen und sie ihn nicht anfeuern konnte.«

»Er sieht doch stark genug aus«, meinte Cendri. »Natürlich würde er nicht Boxer oder Ringer, aber ich glaube, er könnte gut rennen oder Hürden laufen!«

Dal schüttelte den Kopf. »Er hat mir erzählt, daß er als Kind krank war und seitdem immer schwach gewesen ist. Deshalb hat man ihm auch erlaubt, sein musikalisches Talent auszubilden. Hört sich nach Rheuma an, schwaches Herz. Schrecklich, so etwas nicht zu kurieren, aber ich glaube, es ist Teil ihrer Sozialethik. Pionier war auch so. Dort legten sie größten Wert auf das Überleben des Tüchtigsten; mein Großvater konnte sich nie damit abfinden, daß ich Wissenschaftler werden wollte. Wenn ich Musik oder Malerei gemacht hätte, er hätte den Schock nicht überlebt! In unserer Familie gab es nur Raumfahrtingenieure, das war ein guter Männerberuf! Auf Pionier kann ich es verstehen, aber hier, hier ist es befremdlich.«

Cendri sagte: »Die erste Hohe Matriarchin war eine Frau von Pionier, vor Hunderten von Jahren.«

»Wirklich?« Er lächelte mit hochgezogenen Brauen. »Ich habe über die Stellung der Frau auf Pionier in jenen Tagen gelesen. Es überrascht mich nicht, daß der Aufstand dort ausbrach und daß ihre Gesellschaft das Gefühl verinnerlicht hat, daß, wenn Männer einmal die Oberhand haben, die Frauen Schwierigkeiten bekommen. Sie merken nur nicht, daß sich auch die Männergesellschaften geändert haben.« Er blickte aus dem Fenster. »Liebes, draußen auf der Wiese versammeln sich viele Frauen. Du gehst jetzt besser und genießt dein Fest.«

Sie zögerte eine Minute, hielt ihn fest und wollte diesen seltenen Moment des Zusammenseins und der Zufriedenheit nicht unterbrechen. »Du hast wirklich nichts dagegen, allein zu bleiben?«

Er lachte. »Überhaupt nicht! Wenn du mit solchen Frauen zusammen bist! Laurina verehrt dich zwar gewaltig, aber wahrscheinlich hat sie zuviel Ehrfurcht vor dir, um dich – um dich anzumachen, und ich glaube nicht, daß du für kleine Mädchen ein solches Herz hast. Lauf und amüsier dich, Süßes. Ich glaube, die Kinder des Hauses haben ihr eigenes Fest, und vielleicht singen Rhu und Miranda für uns. Oder«, er grinste, »vielleicht veranstalten sie ihr eigenes Fest irgendwo!«

Sie hatte Mirandas Geheimnis nicht für sich behalten und sagte: »Vielleicht«, stellte sich auf die Zehenspitzen und küßte ihn. »Gute Nacht, Dal. Es kann sehr spät werden.«

Auf der Wiese vor der Residenz versammelten sich die Frauen. Alle trugen Festkleidung, die mit Fischen, Blumen und merkwürdigen Seeungeheuern bestickt waren. Laurina eilte auf sie zu und ergriff sie bei der Hand.

»Ihr Festkleid ist wunderschön – oh, ist es Mirandas? Kommen Sie, die Sonne geht fast unter, und wir müssen vor Mondaufgang dort sein. Ich möchte das Speerfischen sehen.«

Die Sonne berührte den Horizont. Als sie zum Strand hinabgingen, konnten sie unter sich überall riesige Feuer sehen und dunkle Gestalten, die sich am Wasser versammelt hatten. Eine hohe Flut leckte bis weit über die Markierungen. Als Cendri näher kam, sah sie, daß es ausschließlich Männer waren. Nackte Arme, nackte Beine schienen im Mondlicht, naß von der Gischt. Einige trugen Lendenschurze, doch die meisten waren völlig nackt, außer schweren Plastiksandalen wegen der spitzen Felsen. Als sie sie beobachtete, nahm einer von ihnen – sie war fast sicher, daß sie ihn vor ein paar Tagen in der Arena gesehen hatte, als er nach dem Ringen hin- und herstolziert und sich gebrüstet hatte – einen langen Speer. Das Licht der Feuer brach sich in der scharfen Metallspitze. Er zog eine Maske über das Gesicht, rannte in die aufspritzenden Wellen, und als das Wasser ihm bis zur Brust ging, tauchte er mit dem Gesicht zuerst unter. Die anderen rannten ihm nach, bis das Wasser mit den spritzenden nackten Gestalten und Speeren bevölkert war.

Laurina führte sie ans Feuer, wo die Frauen still in Gruppen zusammensaßen und die Männer beobachteten. Cendri dachte an Miranda in dem Perlentaucher-Dorf, als sie vom Speerfischen sprach – *es darf kein Blut in ihren heiligen Wassern vergossen werden* –, doch in dieser Saison wurden offensichtlich Tabus gebrochen, mußten vielleicht sogar gebrochen werden.

Längere Zeit tauchten und wateten und sprangen die nackten Gestalten in die Wellen und wieder heraus, schleuderten silbrige Fische auf den Strand, wo sie leuchtend silberblau aufblitzten und langsam matter wurden. Eine Gruppe Frauen säuberte und schuppte die Fische, wickelte sie in aromatische Blätter und vergrub sie in der Glut, als die Feuer niederbrannten. Nach langer Zeit begann der Duft des gekochten Fisches und der Gewürze sich mit dem Duft des Rauches zu mischen. Hoch schwebte der größere Mond riesig und golden über dem Wasser und zeichnete einen breiten Weg auf die Wellen. Ebbe setzte ein, und schimmernd lag der nasse Sand da; hoch am Zenith stand der kleinere Mond, eine vergoldete Scheibe mit leichten Schatten auf dem Gesicht.

Die Frauen sahen zu, wie die Männer aus dem Wasser stiegen. Mondlicht sprühte Funken auf die Metallspitzen der Speere. Die Frauen stimmten ein Lied an; für Cendri klang es wie eine Hymne; es war voller archaischer Worte in einem Dialekt, den sie nur teilweise verstand, und sie konnte nur den Refrain heraushören.

»Schmerz gehört zur Liebe . . .«

Jemand gab Cendri einen Teller mit Fisch in die Hand. Wie die anderen aß sie mit den Fingern. Die Männer kamen nicht zum Feuer. Ein Mondschein-Picknick . . . merkwürdig für ein Hochzeitsritual oder Fruchtbarkeitsritual. Oder vielleicht doch nicht so merkwürdig: Die Feuer brannten nieder, und die Frauen rückten enger um die Glut. Cendri fühlte sich schläfrig, doch sie konnte die gespannte Erwartung im Kreis der Frauen spüren. Was nun? Die Monde waren hoch am Himmel und rückten immer näher.

Dann sah sie sie kommen, eine lange feierliche Reihe, die sich vom Strand auf sie zu bewegte. Cendri hörte, wie eine Frau – dem Geräusch nach eine sehr junge – nervös kicherte und von jemandem neben ihr flüsternd gescholten wurde. Neben ihr saß Laurina und drückte ihren Arm unter tiefem, stoßweisem Keuchen. Plötzlich verstand Cendri.

So kamen Männer und Frauen also zusammen. Feierlich, bei Mondschein, in einem Ritual: »das Meer besuchen«. Sie hätte es wissen sollen. Mirandas Scherze über Fischgerichte. Und jetzt war sie hier, nahm teil. Fast geriet Cendri in Panik und war versucht wegzurennen; das war nicht ihre Sache, sie konnte nicht . . . doch andererseits war sie aufgeregt und erwartungsvoll; sie wollte es genau wissen, wußte, daß sie sich jetzt sowieso nicht mehr von den Frauen von Isis fortbewegen konnte, die hier eng zusammengedrängt standen und das jahreszeitliche Ritual der Hochzeit erwarteten. Ein flüchtiger Gedanke fuhr ihr durch den Kopf. *Ich bin Anthropologin. Ich wollte ihre Gebräuche studieren,* und dann mit innerer Belustigung: *Man nennt es teilnehmende Beobachtung.*

Plötzlich waren die männlichen Gestalten bei ihnen. Cendri wappnete sich und sagte sich energisch, daß sie nicht in Panik geraten dürfe. Sie konnte diese Erfahrung aushalten. Ein Anthropologe, der planetarische Kulturen studierte, geriet in merkwürdigere Situationen. Ihr Studienberater hatte bei den Koridorni geforscht und an einem Kannibalismus-Ritual teilgenommen . . .

Vor ihr im Sand kniete ein Mann; sein Gesicht war im Mondlicht nicht zu erkennen. Seine Stimme war rauh und vorsichtig und irgendwie spürte Cendri, daß er jung war.

»Im Namen der Göttin, die uns gebeten hat, das Meer zu besuchen . . .«

Cendri dachte, daß es vielleicht eine rituelle Antwort gäbe, aber sie kannte sie nicht. Es schien auch keine Rolle zu spielen. Er legte den Arm um sie und zog sie hinab auf den kühlen Sand.

Sie hatte Kälte, Unpersönlichkeit erwartet, eine rituelle Brutalität wie Vergewaltigung, hatte sich gewappnet, das auszuhalten. Ihre Vorurteile schmolzen jedoch unter der Sanftheit des Mannes dahin, dessen Gesicht sie niemals sah. Seine Hände waren unbeholfen, aber sanft über ihr, sein Körper lag warm und einladend auf ihrem. Ihre Furcht verwehte; sie nahm ihn in sich auf, gab sich der Nacht hin und den sanften Geräuschen rings um sie herum. Laurina war so nah, daß sie die andere Frau hätte berühren können. Sie konnte sie hören und fast die Bewegungen der anderen Liebenden spüren. Es schien keine Rolle zu spielen.

Tief in ihrem Inneren war sie erstaunt und schämte sich. Sie hatte ein oder zwei Liebhaber vor Dal gehabt; doch die stammten beide aus monogamen Gesellschaften, und sie war seit der Heirat treu gewesen, hatte weder Bedürfnis nach einem anderen Mann verspürt, noch sich ernsthaft darum bemüht. Fast bedauernd dachte sie an Dal, doch sie wünschte sich genau dies, akzeptierte es.

Schließlich rückte er ein wenig von ihr ab, hielt sie aber immer noch in seiner Armbeuge und streichelte leise ihr Haar, ihre Brüste. Er murmelte: »Ich heiße Yan; kann ich deinen Namen wissen, um ihn in meiner Erinnerung zu liebkosen, wenn ich wieder im Männerhaus bin?«

Cendri wollte gerade ihren Namen sagen, dachte aber daran, daß alle Frauennamen hier dreisilbig waren und änderte ihn ein wenig: »Cendriya!«

Flüsternd wiederholte er ihn. »Schön und fremdartig. Ich

werde mich gern erinnern.« Er legte ihr etwas in die Hand: eine Kette aus geprägtem Leder. Ein Gürtel? Oder ein Stirnband? »Mein Geschenk für dich«, flüsterte er und war verschwunden.

Ein *Meer-Geschenk.* So hatte Miranda Rhus wunderschöne Perle deklariert. Cendri lehnte sich auf den Sand zurück und überdachte diese merkwürdige Erfahrung. Dann bemerkte sie noch eine dunkle Gestalt, die vor ihr kniete und flüsterte:

»Im Namen der Göttin, die uns gebeten hat, das Meer zu besuchen . . .«

Nach dem vierten Mal während dieser langen Nacht hörte sie auf, die Männer zu zählen, die still aus dem Dunkel traten und ihre rituelle Begrüßung flüsterten. Hinterher tauschte man jedesmal leise die Namen aus, und jeder hinterließ ihr ein Geschenk, eine Muschelkette, eine polierte Schnitzerei aus Perlmutt, einen kleinen Schmuckstein – sie konnte es im Dunkel nicht erkennen – an einer dünnen Kette; einer, der kaum den Kinderschuhen entwachsen war, gab ihr eine Bändergirlande, die er, wie er sagte, in der Arena beim Wettlauf gewonnen hatte. Einige gingen schnell wieder nach dem rituellen Namensaustausch; andere blieben für ein paar Minuten, um zärtlich bei ihr zu liegen, sie festzuhalten und Liebkosungen zu murmeln; ein oder zwei redeten ein wenig. Ein Mann erzählte ihr, daß er an dem Delta-Damm-Projekt südlich von Ariadne arbeite und daß er als Anführer einer Gruppe von einem Dutzend Männer hier sei; bestürzt erzählte er ihr von einem Kameraden, dem bei einem Erdrutsch der Fuß zerquetscht wurde und der daher nicht zum Fest kommen konnte. »Wir hatten uns versprochen, zusammen zu gehen«, sagte er fast weinend, und Cendri wußte nicht, wie sie ihn trösten könnte. Sie merkte, wie sie sich kurz und verwirrt fragte, ob sich die Männer wie die Frauen zu langfristigen Partnerschaften zusammenfanden. Generell wohl nicht; der Nestbautrieb war weiblich. Doch offensichtlich knüpften sie intensive und dauerhafte Bande.

Ein anderer, noch sehr junger Mann, der ihr anschließend

seinen Sportpreis gab, weinte einige Augenblicke lang an ihrer Brust und sagte, daß sie ihn an seine Mutter erinnere, und daß er erst seit ein paar Monden im Männerhaus sei. Cendri hielt das für ein merkwürdiges Kompliment, bis ihr Rhus Lied einfiel:

> Zweimal verjagte man mich aus dem Paradies,
> Einmal, als ich den Schoß meiner Mutter verließ.
> Und wieder, als man mich
> aus dem Haus der Mutter trieb . . .

Das Bild der Mutter war hier offenbar tief verwurzelt und unauslöschlich; jeder Kontakt mit Frauen rief die Erinnerung an das verlorene Paradies der Frauenwelt zurück; jede Frau bedeutete die Suche nach der Mutter. In einer Gesellschaft, in der man unmöglich wissen konnte, wer ein Kind gezeugt hatte – jetzt verstand sie auch Mirandas Erstaunen auf ihre Frage –, gab es keine Bindung außer der an die Mutter. Und es gab nichts, was einen erwachsenen Sohn hindern konnte, auf diese Weise seine Mutter zu treffen . . . kein Inzesttabu. Sie wiegte den schluchzenden Jungen an ihrer Brust und dachte merkwürdig berührt, daß sie eines Tages gern ein Kind dort haben würde . . . Er beruhigte sich schließlich und begann, ihre Brüste in höchst unkindlicher Manier zu küssen.

Schließlich zeigte sich der erste Schimmer der Dämmerung am Himmel; Cendri konnte das Gesicht des letzten Mannes, der zu ihr kam, deutlich erkennen; er war der einzige, der sich nicht damit aufhielt, nach ihrem Namen zu fragen, sondern ihr einfach eine Muschel in die Hand drückte, sie lang und zärtlich küßte und dann schnell verschwand. Still versammelten sich die Männer am Strand nahmen ihre Masken und Speere und verschmolzen in der aufgehenden Sonne.

Cendri lag auf dem Sand und lauschte, wie die Flut langsam höher stieg. Die Frauen sammelten sich um die kalte Asche der Feuer und rückten eng aneinander. Cendri spürte, wie sich Laurinas Arme um sie schlangen, ihr Gesicht gegen das Cendris preßte, und irgendwie wollte sie weinen. Rings um sie her saßen die Frauen in Gruppen, umarmten sich, kuschelten sich aneinander, und Cendri begriff, daß auch dies Teil des Rituals war; ein zeremonielles Versichern, daß nach den Paarungsverbindungen die engsten und tiefsten Bande doch diejenigen der Frauen von Isis untereinander waren.

Laurina flüsterte, ihr Gesicht an Cendris gelehnt: »Ich hoffe, daß ich diesesmal ein Baby habe . . . letztesmal kam ich leer zurück, und ich dachte, mein Herz bricht . . . meine Tochter geht schon ins zehnte Jahr, und ich sehne mich nach einer Kleinen . . .«

Cendri hielt sie umschlungen und murmelte: »Ich hoffe es für dich, wenn es das ist, was du willst.« Einen kurzen komischen Moment lang wünschte sie sich, daß sie schwanger sein könnte. Natürlich war das nicht möglich. Als sie und Dal sich entschieden hatten, mit den Kindern zu warten, hatten sie sich beide einer medizinischen Behandlung unterzogen, die ihre Fruchtbarkeit eine Zeitlang aussetzen ließ. Da sie monogam waren, hatte Dal angeboten, sich temporär sterilisieren zu lassen und ihr die Nebenwirkungen der Behandlung zu ersparen. Sie hatte sich jedoch entschieden, es ebenfalls durchzuführen, und obwohl er über diese Entscheidung nicht glücklich war – die Männer von Pionier fanden es selbstverständlich, daß sie über die Moral ihrer Frauen wachten –, wußte er, daß es auf Cendris Welt nicht gebräuchlich war.

Wenn er ihr nicht das Recht zugestanden hätte, für Schwangerschaften selbstverantwortlich zu sein, ginge sie jetzt das Risiko ein. Also war er, indem er es ihr überließ, einer möglichen Demütigung entgangen; sie hatten sich bei ihrer Heirat darauf geeinigt, daß sie kein Kind austragen würde, das er nicht gezeugt hatte. Würde sie es Dal überhaupt jemals erzählen können?

Sie protestierte nicht, als sie in eine enge Umarmung gezogen wurde und Laurinas Kuß wie den eines Liebhabers auf ihrem Mund spürte. Sie war so aufgewühlt und zu überrascht über diese fremdartige Paarungszeremonie auf dem Sand gewesen, daß sie nicht das normale Vergnügen, das sie sonst bei Sex empfand, gefunden hatte. Schockiert über sich selbst spürte sie, daß die Berührung der Frau ihr die Entspannung brachte, die Unsicherheit und Anspannung vorher verhindert hatten. In einer Welle von Zärtlichkeit reagierte sie und fühlte ein wildes Entzücken, als auch die andere Frau unter ihren Liebkosungen zitterte und schrie.

Dal, dachte sie mit einem letzten Fünkchen Vernunft, würde wahrscheinlich denken, daß dies viel schlimmer sei, als die Tatsache, daß sie heute nacht mit elf – oder waren es dreizehn – Männern geschlafen hatte. Aber es war ihr gleichgültig. Ihr letzter wacher Gedanke war: *Was kümmert es mich, was irgendein Mann denkt?* verbunden mit einem schwachen Fünkchen der Überraschung. Dann schlief sie in Laurinas Armen ein.

XII

Die Sonne stand hoch am Himmel, als sie erwachte. Um sie herum regten sich langsam die anderen Frauen, sammelten ihre Geschenke ein und verbargen sie in den Falten ihrer Gewänder, während sie sich auf den Heimweg machte. Cendri richtete sich auf und blieb einen Moment lang sitzen, schüttelte erstaunt den Kopf und schien kaum realisieren zu können, daß sie ein Teil des Ganzen war. Neben ihr sagte Laurina sanft: »Ich muß in die Stadt zurück, nach meiner Tochter sehen. Sie ist noch ein paar Jahre zu jung für das Fest. Werden Sie mich heute bei Wir-Wurden-Geleitet benötigen, Gelehrte Dame?«

Cendri wußte, warum Laurina so förmlich gesprochen hatte, lächelte und berührte freundlich und beruhigend ihre Hand. Sie sagte: »Heute nicht, Laurina, ich glaube, ich möchte schlafen. Morgen wieder.«

Ringsumher machten sich die Frauen aus Vaniyas Haushalt bereit, nach Hause zu gehen. Cendri ging mit ihnen und merkte, daß ihr Festgewand schmutzig und zerknittert und überall sandig war. Sie sehnte sich nach einem Bad und ausgiebigem Schlaf. Es war immer noch sehr früh; niemand war in der unteren Halle außer ein paar kleinen Kindern und Miranda, die mit gekreuzten Beinen dasaß und gleichgültig einen Wandschirm in Aquarellen mit kleinen, sorgfältig ausgearbeiteten Fischen und Blumen bemalte.

Cendri sagte: »Ich hatte gehofft, dein Baby würde heute nacht geboren, Miranda!«

Miranda seufzte und sagte: »Eine Zeitlang habe ich es auch gedacht, aber es war wieder falscher Alarm. Bei meinem ersten war es genauso, zwanzig oder dreißig Tage lang falsche Wehen.« Cendri hatte nicht einmal gewußt, daß Miranda schon ein Kind hatte, so wichtig schien ihr das jetzige zu sein, das Vaniyas Erbin sein würde. Sie sagte das, und Miranda zuckte gleichgültig die Achseln.

»Es war nur ein Junge; Lialla kümmert sich um ihn, weil sie unfruchtbar zu sein scheint, und auch Zamila hat keine Töchter. Maret hat aber vorausgesagt, daß dies eine Tochter sein wird.« Wieder seufzte sie. »Die Hebamme ist schon wütend auf mich, weil sie wegen nichts das Fest versäumt hat; sie hat nicht einmal etwas getrunken, weil sie meinte, vielleicht später noch arbeiten zu müssen; und Rhu ist schlecht gelaunt – es gibt eine Redensart: so mürrisch wie ein Begleiter am Morgen nach dem Fest –, geh schlafen, Cendri, ich bin keine gute Gesellschaft für eine Frau heute morgen!« Sie lachte ein wenig über sich selbst, sah aber unglücklich und erschöpft aus.

»Das ist ein hübscher Wandschirm, den du da malst«, sagte Cendri, und Miranda zog fast wütend die Brauen zusammen. »Solche Kinderarbeit hilft, die Zeit totzuschlagen, und jetzt darf ich nichts anderes mehr tun!« Ein kleines Kind rannte in nassem Badezeug auf sie zu, und Miranda fauchte es an, während sie sich hochzog, und befahl ihm unfreundlich, sich umzuziehen und abzutrocknen.

Cendri ging in ihr Zimmer. Sie fühlte sich erschöpft und enttäuscht; all die freudige Aufregung der vergangenen Nacht war verschwunden. Dal schlief noch in seiner Ecke.

Cendri räumte die Meergeschenke in ihren Koffer, ohne sie weiter anzusehen. Eines Tages, das wußte sie, würde sie sie wieder hervorholen wollen und sie ansehen, sie studieren, sie wie ein Wissenschaftler untersuchen und ihre psychologische Bedeutung für die Männer von Isis und die Frauen, die sie erhielten, überlegen. Doch im Moment war sie zu sehr mit der Erinnerung beschäftigt, um es unvoreingenommen zu tun, und sie war sicher, daß sie sie eine lange, lange Zeit nicht ansehen würde.

Am liebsten hätte sie sich neben Dal niedergeworfen und weitergeschlafen, aber ihr Festkleid war so verschmutzt, daß sie es ausziehen mußte, und sie fühlte sich so schmutzig und klebrig von Sand und Algen, daß sie ein Bad nehmen wollte. Bevor sie fertig war, kam Dal herein und stellte sich neben die Dusche.

»Wie war das Fest, Cendri? Interessant?«

Sie tat so, als hätte sie ihn unter der Dusche nicht gehört und seifte sorgfältig Sand und Schmutz aus dem Haar, wobei sie den Luxus des Badezimmers sehr genoß. Als sie in ein Tuch gewickelt herauskam, wiederholte er die Frage, und sie merkte, daß sie zögerte, überhaupt etwas zu erzählen. Sie zuckte bloß mit den Schultern.

«Es war schon sehr interessant. Ich weiß, daß du dich nicht für anthropologische Einzelheiten interessierst, Dal, also werde ich dich nicht damit langweilen. Es gab ein Mondschein-Picknick am Strand, die Männer haben mit Speeren gefischt, was nur beim Fest erlaubt ist. Den Fisch haben wir gebraten und gegessen.«

Er blickte finster: »Rhu hat irgend etwas angedeutet – es soll so eine Art Fruchtbarkeitsritual sein! Du hast da doch nicht mitgemacht, oder?«

Mirandas Satz fiel ihr wieder ein: Mürrisch wie ein Begleiter am Morgen nach dem Fest. Plötzlich wollte sie Dal alles erzählen, es ihm mitteilen – aber er war ein Mann von Pionier, er würde nie begreifen, wie ihr zumute war, und niemals etwas anderes darin sehen als ihre Untreue. Sie wußte, daß er eine Nebenbeziehung bei ihr tolerieren würde, genau wie er von ihr erwartete, daß sie akzeptierte, wenn er sich verliebte, aber niemals hätte er diese Art einfacher, unspezifischer Sexualität begriffen.

Er registrierte, daß sie keine Antwort gab, und sein Gesicht wurde finster.

»Cendri, erzähl mir alles«, forderte er. »Fruchtbarkeitsrituale auf unentwickelten Planeten sind alle unanständig! Wenn du dich nicht schämst, warum erzählst du es mir dann nicht?«

Plötzlich wurde sie wütend. »Weil ich genau weiß, daß du es nicht verstehen wirst«, brauste sie auf. »Du hast mir sehr deutlich gesagt, daß du all diese Dinge für sinnlose Eingeborenenbräuche und Aberglauben hältst; ich bin nicht gewillt, es mir von dir lächerlich machen zu lassen!«

»Cendri, wir sind uns doch einig, daß wir unsere Arbeit miteinander teilen . . .«

»Verfluchte Teilung!« Jetzt war sie wirklich wütend. »Was du unter Teilen verstehst, ist, daß *du* sagst, was getan wird, und es wird gemacht! Wenn du das gut findest, bitte! Du sagst ja auch kein Wort darüber, was du mit den Männern machst, und jedes Mal, wenn ich frage, sagst du, ich soll mich um meine eigenen Sachen kümmern und mich da raushalten! Du hast es abgelehnt, mich auch nur das Geringste darüber wissen zu lassen, was du bei den Männern tust! Wie kannst du es wagen, nach meiner Arbeit bei den Frauen zu fragen?«

»Cendri«, sagte er ruhig und sehr sachlich, »wenn ich dir über meine Arbeit bei den Männern nichts anvertraue, dann nur, um dich zu schützen. Ich glaube, du kannst dir vorstellen, daß es gefährlich sein könnte.«

»Das ist also deine Art zu teilen«, schleuderte sie ihm entgegen, selbst überrascht darüber, was alles in ihr hochstieg. »Wenn wir wirklich gleichberechtigt wären, Dal, und ich nicht nur – deine Puppe, dein Repräsentationsobjekt –, würdest du Risiken genauso wie Triumphe mit mir teilen. Der wahre Grund, warum du mir nichts sagst, ist doch, daß es ungesetzlich ist! Willst du hier einen Bürgerkrieg anzetteln?«

»Das zeigt mir nur, daß du es nicht begreifen würdest!«

»Wo ist deine Integrität als Gelehrter von Universitas? Einer der Gründe, warum die Wissenschaftler von Universitas einen so guten Ruf haben, ist, daß sie sich aus der Tagespolitik des Bundes heraushalten . . .«

»Wir sind außerhalb des Bundes, Cendri. Und wie kannst du – vor allem du – mich beschuldigen, mich in die Politik zu mischen, wenn du dich selber so eng mit Vaniya und ihrer Fraktion liiert hast? Wenn die Ruinen von Wir-Wurden-Geleitet wirklich von den Gründern stammen – ich glaube nicht, daß du begreifst, was das bedeutet, Cendri! Verstehst du, daß es die wichtigsten Artefakte sind, die man jemals im bekannten Teil des Universums entdeckt hat. Dann *muß* Isis ein Teil des Bundes werden. Wenn es nur irgendwie geht! Das ist die wissenschaftliche Entdeckung des Äons – begreifst du das eigentlich? Was bedeutet dagegen die Politik des Matriarchats?«

Zitternd brüllte sie: »Und du würdest die gesamte Kultur von Isis für die verdammten Ruinen vernichten, nur um der Mann zu sein, der sie für den Bund entdeckt hat, nur um deinen persönlichen Ehrgeiz zu befriedigen!«

»Und du nennst dich Wissenschaftlerin?« Fragte er zornig und mit Verachtung. »Ich glaube, die Ruinen sind dir völlig egal, Cendri!«

Sie war sich nicht im klaren, was sie sagen wollte, bis sie sich selbst hörte: »Für mich sind sie nicht in der Weise wichtig wie für dich – da sind sie mir ganz gleichgültig! Du weißt nur halb soviel über die Ruinen von Wir-Wurden-Geleitet wie ich, weil du niemals etwas glaubst, was du nicht wiegen oder messen kannst! Sie bedeuten mir mehr, als sie dir jemals bedeuten können! Du siehst nur die tote Kultur. Du würdest jeden Wissenschaftler und gaffenden Touristen des Bundes dorthin führen, sie darauf herumtrampeln lassen, nur wegen deines persönlichen Ehrgeizes. Die Ruinen sind mir völlig egal, Dal, ich interessiere mich für Wichtigeres als Ruinen. Und ich wehre mich gegen die Pläne irgendwelcher dümmlicher Männer. Und jetzt raus hier, ich will schlafen!«

»Cendri«, bat er verwirrt.

»Nein, verdammt, Dal, hau ab und laß mich allein!« Sie wickelte sich in das Badetuch und warf sich auf das Bett. Wieder nannte Dal ihren Namen, kniete neben ihr nieder, doch sie hob weder den Kopf noch öffnete sie die Augen. Es hatte gut getan, ihm einmal die Meinung zu sagen und alle Feindseligkeiten, die sich seit ihrer Ankunft angestaut hatten, herauszulassen, seine Verachtung für ihre Arbeit, die Art, sie für jede Zurückweisung und Verletzung, die ihm durch die Gesellschaft von Isis zugefügt wurde, verantwortlich zu machen. Sie fühlte sich frei und rein. Nur kurz rührte sich Zerknirschung in ihr. War sie zu hart gewesen? Nein, er verdiente jedes harte Wort, das sie gesagt hatte, und sie würde es nicht zurücknehmen und wieder kapitulieren. *So mürrisch wie ein Begleiter am Morgen nach dem Fest.* Es war einfach verletzter Männerstolz. Darüber würde er hinwegkommen, und dann könnten sie auch wieder sachlich reden. Entschlossen ignorierte sie ihn und sank langsam in Schlaf.

Sie schlief stundenlang, bis sie abrupt durch einen neben ihrem Bett umstürzenden Wandschirm aus dem Schlaf gerissen wurde. Wieder ein Erdbeben? Sie hörte die kleinen Kinder aufweinen, warf sich ein Kleid über und rannte hinunter, doch die umgestürzten Wandschirme waren der einzige Schaden. Cendri ging wieder hinauf, sich anzukleiden. Es war fast Abend. Dal war nirgendwo im Zimmer zu sehen. Cendri fühlte sich schuldig wegen ihrer bösen Worte, beschloß, ihn aufzuspüren, ihm soviel er wollte, vom Fest zu erzählen und irgendwie ihre Differenzen zu beseitigen. Doch er war nicht im Haus.

Es war zu spät, um heute noch irgend etwas in den Ruinen zu tun. Vaniyas Haushalt war mit den Aufräumarbeiten nach dem Fest beschäftigt. Es war dumm von ihr gewesen, ihm nichts zu erzählen. Er war Wissenschaftler, kein Mann von Pionier von vor fünf Jahrhunderten! Er konnte verärgert sein, daß sie sich in eine solche Situation gebracht hatte, ohne es voll zu begreifen, doch wenn sie es einmal zugegeben hatte, würde er sicher verstehen, warum sie sich nicht entziehen konnte.

Allerdings, wenn er wütend war, war es seine Sache. Was geschehen war, konnte man nicht ungeschehen machen, und sie brauchte vor seiner Wut keine Angst zu haben. Dann begann sie sich zu sorgen. Kurz bevor sie ihn in Wut fortgejagt hatte, hatte er versucht, ihr etwas zu erzählen. Ihre schuldbewußte Nervosität wegen seiner Fragen über das Fest hatte sie bis jetzt nicht erkennen lassen, daß er dieses Thema nicht mehr berührt hatte. Was war es? Begann sie wirklich, wie die Frauen von Isis zu denken, daß, was immer ein Mann auch sagte, nicht so wichtig sein konnte? Jedenfalls, Wut oder keine, Mißverständnis oder nicht, sie mußten ernsthaft darüber reden, was er bei den Männern machte. Es konnte für ihn persönlich gefährlich werden, und sie hatte die Pflicht, sämtliche mögliche Risiken mit ihm zu teilen.

Wenn sie ihm zugehört, ihn mehr ermutigt hätte, ihr zu erzählen von Anfang an . . . Cendri wurde immer besorgter, als Dal nicht zurückkam. Er war nirgendwo im Haus, auch nicht am Strand, wo die männlichen Diener die Aschereste der Feuer beseitigten, er war gar nicht in den Ruinen, denn eine von Vaniyas Frauen sagte ihr, daß an diesem Tag niemand in Wir-Wurden-Geleitet gewesen sei. Er kam auch nicht zum Abendessen, und Vaniya lächelte, als sie fragte, ob irgend jemand ihn gesehen habe.

»Ohne Zweifel ist er weggerannt, um seine schlechte Laune auszutoben, meine Liebe, aber hast du ihm denn die Erlaubnis gegeben, das Grundstück zu verlassen? Unser Strafhaus steht dir zur Verfügung, wenn du ihn disziplinieren willst«, bemerkte Vaniya. Doch wo Vaniya lediglich eine Frage der Disziplin sah, war Cendri ernstlich um Dals Sicherheit besorgt. War er in diese Verschwörung hineingezogen worden? War er irgendwo und stachelte die Männer zum Aufstand oder zur Revolte an? Und was würden sie tun, wenn er entdeckt würde?

Oder noch schlimmer – war er zu Mahala gerannt, um sich auf deren Seite zu schlagen? Sollten sie und Dal sich wirklich auf verschiedenen Seiten der politischen Situation von Isis wiederfinden? Dieser Gedanke trieb ihr einen Entsetzensschauer über den Rücken. Als Wissenschaftler von Universitas sollte sie – und Dal auch – sich aus lokaler Politik heraushalten. Dal hatte diese Bestimmung bereits verletzt. Mußte sie es auch noch tun. Oder – man hatte Cendri zu strenger intellektueller Redlichkeit erzogen – hatte sie sie bereits verletzt, erschien es zumindest wegen ihrer tiefen Zuneigung zu Vaniya und Miranda so? Hatte Dal das für ein politisches Bekenntnis gehalten? Sie mußte klarstellen, daß es persönlich gemeint war . . .

Miranda erschien ebenfalls nicht beim Abendessen. Lialla sagte, daß sie im Bett sei und die Hebamme bei ihr . . . »Aber ich glaube, es ist wieder falscher Alarm«, sagte Lialla resigniert. »Ihr erstes Kind kam viele Tage nach dem richtigen Termin; fast alle, die beim letzten Winterfest schwanger wurden, haben ihre Babys schon, aber Miranda ist immer so langsam. Manchen Frauen geht es einfach so.«

Es war ein schweigsames und allgemein bedrücktes Mahl. Die Frauen waren müde und erschöpft durch den Schlafmangel. Vaniya war durch die Stille beunruhigt, und sie bat Rhu, zu singen; er entschuldigte sich jedoch unwillig wegen seiner rauhen Stimme und weil seine *Lyrik* nicht gestimmt sei. »Ich werde mich jedoch«, sagte er, indem er versuchte, verbindlich zu sein, »daran geben, ein Lied als Geburtsgeschenk für Lady Miranda zu komponieren, da sie an meinen bescheidenen Liedern Gefallen findet.«

Cendri beobachtete ihn und dachte: Er macht sich *wirklich* Sorgen um Miranda, sorgt sich um sie, als sei *er* der Vater ihres Kindes. Oder beschäftigt ihn einfach *alles*, was mit

Miranda zusammenhängt, und er weiß, daß er es verbergen muß? Wenn romantische Liebe für die Frauen dieser Welt eine Perversion bedeutet, um wieviel mehr muß es dies für Männer bedeuten? Rhu tat ihr leid, doch sie wußte, daß sie sich selbst bemitleidete.

Dal kehrte die ganze Nacht nicht zurück. Cendri schlief schlecht, stand immer wieder auf, weil sie glaubte, seine Schritte im Zimmer gehört zu haben; jedes kleinste Geräusch im Haus – ein unruhiges Kind, das weinte, jemand, der im unteren Stockwerk umherging – störte ihren leichten Schlaf. Wo war Dal? Was war ihm passiert. War er in irgendeinem Strafhaus, weil er eine der vielen Regeln für Männer gebrochen hatte?

Lange vor dem Morgen war sie endgültig wach. Sie setzte sich ans Fenster und blickte in tiefer Sorge auf die Ruinen von Wir-Wurden-Geleitet hinab. Ihre zunehmende Gefühllosigkeit gegenüber Dals Bedürfnissen hatte ihn von ihr fortgetrieben. Wo war er jetzt wohl?

War sie wirklich, wie Dal ihr vorgeworfen hatte, durch die Gesellschaft der Frauen von Isis verdorben worden? Nein, meinte sie, nicht wirklich. Das Matriarchat hatte nur der Feindseligkeit Form und Ausdruck gegeben, die – das wußte sie jetzt – schon lange vorher begonnen hatte. Der stille Vorwurf an ihn, daß sie ihre eigene Karriere, Gelehrte Dame zu werden, aus Angst vor Dals Eifersucht aufgegeben hatte, daß sie sich nach der Heirat freigenommen hatte. Dal hatte sie aber nie darum gebeten. Es war ihre Idee gewesen. Wenn Dal eine ihm ergebene Frau gewollt hätte, hätten ihm alle Frauen auf Pionier, die seit Jahrhunderten darauf trainiert waren und sich ihrer Freiheit noch nicht recht bedienen konnten, ihm zur Verfügung gestanden. Doch er hatte *sie* gewählt.

Und wenn er es vergaß, wenn er wieder in die alten Gewohnheiten von Pionier zurückfiel, hätte ich protestieren müssen, nicht nachgeben und den Ärger hinunterschlucken bis zur unvermeidlichen Explosion. Ich war nicht aufrichtig mit ihm. Haben wir uns nun für immer verloren?

Als die Sonne rot und tropfend vom Seenebel aufging und wie ein weinendes Auge über die Wolkenbank über dem Strand blickte, war Cendri erschöpft und ängstlich. Laurina kam früh, um Cendri in die Ruinen zu begleiten. Doch jetzt wußte Cendri, was sie zu tun hatte.

Sie erzählte Laurina von Dals Verschwinden. »Ich befürchte, daß er die Gesetze von Isis übertreten und irgendwie Ärger bekommen hat«, sagte sie zu der jüngeren Frau, »und daß er irgendwo in einem Strafhaus ist. Du bist doch bei Mahalas Partei gewesen . . . sie steht in Verbindung mit eurem Institut, nicht wahr?« Laurina nickte, und Cendri sagte: »Kannst du herausfinden, was mit ihm geschehen ist?«

»Ich würde auch gern mehr für dich tun, Cendri, aber warum ist es dir so wichtig?« Laurina schien wirklich ein wenig eifersüchtig. »Ich werde dir alle mögliche Hilfe zuteil werden lassen.«

Einen Augenblick wünschte Cendri sich verzweifelt, sie könnte die ganze Wahrheit erzählen. Sie war diese Farce so leid, die Rolle, sie die Gelehrte Dame, die alles wußte, und Dal ihr unwichtiger Assistent – doch die Vorsicht überwog; diese Worte konnte man nicht zurücknehmen, wenn sie einmal ausgesprochen waren. Würden die Frauen von Isis sie verachten, wenn sie nur die Assistentin eines Mannes war? Langsam sagte sie: »Dals Hilfe ist für mich unerläßlich; seine besondere Ausbildung auf Universitas macht es mir unmöglich, effizient zu arbeiten, ohne daß . . . er bei mir ist.«

Laurina zog eine leichte Grimasse und sagte: »Es muß schwer sein für die Frauen auf Universitas, denn schließlich ist es doch eine Männerwelt. Gut, Cendri, ich werde gehen und bei Mahala nachfragen. Doch wie kommst du darauf, daß er dorthin gegangen sein könnte?«

»Einer von Mahalas Männern – jedenfalls war er mit ihrem Brandzeichen tätowiert – kam heimlich, um mit Dal zu reden«, gestand Cendri. »Ich habe Dal gewarnt, sich nicht mit Männern zu verschwören, aber er hat vielleicht nicht verstanden, wie ernst die Sache war.« Halbwahrheiten; sie wußte, daß Laurina das nicht verstand, doch sie machte sich auf den Weg in die Stadt.

Cendri war zu unruhig, um zu arbeiten; sie blieb sogar Vaniyas Abendessen fern und ließ sich mit Unwohlsein entschuldigen. Den Abend verbrachte sie damit, ihre Notizen von den Ruinen durchzusehen und in der für Außenstehende unleserlichen Schrift ihrer Heimatwelt all das aufzuschreiben, was sie von der Zeremonie des Meerbesuchs behalten hatte. Sie wußte, daß das besser war, ehe die Erinnerung in ihrem Kopf verschwand. Sie empfand es als Übung in Selbstkontrolle und Disziplin, doch sie ersparte es sich auch nicht, die Erinnerung niederzuschreiben, wie sie am Schluß der Zeremonie auf die Umarmung Laurinas sexuell reagiert hatte, und zwang sich zu der Bemerkung, daß sie sich geschämt hatte. Sie merkte, daß ihre intellektuelle Einschätzung, sexuelle Moral sei lediglich kulturell bedingt, dieses Gefühl nicht beeinflußte. Anschließend bemerkte sie mit Ironie, daß der Versuch, eine klinisch objektive Haltung einzunehmen, ihr Kopfschmerzen bereitet hatte; schließlich nahm sie zum ersten Mal auf Isis eine Schlaftablette und damit bewußt das Risiko in Kauf, ein Erdbeben zu verschlafen oder zu schlaftrunken zu sein, wenn es Neuigkeiten von Dal gäbe. Das war immer noch besser, als stundenlang wach zu liegen, Schuld und Angst hin und her zu wälzen und alles auf einer wissenschaftlichen Ebene zu betrachten.

Am nächsten Morgen lag Miranda immer noch zu Bett, und Laurina kam und erzählte Cendri, daß, soweit sie es herausfinden konnte, keiner von Mahalas Leuten Dal gesehen hatte. »Er ist nicht in ihrem Strafhaus und auch nicht in ihrem Männerhaus versteckt«, sagte sie. »Eine Schulkameradin ist Aufseherin ihres Männerhauses, und ich habe sie gebeten, einen Vorwand zu suchen, das Männerhaus durchsuchen zu können. Sie haben es nach Kontrabande, Dingen, die Männer nicht besitzen dürfen, durchwühlt. Also dort ist er nicht.«

Aber wo war Dal dann? Cendri war jetzt ernstlich in Sorge. Am späten Vormittag ging sie hinauf in Rhus Zimmer, obwohl sie wußte, daß dies einen Bruch der Etikette des Matriarchats bedeutete. Sie fand den Begleiter barfuß in einem alten, verknitterten Kilt und ungeschminkt über seine *Lyrik* gebeugt und Akkorde zupfend. Arbeitete er an Mirandas Lied? Sein Gesicht war düster, doch er verbeugte sich respektvoll.

»Wie kann ich der Gelehrten Dame dienen?«

Sie sagte es frei heraus: »Mein Begleiter ist verschwunden. Ich glaube nicht, daß er freiwillig gegangen ist. Ich fürchte, er hat unbewußt irgendein Gesetz übertreten, wird irgendwo festgehalten und hat Schwierigkeiten. Können Sie mir helfen?«

Rhus Gesicht war verschlossen und undurchdringlich. Er sagte: »Ich kann Ihnen nur soviel sagen: Er ging freiwillig. Darüber hinaus können Sie nicht von mir erwarten, daß ich einen anderen Mann verrate. Ich weiß, daß unsere Gebräuche für sie fremd sind, Gelehrte Dame, und ich bin nicht beleidigt, daß Sie mich nach ihm fragen, doch weitere Antworten kann ich Ihnen nicht geben.«

Schockiert und verärgert starrte sie ihn an. Sie hatte nicht erwartet, daß er diese Barriere zwischen ihnen aufrichten würde, da sie doch sein und Mirandas Geheimnis kannte. Verzweifelt sagte sie: »Rhu, kann ich nicht einfach zu Ihnen wie zu einem anderen Menschen, zu einem Gleichen sprechen? Können Sie nicht verstehen, daß meine Sorge Dal gilt, und er ist Ihr Freund?«

Rhus Mund zog sich verbittert zusammen. Er sagte: »Kein Herr kann als Gleicher zu seinem Sklaven sprechen. Ich weiß, daß Sie in Sorge um ihn sind, um ihn zu schützen; Sie wollen ihn hauptsächlich wegen ihrer eigenen Interessen zurück, damit er so wird wie ich. Wenn er in die Freiheit entkommen ist, würde ich mich für ihn freuen und ihn niemals verraten.«

Schockiert sagte Cendri: »Er war auf Universitas frei, er ist hier frei, er wird wieder frei sein . . .«

Rhu blickte ironisch. »Würden Sie ihn wirklich wieder mitgenommen haben, Gelehrte Dame, jetzt da sie wissen, wie vergnüglich es ist, ihn als Ding und Spielzeug zu besitzen? Zuerst dachte ich, zwischen Ihnen herrsche eine andere Beziehung, doch jetzt . . .«, er hob die schmalen Schultern und sagte: »Ich bin nur ein Mann. Ich weiß nichts. Werden Sie mich foltern lassen, für das bißchen, was ich noch weiß? Es wäre vergebens. Vielleicht hat er es Ihnen erzählt: Ich habe ein schwaches Herz und würde unter der Peitsche sterben. Wollen Sie mein Leben, Gelehrte Dame?«

Cendri war erschüttert und streckte in versöhnlicher Geste die Hand aus. Rhu zuckte zurück, eine instinktive Bewegung, die sie noch mehr schockierte als alles, was Rhu gesagt hatte. *Es war als fürchtete er, von ihr geschlagen zu werden . . .*

Sie schluckte schwer und sagte: »Nein Rhu, vergeben Sie mir. Ich fürchte, daß Dal etwas passiert ist – wenn Sie meinen, daß ich irgendwie helfen kann, ihn zu retten, bitte, kommen Sie zu mir . . .« Doch sein Gesicht war verschlossen, und sie ging und fühlte Tränen hochsteigen, die sie zu erstikken drohten.

Was konnte sie tun? Was konnte sie tun?

Später suchte Lialla, Vaniyas ältere Tochter sie auf. Sie sagte: »Gelehrte Dame . . .«, Lialla hatte nicht diese informelle Beziehung zu ihr gefunden wie Miranda und Vaniya . . ., »meine Schwester ist krank und liegt zu Bett; sie bittet Sie, sie zu besuchen.«

Cendri war immer noch so bestürzt über Dals Fortbleiben, daß sie sich nicht fähig für einen Krankenbesuch glaubte, doch sie wußte, daß Lialla die Sorge um ein männliches Wesen niemals als Grund ansehen würde, daß sie freundschaftliche Pflichten zwischen Frauen verhindern könnte; daher schluckte sie ihre Verärgerung über diese Unterbrechung hinunter – *jedenfalls hilft es Dal nicht, wenn ich herumsitze und schmore* – und ging zu Mirandas Zimmer.

Miranda lag im Bett; ihr schwangerer Körper sah unter den Decken riesig aus. Sie begrüßte Cendri warm und wies mit amüsierter Geste auf ein Matratzenlager am Boden.

»Vaniya besteht darauf, daß die Hebamme hier im Zimmer

schläft, so daß ich nicht einmal mehr nachts meine Ruhe habe. Ich habe dich vermißt, Cendri, aber ich bin jetzt wirklich zu schwer und zu müde, um herumzulaufen. Sie erzählen mir immer wieder, ich soll mich tüchtig bewegen, um meine faule Tochter aus ihrem kuscheligen Nest herauszulösen, aber ich bin jetzt zu schwer zu Fuß und kann nur mit Schaudern daran denken. Hör mal, Cendri – wir sind allein. Ich habe die Frau fortgeschickt, mir etwas Warmes zu trinken zu machen – hat man deinen Begleiter gefunden?«

Cendri sagte: »Nein«, und fragte sich, ob Rhu Miranda erzählt hatte, was er ihr verweigerte.

»Du weißt, daß ich seit Tagen nicht mehr an den Familienessen teilnehme. Ich nehme die Mahlzeiten hier im Bett ein. Gestern abend leistete mir Lialla dabei Gesellschaft und aß auch hier zu Abend, damit ich nicht so allein sei – so sagte sie, aber ich glaube, sie hatte Angst, die Wehen könnten anfangen, sobald ich nur ein paar Minuten ohne Hebamme sei. Als Zamila nach dem Essen zu mir kam, hat sie ein bißchen erzählt, was los ist. – Du warst auch nicht beim Abendessen, Cendri?«

»Nein, ich hatte Kopfschmerzen . . .«

»Ich hoffe, es ist besser geworden«, sagte Miranda mit wohlmeinender Besorgnis. »Aber sie glaubten, daß es dich in irgendeiner Weise angehen könnte. Ein Mann, ein Bote, war zu Vaniya gekommen. Sie wollte ihn wegschicken, weil es nicht die Zeit für Bitten war, aber er bestand fast unverschämt darauf und sprach lange Zeit mit ihr, wobei er Wert darauf legte, daß die Frauen außer Hörweite gingen. Meine Mutter schickte sogar Rhu fort – aber als der Mann fertig war, rief sie in großer Wut die Wachen und schickte den Mann ins Strafhaus. Danach bat sie Lialla, dir nichts davon zu berichten, weil sie dich nicht durch Kleinigkeiten aufregen wollte. Cendri – ich habe das Gefühl, es könnte etwas mit Dals Verschwinden zu tun haben. Meine Mutter weiß nicht«, – sie legte ihre Hand über die Cendris –, »daß dein Begleiter auch dein Lebenspartner ist, und so etwas käme ihr nie in den

Sinn. Aber *ich* weiß ungefähr, was dein . . . Begleiter für dich bedeutet, und ich denke, du hast ein Recht, davon zu wissen, wenn dieser Mann wirklich eine Nachricht überbrachte, die ihn betrifft.«

Cendris schlimmste Befürchtungen schienen sich zu bestätigen. Zitternd sagte sie: »Ich muß mit dem Boten sprechen, Miranda. Wo ist er?«

»Im Strafhaus, Cendri, und ich fürchte, er wurde geschlagen. Nein!« fügte sie rasch hinzu, »du kannst nicht allein ins Strafhaus gehen. Das darf keine Frau außer Vaniyas Wache, und ich glaube nicht, daß sie dich allein zu dem Gefangenen lassen; aber ich werde mit dir gehen.«

Cendri war dankbar, zögerte aber noch. »Oh, Miranda, du bist krank; stell dir vor, die Wehen kommen . . .«

»Glaub mir«, sagte Miranda mit erfrischender Ehrlichkeit. »Nichts fände ich besser! Wenn es die Wirkung hat, werde ich alle Anstrengungen, die ich unternehme, segnen!« Die Hebamme kehrte mit Mirandas Getränk zurück; sie wies sie zurück.

»Ich werde mit meiner Freundin einen kleinen Spaziergang unternehmen . . .« Sie erstickte den Protest der Frau, indem sie fröhlich sagte: »Du erzählst mir seit drei Tage, daß ich mich bewegen und anstrengen soll, und jetzt, wenn ich mich bereit erkläre, willst du mich davon abhalten. Cendri sorgt schon dafür, daß ich auf der Treppe nicht falle, nicht wahr, meine Freundin?«

Cendri stützte Miranda sorgfältig auf der langen Treppe und fühlte sich sehr als Beschützer. *In einer Hinsicht hat Isis mich verändert. Meine Beziehungen zu Frauen werden nie mehr die gleichen sein.* Das Bewußtsein, daß sie sich einer anderen Frau gegenüber wie ein Liebhaber verhalten konnte, schaffte eine dauerhafte Veränderung in ihrem Selbstbild, doch sie wußte noch nicht genau, wie es aussehen würde. In diesem Moment fühlte sie sich Miranda so nahe wie einer Schwester.

Es schien, als könne Miranda ihre Gedanken lesen, denn

sie sagte: »Jetzt hast du mit uns das Meer besucht – sag mir, Cendri, wie fandest du unser Fest?«

Cendri sagte aufrichtig: »Ich weiß noch nicht, wie ich es beurteile. Ich war überrascht – und ein wenig verwirrt. Und ich glaube, es wird in zweihundertachtzig Tagen oder so eine enorme Anzahl von Geburten geben, oder?«

Miranda schüttelte den Kopf. »Nein, eigentlich nicht. Es wäre eine unangenehme Zeit für eine Schwangerschaft, in der größten Sommerhitze. Die meisten Frauen, die Kinder wollen, machen es wie ich und versuchen, beim Winterfest schwanger zu werden, so daß die Kinder in dieser Jahreszeit des Langen Jahres geboren werden, und andere wieder, die auf Bauernhöfen arbeiten, versuchen, im Herbst zu empfangen, so daß die Kinder vor der Saatzeit geboren werden. Es gibt allerdings immer wieder Frauen, die so verrückt auf Kinder sind, daß es ihnen gleichgültig ist, wann sie empfangen – meine Schwester Lialla zum Beispiel, die unfruchtbar zu sein scheint, obwohl sie seit Jahren ungeschützt zu jedem Fest geht. Cendri!« Besorgt sah sie sie an. »Gibt es bei euch Frauen in der Männerwelt keine Möglichkeit, Empfängnis zu verhindern, außer sich von Männern fernzuhalten? Eine von uns hätte dich warnen müssen, es dir sagen müssen. – Hast du dich dem Meerbesuch ungeschützt ausgesetzt? Man kann es immer noch verhindern, aber der Prozeß ist – unangenehm . . .«

Ihre Besorgnis war so aufrichtig, so zerknirscht, daß Cendri sie schnell beruhigend umarmte. »Nein, nein, das gibt es bei uns auch. Ich kann nicht schwanger sein, was immer ich auch tue, aber ich war mir bei euren Frauen nicht so sicher . . .«

Miranda lachte. »Glaub mir, das war etwas, dem das Matriarchat Vorrang vor allen anderen Forschungen eingeräumt hatte. Nur wenige Frauen wollen mehr als zwei oder drei Kinder, wenn überhaupt so viele. Manche wollen überhaupt keine, obwohl ich sagen muß, daß ich das eigenartig finde. Wenn ich keine Kinder haben könnte, möchte ich fast lieber ein Mann sein. Doch dann gibt es auch noch Frauen, die sich ganz viele Kinder wünschen und sofort ein neues haben wollen, wenn das eine gerade von der Brust entwöhnt ist. Natürlich sind wir alle ihnen dankbar. Aber hattest du den Eindruck, daß das Fest keine andere Bedeutung hat als das, Cendri, daß wir Kinder bekommen?« Ängstlich sah sie zu Cendri hoch, und Cendri sagte: »Ich bin noch nicht lange genug bei euch, um die Bedeutung zu erkennen.«

Miranda sagte langsam: »Eine unserer Priesterinnen könnte es dir besser erkären als ich. Diese Feste – dreimal in unserem Langen Jahr besuchen wir das Meer. Es ist unsere Art der Erinnerung, daß beide, Männer und Frauen, Kinder jener Göttin sind, die wir einst Persephone nannten und hier Isis nennen, daß alles Leben, auch unseres, aus dem Meer kommt, daß auch die Männer ihre Bedürfnisse und Ziele und Wünsche haben, und daß wir ihnen entgegengehen müssen, um ihnen zu geben, was sie brauchen, um glücklich und zufrieden zu bleiben.« Jetzt war Cendri verwirrter als je zuvor, aber Miranda gab keine weitere Erklärung ab.

»Hier ist das Strafhaus. Als Vaniyas Erbin habe ich das Recht, dich hier einzulassen.«

Sie redete kurz mit der kräftigen, gebräunten Frau am Eingang. Sie ging beiseite und ließ Miranda und Cendri durch.

Während ihrer Studienjahre hatte Cendri Bestrafungsstätten auf vielen Welten besichtigt. Das Strafhaus der Residenz der Promatriarchin enthielt vier identische kleine vergitterte Räume, Zellen, die wettergeschützt und makellos sauber waren. Die Einsitzenden – im Moment waren es zwei – sahen sauber und gutgenährt aus, waren gegen die Kälte warm gekleidet und mit Wolldecken versehen. Dennoch wich Cendri entsetzt vor diesem Bild zurück: An der Wand, wo jeder Insasse des Strafhauses sie sehen konnte, hing eine Reihe verschiedener bedrohlicher Instrumente für die Fesselung und Bestrafung, unter anderem eine Reihe langer, brutaler Peitschen. Ihr fiel wieder ein, was man ihr bei der ersten

Landung auf Isis gesagt hatte, daß die Strafe für jeden Mann, der einen Bürger angreife, der Tod sei, was bedeutete, daß Männer sich nicht einmal der Strafe widersetzen konnten, ohne die sofortige Vernichtung zu riskieren, wie ein wildes oder gefährliches Tier. Sie schauderte vor Entsetzen, wenn sie sich Dal an einem solchen Ort vorstellte.

Miranda drückte ihre Hand. Sie flüsterte: »Ich weiß, mir geht es genauso. Es ist schrecklich. Aber die meisten Männer kann man anders nicht kontrollieren. Du kannst sie nicht nach den Männern beurteilen, die wir kennen. Sie sind außergewöhnlich, weißt du.«

Cendri dachte an den Jungen, der bei dem Fest in ihren Armen geweint hatte, an die Sanftheit eines jeden Mannes dort, an die Ursprünglichkeit der Kommunikation, nicht nur in der Sexualität, sondern auch einfach als eine Art der Wiedervereinigung der getrennten Hälften der Gesellschaft. – Sie merkte, daß ihr nach Weinen zumute war, weil selbst Miranda es nicht verstand.

Mit einer Handbewegung sagte Miranda: »Das hier ist der Bote. Er wurde unter der Peitsche verhört, aber Lialla meinte, daß er nichts gesagt habe; schließlich waren sie überzeugt, daß er nichts Besonderes wüßte, außer, was in der Botschaft enthalten war, für dich. Yal«, sagte sie zu dem Mann, der zusammengesunken auf dem nackten Fußboden lag und unter seinen Wolldecken zitterte. »Ich habe hier die Gelehrte Dame von Universitas gebracht. Wenn deine Botschaft für sie ist, kannst du sie ihr jetzt mitteilen.«

Der Mann Yal zog sich langsam hoch. Cendri sah entsetzt, daß der Rücken seines dicken groben Hemdes blutbefleckt war und daß er sich bewegte, als bereite ihm die kleinste Regung unerträgliche Schmerzen.

Er sagte: »Sie sind wirklich die Gelehrte Dame von Universitas? Mutter Vaniya sagte, daß Sie kein Interesse für die Botschaft haben würden, die ich bringe. – Sie sagte, was ist ein Mann für eine Gelehrte Dame?«

Cendri sagte ruhig: »Vaniya hatte unrecht, Yal. Wenn sie

eine Botschaft von meinem geliebten Begleiter haben, lassen Sie sie mich hören.«

»Respekt, Gelehrte Dame, die Botschaft ist nicht *von* Ihrem Begleiter, sondern über ihn«, sagte Yal. »Ich soll Ihnen sagen, daß Ihr Begleiter, der Meistergelehrte Malocq, in der Arbeitersiedlung bei den Männern am großen Damm festgehalten und dort bleiben wird, bis man vom Bund jemanden herschickt, der erfahren soll, unter welchen Bedingungen Männer auf Isis ihr ganzes Leben lang ohne Freiheit leben und leiden müssen. Wir verlangen, daß der Bund von den Frauen von Isis fordert, uns die Rechte freier Bürger einzuräumen. Wir werden den Gelehrten Malocq so lange bei uns behalten, bis wir vom Bund eine Antwort haben.«

Cendri rang nach Atem. Das war also bei Dals Arbeit bei den Männern von Isis herausgekommen – er war ihr Gefangener, um von Vaniya Zugeständnisse zu erpressen!

Bei Mahala hätte es vielleicht geklappt . . . sie will, daß Isis Teil des Bundes wird, doch zu ihren Bedingungen. Aber Vaniya! Cendri stockte das Blut. Obwohl sie die Promatriarchin aufrichtig gern hatte, wußte sie doch, daß diese niemals einen Kompromiß mit Männern eingehen würde.

Miranda sagte scharf: »So macht man das nicht auf Isis, Yal. Als Tochter der Promatriarchin kann ich dir versichern, daß meine Mutter bereit, ja mehr als bereit sein wird, sich vernünftige Forderungen anzuhören, wenn ihr den Begleiter der Gelehrten Dame freilaßt und zu euren Aufgaben zurückkehrt.«

Yal sagte: »Mit vernünftigen Forderungen sind wir fertig, Lady, das hat uns nur so weit gebracht, daß alle Männer auf Isis in Ketten leben.«

Cendri bat: »Wo wird mein . . . der Meistergelehrte von Universitas festgehalten?«

Yal verletztes Gesicht verzog sich zu einem Lächeln. Seine Lippen waren geschwollen und dunkel von verkrustetem Blut. Er sagte: »Ah, Gelehrte Dame, das soll wohl etwas nützen, oder? Sie sehen doch, wie sie mich verhört haben, und sie wußten, wie sie mich hätten überreden können. Wenn ich es gewußt hätte«, – er schüttelte sich – , »hätte ich es ihnen gesagt, oder? Ich habe sie, bevor sie mich geschickt haben, gebeten, mir nichts zu verraten. Was ich nicht weiß, kann ich auch nicht verraten, auch wenn sie mich töten.«

Cendri schauderte. Er sprach so selbstverständlich von Folterung und Tod. Würde Dal das gleiche erleiden als Vergeltung für die Qualen dieses Boten? Dieser mutige, wenn auch dumme Freiwillige würde für seine Sache sterben, aber würde ihm das nützen?

Miranda sagte scharf: »Ist es dir wert, für diese Dummheit geschlagen zu werden, Mann?«

Wieder lächelte Yal. Sein zerschundenes Gesicht sah schrecklich dabei aus. Er sagte: »Es gibt nicht genug Frauen auf Isis, um uns alle, Mann für Mann, totzuschlagen, Frau.« Er benutzte nicht die respektvolle Anrede, sondern lediglich die simple weibliche Geschlechtsbezeichnung. »Ich kam hierher und wußte, daß man mich verhört, wie man es mit allen Männern auf Isis macht, nämlich mit der Peitsche, und dann in Ketten legt, genau wie alle Männer auf Isis nach dem Willen der Frauen in Ketten liegen. Aber . . .«, er streckte die rechte Hand aus und machte langsam die Bewegung, die Cendri schon vorher gesehen hatte, »wir wurden nicht in Ketten geboren! Und wir werden nicht darin sterben!«

Er wandte den Frauen den Rücken zu und wickelte sich demonstrativ in die rauhe Gefängnisdecke, ließ sich stöhnend wieder auf den Boden der Zelle gleiten und sagte kein Wort mehr.

Als Cendri Miranda wieder fürsorglich auf ihr Zimmer begleitet und dort der Obhut der Hebamme anvertraut hatte, ging sie in ihr eigenes Zimmer und dachte voller Sorge an Dals Schicksal in der Hand der Männer.

Wenn sie von Vaniya etwas Bestimmtes gefordert hätten, hätten sie wohl mehr Glück. Vaniya war eine vernünftige Frau, was sie unlängst bewiesen hatte, als sie dem Bittsteller aufgrund des Hungers die Organisierung einer Jagd erlaubte.

Aber die Männer hatten etwas gefordert, was Vaniya, deren Rechtmäßigkeit der Position durch den Willen der Gründer – oder wer auch immer bei den Ruinen zu ihr gesprochen hatte – bestätigt wurde, ihnen niemals zugestehen würde.

In all den Jahren, die wir auf Isis verbracht haben, haben die Gründer mit keinem Mann gesprochen . . .

Bedeutete das, daß die Gesellschaft von Isis auserwählt war, *richtig* war, daß alle Menschen so leben sollten?

Cendri zitterte, dann fiel ihr ein, wie auch dieser Mann Yal in seiner Zelle gezittert hatte, und zwang sich zur Ruhe. Nein, wenn sie die Worte der – wer immer in Wir-Wurden-Geleitet gesprochen hatte – akzeptierte, hieße das, es als einen Gott, als höheres Wesen anzuerkennen. Und das konnte Cendri nicht, trotz der unwillkürlichen Ehrfurcht, die sie dort empfunden hatte. Vaniya glaubte, was immer dort spräche, sei die Stimme eines Gottes – oder wahrscheinlicher, nach allem, was Vaniya war und dachte, die Stimme einer Göttin. Cendri war jedoch im festen Agnostizismus des Bundes aufgewachsen und glaubte nicht an Götter – auch nicht an Göttinnen –, außer als an psychologische Kräfte in den Köpfen derjenigen, die sie verehrten. Noch weniger konnte sie akzeptieren, daß solche höheren Wesen, wenn sie existierten – was sie nicht glaubte, abgesehen von der verführerischen Erfahrung in Wir-Wurden-Geleitet –, sich soweit herabließen, daß sie sich in politische Institutionen der Menschheit einmischten, Frauen über die Männer setzten, oder Männer über Frauen. Wenn Cendri überhaupt an so etwas wie einen Gott glaubte, so handelte es sich um eine Art übergeordneter Fairneß, die die Anbeter anregte, aber nicht leitete, und es ihnen überließ, sich ihre Gesellschaft zu gestalten.

Etwas hatte aber in den Ruinen zu ihr gesprochen. *Das* wußte sie so sicher, wie sie Cendri Owain hieß. Aber sie wußte nicht, was es war.

Tatsache war jedoch, daß Vaniya daran glaubte, und in Vaniyas Hand lag es schließlich, ihren Glauben in Handlung umzusetzen. Cendri zweifelte nicht, daß sie es tun würde. Dal würde also bei einer Handvoll von Männern von Isis bleiben, bis er starb – oder bis der Bund nach dem Meitergelehrten fragte, den er hergeschickt hatte, um die Ruinen von Isis zu untersuchen.

Das genau wollten die Männer. Der Bund sollte eine Untersuchung einleiten über die Bedingungen des Matriarchats und sie als ungeeignet für jeglichen Handel mit ihnen beurteilen. Sie wollten die Freiheit der Männer von Isis als Bedingung, nicht für die Mitgliedschaft, sondern für den Handel mit dem Bund erzwingen. Cendri schauderte. Der Bund könnte und würde die Forderung erfüllen im Namen der Menschlichkeit. Für den Bund war Sklaverei verabscheuungswürdig, und man würde in den harten Gesetzen des Matriarchats, wo jeder Mann rechtmäßiges Eigentum einer Frau war, nichts als Sklaverei sehen.

Sowohl Mahala als auch Miranda hatte es gesagt. Sie waren eine arme Welt und unbedingt auf den Handel mit dem Bund angewiesen. Sie brauchten einen Markt für ihre Perlen und anderen Exportgüter; sie brauchten günstige Bedingungen für die seismographischen Geräte, die sie vor Beben und Flutwellen schützen würden; sie brauchten Landrodungsmaschinen und -geräte; sie benötigten eine wissenschaftliche Ausbildung für ihre Gelehrten und Wissenschaftler auf Universitas. Wenn der Bund ihnen Sanktionen auferlegte, was er bei allen sklavenhaltenden Welten tat, konnte Isis nicht überleben, und ihr Experiment würde mit ihnen untergehen.

Also besaßen die Männer in Dal das entscheidende Instrument, die Macht des Matriarchats zu brechen. Vaniya mochte sich ruhig auf die Liebe und Zuneigung der Gründer verlassen; retten konnten sie sie und Isis jetzt nicht mehr.

Als Cendri sich für das Abendessen an Vaniyas Tisch fertiggemacht hatte, war sie vom vielen Hin- und Herüberlegen, wie sie dieses Dilemma lösen könnte, bereits erschöpft. Verstand Vaniya überhaupt die mißliche Lage Cendris, wenn der Bund Dals Verschwinden untersuchte? Wenn nicht, mußte sie sie aufklären, ein Gedanke, der sie zurückschrecken ließ. Vaniya hatte ihr nicht einmal von der Existenz des Boten Yal erzählt und Cendri in Unsicherheit schweben lassen. Gewappnet durch die Wut, die bei diesem Gedanken in ihr hochstieg, ging sie hinab zum Abendessen.

Doch ihre tiefe Zuneigung zu Vaniya ließ sie ihr eine Chance einräumen, die Wahrheit zu sagen. Schließlich erinnerte sie sich, hatte sie sich selbst am Abend zuvor von der Mahlzeit zurückgezogen. Vielleicht hatte Vaniya gezögert, sie in ihrer vermeintlichen Krankheit mit schlechten Nachrichten zu belasten.

Das Essen verlief wie gewöhnlich. Vaniya begrüßte Cendri besorgt, fragte nach ihrem Befinden und erwähnte Dal mit keinem Wort. Während des Essens wuchs Cendris Zorn, und als abgeräumt wurde, konnte sie sich nicht länger beherrschen.

Sie sagte: »Vaniya, ich möchte mit dir allein reden, wenn ich darf«, und wartete, bis die Promatriarchin ihren Haushalt entlassen hatte. Selbst dann noch zögerte Cendri, als sie die Falten der Müdigkeit und Sorge im Gesicht der älteren Frau sah.

Ich bin jetzt Dal verpflichtet. Auch ich bin eine Bürgerin und Wissenschaftlerin von Universitas.

Ruhig sagte sie: »Vaniya, ich habe gehört, daß du Nachricht von Dal hattest und sie mir nicht übermittelt hast. Ich hatte gedacht, du würdest mich als Gast und Freundin betrachten. In unserer Welt betrachtet man das nicht als wohlwollenden Akt gegenüber einer Freundin.«

»Freundin? Mehr als das, mein Kind«, sagte Vaniya und ergriff sanft ihre Hand. Cendri entzog sie ihr und flammte auf.

»Miranda ist vielleicht meine Freundin, Vaniya, aber nicht du. Oder warum hat man mir nicht geagt, daß man einen Boten geschickt hat, der sagte, daß Dal Gefangener des Männeraufstandes ist?«

»Oh, du meine Güte«, sagte Vaniya und blickte besorgt. »Mein liebes Kind, ich wollte dich nicht mit solchen Kleinigkeiten beunruhigen. Wenn diese dummen Männer denken, die könnten so ihren Willen durchsetzen, hat das nichts mit dir zu tun. Ich weiß, daß du dir um deinen Begleiter Sorgen machst, aber schließlich ist es doch nur ein Mann, und du kannst leicht einen anderen finden. Du kannst dir in meinem Männerhaus einen aussuchen. Selbst Rhu werde ich davon nicht ausnehmen, wenn du ihn so hochschätzt.«

Cendri hörte mit Wut und Abscheu zu. Hatte sie denn Vaniya und ihre Welt überhaupt nicht begriffen? Nein, denn damit hätte sie rechnen müssen. Der Fehler lag bei Cendri, als sie sich auf die Bedingungen der Frauen von Isis einließ. Es war auch Dals Fehler. Er war Wissenschaftler, und eine solche Farce war intellektuell nicht aufrichtig. Sie hätten fordern sollen – das hieß, Universitas hätte fordern sollen –, einen ausgesuchten Gelehrten zu ihren eigenen Bedingungen schicken zu dürfen, der sich verpflichtete, den Gesetzen von Isis Folge zu leisten, und, falls notwendig, unter diplomatischer Immunität stand. Die Farce, jetzt wußte sie es, war ein großer Fehler gewesen, und Dal und sie mußten nun dafür bezahlen. Sie würde die Lüge nicht länger aufrechterhalten.

Ruhig sagte sie: »Vaniya, das reicht nicht, und ich glaube, du weißt es. Wir haben versucht, eure Gebräuche nicht zu verletzen, aber Dal ist nicht mein Begleiter, wie ihr auf Isis es nennt. Er ist mein Lebenspartner, ein Bürger des Bundes, Meistergelehrter von Universitas, und der Bund wird nicht zulassen, daß er aufgegeben wird und in Gefangenschaft verbleibt. Ich glaube, du weißt, was der Bund tun kann, wenn man sich zu Sanktionen gegen Isis entschließt; man hat früher solche Fälle gehabt.«

Vaniya war bleich. Sie sagte: »Ich kann nicht glauben, daß sie das für einen Assistenten, selbst den wichtigen Assistenten der Gelehrten Dame tun würden.«

Cendri fühlte, wie ihr das Blut aus den Wangen wich, doch jetzt muße sie die Wahrheit sagen. »Dal ist nicht mein Assistent, Vaniya. Er ist es – und war es auch immer –, der Meistergelehrte Malocq.« Sie benützte die neutrale Bezeichnung in der Sprache von Isis. »Er ist der Assistent der Gelehrten Dame di Velo, nicht ich.«

Vaniya ballte die Faust. Ihr Mund war zusammengekniffen, und ihre Augen glühten vor Wut. Mehr als je zuvor sah sie wie eine große goldene Löwin aus, die jetzt in Wut war. Sie ging hin und her und kam dicht an Cendri heran mit der Frage: »Und wer sind Sie dann? Sind Sie nicht die Gelehrte Dame Malocq?«

»Ich bin Wissenschaftlerin«, sagte Cendri. »Ich bin die Lebenspartnerin des Meistergelehrten Malocq und trage seinen Namen, wie es auf seinem Heimatplaneten Pionier der Brauch ist. So war es möglich . . .« Ihre Stimme versagte.

Wütend forderte Vaniya: »Warum sind Sie hergekommen? Nur als Sexspielzeug, als Begleiterin für Ihren Meistergelehrten?« Cendri vermeinte, unter der flammenden Verachtung in Vaniyas Stimme zu einem kleinen Funken zu verglühen. Doch sie sammelte ihr Selbstbewußtsein und sagte fest: »Nein, Vaniya, ich bin wegen meiner eigenen Arbeit hier. Ich bin auch Wissenschaftlerin und werde eines Tages Meistergelehrte und Dal ebenbürtig sein!« Trotzig schleuderte sie ihr diese Worte entgegen.

Vaniya stand starr und blickte sie an. »Daß ich den Tag erleben muß, um eine Frau und Wissenschaftlerin das sagen zu hören – daß sie eines Tages soweit sein wird, ihm gleichzukommen! Hast du bei uns keine Scham gelernt, Cendri?«

Cendri preßte das Kinn vor, um nicht weinen zu müssen. Sie sagte: »Vaniya, wir sind gleichberechtigt, außer in der wissenschaftlichen Qualifikation, und ich bin mit meinen Studien noch nicht fertig.«

»Qualifikationen . . .«, sagte Vaniya. »Lassen Sie uns eines klarstellen. Sie sind archäologische Assistentin und Ihr – Ihr Begleiter der richtige Meistergelehrte auf diesem Gebiet?«

Cendri wünschte sich aus ganzem Herzen, sie könnte es dabei belassen. In ihrem Kopf klangen die Worte, die einer früheren Hohen Matriarchin von Isis zugeschrieben wurden: *Wir wollen uns nicht von euren Wissenschaftlern studieren lassen, als seien wir eine von diesen Insektenkolonien mit einer Glasscheibe auf einer Seite, wie wir sie unseren kleinen Töchtern zum Spielen geben.* Doch sie hatte sich entschlossen, vollständig aufrichtig zu Vaniya zu sein.

Sie stand vor Vaniya und blickte ihr ins Gesicht, als sei sie in ihrem ersten Semester auf Universitas und stünde vor ihrem Studienberater, und sagte fest: »Nein, Vaniya, ich bin interkulturelle Soziologin und Anthropologin. Ich bin hergekommen, weil in den Welten des Bundes so wenig über das Matriarchat bekannt ist, und ich wollte, daß sie die Wahrheit über euch wissen, keine zusammengeschusterten Lügen. Ich kann den Welten des Bundes berichten, wie ihr wirklich seid«, fügte sie hoffnungsvoll hinzu, doch Vaniyas Gesicht war steinern.

»Eine Anthropologin. Uns zu studieren«, wiederholte sie langsam mit leicht verzogenem Mund, als beschmutzten sie diese Worte. Sie wich vor Cendri zurück.

»Aber wir haben dich geliebt«, sagte sie langsam und erstaunt. »Wir haben dir vertraut. Dich geliebt. Und du hast uns verraten.«

XIII

Die Stille dauerte an. Cendri fühlte, wie ihr Tränen in die Augen stiegen, überquollen und kalt über ihre Wangen liefen, doch sie sagte nichts. Es waren unzählige Dinge, die sie hinausweinen wollte.

Und ich habe dich geliebt, Vaniya, dir vertraut, genug, um dir Dals Leben anzuvertrauen.

Du fragst, ob ich bei euch keine Scham gelernt habe. Ich habe gelernt, mich zu schämen, daß Frauen ihre Macht mißbrauchen können. Tyrannei ist Tyrannei, ob von Mann über Frau oder Frau über Mann.

Doch sie sagte es nicht, und auch nicht das andere, was ihr

durch den Kopf ging. Mit erhobenem Kopf stand sie vor Vaniya – sie hatte nichts Schlechtes getan, war eine Wissenschaftlerin von Universitas, kein ungezogenes Kind –, doch sie konnte nicht verhindern, daß ihr die Tränen herabliefen.

Es war keine Lüge. Es war kein Verrat. Ich habe euch alle geliebt. Ich habe mit euch gelebt. Ich war mit euch am Meer . . .

Schließlich öffnete sie den Mund, um etwas zu sagen, als in der Halle jemand aufschrie. Vaniya schleuderte Cendri beiseite und sagte rauh: »Was ist da für Unruhe in meinem Haus?«

Man hörte, wie Frauen überrascht und entsetzt aufschrien; die Tür flog auf, und hinein stürmte die Promatriarchin Mahala, begleitet von den Frauen ihres Haushaltes.

Schnell beherrschte sich Vaniya und sagte: »Sag mir, Schwester, wie es zu diesem Besuch kommt? Ist es eine offizielle Visite von Promatriarchin zu Promatriarchin oder ein freudschaftlicher Abendbesuch?«

»Es ist offziell«, sagte Mahala barsch. »Ich verlange, Schwester und Kollegin, daß du mir sofort die Autorität übereignest, die ich brauche, um mit der Rebellion fertig zu werden – oder weißt du in deinem religiösen Wolkenkuckucksheim überhaupt, daß wir vor einer Rebellion stehen?«

Cendri stand da und beobachtete besorgt die Szene. Vaniya sagte mit größtmöglicher Würde: »Ich war mit den Arbeiten nach dem Fest beschäftigt, Mahala, und erwarte die Geburt der Tochter meiner Tochter. Der Frieden der Stadt Ariadne lag in deinen Händen, wie während all der Monate der Krankheit der seligen Mutter. Ist es dir nicht gelungen, ihn zu erhalten, Schwester?«

»Jetzt ist nicht die Zeit für Geburtsfeste und Fröhlichsein«, antwortete Mahala wütend. »Weißt du, daß die Männer sich geweigert haben, zurück zum Delta zu gehen, zurück zum Landgewinnungsprojekt im Binnenland, zurück zu ihren Pflichten auf Bauernhöfen und in Fabriken und zur Küste, sich sogar geweigert haben, zurück in die Männerhäuser zu gehen, als man ihnen einen freien Tag anbot, damit sie sich von den Strapazen des Festes erholten?«

Vaniya blickte verdutzt und sagte: »Aber nein, davon habe ich nichts gehört, meine Schwester. Wo sind denn die Männer von Isis?«

Mahala machte eine Handbewegung und sah plötzlich trotz ihrer machtvollen und wütenden Rede hilflos und verloren aus.

»Sie sind in den Straßen Ariadnes und tun nichts«, sagte sie. »Sie stehen herum, so daß man nicht hindurchfahren kann, sitzen auf den Bordsteinen, so daß die Frauen nicht auf die Straße können. Sie tun nichts. *Einfach nichts«*, wiederholte sie.

Vaniya zuckte die Achseln. »Wenn sie Hunger bekommen, werden sie zurück an die Arbeit gehen.«

Mahala sagte: »Das habe ich auch zuerst gedacht, doch sie sind schon die ganze Nacht und den ganzen Tag dort. Eine neue Nacht bricht an, und sie haben sich nicht gerührt. Einige sind am Strand und fischen mit Speeren. Als wir sie warnten und sagten, daß dafür keine Jahreszeit sei, sagten sie zu meiner Offizierin, daß die Göttin den Hungrigen Fisch gäbe und es ihre Sache sei, ihn zu nehmen, und sie widersetzten sich.«

»Schlag ein paar von den Anführern«, schlug Vaniya vor, »dann werden sie sich zerstreuen.«

»Das habe ich schon getan«, Mahala flüsterte fast, »aber wir haben in Ariadne nicht genügend Frauen, sie alle zu schlagen, und schon jetzt quellen die Strafhäuser über.«

Cendri schluckte und dachte an Yals trotzige Worte: *Es gibt nicht genug Frauen auf Isis, um uns alle totzuschlagen.*

»Schließlich«, sagte Mahala, »kam eine Delegation zu mir. Sie sagten, daß sie dich zwingen würden, von ihnen Notiz zu nehmen, da du beim ersten Mal nicht auf ihren Boten gehört habest und ihn einfach geschlagen und gefoltert hättest, ohne die Höflichkeit zu besitzen, zu antworten. Sie sagen, daß dir der Begleiter der Gelehrten Dame von Universitas gleichgültig sei, also haben sie ihn mit einer Botschaft geschickt.« Sie wies zu Tür. »Eine Botschaft, so sagen sie, die du nicht ignorieren kannst.«

Dal kam zwischen zwei der stärksten Wachfrauen Mahalas in den Raum.

Er sah müde und übernächtigt aus, schien aber ansonsten unverletzt. Cendri eilte auf ihn zu. Er berührte kurz ihre Hand und lächelte sie beruhigend an; dann schob er sie sanft beiseite. Er sagte: »Ich trage einen Brief der Vereinten Männer von Isis für Vaniya.«

Vaniya zog die Brauen zusammen und sagte: »Ich erkenne eine solche Gruppe oder Zusammenschluß nicht an. Männern ist es nicht erlaubt, sich in solchen Vereinigungen zu organisieren, es sei den in Zünften ihres Handwerks oder religiösen Geheimgesellschaften der Männerhäuser.«

Dal sagte: »Sie sind sich dieser Situation bewußt, Promatriarchin, dennoch haben sie mich mit einer Botschaft geschickt.«

»Und Sie wagen es, sie mir vorzutragen? Unverschämtheit!« fauchte Vaniya. Dals Stimme blieb ruhig.

»Ich bin als Repräsentant des Bundes hier, Vaniya, und stehe unter diplomatischer Immunität. Sie brauchen sie nicht anzuerkennen, aber wenn Sie das nicht tun, wird der Bund gegenüber Isis Sanktionen verhängen. Darf ich die Botschaft der Männer von Isis überreichen?«

Grimmig sagte Vaniya: »Gib mir den Brief.«

Mahala knurrte: »Das kommt von deinem Liberalismus, Vaniya – wenn du einigen Männern erlaubst, Lesen und Schreiben zu lernen.«

Vaniya ignorierte sie und riß den Brief auf. Laut und langsam las sie vor:

»Respekt, ehrwürdige Promatriarchin, von den Männern von . . .«, sie runzelte die Brauen. »Göttin, diese Fehler!« – Sie führte ein paar Dutzend Sportvereinigungen und Männerhäuser auf . . . »da du es für passend erachtet hast, unseren Boten zu ignorieren und die Botschaft nicht an die gewünschte Adressatin übermittelt hast, haben wir uns eine Geisel genommen, die du nicht vergessen kannst. Dem Gelehrten von Universitas darf kein Leid geschehen, bis er unsere Botschaft zu den Welten getragen hat, wo die Männer frei sind. Du wirst das Zeichen unserer Geisel erkennen.« Sie riß an der Verpackung, die etwas in dem Brief umhüllte, und mit bleichem und maskenhaftem Gesicht hielt sie eine große rosa Perle an einer dünnen Kette.

Ihr Gesicht wurde totenbleich.

»Miranda«, flüsterte sie. »Aber sie war in ihrem Zimmer mit einer Hebamme . . .« Schnell wirbelte sie zu den wartenden Frauen herum.

»Lialla, Zamila, Maret – alle –, geht schnell und seht nach Miranda . . .«

Die Frauen eilten aus dem Raum. Cendri hörte ihre Schritte auf der Teppe. Mahala wies auf Cendri und sagte: »Es war ein schlechter Tag, ein verfluchter Tag, als Sie nach Isis kamen, Gelehrte Dame!«

»Nein«, sagte Vaniya und blickte Cendri traurig an, »es war ein böser Tag, als *das* nach Isis kam.« Sie deutete auf Dal. Er beugte sich dicht über Cendri und flüsterte: »Da wir beide am gleichen Tag kamen, haben sie beide recht. Wie immer. Das ist das Fatale, sie haben beide recht.«

Cendri tat, was sie konnte, um den idiotischen Lachkrampf zurückzuhalten, der in ihr zu explodieren drohte. Doch Dal hatte recht. Das war die wahre Tragödie von Isis, daß diese beiden in tödlicher Rivalität verfangenen Frauen das gleiche wollten: Sie wollten das Beste für Isis, so wie sie es sahen.

Plötzlich brachen im oberen Stockwerk laute Klagerufe und Überraschungsschreie aus. Dann hörte man das Geräusch eiliger Schritte.

Die Frauen stürmten zurück in den Raum, drängten sich zusammen wie ängstliche kleine Vögel.

»Miranda«, heulte Zamila, »Miranda ist fort! Sie ist nirgendwo im Haus!«

Lialla schrie: »Die Hebamme liegt bewußtlos auf der

Treppe. Man hat sie auf den Kopf geschlagen, und wir bekommen sie nicht wach!«

Vaniya starrte sie bleich an. Ihr Mund zitterte. Dann wandte sie sich langsam zu Cendri und Dal. Langsam und indem sie Mirandas Perle an der Kette gegen ihren schweren Busen drückte, sagte sie: »Falls Miranda irgend etwas geschieht, werdet ihr dafür bezahlen, was immer der Bund mir dafür auch antut.«

Cendri begann leise zu weinen. Miranda, ihre erste Freundin hier, die sie liebte wie eine Schwester – was würde mit ihr geschehen, schwanger und krank, wie sie war, in den Händen der Männer. Männern ausgeliefert, die seit Generationen nur Mißachtung, Sklaverei und Folter kannten! Würden sie sie wegen Vaniya schlecht behandeln oder sich für die Mißachtung ihres Boten rächen?

Dann dachte sie – und diese Erinnerung schien ihr einen Moment lang unpassend zu sein – an die Nacht, als sie mit den anderen Frauen am Ufer des Meeres gelegen hatte, erinnerte sich an den Jungen, der ihr seinen Siegerkranz gegeben hatte und der an ihrer Brust geweint und gesagt hatte, sie erinnere ihn an seine Mutter. Plötzlich wußte sie, daß sie einer schwangeren Frau, einer Mutter, nichts zuleide tun würden. Eine Mutter. Sie wünschte, sie könnte Vaniya diese Überzeugung mitteilen, doch die alte Dame hatte sie seit ihrer ersten wütenden, verächtlichen Zurückweisung nicht mehr beachtet.

»Vaniya . . .«, sagte Mahala sanft, und die alte Frau wandte ihr die tränenerfüllten, leidenden Augen zu. Mit ersticktem Flüstern sagte Vaniya: »Miranda! Die Göttin möge sie bewachen und beschützen, mein armes Kind . . .«

Mahalas Stimme war sanfter, als Cendri je gehört hatte. Sie sagte: »Ich leide ehrlich und aufrichtig mit dir, Schwester, auch ich habe Töchter und Enkelinnen. Doch wir stehen vor einer Rebellion, und obwohl ich deinen persönlichen Kummer mitempfinde, erlaubt uns doch die Situation nicht, zu trauern. Wir müssen es irgendwie schaffen, diese Männer auf den

Straßen zurück zu ihrer Arbeit zu schicken, zurück in die Männerhäuser. Würdest du mir die weltliche Macht, mit ihnen fertig zu werden, übertragen, Schwester, wenn du dich jetzt dazu nicht in der Lage fühlst?«

»Ich glaube, du hast recht«, sagte Vaniya schwerfällig. »Miranda ist meine Tochter, und sie hat Herz; sie muß aushalten, was auf sie zukommt, wie jede Frau in unserer Welt die kommenden Tage aushalten muß, und ich kann meine Pflichten nicht wegen einer einzigen Frau vernachlässigen, wie teuer sie mir auch ist.«

»Das war gesprochen wie eine wahre Promatriarchin«, sagte Mahala. »Wir haben noch Waffen in den Zeughäusern, die wir gegen die Räuber einsetzten, als wir das Land eroberten. Ich glaube, wir müssen ihren Gebrauch wieder erlauben. Gegen Peitschen und Überredung werden sie immun sein, doch wenn wir ein paar Minen in sie hineinfeuern . . .«

Entsetzt starrte Vaniya sie an. Sie sagte: »Meine Schwester, das wäre Krieg!«

Mahalas Stimme klang wütend. »Du verlierst dich in religiösem Gefühl, meine Schwester, erkennst du nicht, daß die Männer uns diesen Krieg aufgezwungen haben?«

Vaniya rang ihre großen Hände. Eindringlich sagte sie: »Meine liebe Schwester, was für einen Wert hat das Matriarchat, wenn wir seine ethischen Prinzipien bei der allerersten Prüfung sofort verletzen? Ich hörte dich protestieren, als die Gelehrte von Universitas kommen sollte; die Männerwelten sterben ab und werden zerstört, da jede von Männern errichtete Welt sich in Gewalt, Krieg, Entropie und Niedergang ergibt. Wenn wir kämpfen und töten müssen, um den Männern unseren Willen aufzuzwingen, meine geliebte Schwester, dann können wir auch gleich die Regierung dieser Welt den Männern übergeben, denn wir leben schon wie die Männerwelten!«

Mahalas Mund fiel herab. Wütend starrte sie ihre Kollegin an, als ihr der Sinn von Vaniyas Worten bewußt wurde. »Du hast recht«, akzeptierte sie flüsternd. »Es scheint, daß wir schon unter den Vorzeichen von Männerherrschaft leben, was immer wir auch tun oder lassen! Meine Schwester, was sollen wir tun? Was sollen wir tun?« Es war ein Schrei tiefster Verzweiflung.

Vaniya streckte die Arme aus, und die beiden Promatriarchinnen umarmten sich eng. Cendri schien es, als zitterten die Schultern Mahalas vom Weinen; über ihren Kopf hinweg starrte Vaniya grimmig in die Ferne, während sie ihre Kollegin umarmte und streichelte.

Schließlich sagte sie mit sanfter Stimme: »Mahala, es gibt nur eine Antwort. Wir müssen bei denen, die klüger sind als wir, um Hilfe bitten. Willst du mit mir kommen, nach Wir-Wurden-Geleitet, Mahala, und die Frage denen stellen, die uns in den ersten Tagen nach unserer Ankunft hier begrüßt und beraten haben?«

Mahala hob den Kopf. Ihre Augen waren rot und tränenlos. Sie sagte: »Es spricht gegen die Vernunft, Vaniya, aber ich gebe zu, daß mir Vernunft in dieser Krise wenig geholfen hat. Es gibt scheinbar keine andere Hilfsquelle. Und doch habe ich wenig Hoffnung, daß wir dort in der toten Stadt Rat erhalten werden.«

Ruhig sagte Vaniya: »Wenn wir dort keinen dir zusagenden Rat erhalten, Schwester, dann werde ich dir beim Verlassen von Wir-Wurden-Geleitet sämtliche Kontrolle über die weltliche Macht von Ariadne überlassen. Ich gebe dir mein Wort, das ich noch nie gebrochen habe, daß ich dich nur bitte, mit mir zu kommen und dir die Worte der Weisen anzuhören, die mir geholfen haben, Rezalis Ring und Robe zu finden. SIE wissen alles, und SIE werden wissen, was wir in dieser Krise zu tun haben.«

Mahala beugte den Kopf und sagte: »In dieser Krise würde ich mich an jeden wenden, selbst an einen Geist.«

Die Vorbereitungen dauerten nur einen kurzen Moment. Als die Prozession die Residenz der Promatriarchin verließ, wurde es langsam dunkel, und Cendri und Dal folgten im Zug der beiden Promatriarchinnen, die, eine jede von ihrem Haushalt begleitet, den steilen Pfad zu der dunkel drohenden, toten Stadt bei Wir-Wurden-Geleitet hinaufstiegen. Cendri ging mit gesenktem Kopf, und ihr war elend zumute. Sie dachte daran, wie sie letztes Mal mit Vaniya hierhergekommen war, und wie *Etwas* von dem alten Raumschiff zu ihr gesprochen hatte. Dal neben sich nahm sie kaum wahr, bis er stolperte und fluchte. Dann sagte sie, indem sie ihre Hand austreckte: »Dal, ich hatte solche Angst – haben sie dir etwas getan?«

»Mir etwas getan? Cendri, ich mußte mir verbitten, daß sie mich verehren!« sagte er leise. »Sie haben mir nicht geglaubt, daß es Welten gibt, wo Männer wirklich frei sind. Du glaubst nicht, wie sehr sie sich nach Unterweisung sehnen . . . sie wollen es sogar mehr als die Freiheit, denn mit Wissen, so sagen sie, können sie beweisen, daß sie ebenbürtig und ihrer Freiheit würdig sind. Als sie erkannten, daß ich Meistergelehrter bin, Cendri, hat man mich mit Ehrfurcht behandelt. Ehrfurcht!« wiederholte er. »Sie hätten nicht den Schatten meiner Kleidung verletzt oder ein Haar auf meinem Kopf!« Er lachte weich, aber es klang nicht fröhlich. »Arme Teufel, arme Teufel! Einige haben genausoviel Angst vor dem Lernen, wie sie sich danach sehnen. Einer hat mich gefragt, als er hörte, daß ich mein ganzes Leben nur studiert habe, ob ich davon nicht impotent geworden bin! Und ich dachte, Rhu hätte es schon schlecht! *Sharrioz!*«

»Dal, hast du diese Rebellion angezettelt?«

Er seufzte und schüttelte den Kopf. »Um Gottes willen, nein. Ich war selbstsüchtig genug, dagegen zu protestieren. An etwas anderes als an meine Arbeit und die Ruinen habe ich nicht gedacht. Ich war nur der Katalysator, der zu einer Zeit kam, als die Männer dazu bereit waren.«

Die Nacht war dunkel und heiß; die Monde schwebten am Rand des Himmels. Cendri schleppte sich mühselig hinter Vaniyas Fackel im Zuge der beiden Promatriarchinnen her.

Schließlich sagte sie: »Wie kommt es, daß du hier bist, Dal? Ich dachte, du hättest etwas dagegen, daß die Ruinen als eine Art Zentrum für religiöse Verehrung betrachtet werden?«

Sie konnte im Dunkeln sein Gesicht nicht sehen, doch seine Stimme klang leicht belustigt. Er sagte: »Ich glaube, ich würde mir alles ansehen, was Mahala derartig nachgiebig macht. Oder vielleicht fühle ich wie sie, daß die Situation verkorkst genug ist, um nicht auch das hier zu versuchen. Vielleicht muß ich auch einfach erfahren, was die Regierung von Isis, so wie sie jetzt ist . . .«, er wies auf die undeutlichen Umrisse der beiden Frauen vor ihnen, »jetzt tun wird, und inwiefern es den Bund betreffen wird.« Er schüttelte den Kopf. »Ich hätte nicht gedacht, daß Mahala nachgibt. Sie erinnert mich sehr stark an die Gelehrte Dame di Velo – obwohl sie andererseits höchst unterschiedlich sind. Vaniya übrigens auch.«

Cendri wußte, was er meinte. Es war die Aura persönlicher Stärke, die Intensität der Persönlichkeit, dieses unbestimmbare etwas namens Charisma. Sie sagte: »Ich weiß, was du meinst«, und Dal streckte im Dunkeln die Hand aus und griff nach ihrer.

Er flüsterte: »Auch du hast das manchmal, Cendri. Wenn du richtig verrückt bist.« Sein Arm fuhr ihr um die Hüften, und im Schutz der Dunkelheit gingen sie umschlungen weiter.

Im Licht der Fackeln und sich vorsichtig über die Steine tastend, fanden die Frauen ihren Weg durch die Tore der toten Stadt, die sie als Wir-Wurden-Geleitet kannten, wanden sich langsam durch die Schluchten zwischen den riesigen unbekannten Bauwerken, wo sich außer dem schwachen Nachtwind nichts regte und nur die Stimmen der Nachtvögel vom Strand her erklangen. Weit entfernt brachen sich die Wellen und seufzten schwer.

Dal flüsterte: »Was passiert hier?«

»Das kann ich dir nicht sagen, Dal. Du mußt es einfach . . . spüren.« Sie erinnerte sich schmerzlich an das, was Vaniya gesagt hatte:

In all den Jahren, seit wir hergekommen sind, haben diejenigen in Wir-Wurden-Geleitet zu keinem Mann gesprochen.

Aber vielleicht haben die Männer nie hingehört . . .

Langsam bewegten sie sich über den großen offenen Platz, an dessen anderem Ende das Raumschiff aufragte. Cendri spürte schon die ersten Wellen angenehmer Wärme.

Ich bin hier, du wirst geliebt . . . ich begrüße dich . . .

Doch zum ersten Mal widerstand sie und kämpfte gegen die unwiderstehliche Glücksflut an, die sich in ihren Kopf schlich.

Nein. Nein. Jetzt nicht. Es ist jetzt zu wichtig! Weißt du, wo wir sind? Weißt du, warum wir hergekommen sind? Wer bist du?

Die herannahende Wärme schien zu zögern, zurückzufluten, sich zurückzuziehen und in Wellen wiederzukehren, und dann spürte Cendri noch etwas. Es war das gleiche wie die Wärme, sie hatte das gleiche Gefühl. Man konnte es nicht in Worte fassen; sie wußte, daß es ihre Gedanken waren, die den Kontakt in Worte umsetzten, weil es die einzige Möglichkeit war, diese Erfahrung verständlich zu machen.

Ja. Wir – wissen. Eine merkwürdige Sicherheit war da – und dann ein schnelles heranschleichendes Gefühl, *als wenn* – so beschrieb Cendri es später – *als wenn mich eine unbeschreibliche Gewalt gepackt, mich umgestülpt, jeden Gedanken und jede Idee betrachtet hätte, die ich seit dem Tag meiner Geburt hatte, durch mein Gehirn stürmte und alles umdrehte, mich wie einen jungen Hund getätschelt und dann wieder hingesetzt hätte. Und alles mit dieser ungeheuren, zärtlichen, liebenden Wärme . . .*

Sie hörte Dal sagen – und sie wußte, daß er nicht laut redete –: »Habt ihr diese Stadt gebaut?«

Und die Stimme antwortete, wobei sie weiterhin Wellen liebender Wärme ausstrahlte . . . Sie blickte Dal an und sah, daß sein Gesicht von der gleichen Freude glühte. . . *Nein, wir haben die Stadt nicht gebaut. Wir strömten aus dem Raum, als diese Frauen kamen. Wir brauchten sie, wie sie uns brauchten.*

Jetzt hörte sie – oder fühlte, denn wie kann man eine unausgesprochene Erfahrung in Worte übertragen – eine Berührung in ihrem Kopf – *Vaniya*, und ein wortloses: *Siehst du, Mahala?*

Ja! Aber sie sprechen zu Männern!

Und Vaniyas Gedanken mit Überraschung und Ärger: *Nie, noch nie habt ihr mit Männern geredet . . . warum?*

Und die fremden Gedanken, eingehüllt in Wärme, doch mit einem Hauch von Kälte, der Cendri vor plötzlichem Entsetzten erzittern ließ:

Eure Gedanken haben gelogen. Wir sahen eure Männer nur durch eure Gedanken. Jetzt wissen wir, daß ihr gelogen habt.

Wir haben die Wahrheit gesagt – Vaniyas Geist brannte vor Beleidigung – *Männer sind nicht fähig . . .*

So fähig wie eure erste Urmutter, Alicia, als sie gegen die Männerherrschaft auf Pionier rebellierte . . .

Und Mahala, zugleich wütend und entsetzt: *Was wißt ihr über unsere Urmutter?*

Was immer in Köpfen ist, wissen wir, Geliebte . . . dieses schwellende, verführerische, zärtliche Streicheln.

Dal keuchte fast vor Aufregung.

Halblaut flüsterte er Cendri zu: »Eine fremde Rasse, nicht die Gründer, aber eine körperlose . . . Kosmische Wolken? Atome? Gaswesen? Müssen mit einem anderen Stamm in Symbiose leben, weil sie so grenzenlos einsam sind und sich nach Liebe sehnen. Geben vor, Götter zu sein, damit sie Liebe bekommen.«

Ja, du hast recht, mein fremder Sohn, unser Bedürfnis nach Liebe zu unseren Töchtern hat uns blind gemacht für die Bedürfnisse anderer, die sich nach unseren Tröstungen sehnen . . . und sie haben uns belogen . . . Cendri fühlte eine fremdartige Wut in sich aufsteigen. *Vaniya! Du hast uns belogen, wir werden nicht mehr mit dir sprechen!*

Und plötzlich . . . schockierende, tote, kalte Stille.

Cendri erwachte, als habe sie eine Eiswelle überspült. Das fahle Licht glühte immer noch von den Ruinen des alten Raumschiffes, und ringsum schien die schwache Leuchtkraft der Stadt von innen heraus zu strahlen. Aber die Wärme war verschwunden, keine Stimme mehr, keine umfassenden Wellen von Zärtlichkeit. Die Stimme war verstummt. Mondlicht stand jetzt hoch über der Stadt, und Cendri sah die Gesichter der Frauen, die erschüttert und still weinten. Vaniya bedeckte ihr Gesicht mit den Händen, zitterte hoffnungslos. Cendri fühlte die Erschütterung, Trauer und Enttäuschung der Frau.

Sie waren so lange, so lange bei ihr gewesen. Seit Vaniya als junge Frau hergekommen war, waren sie mit ihr aus dem Raum gestoßen, um sich hier niederzulassen, hatten sie unterstützt, ihr geholfen, bis sie von ihrer Liebe und Zuneigung abhängig wurde. Und sie hatte die anderen Frauen zu ihnen geführt, so daß auch sie von dieser Ergebung zehren konnten und als Gegenleistung die Freude genossen, mit ihnen zu kommunizieren.

Dal hatte durch seinen Gang hierher, durch eine einfache Frage diese langen Jahre blinder, gedankenloser Verehrung zerstört. Was würde Vaniya jetzt tun? Was wird geschehen? Vaniya sah Dal mit nackter Wut an.

Ich kann es ihr nicht übelnehmen. Er hat ihr die Göttin geraubt . . . und doch nichts Schlechtes getan. Warum müssen die Unschuldigen leiden?

Langsam und mit schwankenden Schritten entfernte sich Vaniya von dem alten Raumschiff. Ihr Kopf hing herab, und sie taumelte beim Gehen. Cendri ging spontan zu ihr, legte den Arm um die alte Frau und stützte sie. Eine Sekunde lang fürchtete sie, daß Vaniya sie in einem erneuten Aufflammen ihrer Wut zurückstoßen würde, aber Vaniya war zu tief im Leid versunken, um Cendri zu bemerken. Sie lehnte sich auf Cendri, als sie die tote Stadt verließen und den Hügel hinabgingen; dann rief Lialla hinter ihnen besorgt und angstvoll: »Seht nur! Seht!«

Aus den Toren Ariadnes ergoß sich eine Riesenmenge, rannte, wälzte sich am Strand entlang, den Hügel hinauf, wie eine große Menschenwoge. Cendri dachte an die Flutwelle, die das Dorf der Perlentaucherinnen an der Küste überspült hatte; dies hier jedoch war eine *Menschen*welle, die sich langsam und unaufhaltsam den Berg hinauf zu den Toren von Wir-Wurden-Geleitet drängte. Und im Mondlicht sah Cendri, daß alle Gestalten Männer waren. Und alle Gesichter trugen den Ausdruck benommenen Glücks, wie ihn Cendri bei den Frauen damals gesehen hatte . . .

Vaniya stöhnte, wich vor der Welle von Männern zurück und stolperte. Cendri stützte sie, damit sie nicht fiel, und hörte sie laut weinen. »Entweihung«, stöhnte sie, »Schändung!«

Die Männer strömten in die tote Stadt und standen vor dem alten Raumschiff. Das Licht begann zu glühen. Cendri spürte schwach ein Wiederkehren der umfassenden Wärme, doch es sprach nicht mehr zu ihr; sie fühlte sich kalt und allein, spürte, wie Vaniya zitterte, und hielt die Frau fest im Arm, mit einem fast wütenden Bedürfnis, sie zu trösten, während Vaniya verlassen und vernachlässigt, ohne den Kontakt und die Liebe derer, die für sie das Leben bedeuteten, zusah, wie andere der Kommunikation teilhaftig wurden, von der man sie ausgeschlossen hatte. Andere. Verachtete. Männer. Nicht einmal Menschen.

Cendri wußte nicht, wie lange sie dort gestanden hatte. Sie hielt Vaniya im Arm und versuchte, ihr Schluchzen zu besänftigen, bis sie steif und verkrampft kaum noch stehen konnte. Und dann war es plötzlich vorbei.

Einer der Männer, ein Großer mit graugesprenkeltem Haar, der einen groben Pyjama-Anzug trug, kam zögernd auf Vaniya zu.

»Respekt, Mutter Vaniya . . .«, sagte er zögernd, und Vaniya versuchte erschöpft, sich zusammenzureißen. Aufrecht stand sie da und löste sich aus Cendris stützendem Arm.

»Wie kann es sein, daß du mit Respekt zu mir kommst, *hier*?« fragte sie, und ihre Stimme klang vor Verachtung wie eine Peitsche. »Wo du hier schändend auf deinen Müttern herumgetrampelt hast?«

»Mutter«, bat der Mann inständig, »die, die mit uns geredet haben, wissen etwas, das du erfahren mußt! Männer können damit nicht allein fertig werden!«

Vaniya tat einen langen Atemzug und sagte: »Sprich mein Sohn!«

Der Mann wies auf's Meer. »SIE haben gesagt«, fuhr er fort, »da weit draußen im Meer, viele viele Meilen tief, zu tief sogar für Fische, bebt der Boden und wird wieder erzittern. Und weil diese Beben immer näher rücken, werden sich die großen Wellen eine nach der anderen auftürmen, bis schließlich morgen bei Anbruch der Nacht eine Wasserwand, höher als die Küste, neben dem großen Damm aufschlagen wird; sollte sie den Damm voll treffen, wird kein Stein auf dem anderen bleiben. Deshalb, Mutter«, bat der Mann inständig, »ihr Mütter und Töchter, die ihr die Wagen und die Boten und die Transportmittel kontrolliert, bitten wir euch inständig, bringt alle unsere Leute aus den Lagern hierher, ebenso unsere Besitztümer, sonst ist alles verloren. Die Lagerhäuser mit Korn und Baumaterialien und all unsere Nahrungsmittel und Reserven werden alle hinweggefegt werden.«

Vaniya schluckte schwer. »Woher weißt du das, mein Sohn?«

»SIE haben es uns gesagt«, sagte der Mann und wies vage zu dem alten Raumschiff.

»Und woher weißt du, ob es stimmt«, fragte Vaniya, »daß SIE dich nicht täuschen, wie SIE mich getäuscht haben? Warum sollten SIE jetzt vor Erdbeben und Flutwellen warnen, wo SIE das die ganzen Jahre überhaupt nicht getan haben?«

Der Mann verbeugte sich tief. »Respekt, Mutter«, sagte er, »das hat einer von uns gefragt. Dies war IHRE Antwort: Ihr habt SIE nie um Hilfe gebeten, und SIE wußten nicht, daß SIE es konnten, bis einer von uns unsere Bedürfnisse deutlich machte und SIE herausfanden, daß SIE antworten konnten.«

Vaniya sah immer noch erschüttert aus. Doch sie sagte: »SIE lügen nicht. SIE haben Ring und Robe von Mutter Rezali gefunden. Vor IHNEN ist nichts verborgen, was SIE wissen möchten. Komm, Mahala«, sagte sie schnell zu ihrer Matriarchengefährtin. »Du bist der bessere Organisator, und wir dürfen jetzt keine Zeit mit dem Protokoll oder Rivalitäten verlieren. Wir haben gerade Zeit genug – wenn wir uns beeilen – jede Frau, Mann und Kind, all ihre Habe und Besitz aus dem Bereich des großen Dammes zu retten, wenn wir keine Zeit verlieren. Wir haben keine Zeit, den Damm zu verstärken; wenn es ihn trifft, müssen wir ihn verloren geben, aber wir werden Glück haben, wenn wir keine Menschenleben verlieren. Komm, Mahala! Laß uns in die Stadt zurückeilen und alles vorbereiten!«

Sie lehnte sich schwer auf Cendri, als sie den Hügel hinabeilten, wobei sie den Leuten ihres Haushaltes schnelle unverständliche Befehle erteilte.

»Lialla, geh zum Raumhafen, besorg' so viele Flugkapazitäten wie möglich, und lasse sie für den Start vorbereiten. Zamila, geh mit diesem Mann, und hilf ihm, alle tüchtigen Männer zwischen fünfzehn und fünfzig zusammenzustellen und auf den Transport vorzubereiten! Dank sei der Göttin, Mahala, daß die meisten Männer noch nicht zum Damm zurückgekehrt waren. Keiner darf dorthin zurück, es sei denn, sie werden für Evakuierungsarbeiten benötigt.«

Dal und Cendri beobachteten, wie beide Promatriarchinnen zusammen die Organisation übernahmen. Dal murmelte: »Ich hatte gedacht, die Männer würden versuchen, auf eigenen Füßen zu stehen. Aber das erste, was sie tun, ist, die Frauen um Hilfe anzuflehen.«

Cendri spürte eine heiße Wut über Dals Verständnislosigkeit. »Dal, begreifst du denn nicht? Hier müssen Männer und Frauen einfach zusammenarbeiten, weil die Frauen alle Transportmöglichkeiten kontrollieren, alle Mittel der Organisation und das gesamte technische Know-how!

Glaubst du wirklich, eine Gesellschaft könnte sich über Nacht vollständig ändern?«

Sie ergriff seinen Arm und sagte ernsthaft: »Dal, es wäre absolut unvernünftig, nur die Tyrannei der Frauen zu stürzen und eine neue der Männer zu errichten! Das einzige, was diese Gesellschaft rettet, ist Kooperation – auf allen Gebieten! Fähig sein, Dinge zusammen zu tun, die beide allein nicht bewältigen können . . .«

Er nickte, doch sie sah, daß er mit den Gedanken woanders

war. Nach einem Moment, in dem er zugesehen hatte, wie Vaniyas Haushalt den Transport organisierte, sagte er: »Cendri, merkst du, daß wir es hier nicht mit einer, sondern mit zwei fremden Zivilisationen zu tun haben? Wir wissen immer noch nicht, wer die Ruinen erbaut hat, die Stadt. Möglicherweise waren es die Gründer, aber es wird Jahrhunderte dauern, bis wir es wissen, und wir müssen die Zeitstatik durchbrechen. Und dann gibt es noch die Fremden, die mit uns und dann mit den Männern geredet haben. Cendri, Isis wird der neue wissenschaftliche Mittelpunkt der Galaxis! Vielleicht bekommt Mahala schließlich doch, was sie wollte.«

Cendri erkannte das, doch ihre Sorgen waren jetzt von dringenderer Art, persönlicher.

Wo war Miranda? Hielt man sie bei dem Damm gefangen, auf den die Flutwelle sich unaufhaltsam zuwälzte?

XIV

Über Isis ging die Sonne auf. Cendri blickte auf den Fluß hinab, auf die sich ausbreitende Deltamündung, wo der Fluß sich durch mit Schilf und Salzmarsch bedeckte Inselchen schlängelte oder sich tosend an ihnen brach; überall war Land durch die Flut weggerissen worden. Die ganze Nacht hatte sie die Lastwagen und Autos anfahren sehen, die die Lagerhäuser leerten, die schweren Maschinen mitnahmen, wobei Männer und Frauen Seite an Seite arbeiteten. Und die ganze Nacht hindurch hatten die beiden Promatriarchinnen Seite an Seite gearbeitet und die Arbeitsgruppen koordiniert, und Vaniya hatte bei jedem Mann, den sie traf, mit erhobenem Kopf und fester, aber zittriger Stimme gefragt: »Weißt du, wo meine Tochter gefangengehalten wird? Wenn du weißt, wer sie festhält, würdest du ihn zu mir schicken, damit ich um ihre Freiheit kämpfen kann?«

Doch alle Männer hatten es verneint. Cendri, die das aus

der Entfernung beobachtete, war allmählich der Auffassung, daß sie es wirklich nicht wußten, daß nur ein paar Anführer in den Plan eingeweiht waren. Yals Worte klagten in ihr: *Was ich nicht weiß, können sie nicht aus mir herausprügeln.* Vaniya erntete nun die Früchte ihrer strengen Herrschaft!

Doch sie blieb auf ihrem Posten. Mahala war durch ihren Kummer so gerührt, daß sie um Mitternacht sagte: »Vaniya, meine Schwester, geh zurück in die Stadt und such' deine Tochter dort. Ich mache hier weiter.«

Doch Vaniya schüttelte bleich und gequält den Kopf.

»Hier sind meine Pflichten, Schwester. Miranda ist meine Tochter und versteht die Bedeutung von Verantwortung. Wenn wir alle diese Nacht überleben, werde ich sie finden, und wenn ich vor jedem Mann von Isis niederknien und ihn um Hilfe anflehen muß; und ich werde Bedingungen gewähren, die ich für ihre Freilassung verantworten kann, und wenn ich es nicht verantworten kann, dann werde ich zur Göttin beten, daß sie uns beiden die Kraft verleiht, ihr Schicksal zu ertragen. Doch jetzt werde ich hier gebraucht. Ich kann nicht Männer und Frauen sterben lassen und nur an meine Tochter und ihr Kind denken.«

Und Mahala senkte den Kopf und antwortete: »Ich weiß, alte Freundin. Entschuldige, wenn ich daran gezweifelt habe.«

Cendri erledigte Kleinigkeiten, für die man keine besonderen Fähigkeiten benötigte. Nach einer Weile war sie in einer schnell organisierten Feldküche damit beschäftigt, die Männer auf dem Gelände zu versorgen. Sie sah, wie sie unter der Anleitung der Promatriarchinnen das Gelände aufteilten und systematisch ihre Entscheidungen fällten: Was auf jeden Fall entfernt werden mußte (hauptsächlich Gebäude), und was man bewußt aufgeben mußte. Jede Entscheidung, das wußte Cendri, wurde von den Promatriarchinnen selbst gefällt.

Sie arbeitete mit anderen Frauen und ein paar Jungen zusammen, bereitete Tee und andere Getränke für die Arbeiter und kochte Fisch und Mais für sie. Hier arbeitete sie die ganze Nacht hindurch, und als die Sonne aufging, stand sie Rhu gegenüber, der einer Arbeitergruppe, die sich für ein paar Minuten auf dem Gras niedergelassen hatte, Teller mit Essen brachte.

»Was machen Sie hier, Rhu?«

»Das gleiche wie Sie«, sagte er mit müdem Lächeln. »Ich habe keine Fähigkeiten, bei den Frauen zu arbeiten, und nicht die Kraft, bei den Männern mitzuhelfen, also tue ich, was ich kann.« Im zunehmenden Licht sah er bleich aus, und Cendri erinnerte sich an Dals Worte, daß er seit einer Kinderkrankheit ein schwaches Herz hatte.

Rhu sagte: »Ich habe Dal dort auf dem Hügel gesehen. Jeder Mann auf Isis will ihn sehen und ihn wie eine Erleuchtung betrachten. Was immer auch heute nacht passiert, Gelehrte Dame, das Leben auf Isis wird für die Männer erträglicher werden.«

Langsam nickte Cendri. Die falsche Grundannahme dieser Gesellschaft – daß die Unterlegenheit der Männer sich auf göttlichen Befehl gründete, weil die Gründer nicht mit ihnen redeten – war mit einem Schlag vernichtet worden. Die Männer mußten noch mit den durch Erziehung bedingten Unterschieden fertig werden und um Gleichheit ringen wie die Frauen auf Pionier, und das würde nicht so schnell gehen. Die Männer von Isis würden möglicherweise sogar weiterhin getrennt von den Frauen leben, weil beide, Männer und Frauen, damit zufrieden waren; doch da der niedrige Status der Männer jetzt nicht mehr durch göttlichen Spruch gestützt wurde, konnte er nicht überdauern. Nichts würde sich über Nacht ändern. Einiges würde immer so bleiben. Doch gab es jetzt eine Hoffnung, die es vorher nicht gegeben hatte.

Eine der Frauen rief Rhu.

»Bring Mutter Vaniya etwas zu essen, Rhu; sie muß essen und bei Kräften bleiben, und von dir nimmt sie es vielleicht eher an.«

Cendri ging mit Rhu. In der Feldküche waren zu viele Helfer – praktisch jede Frau, die sonst nirgendwo gebraucht wurde, war dort, und Cendri wurde nicht benötigt. Vaniya sah erschöpft und gequält zu ihnen hoch.

»Vaniya«, bat Rhu, »du mußt etwas zu dir nehmen. Hier, ich habe dir Essen und Wein gebracht.«

»Ich habe keinen Hunger«, sagte Vaniya, doch sie seufzte, legte eine Karte des Geländes beiseite und blickte den Mann an, der ihren Befehl erwartete. Sie deutete auf einen Abschnitt der Karte, sagte: »Diese drei Lagerhäuser am Rand kannst du ausnehmen. Dort liegen nur Lumpen und Zement, und es ist nicht die Zeit und die Geräte wert, sie zu leeren. Vielleicht kommt das Wasser nicht so hoch, und wenn doch, kann das Material leicht ersetzt werden und uns jetzt den Einsatz der schweren Maschinen ersparen.«

Der Mann nickte und sagte: »Wo sollen denn die Maschinen jetzt hin?«

»Hier.« Vaniya wies wieder mit dem Finger. »Such dir drei Ingenieurinnen vom Institut und verstärke die Deiche dort. Das Wasser kann sich verteilen, wenn es hereinbricht, und gebändigt durch das untere Delta fließen. Wir werden eine Überflutung haben, aber die Ingenieurinnen vom Institut sagen, daß die Welle hier nichts zerstören wird.« Sie hob erschöpft die Hand an die Stirn, als sich der Mann und die Ingenieurin über die Karte beugten, und sagte: »Wir haben im Außenbüro hier ein Kopiergerät; laßt euch jeder eine Kopie machen, und bringt mir die Karte wieder . . .« Als sie damit fort eilten, hob sie den Kopf und nahm das Tablett mit Essen.

»Rhu, Cendri . . .« Müde lächelte sie, als sie die Gabel zum Mund führte. »Nun, Cendri, du bist gekommen, um das Matriarchat in einer Krise zu studieren, und jetzt kannst du Rebellion, Anarchie und all das sehen, was einer Gesellschaft zu schaffen macht. Welchen Bericht wirst du dem Bund liefern, kleine Cendri?«

Leise sagte Cendri: »Ich weiß es nicht, Vaniya. Das hier«, sie wies auf das Feldbüro, das man aufgeschlagen hatte, »sieht mir nicht nach Anarchie aus.«

Vaniya gähnte und hob die Hand vor den Mund. Sie sagte:

»Nein, vielleicht nicht. In dieser Krise müssen wir tun, was wir können, und alle Töchter und Söhne arbeiten zusammen für die Rettung. Ich frage mich jetzt, warum ich jene bei Wir-Wurden-Geleitet bei solchen Dingen niemals um Hilfe gebeten habe . . .« Wieder gähnte sie und schloß für einen Moment die Augen. Dann sah sie Rhu an: »Hast du irgendwelche Nachrichten von Miranda? Wo man sie gefangenhält?«

Rhus bleiches Gesicht sah elend und verhärmt aus. Es brach aus ihm heraus: »Nein, Vaniya! Bei meinem Leben, nein! Sie haben uns beide verraten!«

Vaniyas breites Gesicht blickte verdutzt und ungläubig. »Was redest du da von Verrat, Rhu? Was kannst denn *du* damit zu tun haben?« Selbst in dieser Krise errötete Rhu über die Verachtung in ihrer Stimme.

Fest sagte er: »Ich muß es dir gestehen; Miranda hat das Haus auf meinen Wunsch hin verlassen. Sie kam willig mit mir als Geisel. Sie und ich . . .« Seine Stimme versagte, und Cendri fiel ein, daß ein solches Geständnis in dieser Gesellschaft etwas Undenkbares war. »Sie und ich – wir sind viel zusammen gewesen; sie sagte, daß sie mich – liebe . . .«

»Dich!« Vaniya starrte ihn ungläubig an. »Sie war immer freundlich zu dir. Aber einen Mann *lieben* und nicht einmal einen Mann, sondern einen Begleiter . . .«

»Was immer ich auch bin, und was immer du von mir denkst, ich liebe Miranda«, sagte Rhu fest. »Und sie denkt über die Sache der Männer wie ich, der in deinen Augen ein Nichts war. Ich war dein Begleiter, aber nur ein . . . Spielzeug für deine Freizeit, während ich für Miranda . . . ich selbst war, ein menschliches Wesen wie sie selbst. Wir haben gehofft – zusammen gehofft –, daß es eine Welt geben möge, in der sich Mann und Frau manchmal treffen können, wenn sie es wollen, und nicht nur am Strand im Dunkeln, wie sich Tiere in der Brunftzeit paaren . . .«

»Schweig!« schimpfte Vaniya, »wie kannst du es wagen, darüber zu mir zu reden?«

»Wir haben uns eine Welt gewünscht, in der sich Mann

und Frau manchmal bei Tageslicht treffen können, sich gegenseitig Wohlergehen und Wohlgefühl wünschen, sich als gleichartige Wesen anerkennen und einander lieben.« Rhu fuhr unbeirrt fort, ohne sie zu beachten. »Daher hat sich Miranda entschlossen, als du den Boten nicht anhören wolltest, sich selber als Geisel zu stellen, weil sie wußte, daß du nichts tust, was sie gefährden könnte. Der Mann von Universitas war dir gleichgültig, doch du würdest den Boten anhören, wenn es um Mirandas Sicherheit ging. Sie hat das Haus mit mir zusammen verlassen und ist dorthin gegangen, wo sich die Männer versammelt haben, weil sie wie ich glaubte, daß wir nicht in Ketten geboren sind . . .«

Vaniyas Gesicht verzerrte sich vor Zorn. »Du, mein Begleiter – hast dich meiner Tochter genähert, wie es keinem Mann erlaubt ist? Ich werde dich töten lassen, denn das ist die Strafe für Männer, die Bürger angreifen . . .«

Rhu schüttelte den Kopf. Ruhig sagte er: »Ich habe sie berührt, ihre Lippen geküßt und sie umarmt wie ein Kind seine Mutter, das ist alles; *das* war es nicht, was wir beieinander gesucht haben. Es war Liebe, Vaniya, nicht wie ein Meerbesuch; und wenn es mehr gewesen wäre, nun, sie war schwanger. Du verstehst es nicht, wie du niemals verstanden hast.«

»Und wo hast du sie hingeschleppt, Unglücklicher?« unterbrach ihn Vaniya, doch Rhu schüttelte den Kopf. »Sie haben es mir nicht gesagt, weil ich dir alles hätte verraten können. Sie haben uns beide verraten! Und sie haben mir nicht getraut, genausowenig, wie du mir traust. Wie immer, Vaniya, ich gehöre nicht zur Welt der Männer und nicht zu der der Frauen . . .«

Er bedeckte das Gesicht mit den Händen, und nach einem Moment begriff Cendri, daß er weinte.

»Ich wäre eher gestorben, als ihr etwas zuzufügen, Vaniya, sie war für mich mehr als das Leben . . .«

Vaniya sah ihn bebend vor Enttäuschung an: »Rhu, Rhu, wie konntest du mir das antun? War ich denn unfreundlich zu dir oder grausam?«

Rhu sagte sehr leise: »Nein, Vaniya, du warst freundlich zu mir, aber ich habe dir nichts bedeutet. Du hast mich nicht geliebt. Nicht so, wie die Gelehrte und ihr Begleiter sich lieben. Nein, Vaniya, du hast mich nicht geliebt.«

»Aber wer rechnet denn mit so was?« brach es aus Vaniya hervor. »Wie kann eine Frau denn einen Mann lieben? Die Beziehungen zwischen Männern und Frauen werden durch die Jahreszeiten und die Gezeiten geregelt; sie begegnen sich, wie es uns auferlegt ist; aber – Liebe?«

Rhu schüttelte den Kopf und schwieg. Cendri fühlte mit ihnen und begriff, daß sie beide Gefangene ihrer Welt waren. Jede Gesellschaft hatte Mitglieder, die nicht zu ihr paßten. Sie, Cendri, war glücklicher als die meisten anderen, denn sie lebte in einer Gesellschaft, aus der sie sich entfernen konnte, wenn sie ihr nicht gefiel, in offenere Welten wie Universitas, wo ein Dutzend Kulturen aufeinandertrafen. Und als sie sah, wie Rhu hilflos vor Vaniya stand, begriff sie einiges über sich selber und Dal.

Ich habe einen Mann von Pionier geheiratet und wußte, daß er eine Art Unterwerfung von mir verlangt, die ich nicht gelernt habe. Ich habe ein größeres Bedürfnis nach Abhängigkeit als andere Frauen von meiner Welt. Aber ich habe Dal vorgeworfen, daß er so ist, wie er ist. Entweder muß ich ihn so akzeptieren, wie er ist – was er wirklich ist, nicht, wie ich ihn in meiner Unzulänglichkeit haben möchte . . . oder ich muß ihn verlassen. Aber ich kann nicht versuchen, ihn zu ändern. Isis hat uns nicht verändert. Es hat uns nur gezeigt, was wir bereits waren.

Rhu wischte sich die Tränen aus den Augen und stand aufrecht mit erhobenem Kopf vor Vaniya. Er sagte: »Wenn das alles vorbei ist, geh zu den Gründern, nach Wir-Wurden-Geleitet. Sie wissen alles. Sie werden wissen, wo man Miranda hingebracht hat.«

Vaniya zog eine Grimasse, und nach einem Moment merkte Cendri, daß es ein Lächeln sein sollte. Gebrochen sagte sie: »Weißt du nicht, Rhu? Die Gründer haben mich verlassen. Sie sprechen jetzt nur noch zu Männern.«

Fest sagte Rhu: »Dann werde *ich* nach Wir-Wurden-Geleitet gehen und sie in deinem Namen fragen, ob sie mir bei der Suche nach Miranda helfen.«

Vaniyas Gesicht hellte sich hoffnungsvoll auf. Sie sagte: »Aber wenn sie *hier* ist . . .«

»Dann liegt alles in den Händen jener Macht, die über Menschen und Gründern steht«, sgte Rhu still, »aber wenn sie im Lager ist, werden die Arbeitsgruppen, die das Gelände durchforsten, sie sicherlich finden. Gibst du mir die Erlaubnis, zu gehen?«

»Ja, nimm meinen Wagen«, sagte Vaniya, »aber ich kann keinen Fahrer entbehren . . .«

»Ich kann deinen Wagen fahren, Vaniya.«

»Das habe ich nicht gewußt«, sagte Vaniya überrascht. Und Rhu antwortete mit einem schwachen Lächeln: »Du hast mich auch nie danach gefragt, meine Liebe.«

Cendri folgte ihm nach und griff nach seiner Hand. »Warte, Rhu«, sagte sie schnell. »Ich muß mitkommen und Dal auch. Ich kann dir das jetzt nicht erklären . . .«

Sie rannte zu dem Abhang, an dem Dal stand und über das Gelände blickte. Alle paar Minuten hielt ein Mann, der von unten etwas heraufbrachte – die wichtigeren Lagerhäuser wurden mit Maschinen geräumt, doch gab es mehr Menschen als Maschinen –, vor Dal an, verbeugte sich bis auf den Boden und sagte ein paar Worte.

Cendri wollte nicht stören, doch er sah sie und kam auf sie zu. Sie griff nach seiner Hand und dachte nicht an die beobachtenden Augen ringsum und an die Gebräuche des Matriarchats.

»Dal, komm mit nach Wir-Wurden-Geleitet . . .«

»Jetzt . . .?«

»Ja . . . ich muß den Gründern etwas sagen . . .

Er sagte: »Sie haben die Stadt nicht gebaut, Cendri . . .«

Ungeduldig schüttelte sie den Kopf. »Das spielt doch jetzt keine Rolle! Ich sage *Gründer*, weil die Leute hier sie so nennen. Du weißt ganz genau, was – wen – ich meine!«

»Ihnen etwas sagen?«

»Ja, Dal, komm mit, wenn sie jetzt nicht mehr mit Frauen reden . . .«

Er sagte: »Ich bin froh, von hier wegzukommen, das sage ich ehrlich! Ich kann hier nicht richtig helfen . . .« Er bewegte sich unsicher, als ein weiterer Mann mit einer schweren Ladung Nutzholz auf dem Kopf vorbeikam und sich unbeholfen verbeugte. »Ich weiß, daß sie es gut meinen, und Gott weiß, daß die armen Teufel alle Ermutigung brauchen. Aber ich bin doch froh, wegzukommen. Es ist – gespenstisch!«

Rhu fuhr Vaniyas Wagen schnell und sicher über die verlassene Straße nach Ariadne. Die Fahrt dauerte länger als eine halbe Stunde, und sie redeten nur wenig. Cendri dachte daran, wie sie am ersten Tag hierher zur Residenz gefahren waren, Miranda neben ihr und Dal im Gepäckabteil beim Fahrer zusammengekrümmt.

Die Residenz sah verlassen aus; es war noch nicht Morgen, und Rhu hielt an, stieg aus und wandte sich zum Strand und zu den Ruinen. Zwei kleine Kinder, neun oder zehn Jahre alt, ein Junge und ein Mädchen, kamen die Treppe herab und riefen nach Rhu.

Er drehte sich nach ihnen um und fragte: »Gibt es hier irgendwelche Neuigkeiten über Lady Miranda?«

Der kleine Junge schüttelte ernsthaft den Kopf. Das Mädchen fragte: »Rhu, stimmt es, daß die – die Gründer jetzt nur noch mit Männern reden?«

»Gestern abend haben sie mit Männern geredet, Kleine. Was sie in Zukunft tun werden, wissen wir nicht.«

Der Junge sagte: »Rhu, bedeutet das, daß man mich eines Tages nicht mehr aus dem Hause meiner Mutter fortjagt?«

Einen Augenblick lang legte Rhu den Arm um den Jungen. Er sagte: »Ich weiß es nicht, Kal. Aber es bedeutet, daß euer Leben hier anders sein wird als das der alten Männer. Man kann es noch nicht sagen.«

Der kleine Junge blickte aus dem Schutz von Rhus Arm zu Dal hinauf. Er sagte: »Bist du *wirklich* ein Gelehrter?«

Dal nickte, und der Junge sagte: »Bist du gut im Bogenschießen oder im Ringen?«

Dal schüttelte den Kopf: »Ich habe es nie versucht. Ich mußte andere Dinge lernen, die mir auf meiner Welt wichtiger erschienen.«

Verächtlich sagte das Kind zu Dal: »Du siehst eigentlich nicht stark genug für einen Mann aus! Vielleicht möchte ich doch lieber in einem Männerhaus leben«, und zog das kleine Mädchen mit sich. Die Kinder rannten weg. Dal sah ihnen kopfschüttelnd nach. Als die drei über den Strand zu Wir-Wurden-Geleitet gingen, dachte Cendri: *Wir wissen wirklich nicht, was aus dieser Gesellschaft wird. Nur eines ist sicher: Sie wird anders . . .*

Hinter den Toren gingen sie langsam durch die noch im Schatten liegenden Schluchten der toten Stadt. Um sie her lagen die riesigen, ewig schweigsamen, eisigen Gebäude, und Cendri sah, wo sie und Dal gearbeitet hatten, sah ihre Geräte und Aufzeichner unter einem kleinen Wetterdach liegen, winzig gegenüber der Riesigkeit der Gebäude. Ruinen. Wurden sie wirklich von dem Stamm gebaut, der die Galaxis vor Millionen von Jahren bevölkert hatte? Oder einfach von irgendeiner Gesellschaft, die lange vor der Menschheit gelebt hatte? Und die geheimnisvollen Stimmen bei Wir-Wurden-Geleitet – standen sie überhaupt mit den Ruinen in irgendeiner Verbindung? Oder waren sie unabhängig davon hergekommen, um in der fremden Stadt zu leben, verbunden mit dem alten Raumschiff und dem gefühlsmäßigen Kontakt zu den Frauen hier?

Ein körperloser, fremder Stamm, der nur in Gedankenverbindungen existierte. Cendri wußte, daß man die Existenz solcher Wesen annahm, sie hatte sich jedoch nie intensiv damit befaßt. Es gab so viele Rassen; so viele, daß selbst Universitas mit seiner Wissensexplosion nur Vermutungen anstellen konnte! Cendri hatte immer vermutet, daß eine körperlose Rasse keine Gefühle hatte. *Ich habe immer gedacht, Gefühle würden durch Hormone und physische Konditionierung hervorgerufen . . .*

Nein, drang es von allen Seiten auf sie ein, und sie bemerkte, daß sie nahe bei dem Raumschiff angelangt waren und die Wärme und Präsenz der Fremden sie umgab. *Wir existieren in unseren Gedanken, unseren Gefühlen. Darum kamen wir eurem Volk so nah. Wir haben uns nach ihren Gefühlen, ihren Emotionen gesehnt.*

Cendri wußte, daß all ihre Gedanken nun offen in den Ruinen zugänglich waren. Wie sonst sollte eine körperlose Rasse kommunizieren? Wie konnten sie ohne ein behausendes Gehirn existieren? Wie konnten Emotionen sein, ohne die körperliche Rückmeldung, die sie hervorbrachten?

Ich verstehe das, kam die Antwort, und sie wußte, daß dies Rhus Gedanke war, Rhus Gefühl, das nackt vor ihnen stand. Cendri fiel es wieder ein – so wie sie wußte, daß sich Rhu daran erinnerte –, der Tag, als sie Rhu und Miranda hier in ihrer Umarmung entdeckt hatte. *Meine Liebe zu Miranda hat nichts mit dem Körper zu tun. Man hat mir als Kind beigebracht, daß das, was zwischen Mann und Frau passiert, von den Geschlechtshormonen verursacht wird und keine andere Existenz hat, doch habe ich es anders erfahren . . .*

Dann, sagte die körperlose Stimme, *verstehst du uns wirklich. Wir können nur existieren, wenn wir lieben; umsorgt, begrüßt . . . verehrt werden . . .*

Und Cendri fühlte Dals Gedanken, die sich direkt an die fremden Präsenzen wandten, wütend und verächtlich: *Schämt ihr euch nicht, euch vor diesen armen leichtgläubigen Frauen als Götter auszugeben?*

Fremder, wir haben nicht gespielt. Wir sind, was wir sind, und haben Liebe bekommen und wiedergegeben. Wenn ihre Gedanken uns als Götter sahen, was immer Götter sein mögen; wenn das Wesen eines Gottes in Liebe geben und nehmen besteht, dann ist es vielleicht das, was wir sind, aber ich sehe, daß in deinen Gedanken ein Gott jemand ist, der Macht ausübt . . . bei diesen Frauen ist das anders. Kommt das daher, Fremder, weil du von den – wie die Frauen es nennen – Männerwelten bist?

Cendri fragte sich, ob das schließlich doch der grundlegende Unterschied zwischen Männer- und Frauengesellschaften war: Daß in von Männern gegründeten Gesellschaften die Vorstellung eines höheren Wesens identisch war mit Macht, während es in einer Frauengesellschaft Liebe war . . .

Dal sagte – und Cendri fühlte, wie sich seine wütenden Gedanken im Sonnenlicht konzentrierten –: *Ihr habt sie von euch abhängig gemacht!*

Wir brauchten ihre Liebe, um zu überleben, oder wir werden zu bloßer Luft und sterben, so wie wir in dieser langen schrecklichen Einsamkeit geschlafen haben, bevor sie kamen. Warum also sollten wir ihnen, da sie doch alle unsere Bedürfnisse erfüllen, unsere Hilfe bei der Erfüllung der ihrigen versagen?

Das, dachte Cendri, war eine ungewöhnlich gute Frage.

Fremder, erst letzte Nacht entdeckten wir, wie sehr sie die Hilfe brauchen, die wir ihnen leicht geben können. Das Wissen, wann die Erde bebt oder eine große Welle auf den Strand schlagen wird. Wenn wir ihnen diese Hilfe geben, brauchen sie sich nicht zu verausgaben und Geräte zu kaufen, die diesen Zweck erfüllen . . .

Dals Antwort kam schnell und zornig: *Damit ermutigt ihr sie nur, sich noch mehr von den zivilisierten Welten des Bundes abzukapseln und ihre Tyrannei gegenüber den Männern fortzusetzen . . .*

Nein! Jetzt wissen wir, daß die Männer nicht das sind, wofür sie sie gehalten haben: gefährliche, schwache Wesen . . . Wir kannten die Männer nur durch die Gedanken der Frauen, erklärten die Fremden, *aber jetzt wissen wir, daß Männer und Frauen sich sehr ähnlich sind, und wir werden mit beiden reden . . . und wir wollen auch nicht, daß sie sich von den zivilisierten Welten abkapseln. Wir sind einsam – und neugierig! Wir möchten, daß Menschen von überall hierherkommen . . . und uns kennenlernen . . .*

Sie standen dicht nebeneinander vor dem stillen, glühenden Raumschiff, und Dal legte seinen Arm um Cendri. Sie *fühlte* seine Gedanken, die offen wie nie zuvor vor ihr lagen. Er stellte sich ein Team von Wissenschaftlern vor, vielleicht hundert für den Anfang, um die Ruinen intensiv zu studieren, wo Männer und Frauen ebenbürtig nebeneinander arbeiteten, um den Männern und Frauen von Isis zu demonstrieren, daß es in den Männerwelten keine Tyrannei gab . . . Cendri war überrascht, daß er den verächtlichen Ausdruck der Frauen von Isis benützte . . . keine Tyrannei des Bundes oder von Universitas, sondern daß der Bund und die Wissenschaftler von Universitas Frauen und Männer als gleichwertig ansah, als Partner, als nicht zu trennende Hälften eines einzigen vollständigen Ganzen, der Menschheit. Es würde mehr nützen, dachte Dal, wenn man Isis *demonstrierte*, daß sie die Gleichberechtigung der Männer nicht zu fürchten brauchten, mehr als ein paar tausend Jahre Lehre und Propaganda.

Wenn sie uns kennenlernen, werden sie uns verstehen.

Und dann fühlte sie, wie sich seine Gedanken auf sie richteten und sie mit einer Zärtlichkeit und Wärme umfingen, die sie nie zuvor gekannt hatte. Sie wußte, daß hier in der Gegenwart der Gründer ihre Gedanken für ihn ebenso zugänglich waren wie seine für sie. Sie schämte sich, drehte sich aber dann bewußt zu ihm und umarmte ihn. Das also empfand Dal für sie: Anerkennung, Respekt, Zärtlichkeit, die nichts oder nur wenig mit Sexualität zu tun hatte; es entsprang der Fürsorge, der gemeinsamen Arbeit, aus der langen Probezeit, die sie miteinander gehabt hatten. Als sie ihn festhielt und ihre eigene Liebe, die sie in den Wirren des täglichen Lebens so lange schon vergessen hatte, in sie zurückströmte, dachte sie: *Wir haben uns wiedergefunden, Dal, Dal, wir dürfen uns nie wieder verlieren . . .* und sie merkte, daß sie in seinen Armen weinte.

Zögernd vermischten sich Rhus Gedanken mit ihren. *Ich weiß jetzt, was ich mein ganzes Leben lang gesucht habe. Unsere Gesellschaft kennt das nicht, verleugnet es, sagt, es existiert nicht, doch als ich begann, Miranda zu lieben, wußte ich, daß es das irgendwo gibt, und jetzt weiß ich, daß der Traum, den Miranda und ich geträumt haben, Wirklichkeit ist, auch, wenn wir es in dieser Welt nicht erleben können.* Cendri registrierte, daß er ihr und Dal sanft die Hand auf den Arm legte. Dann ließ er sie los und ging ganz nah an das Schiff. Als er die Worte aussprach, fühlte Cendri sie durch die Kraft der Gedanken, die sich vor ihr entblößten:

Ihr wißt, wer ich bin. Ihr wißt, was ich fühle. Ich möchte nichts für mich. In meiner Blindheit habe ich geirrt und Miranda in die Hände jener geliefert, die weniger idealistisch sind als ich. Helft mir, sie wieder in die Arme ihrer Mutter und zu den Frauen ihres Haushaltes zu bringen. Dann kann Vaniya mit mir tun, was sie will.

Langes Schweigen, und Cendri fühlte die sie umgebende Zärtlichkeit und Wärme, fühlte die Stärke von Rhus Liebe. Und schließlich verlosch das Glimmen, und sie hörte, wie Rhu flüsterte: »Dank! Dank Euch!«

Dann setzte der kalte Wind der Morgendämmerung ein, und die Ruinen erfüllten sich mit Sonnenlicht, das auf den Türmen flammte. Die drei waren allein; die Präsenzen hatten sich zurückgezogen. Rhu sagte: »Miranda, Miranda . . .«, und taumelte plötzlich. Dal streckte die Hand aus und hielt ihn. Betroffen fragte er: »Ist alles in Ordnung, Rhu?«

Nichts war in Ordnung, dachte Cendri. Rhu sah gespenstisch aus. Sein Gesicht war grau, und sein Atem kam nur stoßweise. Doch er lehnte sich nur einen Moment lang gegen Dal und riß sich dann zusammen. Er sagte: »Miranda – sie ist in dem mittleren Lagerhaus, in dem, wo Holz und Zement lagern! Wir müssen sofort dorthin . . .« Er blickte Dal und Cendri an, keuchte und griff sich mit seinen langen, schmalen Händen ans Herz. »Ihr habt – ihr habt gehört, wie Mutter Vaniya sagte, daß man diese Lagerhäuser nicht einmal durchsuchen soll, weil man dort nur Holz und Zement aufbewahrt, und man sie stehen läßt, um die Wellen zu brechen – Göttin«, keuchte er, »wenn sie da allein ist . . .«

Dal und Cendri versuchten, ihn zu beruhigen, als sie aus den Ruinen zum Wagen eilten. Sicher würde Miranda die schweren Maschinen,die sich im Gelände bewegten, hören und wissen, daß irgend etwas bevorstand. Sicher würden auch ihre Bewacher sie angesichts der Flutwelle nicht allein lassen

Doch Rhu war bleich vor Entsetzen. Er sagte: »Ich weiß nicht – ich habe Angst –, so viele Männer hier – es ist Dummheit, keine böse Absicht, aber vielleicht geraten sie in Panik und denken nicht daran, sie zu retten, oder sie sind so wütend, daß sie sie aus Haß auf Vaniya opfern . . .«

»Sieh mal«, sagte Dal, »wir haben doch gehört, daß die Welle erst gegen Abend auftrifft, und jetzt ist es erst eine oder zwei Stunden nach Sonnenaufgang. Wir haben viel Zeit, zurück zum Baugelände zu fahren und sie dort zu suchen. Sie wird Stunden vor der Welle heraus sein. Komm . . .«, und er stützte den taumelnden Rhu und half ihm in den Wagen. »Laß lieber mich oder Cendri fahren, du bist dazu jetzt nicht in der Lage, Rhu! Du hast genug getan. Cendri, kannst du dieses Ding fahren?«

»Oh, sicher. Ich habe es bei Miranda gesehen. Es ist leicht«, sagte Cendri, blickt dann auf Rhus zusammengesunkenes Gesicht und dachte: Er kennt es nicht anders, als daß die Frauen ständig *alles* übernehmen, und sagte mit einer liebenswürdigen Geste: »Fahr du, Dal. Du bist der bessere Fahrer.« Das stimmte nicht, aber es würde Rhu guttun, wenn er das glaubte. Und sie dachte: »Dal kann das hier auf Isis nicht schaden.«

Dal klemmte sich hinter das Steuer, drehte den Wagen und fuhr die kiesbestreute Straße entlang zum Baugelände, wobei er mit beträchtlicher Geschwindigkeit dahinraste. Der Wagen bockte und sprang; für schlechte Landstraßen war er nicht geeignet, nur für die Straßen von Ariadne. Er war für die ruhigen Fahrten einer Promatriarchin bei ihren offiziellen Pflichten gebaut. Sie brauchten eigentlich ein schweres Geländefahrzeug, doch die waren alle auf die Baustelle kommandiert.

Cendri hockte eingeklemmt neben Rhu; alle drei saßen sie in der Fahrerkabine. Plötzlich schoß der Wagen über einen riesigen Felsbuckel – Felsbuckel? Ein Teil der Straße hatte sich hochgeschoben; Dal trat auf die Bremse, und sie schleuderten und holperten an den Straßenrand.

Das«, sagte Dal absolut beherrscht, »war genau das, was wir brauchten: noch ein Erdbeben!«

Rhu sagte: »Ich weiß nicht, warum wir das brauchen . . .«, brach aber angesichts Dals finsterem Gesicht ab. Dal stieg aus, prüfte die Straße vor ihnen und das Steuerrad.

»Alles in Orndung mit dem Wagen«, sagte er, »zumindest sieht man nichts. Mit der Straße ist das schon etwas anderes.« Er blickte auf den Riß vor sich, der nicht breiter als ein Fuß war und einen Erdwall aufgeworfen hatte. »Wir müssen das Ding darüberheben. Gut, daß die Leute auf Isis so kleine Transportmittel haben: Die riesigen Personenfahrzeuge von Pionier könnte man nur mit zehn oder zwölf Mann bewegen.«

Zusammen schoben und hoben sie den Wagen über das Hindernis. Cendri griff zusammen mit den Männern zu, versuchte aber, als sie Rhus verzerrtes Gesicht sah, ihn davon abzubringen, doch er sagte wütend: »Ich bin ein Begleiter, Gelehrte Dame, aber wenn es sein muß, kann ich auch meinen Teil beitragen!«, und Cendri gab nach, wobei sie insgeheim den männlichen Fetisch von Stärke und Muskelkraft auf Pionier, auf Isis und auf jedem anderen Planeten verfluchte.

Die Sonne stand hoch am Himmel, und sie waren schweißgebadet, als das Auto wieder fest auf seinen Rädern stand. Dal mußte die eine Tür, die mehrmals aufsprang, mit Rhus Sicherheitsgurt festbinden, bevor sie die Fahrt fortsetzen konnten. Schließlich fuhren sie weiter, obwohl der Wagen merkwürdige Bewegungen machte. Dal sagte, daß sich irgend etwas bei den Federn der Stoßdämpfer gelöst hatte, so daß sie das Tempo drosseln mußten, um sich nicht durch die Schleuderbewegungen zu verletzen. Die Sonne war brennend heiß, und Cendri dachte mit Sorge an die verstreichende Zeit. Sie wußte nicht genau, wann die Welle aufschlagen würde, doch sie wußte, daß sie keinen allzu großen Spielraum hatten.

Als sie schließlich in Sichtweite des Baugeländes kamen, wurde der Wagen durch eine Reihe von hölzernen Barrieren aufgehalten. Eine Frau mit offiziellen Abzeichen informierte sie, daß das Gelände geschlossen sei, man es evakuiert habe und niemand mehr hinein dürfe, außer denen, die die letzten schweren Maschinen aus den gefährdeten Gebieten holten.

»Wo ist die Promatriarchin Vaniya?« fragte Rhu.

»Sie ist noch auf dem Gelände«, sagte die Frau und lachte verächtlich, »aber ich bin sicher, daß sie den Nachmittag auch ohne ihren Begleiter übersteht, Kleiner. Geh schön dahin, wo du in Sicherheit bist, hörst du? Sie kommt zu dir, wenn die Gefahr vorüber ist!«

Einen Moment lang dachte Cendri, Rhu würde die Frau schlagen. Ängstlich griff sie nach seinem Arm – *jeder Mann, der einen Bürger angreift, kann sofort vernichtet werden* –, doch Rhus Konditionierung saß tief. Er wich zurück und sagte: »Respekt, aber ich bestehe darauf, ich habe eine wichtige Botschaft . . .«

»Geh aus dem Weg und halt uns hier nicht auf«, sagte die Frau ungeduldig, und Cendri begriff, was sie zu tun hatte. Sie stieg aus dem Wagen und ging auf die Wachfrau zu . . . obwohl es ihr schwerfiel, (dachte sie mit einem Rest ihres alten Bewußtseins) eine Frau als Offizielle anzuerkennen, wenn sie einen rosageblümten Pyjama-Anzug trug! Doch das Abzeichen am Revers wies die Frau als zuständig aus. Ernst sagte Cendri: »Ich bin die Gelehrte Dame Cendri Malocq. Vaniya hat uns einen wichtigen Auftrag erteilt, der ihre Tochter und Erbin betrifft. Lassen Sie uns sofort passieren!«

Die Frau kräuselte die Lippen. »Richtig! Ich habe gehört, daß ihre Tochter verschwunden ist«, sagte sie. »Gehen sie nur, Gelehrte Dame, aber die Männer lassen Sie besser hier. Auf dem Gelände sind noch ein paar Arbeiter, aber Begleiter und Kinder sollen draußen bleiben.«

Kalt sagte Cendri: »Ich trage die Verantwortung für ihre Sicherheit«, und die Frau antwortete, obschon sie immer noch zögerte: »Sie müssen es wissen, Gelehrte Dame, ich würde ihnen abraten.« Als Cendri an ihr vorbeiging, streckte die Frau die Hand aus und berühte sie am Arm. »Promatriarchin Vaniya ist am Rand des inneren Deiches und überwacht die Räumung der letzten Maschinen. Das Beben eben hat den äußeren Seedeich zerstört, und sie haben die Befestigungsarbeiten aufgegeben. Sie haben alle Maschinen zurückgenommen, um den inneren Deich zu befestigen, so daß man nicht zu viel wiederaufbauen muß. Aber es ist ein Risiko. In einer Stunde . . .« Sie blickte auf ein Zeitstück an ihrem Gürtel

– »müssen wir jedes menschliche Wesen, ob Mann oder Frau, und jede Maschine hier heraus haben, wenn wir sie retten wollen.«

Plötzlich erkannte Cendri die Frau. Vor zwei Tagen hatte sie bei Sonnenaufgang am Strand neben ihr und Laurina gelegen, sie hatten sich wie Schwestern umarmt. Cendri sah, daß auch ihr Gegenüber sie erkannte; schnell legte ihr die Frau den Arm um die Schulter und sagte: »Ich gehe mit Ihnen, dann läßt man Sie ohne weitere Schwierigkeiten durch. Kommen Sie, schnell – brauchen wir wirklich die Männer?«

Cendri nickte nur ohne weitere Erklärung, und sie eilten weiter. Die Frau sagte: »Es ist nicht weit. Stimmt es, daß SIE jetzt eine neue Methode haben, Erdbeben und Flutwellen vorherzusagen, um uns frühzeitig zu warnen?« Cendri nickte, und sie meinte: »Wunderbar, dann können wir damit fertig werden. Kommen Sie, hier lang . . .« Besorgt blickte sie zurück zu Rhu. »Ich denke, es hätte da bleiben sollen. Keiner wird Zeit und Kraft haben, es zu tragen, wenn es ohnmächtig wird.«

»Rhu«, sagte Cendri, betroffen über sein fahles Aussehen. »Warum bleiben Sie nicht hier? Wir können Vaniya die Botschaft bringen!«

Hartnäckig schüttelte der Mann den Kopf.

Jetzt sahen sie den inneren Deich, der durch Sandsäcke und schwere Befestigungen verstärkt worden war. Zusammen mit den letzten Maschinen kam die große massige Gestalt Vaniyas hinunter. Cendri rannte auf sie zu.

»Vaniya! Vaniya!« rief sie. »Wir wissen, wo Miranda ist! Sie ist hier – habt ihr sie gefunden?«

Vaniya hielt inne und sah Cendri ungläubig und ärgerlich an.

»*Hier?* Cendri, das kann nicht sein. Man hat jedes Gebäude durchsucht!«

»Die drei Lagerhäuser mit dem Holz und Zement, die drei, wo niemand hin sollte . . .«, keuchte Cendri. »Sie ist in dem mittleren. Schnell – schnell . . .«

Ohne ein Wort wandte sich Vaniya um und eilte zum äußeren Deich. Cendri blickte den Hügel hinab und sah, daß man alles Bewegliche entfernt hatte und nur die Skelette der Häuser übriggeblieben waren. Vaniya rief über die Schulter zurück: »Wie habt ihr das herausgefunden?«

»Rhu war es . . .« Sie wandte sich um und suchte ihn. »Wo ist er? Ist er ohnmächtig geworden?« rief sie, ohne daran zu denken, daß das männliche Pronom als unschicklich galt. Auf dem Hügel war ein Tumult, und Frauen schrien.

»Ihr könnt da nicht runter! Hallo! Kommt zurück! Es ist zu spät, alles ist schon fort . . .« Und als Cendri hinter Vaniya her auf sie zueilte, sagte die Frau, die den Hügel bewachte, wütend: »Ein verdammter Mann ist da runtergelaufen. Da hat wohl ein Lockenköpfchen seine bunten Bänder vergessen.«

Vaniya sagte knapp: »Meine Tochter! Sie ist da unten in dem Lagerhaus . . .«

»Oh, nein, Mutter Promatriarchin«, sagte eine der Frauen besänftigend, »da unten ist niemand mehr, glaub mir. Alle sind weg, und wir haben alle Gebäude außer den alten Lagerhäusern durchsucht, weil da nichts ist außer Zement und Holz. Wer würde schon da hineingehen? Sie wäre doch auf jeden Fall schon lange herausgekommen.«

Zitternd sagte Vaniya: »Es kann sein, daß sie Wehen hat und nicht gehen kann.«

»Aber es wurde Warnung gegeben . . .« Die Frau brach ab und beschattete mit der Hand ihre Augen. Sie sagte: »Göttin! Da kommt wirklich jemand aus dem Lagerhaus – zwei Personen!« Sie sah auf das Zeitstück und sagte: »Wir können es gerade noch schaffen . . .«, gab den Gestalten unter ihnen hastige Signale und begann, den Hügel hinabzulaufen.

Vaniya rannte hinter ihnen her. Cendri hielt sie mit Gewalt fest.

»Nein, nein!« drängte sie, »Sie bekommen sie heraus, wenn es menschenmöglich ist – bitte, Vaniya – komm zurück hinter den inneren Wall – Dal, hilf mir . . .«, bat sie und stützte die alte Dame. »Sieh, Vaniya, sie haben sie beide

– Rhu trägt Miranda, trug sie in den Armen, jetzt haben sie Miranda genommen und tragen sie . . .«

»Sie tragen auch Rhu«, unterbrach Dal, »ich weiß, er hätte nicht hineingehen sollen – oh mein Gott!« Er wurde starr, stierte zum Horizont, und Cendri wußte, was er gesehen hatte. Irgendwo heulte eine Sirene los, und die wenigen Menschen, die sich noch zwischen dem Meer und dem Inneren Deich befanden, ließen alles fallen und rannten los. Cendri schob Vaniya weiter und verdrehte den Kopf, um die vier Frauen zu beobachten, die Rhu und Miranda trugen und auf den inneren Deich zueilten. Cendri und Dal bugsierten zusammen den massigen Körper der Promatriarchin über die Mauer, doch sie riß sich von ihnen los und eilte zu den Frauen hinüber, die Miranda auf das Gras betteten. Eine von ihnen sah Miranda scharf an, sagte: »Ich sehe mal, ob dort irgendwo eine Hebamme ist«, und rannte zu den Absperrungen.

Miranda war leichenblaß. Sie sagte: »Alles in Ordnung, wirklich, ich brauche nur eine Hebamme. Cendri bist du das? Was ist hier los? Rhu hat nichts erklärt, hat mich einfach geschnappt und ist losgerannt. Was ist denn passiert?«

Doch bevor irgend jemand antworten konnte – Cendri wußte plötzlich, daß Miranda, die man in ein leeres Lagerhaus eingesperrt hatte, nichts von der Flutwelle und der Warnung von Wir-Wurden-Geleitet ahnte –, hörte man ein gewaltiges, brausendes Brüllen, und Cendri sah, wie eine riesige Wasserwand mit der Geschwindigkeit eines Riesenjets auf die Küste zuraste. Miranda hörte das Tosen und schrie entsetzt auf. Rhu, der mit schmerzverzerrtem Gesicht zusammengebrochen im Gras lag, flüsterte: »Miranda . . .«

»Sie ist in Sicherheit, Rhu«, sagte Dal und beugte sich über ihn. »Alles wird gut für euch beide. Leg dich hin und entspann dich.«

»Miranda«, flüsterte er wieder, und sie drehte sich langsam und unter Schmerzen zu ihm und griff nach seiner Hand. Sie flüsterte: »Rhu – Rhu . . .«

Todesqual zerfurchte sein Gesicht; er rang nach Atem.

Miranda hielt seine Hand fest, beugte sich über ihn und küßte seine Lippen, doch als sie sich zurücklehnte, war sein Gesicht still und zusammengesunken. Verstört griff Dal nach seinem Puls und schüttelte den Kopf. »Er ist gegangen«, sagte er. »Armer, kleiner, heroischer Teufel!«

Miranda begann, hilflos zu schluchzen. Vaniya beugte sich über Rhu und schloß ihm sanft die Augen. Und dann schlug mit ungeheurem Tosen die Tsunami unter ihnen auf. Cendri sah die Lagerhäuser unter dem Auseinanderspritzen fliegenden Holzes verschwinden, hörte das Brüllen, als der äußere Deich brach und wie die Sandburg eines Kindes nach innen sackte, und dann raste das Wasser unter einem solchen Donnern herein, daß Cendri wie taub war. Als sie die große Wasserwand sah, glaubte sie, daß sie hereinbrechen und sie zusammen mit den Überresten der Deiche fortwischen würde . . .

Aber obwohl sie durch die fliegende Gischt durchnäßt wurden, das Salzwasser in ihren Augen brannte und es hoch über den Deich spritzte, hielt der Wall stand, und das Wasser begann, wie durch ein Wunder, sich zurückzuziehen. Cendri sank keuchend zu Boden. Vaniya sah mit tiefem Bedauern auf Rhus Leichnam hinab.

»Wie heldenhaft – für einen Mann«, sagte sie verwundert. »Was kann er für Miranda empfunden haben! Aber auch ein Hund kann mutig sein . . .«

Plötzlich kochte Cendri über vor Wut. Sie sprang auf die Füße und stand drohend und mit wildem Zorn vor Vaniya.

»Weißt du, was er tat?« herrschte sie. »Weißt du, daß Rhu sie gerettet hat und sich selbst dabei umbrachte? Wenn er gewartet hätte, bis deine Offiziellen hier fertig gewesen wären, zu diskutieren, wäre sie jetzt dort unten in dem zersplitterten Streichholzbau, der einmal ein Lagerhaus war! Sie und ihr Ungeborenes! Wenn er nicht aus eigenem Antrieb gehandelt hätte, ohne auf die Genehmigung irgendeiner Frau zu warten, läge deine Tochter und deine Erbin jetzt tot da unten, und du hättest es nicht einmal gewußt! Selbst ein *Hund* mutig! Er hat sie geliebt, Vaniya! Er hat sie *geliebt*!« wiederholte sie und brach weinend in Dals Armen zusammen.

Vaniya sah erschüttert aus. Langsam sagte sie: »Woher weißt du das?«, und Cendri wischte sich über die Augen und erklärte, wie sie, Dal und Rhu zusammen nach Wir-Wurden-Geleitet gegangen waren.

»Dann habt auch ihr euren Anteil dran, Cendri, und Sie – Gelehrter«, sagte Vaniya unbeholfen, und nach einem Augenblick begriff Cendri, daß sie Dal angeredet hatte. Er kniete immer noch neben Rhus leblosem Körper und sagte: »Ich wünschte nur, ich hätte mehr tun können, Promatriarchin; nicht nur um Rhu zu retten – er war mein Freund –, sondern um Ihnen zu zeigen, daß Männer über all die guten Qualitäten verfügen, die Sie hier auf Isis nur den Frauen zugestehen.«

Vaniya senkte den Kopf. Sie sagte: »Eines Tages vielleicht werde ich wissen, wie ich Ihnen danken kann.«

Miranda schluchzte und hielt immer noch Rhus erkaltende Hand fest. Zu Cendri flüsterte sie: »Daß das jetzt passiert – gerade jetzt –, wo wir vielleicht unserem Traum nähergekommen wären . . .«

Cendri hielt Miranda umschlungen und gab keine Antwort. Miranda sollte den Traum, daß sie eines Tages, wenn Rhu am Leben geblieben wäre, hätten zusammen sein können wie Cendri und Dal, ruhig bewahren. Es hätte niemals sein können. Sie waren beide Kinder des Matriarchats, und eine solche Veränderung würde weder in Mirandas Leben noch in dem ihrer ungeborenen Tochter stattfinden. Cendri und Dal hatten auf gleicher Ebene angefangen, hatten sich durch gemeinsame Arbeit, gemeinsame Interessen und gegenseitigen Respekt gefunden. Rhu und Miranda hätten vielleicht die äußeren Früchte dieser Art Liebe genossen. Aber für sie hätte es nur in Bitterkeit und Enttäuschung enden können. Jetzt würde Miranda für immer eine romantische Erinnerung an das behalten, was hätte sein können, und daran, daß der Mann, den sie liebte, für sie sein Leben geopfert hatte. Mit

Trauer im Herzen erinnerte sich Cendri an Rhus klagendes Lied:

Wenn ich mein Leben gelebt habe,
Wird mich die Göttin dann – vielleicht –
an ihre liebevolle Brust ziehen?

Plötzlich schrie Miranda auf und schlug die Hände vor's Gesicht. »Oh! Oh! Schnell! Hilfe! Holt die Hebamme – bitte. Helft doch! Irgend jemand! Schnell . . .«

Plötzlich herrschte ein wildes Durcheinander; Vaniya blickte den Hügel hinauf und sagte: »Sie wird in einer Minute hier sein, mein Schatz, sie wird kommen . . .«

Miranda seufzte erleichtert. Zitternd sagte sie: »Meine faule Tochter brauchte eine Flutwelle, um sich zur Geburt zu entschließen – übrigens, wißt ihr was? Ich bin die erste Frau, die ein Baby bekommt, während sie das Meer besucht!«

»Miranda«, sagte Vaniya schockiert. »Wie kannst du jetzt so einen Scherz machen . . .«, denn alle Frauen ringsum waren in ein aufgeregtes Gekicher ausgebrochen.

Kläglich sagte Dal zu Cendri: »Würdest du mir bitte erklären, was, zum Teufel, daran so komisch ist?«

Aber Cendri wußte, daß sie es in Gegenwart der anderen Frauen niemals erklären konnte, nicht einem Mann. In einigen Jahrzehnten vielleicht.

Teil eines Berichtes an Mentor Lakshmann des Instituts für Xenoanthropologie und Vergleichende Kulturwissenschaft von der Gelehrten Dame Cendri Owain, wohnhaft auf Isis/Cinderella.

. . . in dieser Saison wurde ein großer Damm entlang dem Fluß Anahit vollendet und mit erdbebensicheren Schutzmaßnahmen versehen. Das Rodungsprojekt im Landesinneren hat die meisten Arbeiter vom Dammbaugelände übernommen. Die meisten Männer bleiben in den Binnendörfern, die sie selber kolonisiert haben, und gehen der Lohnarbeit nach. Wenige nur nutzen das legale Wahlrecht, weil sie sagen, zu häufige Beschäftigung mit Politik zerstöre allmählich die natürlichen Instinkte des Mannes.

Kurz nach der großen Tsunami, die die erste Baustelle zerstörte, hat der Rat der Stadt Ariadne mit dem Rat der Intelligenzen, die man als Ruinen-A-Kultur bezeichnet hat, die Hohe Matriarchin Vaniya beauftragt, alle Ämter einer Hohen Priesterin zu übernehmen, während man die Hohe Matriarchin Mahala wählte, innerhalb der Stadt Ariadne sämtliche weltlichen Angelegenheiten zu regeln. Jedes Lange Jahr wird ein Vertreter der Männerhäuser gewählt, unter der Voraussetzung, daß er »von ruhigem, fortgeschrittenem Alter« ist und daher, wie sie sagen, nicht mehr seinem Sexualtrieb ausgeliefert und zu abstraktem Denken fähig ist. Der Rat wird also durch ein dreiköpfiges Gremium geführt, unter der absoluten Bedingung, daß nichts ohne die Zustimmung aller drei Parteien entschieden wird. Dies stellt sicher, wie sie sagen, daß keine Mehrheit ihren Willen einer Minderheit aufzwingen kann, und daß keine materiellen Erwägungen in Konflikt mit den geistigen Bedürfnissen geraten. Die offizielle Bezeichnung des Mannes in diesem Dreiergremium ist Älterer Bruder, und die neuen Gebräuche legen fest, daß ein ehemaliger Älterer Bruder seinen Ratssitz zeit seines Lebens behält, jedoch ohne Stimme, um seinen Kameraden und jüngeren Brüdern in den Männerhäusern der Stadt und des Landes beratend zur Seite zu stehen.

Die archäologische Expedition in Wir-Wurden-Geleitet hat nun ein Langes Jahr lang in den Ruinen gearbeitet. Dieses Team, bestehend aus einhundertundneunzehn Männern und einhundertzwanzig Frauen, hat bewundernswert gut zusammengearbeitet, zusammen mit freiwilligen Helfern vom Institut von Ariadne, das nun als Frauen-Institut bekannt ist. Nachdem sie die Arbeit der Männer und Frauen von Universitas beobachtet hatten, haben sich zweiundneunzig Männer aus Ariadne freiwillig bei dem neuen Männer-Institut im Kolonistendorf Anahit einschreiben lassen. Die erste Klasse wird in zwei Langen Jahren mit dem Grad eines Gelehrten abschließen.

Zwischen Männern und Frauen gibt es nur wenig gesellschaftlichen Umgang, außer bei ein paar aufgeklärten, intelligenten Frauen des Instituts von Ariadne und wenigen Männern, die mit dem Universitas-Team in Wir-Wurden-Geleitet arbeiten. Jedoch wurde festgestellt, daß über dreißig Frauen, davon über die Hälfte noch im reproduktionsfähigen Alter, sich um eine Lizenz für einen Begleiter beworben haben. Die meisten Frauen ziehen allerdings noch immer eine Lebenspartnerschaft mit einer Frau vor, und der Status des Begleiters ist nach wie vor niedrig. Unter Kindern gibt es eine neue Art der Beleidigung: Begleiterkind. Man betrachtet diese Bezeichnung unter erwachsenen Frauen allerdings als zu grob.

Neunundzwanzig Frauen des Teams von Universitas haben in Ariadne einen Haushalt gebildet, und obwohl ich nur formell als Gast dort zugelassen bin, habe ich doch bemerkt, daß einige der Frauen Lebenspartnerschaften gebildet haben. Es gibt jedoch noch keine gemischten Partnerschaften zwischen Frauen von Isis/Cinderella und dem Bund.

Diesem Report sind Bewerbungen von fünf Frauen und zwei Männern beigefügt, ausgestellt durch die Botschaft und vom Rat genehmigt, die um Immatrikulation und Aufenthaltsgenehmigung auf Universitas mit vorläufigem Studentenstatus nachsuchen. Zwei der Frauen sind mir bekannt: Laurina aus dem Haushalt der Hohen Matriarchin Mahala, ordentliche Professorin für Geschichte am Frauen-Institut, die mir bei den ersten kartographischen Aufnahmen des Wir-Wurden-Geleitet-Geländes assistiert hat. Sie kommt sowohl auf meine als auch auf persönliche Empfehlung des Meistergelehrten Dallard Malocq. Sie hat eine Monographie über Archäologie für die beiden Institute hier verfaßt und den Wunsch geäußert, nach Erlangen des Gelehrtenstatus wieder zurück nach Isis/Cinderella zu gehen, um ihre weitere Forschung auf dem Gebiet der Kommunikation mit nichthumanen Intelligenzen bei dem Stamm, der als Ruinen-A-Kultur bezeichnet wird, zu betreiben.

Die zweite Bewerberin, für die ich eine persönliche Empfehlung abgebe, ist Miranda, Tochter der Hohen Matriarchin Vaniya. Sie hat einen akademischen Abschluß in Vokal- und Instrumentalmusik am Frauen-Institut, und ich bin eng mit ihr befreundet. Sie hat mich zur Pflegemutter ihrer Tochter Cendriya für die Zeit ihrer Abwesenheit bestimmt.

Die anderen Bewerber sind mir nicht persönlich bekannt, doch eine der Frauen wird von der Gelehrten Dame di Velo empfohlen und hat ein abgeschlossenes Studium der Temporalen Mathematik. Beide Männer werden vom Meistergelehrten Malocq empfohlen und sind Studenten höheren Semesters am Männer-Institut.

Zu einem späteren Zeitpunkt werde ich Informationen über die weitere Erforschung der sozialen Organisation bei der Ruinen-A-Kultur geben, einem Projekt, das gerade beginnt.

Ich weiß, daß Sie und Ihre Kollegen auch am Fortgang der Forschungen im Wir-Wurden-Geleitet-Projekt interessiert sind. Darf ich Sie auf die separat abgesandte Studie des Meistergelehrten Malocq und der Gelehrten Dame di Velo hinweisen? Natürlich handelt es sich lediglich um Vorstudien; man hat noch nicht einmal feststellen können, ob diese Ruinen von dem als Gründer bezeichneten Stamm errichtet wurden oder nicht. Die Gelehrte Dame di Velo wird mit dem nächsten Schiff von Isis einen ausführlichen Bericht schicken. Ich füge auch ihre Bitte bei, die an die Mentoren des Instituts für Archäologie weitergeleitet werden soll, ein Team von vierhundert Spezialisten zusammenzustellen. In meiner Eigenschaft als hiesige Expertin für matriarchische Gebräuche möchte ich das Zulassungskommitee auf Universitas darauf hinweisen, daß nach den Gesetzen des Matriarchats das Team aus weniger Männern als Frauen bestehen soll. Die Gelehrte Dame wünscht ebenfalls, daß darunter mindestens ein halbes Dutzend Frauen sein mögen, die einen Abschluß in Temporaler Mathematik haben. Sie ist sich der momentanen Einstellung der Gelehrten gegenüber der Theorie der Zeitstatik bewußt, daher bittet sie mich, diesen Wunsch informell weiterzuleiten, anstatt den offiziellen Weg zu gehen.

Ich danke Ihnen für die freundlichen Wünsche und das Angebot, im nächsten Studienjahr Mutterschaftsurlaub zu nehmen und die Weiterführung meiner Berichte und Qualifikationschriften aufzuschieben; doch bei den Frauen von Isis/Cinderella ist es nicht Brauch, sich in diesem Fall freizunehmen, und es würfe ein schlechtes Licht auf die Frauen von Universitas, wenn ich es täte. Lassen Sie mich dennoch für Ihre diesbezüglichen Überlegungen und das Angebot aufs herzlichste danken.

In Erwartung Ihrer Antwort und Ihres versprochenen Besuchs auf dem Gelände der Ruinen-A-Kultur

mit vorzüglicher Hochachtung
Cendri Owain Malocq
Gelehrte Dame (Qualifiziert: Isis/Cinderella)